Y FERCH O AUR

Y Ferch o Aur

Gareth Evans

Gwasg Carreg Gwalch

Argraffiad cyntaf: 2022

ⓗ testun: Gareth Evans 2022

ⓗ cyhoeddiad: Gwasg Carreg Gwalch

Cedwir pob hawl.
Ni chaniateir atgynhyrchu unrhyw ran o'r cyhoeddiad hwn,
na'i gadw mewn cyfundrefn adferadwy, na'i drosglwyddo
mewn unrhyw ddull na thrwy unrhyw gyfrwng, electronig, electrostatig,
tâp magnetig, mecanyddol, ffotogopïo, recordio, nac fel arall,
heb ganiatâd ymlaen llaw gan y cyhoeddwyr, Gwasg Carreg Gwalch,
12 Iard yr Orsaf, Llanrwst, Dyffryn Conwy, Cymru LL26 0EH.

Rhif Llyfr Safonol Rhyngwladol:
978-1-84527-882-3

ISBN e-lyfr: 978-1-84524-517-7

Cyhoeddwyd gyda chymorth Cyngor Llyfrau Cymru

Dylunio: Eleri Owen
Llun clawr: Ann Cakebread
Mapiau: Greg Caine

Cyhoeddwyd gan Wasg Carreg Gwalch,
12 Iard yr Orsaf, Llanrwst, Dyffryn Conwy, Cymru LL26 0EH.
Ffôn: 01492 642031
e-bost: llyfrau@carreg-gwalch.cymru
lle ar y we: www.carreg-gwalch.cymru

Argraffwyd a chyhoeddwyd yng Nghymru

I Eva,

fy Ellmynes benfelen,

am hwylio'r moroedd yn fy nghwmni.

Rhagair

Efallai fod rhai ohonoch wedi clywed sôn bod iaith debyg i'r Gymraeg yn cael ei siarad yn Llydaw heddiw, sef Llydaweg. Mae rheswm hanesyddol am hyn. Ymfudodd nifer fawr o Frythoniaid – neu Hen Gymry – yno amser maith yn ôl.

Mae llawer iawn o Gymry wedi clywed am Lydaw, ond does fawr neb wedi clywed am Frythonia, gwlad y Brythoniaid yng ngogledd Sbaen. Ymfudodd yr Hen Gymry yno tua'r un pryd. Yn wahanol i Lydaw, nifer fach o bobl aeth yno, a diwedd eu hanes oedd ymdoddi i'r cymunedau eraill o'u cwmpas. Ond, am gyfnod, roedd cornel fechan o benrhyn Sbaen yn gartref i'r Brythoniaid, a dyna gyfnod y nofel hon. Cymdogion y Brythoniaid yn y rhan honno oedd y Galaesiaid, sef y bobl frodorol, ac yn teyrnasu ar bawb roedd y Swabiaid. Byddwch yn cwrdd â chymeriadau o'r tair cymuned yn y nofel. Os hoffech wybod mwy am yr hanes cyn darllen, trowch at y nodyn hanesyddol ar ddiwedd y llyfr.

Gan fod hyn rhyw fil a hanner o flynyddoedd yn ôl, bydd llawer o bethau yn y llyfr yn rhyfedd i chi, gan gynnwys enwau'r cymeriadau. Er mwyn gwneud hyn yn haws, mae arweiniad i'r holl enwau ar dudalennau 10-13.

Fe sylwch chi wrth ddarllen y llyfr fod rhai pethau wedi newid yn llwyr ers hynny, ond hefyd nad yw rhai pethau wedi newid fawr ddim, er gwell ac er gwaeth.

Y stori hyd yma ...

Yn *Y Pibgorn Hud* down i adnabod Ina, 12 oed, pan mae hi ar fin ymadael â'i chartref yng Ngwent i fynd yn blentyn maeth at lys y brenin Caradog yng Nghaersallog. Fore'r diwrnod mawr, rhaid iddi ffoi oherwydd ei chymydog creulon. Llwydda Ina i ddianc gyda help dau fynach a chyrraedd llys brenin arall, Cynddylan. Oddi yno, mae mab y brenin hwnnw'n ei hebrwng i Gaersallog.

Ond rhaid i Ina ffoi unwaith eto oherwydd ymosodiad y Saeson ar Gaersallog. Ar ôl sawl tro trwstan, caiff Ina ei chipio fel caethferch gan Wyddelod. Daw storm, ac mae'u cwch yn suddo ger ynys. Gyda help un o'r caethion eraill, merch fud o'r un oed, maent yn llwyddo i gyrraedd y lan lle mae Brythoniaid a'u llongau'n cysgodi, a chânt eu hachub. Fodd bynnag, nid hwylio 'nôl i dir mawr Prydain mae'r llongau, ond ymlaen i Frythonia, gogledd Sbaen.

Yno, caiff Ina a'r ferch eu rhoi yng ngofal Morwenna, ffoadur o Gaersallog, sy'n eu cam-drin. Mae'r merched yn treulio'r rhan fwyaf o'u hamser yn y goedwig yn gwarchod y moch a dônt i adnabod un o'r Galaesiaid lleol – bachgen o'r enw Miro. Yn raddol, mae'r ferch fud, Ebba, yn dechrau siarad a daw'r tri'n ffrindiau agos. Pan mae Ebba'n datgelu wrth Ina mai Saesnes yw hi, mae Ina'n ei bradychu. Diolch i Miro, mae Ina'n edifarhau ac yn ei hachub o grafangau Morwenna. Caiff honno a'i dyweddi, Sadwrn, eu halltudio am gam-drin y merched, a chaiff Ina ac Ebba eu rhoi yng ngofal teulu mwy addas.

Allwedd Map Byd y Nofel

BRYTHONIA:	Tiriogaeth y Brythoniaid dramor, yng Ngogledd Galaesia, Teyrnas y Swabiaid.
HISPANIA:	Enw'r penrhyn Iberaidd yn y cyfnod hwn, sef Sbaen a Phortiwgal heddiw.
GWENT:	Teyrnas fechan o ble daw Ina'n wreiddiol.
DYFNONIA:	Teyrnas bwysig o ble daw nifer o drigolion Brythonia, gan gynnwys teulu Ceinfron.
LLYDAW:	Tiriogaeth fawr y Brythoniaid dramor.
TEYRNAS Y FFRANCOD:	Teyrnas bwerus a dylanwadol, yn cwmpasu rhannau helaeth o Ffrainc heddiw a thu hwnt.

I   Gwlad Ceredig: o ble daw Dagan yn wreiddiol.
II   Caergeri: llys y brenin Cynddylan.
III   Caersallog: llys y brenin Caradog, a syrthiodd i'r Saeson yn 552.
IV   Ynys Wyth: ynys a gipiwyd gan y Jiwtiaid, pobl debyg i'r Saeson, o ble daw Ebba'n wreiddiol.
V   Lucus: dinas bwysicaf gogledd Galaesia.
VI   Bracara: prif ddinas Teyrnas y Swabiaid.

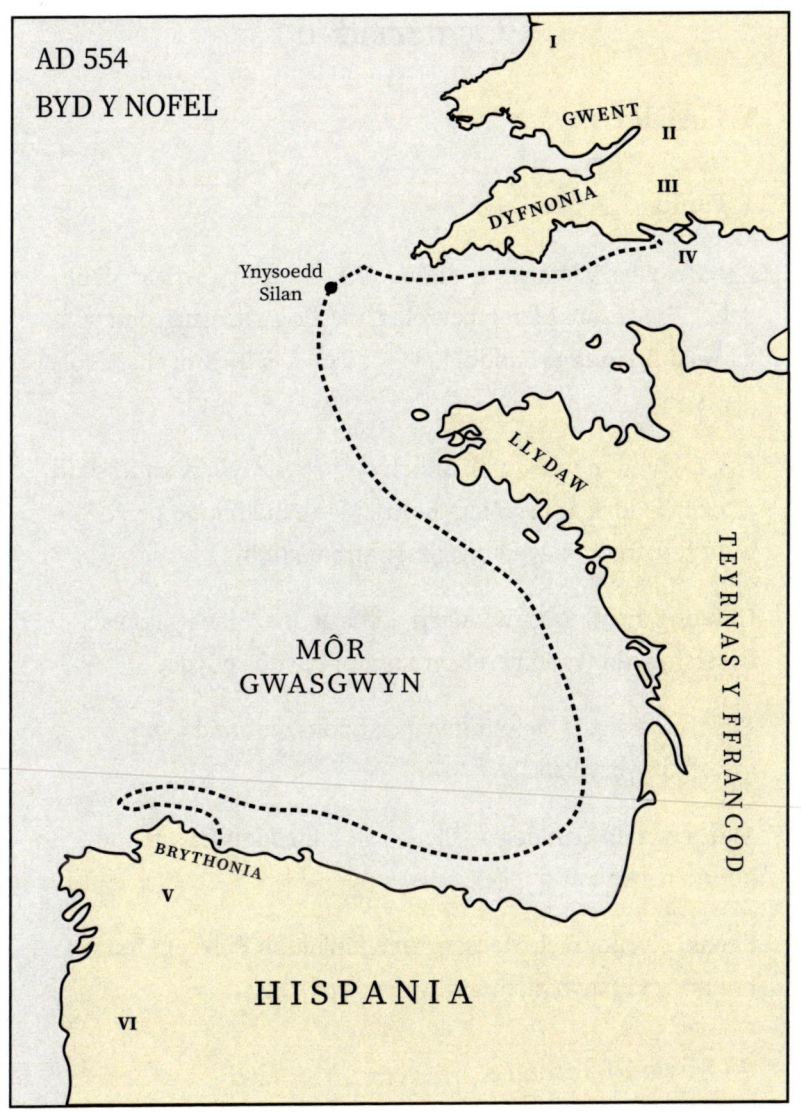

Cymeriadau

Y GAER

Y Teulu

Ebba, o Ynys Wyth yn wreiddiol. Un o lwyth y Jiwtiaid, pobl debyg i'r Saeson. Merch benfelen, bwyllog a sensitif, ond yn dawel ddireidus a chanddi hiwmor iach a llais canu anarferol o swynol.

Ina, o Went yn wreiddiol. Merch eofn, byrbwyll, benstiff sydd ag ochr feddylgar iawn iddi hefyd. Mae ganddi lond pen o wallt du afreolus, sydd bron mor afreolus â hi.

Caradog ap Meurig, tad maeth Ebba ac Ina. Mae'i galon a'i fwstásh, sydd yn ddihareb, yr un mor fawr â'i gilydd.

Eleri, ei wraig. Dynes addfwyn, gariadus, er braidd yn gysetlyd ar brydiau.

Macsen, mab Caradog ac Eleri. Yn eilunaddoli Ina am fod honno'n gymaint o rebel.

Sanan, chwaer fach Macsen. Yn eilunaddoli Ebba am fod honno, yn ei thyb hi, mor dlws a gosgeiddig.

Y Criw o Ffrindiau

Y merched:

Ceinfron Plu Paun, merch drwynsur sydd yn meddwl ei bod yn well na phawb arall.

Adwen Addfwyn, ffrind pennaf Ebba heblaw am Ina.

Peren Llygaid Llo, yn breuddwydio byth a beunydd am ei chariad, Iddig.

Denw Ddoniol, clown y criw.

Y bechgyn:

Iddig Droednoeth, cariad Peren. Mab y crydd.

Pabo Ceffyl Pwn. Yn gweithio i'w dad, sy'n cludo nwyddau ar gefn ceffylau.

Edern Tal. Trwsgl, am ei fod mor dal, ond yn fachgen clên.

Y Pwysigion

Elfryn ap Berddig, Ceidwad y Gaer. Dyn anrhydeddus a chydwybodol, ond un sy'n destun sbort gan rai am ei fod yn dueddol o ddefnyddio deg gair ble byddai un yn gwneud y tro.

Iacob ab Enodog, Pennaeth y Gaer. Arweinydd teg a chytbwys.

Arofan Argoed, bardd y gaer. Yn hoff o'i lais ei hun.

Gwnwyn ap Cybrdan, tad Ceinfron. Hunanbwysig ac uchelgeisiol.

Tyfanwedd, mam Ceinfron. Fel ei merch, yn meddwl ei bod yn well na phawb arall.

Y Werin

Gallo Wallgo, porthor y gaer. Hawdd i'w wylltio.

Serwan, y porthor arall. Diniwed.

Medlan, llawforwyn Ceinfron, sy'n llawer fwy urddasol na'i meistres.

Y Dyn Drwg

Sadwrn ap Tangwyn, y dyn wnaeth gam-drin Ebba yn *Y Pibgorn Hud*.

Y Mwynwyr

Cyngar Coes Gam, arweinydd y mwynwyr. Dyn caled.

Dagan, ei fab. Hyderus, golygus ... peryglus – o bosib.

Y GALAESIAID

Miro, ffrind pennaf Ebba ac Ina. Mae ganddo dalent gerddorol aruthrol ac mae'n bibydd o fri.

Felix, ei dad. Saer coed.

Marina, mam Miro.

Y FYNACHLOG

Maelog, abad y fynachlog. Ffigwr hanesyddol.

Uinseann, mynach a hen athro i Ina. O Iwerddon yn wreiddiol.

Pasgen, mynach a hen athro i Ina.

Y Brawd Iestyn, mynach sy'n deall ceffylau i'r dim.

LUCUS

Laudatus, Brython sy'n fath o lysgennad i'r Brythoniaid yn y ddinas.

Anna, ei wraig. Yn hanu o un o hen deuluoedd pwysig y Galaesiaid yn y ddinas.

Maximus, eu mab swil.

Ursula, eu merch fywiog.

Adoric, cyfyrder brenin y Swabiaid ac arweinydd ei bobl yn y ddinas.

Liduvina, ei wraig.

YNYS WYTH

Ealdwulf, tad Ebba.

Hilde, mam Ebba – o Ddenmarc yn wreiddiol – a fu farw pan roedd Ebba'n bump oed.

Branwen, caethferch Ealdwulf. Brythones a fagodd Ebba wedi marwolaeth ei mam.

Prolog

Oedd rhywun yno? Edrychodd Ebba o'i chwmpas. Na, neb. Wrth gwrs nad oedd neb yno. Ebba oedd yr unig un a wyddai am y lle hwn – pant sych yng nghanol y coed trwchus, a chreigiau cysgodol yn fur rhyngddo a'r llwybr agosaf, oedd sbel i ffwrdd. Hyd yn oed pe byddai rhywun yn digwydd cerdded heibio, fyddai dim posib ei weld am fod y pant mor ddwfn. A dyna'n union pam ei bod wedi'i ddewis at yr hyn oedd ganddi mewn golwg.

Sychodd Ebba'r chwys o'i dwylo. Roedd hyn yn waith caletach na'r disgwyl. Cododd y cŷn main unwaith eto a'i osod yn ofalus ar waelod y graig. Trawodd y cŷn yn ysgafn gyda'r morthwyl bach pren, gan ddilyn siâp y llythyren roedd eisoes wedi'i chrafu â hoelen.

Oedodd cyn cychwyn ar y llythyren olaf. Hon fyddai'r anoddaf. Pwyll piau hi. Tap, tap, tap. Tonc, tonc, tonc.

Gollyngodd Ebba ochenaid o ryddhad. Roedd hi wedi llwyddo i naddu'r holl lythrennau heb wneud camgymeriad. Camodd yn ôl i edmygu ei gwaith llaw.

ᛖᛒᛒᚨ

"Ebba," dwedodd, gan ddarllen yn uchel yr hyn roedd wedi'i gerfio, oherwydd dyma ei henw yng ngwyddor ei phobl hi – gwyddor na feiddiai ei defnyddio fel arfer am ei bod bellach yn byw ymysg rhai nad oedd â dim da i'w ddweud ynghylch Germaniaid yn gyffredinol, a Saeson yn benodol. Er nad Saesnes oedd hi o gwbl, nac un o'r Eingl chwaith. Jiwtiaid oedd ei phobl hi. Pobl debyg, ond nid yr un fath. Roedd hi wedi trio esbonio droeon, ond yn ofer.

Ebba. Roedd ei henw yn fwy na chasgliad o lythrennau. Roedd ystyr i bob un llythyren unigol. Arwyddocâd yr ᛗ oedd march neu geffyl. Coed oedd y ddwy lythyren arall. Bedwen oedd ystyr ᛒ, a safai'r ᚠ am y dderwen. Roedd Ebba'n falch iawn o'i henw. Rhoddai'r march nerth a dewder iddi. Symbol ffrwythlonrwydd, cariad ac o adnewyddu oedd y fedwen – roedd Ebba'n arbennig o falch fod y llythyren hon yn ymddangos ddwywaith – tra bod y dderwen, brenin y coed, yn cynrychioli cadernid. Gyda'i gilydd, roedd yr elfennau'n creu cyfansawdd grymus, fel yr atgoffai Ebba ei hun bob tro y teimlai pethau'n mynd yn drech na hi.

Crawciodd brân rhywle yn uchel uwch ei phen. Roedd nam ar lygad chwith Ebba ond daeth o hyd i'r aderyn yn syth serch hynny: brân fawr dew. Syllai arni'n fusneslyd.

"Crawc!" galwodd Ebba, gan wneud sŵn brân i'r dim.

"Crawc!" atebodd yr aderyn.

Chwarddodd Ebba i'w hun. Dyna hi wedi'i thwyllo. Roedd ganddi glust dda tu hwnt, ac o'r herwydd yn medru dynwared pawb a phopeth. Weithiau, teimlai mai dyna'r oll roedd hi'n ei wneud – dynwared, actio fersiwn o'i hun oedd yn dderbyniol i'w theulu maeth, i'w ffrindiau, ac i bobl y gaer.

Syllai'r frân arni o hyd. Cynhyrfodd drwyddi. Dyma hi newydd naddu ei henw, ac efallai fod gan y duw Woden neges iddi'n barod! Roedd y duw pwerus hwn yn hoff o ddefnyddio brain, ymysg creaduriaid eraill, fel negesyddion. Neu efallai mai ei dwbl unigryw hi oedd yr aderyn. Roedd gan bawb ei ddwbl – ar ffurf person neu anifail – rhyw fath o fod annynol a fyddai'n edrych drosoch trwy gydol eich oes. Hyd yma, doedd ei dwbl heb ymddangos iddi. Efallai mai nawr fyddai'r foment dyngedfennol. Wedi'r cwbl, roedd hi bellach yn bedair ar ddeg oed.

Daliodd Ebba'i gwynt. Curodd y frân ei hadenydd a chodi i'r awyr. Os mai ei dwbl oedd yr aderyn, yna roedd yn un esgeulus ofnadwy. Ac os mai un o genhadon Woden oedd e, yna un diamynedd ar y naw. Ond, dyna ni, doedd Woden chwaith ddim yn enwog am ei amynedd. A dweud y gwir, roedd Ebba wedi hen golli ei hamynedd gydag e hefyd.

Naw wfft iddo, meddyliodd Ebba, a chasglu ei phethau at ei gilydd. Dringodd o'r pant a mynd at y ceffyl hardd, gwyn oedd yn disgwyl amdani'n amyneddgar: Valens, ei chwmni a'i chysur.

Aeth ar ei gefn a chychwyn yn ôl tua'r gaer, gan bendroni am y canfed tro ynghylch beth i'w wisgo i'r dathliadau Calan Haf, hynny yw beth fyddai'n gweddu orau i'r crogdlws aur oedd ganddi. Nid fod ganddi lawer iawn o ddillad a wnâi'r tro, ond dewis byddai rhaid, yn hwyr neu'n hwyrach.

Daeth Ebba o hyd i'r darn o aur yn yr afon haf y llynedd. Bu cynnwrf mawr yn y gaer o'r herwydd, a gobaith am ddod o hyd i fwy. Chwilio'n ofer am aur fu'r dynion drwy'r hydref, ond daethpwyd o hyd i hen fwyngloddiau haearn, serch hynny.

Pe bai gan Ina fwy o ddiddordeb mewn dillad, medrai

Ebba ofyn iddi hi. Waeth iddi ofyn i Valens ddim. Gweryrodd hwnnw'n sydyn, ac ysgwyd ei fwng, fel petai'n cytuno â hi. Medrai fynnu cyngor gan un o'i ffrindiau, wrth gwrs. Adwen, efallai. Roedd hi bob amser yn edrych mor ddel.

Gwasgodd Ebba ei phenliniau i ystlys y ceffyl a dechreuodd hwnnw drotian ar hyd y llwybr oedd yn gweu drwy'r goedwig. Am geffyl mor nerthol, roedd yn gysetlyd o ofalus sut a ble roedd yn gosod ei garnau. Roedd eu rhythm mor gyfarwydd i Ebba â rhythm ei cherddediad ei hun, ac roedd hi a Valens yn deall ei gilydd cystal doedd dim angen cyfrwy arni i'w farchogaeth.

Yn sydyn, arafodd y ceffyl, fel y gwnâi bob tro y deuai'r goeden hynod acw i'r golwg: hen gastanwydden gnotiog oedd wedi'i hollti'n ddwy, a'i boncyff trwchus boliog yn llawn crachod a chreithiau. Roedd y llwybr yn culhau ar ôl pasio'r goeden, a'r darn hwn o'r goedwig yn dywyll, er ei fod ar gyrion y fforest. Ffroenodd y ceffyl yn uchel, fel pe bai am herio'r tawelwch llethol. Pwysodd Ebba yn ei blaen, anwesu ei wddf, a sibrwd rhywbeth yn ei glust. Gweryrodd y ceffyl yn isel, a siglo ei fwng eto.

Dechreuodd Ebba ganu'n dawel: un o ganeuon ei llwyth hi, ac felly'n rhywbeth y byddai ddim ond yn ei ganu pan na fyddai neb o'r gaer o gwmpas. Cân oedd hi am orfod gadael cartref a chroesi'r môr i diroedd newydd: cân am galedi a newyn, am fforestydd dudew, am eira ac am oerfel oedd yn brathu fel blaidd. Soniai'r gân hefyd am bethau dychrynllyd, fel cewri a chorachod ac ellyllod. Ond dewisodd Ebba beidio â chanu'r pennill hwnnw, rhag ofn. Doedd wybod beth oedd yn llechu yn y cysgodion.

Daeth y goedwig i ben a chamodd y ceffyl i'r tir agored, eang. O'i blaen, ar ben bryncyn roedd y gaer fawr hirgrwn a'i chloddiau amddiffynnol oedd yn gartref iddi ers dwy flynedd. Hwn oedd pencadlys Brythoniaid y gornel fechan hon o Hispania. Erbyn hyn, siaradai Ebba iaith y Brython gystal â neb – os rhywbeth, yn well na'i hiaith hi'i hun, am na fyddai byth yn cael y cyfle i ddefnyddio honno. Wrth fynedfa'r gaer safai croes bren, fawr. Yn amgylchynu'r cloddiau amddiffynnol roedd caeau, y rhan fwyaf wedi'u haredig a'r cnwd gwyrdd yn dechrau ymwthio'n swil drwy'r pridd, a dolydd yn llawn o flodau maes y gwanwyn. Yn y pellter, yn gadwyn gadarn ar hyd y gorwel, copaon Arfynydd.

Doedd y mynyddoedd ddim mor glir â hyn yn aml. Fedrai Ebba ddim peidio teimlo rhyw wefr. Cofiai'n iawn y tro cyntaf iddi eu gweld, o gyfeiriad y Foryd Fawr. Welodd hi erioed fynyddoedd tebyg o'r blaen. Gwelodd foryd, do. Bu'n hwylio ar ei hyd unwaith gyda'i thad Ealdwulf. Ond doedd dim byd tebyg i gopaon Arfynydd ar Ynys Wiht.

"Fa ..." ochneidiodd, gan ddefnyddio'r enw y byddai'n galw ar ei thad. Tybed oedd e weithiau'n cofio'r diwrnod hwnnw? Oedd e'n dal i hiraethu am ei ferch, heb wybod a oedd hi'n fyw neu'n farw?

Dechreuodd Valens gnoi'r haearn ffrwyn yn ei geg yn ddiamynedd. Roedd arno angen ymestyn ei goesau. Gosododd Ebba ei hatgofion yn dwt yng nghefn ei meddwl unwaith yn rhagor, a chodi'r ceffyl i garlamu i fyny'r llethr. Wrth iddo gyflymu, dechreuodd Ebba chwerthin yn afreolus. Doedd dim byd gwell ganddi na rhoi'r ffrwyn iddo'n gyfan gwbl. Dyma un o'r ychydig adegau prin y teimlai Ebba'n hollol rydd.

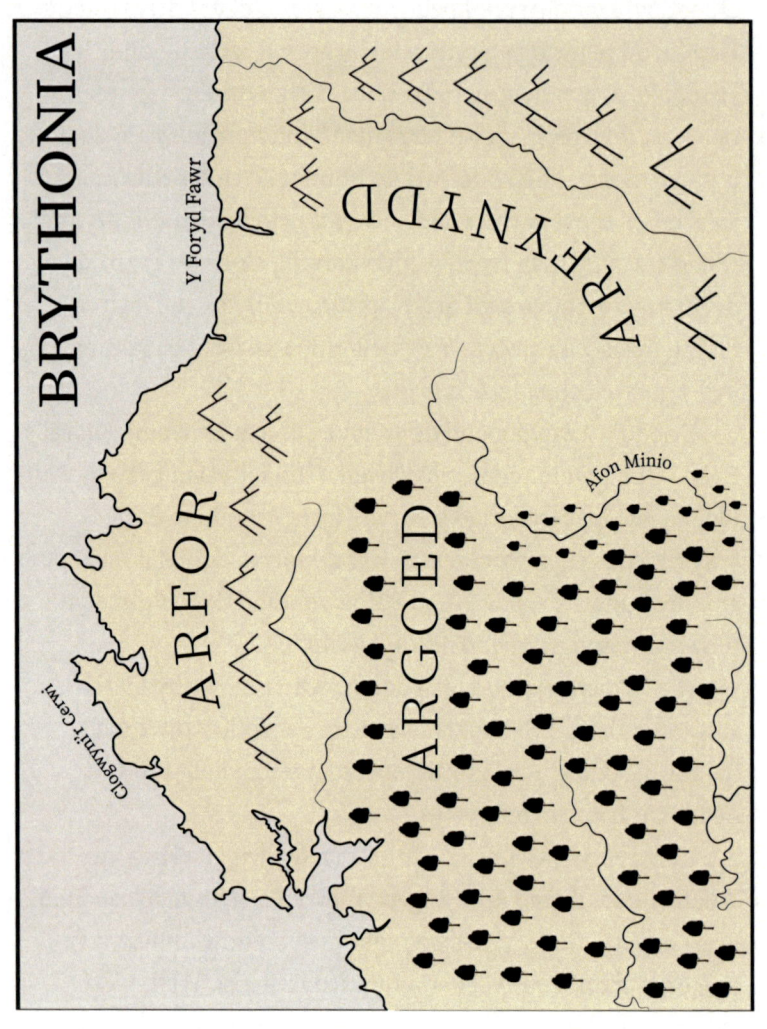

I

"Sanan! Aros yn llonydd! Rwyt ti fel llysywen!"

Roedd Ebba wrthi'n ceisio golchi dwylo a wyneb ei chwaer fach gyda chadach – llyschwaer i fod yn fanwl gywir – oedd yn gwingo'n ddi-stop. Bu Sanan yn helpu ei mam i wneud bara ac roedd yn flawd o'i chorun i'w gên, a'i bysedd yn beryglus o sticlyd. Y peth diwethaf oedd ar Ebba ei angen oedd i Sanan sarnu ei dillad. Roedd Miro wedi sôn y byddai'n galw heddiw, ac roedd hi am edrych ar ei gorau.

"Beth yw 'llys-owen'?" holodd Sanan, yn dal i wingo.

"Rhyw fath o bysgodyn sy'n debyg i neidr," atebodd Ebba, gan ffugio mai neidr oedd ei braich chwith a'i chwifio yn wyneb Sanan cyn anelu am ei bol a'i goglais. Gwichiodd honno fel mochyn. Daeth llais o ochr draw'r stafell, o'r gilfach lle roedd y gegin.

"Rho'r gorau i'r sŵn aflafar yna!"

"Ond bai Ebba yw e, Mam!" protestiodd y ferch.

Ceisiodd Eleri, ei mam, edrych yn llym ond dawnsiai gwên ar ei gwefusau.

"Ddylwn i ddim 'di pryfocio hi," cyfaddefodd Ebba.

"Na, dylet ti ddim!" ategodd Sanan.

Chwarddodd Ebba. Gwyddai na ddylai ei hannog ond roedd yn anodd iawn peidio am fod Sanan yn aml yn ymddwyn yn iau na'i hoed, sef wyth.

Roedd Ebba'n dal i wenu'n wirion pan gerddodd Miro dros y trothwy. Pam oedd rhaid iddo gyrraedd yr union eiliad roedd hi'n gwenu fel rhywbeth o'i cho'? Rhoddodd yntau wên fach yn ôl iddi, ei wallt yn syrthio'n flêr dros ei dalcen fel arfer.

Tynnodd Miro rywbeth o'i gwdyn lledr a'i roi ar y bwrdd; un o dŵls Caradog roedd tad Miro, oedd yn saer coed, wedi'i fenthyg ganddo.

"Dioch," dwedodd Miro, gan roi ymgais ar un o ychydig eiriau iaith y gaer a fedrai. Nid Brython oedd Miro ond un o'r Galaesiaid brodorol. Roedd yn byw mewn pentref cyfagos, dros yr afon.

"Di-ol-ch." Cywirodd Sanan ef, â llais bychan.

"Sanan!" hisiodd ei mam.

"Ond fi'n trio helpu Miro ..." protestiodd y ferch.

Trodd Eleri at y llanc, gan bwyntio at y fainc bren oedd yn ymestyn ar hyd un o waliau'r tŷ.

"Eistedda. Wedi'r cwbl, dy dad a'i gwnaeth."

Ysgydwodd Miro ei ben. Trodd at Ebba, oedd hefyd yn medru Lladin y Galaesiaid, a hynny'n hollol rugl erbyn hyn.

"Dweud wrthi fod rhaid i fi fynd gartre'n syth."

"Ond newydd gyrraedd wyt ti!"

"Ces rybudd gan fy nhad i beidio aros yn rhy hir."

Ceisiodd Ebba beidio dangos maint ei siom. Trodd at Eleri ac esbonio wrthi.

"Falle nad yw ei rieni am iddo ymddangos fel ei fod yn cardota. Ond mae croeso iddo aros am fwyd. Dwed wrtho."

Roedd yn adeg hesb o'r flwyddyn. Byddai digonedd o lysiau a chig ffres maes o law, ond am y tro rhaid oedd digoni ar weddillion prin yr hyn a gadwyd dros y gaeaf. Roedd pawb yn yr un cwch, yn gobeithio am dywydd gweddol dros y misoedd nesaf ond yn ofni'n dawel bach y byddai'r haf mor gyfnewidiol â'r hafau diwethaf. Efallai pan fyddai'r mwynwyr yn cyrraedd o'r henwlad – roedd y llong i fod i gyrraedd unrhyw ddiwrnod – ac yn darganfod fod yr hen weithfeydd yn werth i'w datblygu, ac y byddai modd gwerthu'r haearn am arian mawr, y byddai pethau'n llawer gwell ar bobl y gaer.

Digon tlawd oedd yr hyn oedd i swper heno, beth bynnag – potes o ddanadl, ffa wedi'u sychu a darn bychan o gig moch wedi'i halltu – ond roedd yn well na dim.

Cyfieithodd Ebba'r hyn roedd Eleri newydd ei ddweud. Ysgwyd ei ben eto wnaeth Miro.

"Twt lol. Dwi'n medru gweld o'i olwg ei fod e ar lwgu," mynnodd Eleri.

Rhoddodd Eleri dorth fechan o fara iddo – bara cymysg o flawd ceirch a rhisgl coed bedw wedi'i ychwanegu ato er mwyn sbario'r hynny o flawd y llynedd oedd ar ôl.

"Rhywbeth tuag at eich swper. Mae'n dal yn gynnes."

Doedd dim angen i Miro ddeall ei geiriau i werthfawrogi'r rhodd.

"Diolch," dwedodd eto, gan fod yn ofalus i'w ynganu'n gywir y tro hwn ac edrych yn fwriadol i gyfeiriad Sanan. Chwarddodd y fechan, sboncio ato a'i gofleidio. Teimlai Ebba bwl o genfigen. Mor braf fyddai medru ei gofleidio'n gwbl naturiol, fel Sanan. Ond, wrth gwrs, nid ei gofleidio fel brawd, neu hyd yn oed fel ffrind, roedd arni eisiau gwneud.

Trodd Miro a cherdded tuag at y drws.

"Ga i hebrwng Miro ran o'r ffordd?" dwedodd Ebba'n sydyn, gan synnu'i hun iddi fod mor bowld. Oedodd Eleri cyn ateb. Plis, plis gad imi, erfyniodd Ebba o dan ei gwynt.

"Iawn. Paid bod yn rhy hir."

"Miro! Aros!" galwodd Ebba ar ei ôl.

"Ebba! Ti ddim wedi gorffen!" protestiodd Sanan, o'r stôl.

"Rwyt ti'n ddigon glân," dwedodd Ebba'n frysiog.

"Os gweli di Ina, dwed wrthi am hastio," galwodd Eleri ar ei hôl hithau.

Doedd dim ffeuen o ots gan Ebba a welai Ina neu beidio. Yr unig beth oedd ar ei meddwl oedd Miro.

"Mi fydda i'n siŵr o wneud," atebodd Ebba'n ufudd, gan osgoi edrych yn ôl i gyfeiriad Eleri wrth fynd allan drwy'r drws. Roedd hi'n weddol siŵr ei bod yn gwrido, a doedd hi ddim am i Eleri sylwi.

* * *

Ychydig yn ddiweddarach, daeth Ina i mewn i'r tŷ yn cario piser, a hwnnw'n drwm.

"O'r diwedd! Mae'r potes yn rhy sych – mae angen dŵr arno'n druenus," cwynodd Eleri.

"Roedd rhaid i fi aros fy nhro wrth y ffynnon," esboniodd Ina, gan osod y piser ar lawr cilfach y gegin.

"Arllwysa beth i'r llestr imi geisio achub ein swper."

Cydiodd Ina yn y piser eto a llenwi'r llestr pridd oedd wrth law, cyn ei estyn i Eleri. Daeth Sanan ati a thynnu ar ei gwisg.

"Wnei di plethu gwallt fi?"

"Rho gyfle i Ina druan ddod ati hi'i hun gynta," dwedodd Eleri, gan gynnig gwên gymodlon i Ina. "Pa glecs o'r ffynnon?"

Cododd Ina ei hysgwyddau.

"Siŵr fod rhyw hanes."

"Dim byd o werth."

Dechreuodd Ina anesmwytho. Roedd Eleri wedi dweud wrthi droeon pa mor bwysig oedd gwneud ffrindiau ac y dylai wneud mwy o ymdrech. Trodd at Sanan.

"Os wyt ti eisiau i fi wneud dy wallt well i ti eistedd."

Sgrialodd honno at y stôl ac eistedd arni'n ufudd.

"Un blet, i'r ochor. Iawn?"

"At eich gwasanaeth, f'arglwyddes."

Cydiodd Ina yn ei gwallt a dechrau arni. Gweithiai'n gyflym ac yn fedrus, er bod Sanan erbyn hyn yn gwingo yn ei sedd. Dydi hi wir ddim yn medru bod yn llonydd am hir, meddyliodd Ina. Ddim mwy nag oedd hi.

"Pan oedd Ebba'n golchi gwyneb fi daeth Miro. Dwedodd e 'dioch'," meddai Sanan, gan biffian chwerthin.

"Do. Ac yna fe ddwedodd e 'diolch' wedi hynny, yn gywir," galwodd Eleri o'r gilfach. "Mae Miro'n gwneud yn o lew, chwarae teg. Mae ganddo mwy o'n hiaith ni na sydd gen ti o Ladin, cofia di hynny."

"Fi'n gallu siarad Lladin. Dimonus vobsicum engalicum," cyhoeddodd Sanan, gan siarad nonsens. "O'n i'n mynd i ofyn i Ebba plethu gwallt fi hefyd. Ond aeth hi gyda Miro."

Gwgodd Ina. Dyna ble roedd Ebba, felly. Roedd y ddau'n cael hwyl yn rhywle a hithau yma ar ei phen ei hun. Eto fyth. Tynnodd ar wallt Sanan, yn rhy galed.

"Aw!"

"Aros yn llonydd 'te!"

Sodrodd Sanan ei hun ar y stôl a chroesi'i breichiau'n bwdlyd. Parhaodd Ina i blethu'i gwallt. Disgynnodd rhywbeth anghyffredin dros y tŷ: distawrwydd.

Chwalwyd yr heddwch gan gorwynt o fachgen bochgoch a chanddo nyth o wallt cwrls.

"Mam! Mam! Wnes i helpu 'nhad i hollti'r garreg. Falle ga i ddechrau yn y gweithdy cyn bo hir."

"Ddwedais i ddim y fath beth, Macsen," dwedodd Caradog, yn bwyllog ond yn gadarn, wrth gamu dros y trothwy. "Dweud wnes i y cei roi help llaw o bryd i'w gilydd. Daw digon o gyfle i godi gordd a chŷn. Mae bywyd cyfan o waith o dy flaen. Gofyn di i Ina."

Digon gwir, meddyliodd Ina, oedd yn gas ganddi waith tŷ. Rhoddodd Caradog winc fach iddi, a'i fwstásh trawiadol yn dawnsio ar ei wefus. Roedd gan nifer o ddynion y gaer fwstásh, ond doedd gan neb un tebyg i Caradog.

Cododd Sanan o'i stôl.

"Ti'n hoffi gwallt fi?" gofynnodd i'w thad.

"Ydw, wir. Mae Ina wedi gwneud gwyrthiau, fel arfer."

Fedrai Ina ddim help teimlo balchder cynnes yn ei bol. Er ei bod yn dweud wrthi hi'i hun yn gyson nad oedd ganddi fawr o ots am lawer o neb, roedd yn ymwybodol iawn – yn boenus o ymwybodol – fod plesio'i thad maeth yn bwysig iddi. Roedd yn ddyn uchel iawn ei barch yn y gymuned.

"Fi'n mynd allan i chwarae," cyhoeddodd Sanan, gan gychwyn am y drws.

"Beth am ddiolch i Ina'n gynta?"

"Diolch, Ina!" galwodd Sanan wrth ddiflannu dros y trothwy.

Estynnodd Caradog am y llestr pridd ac arllwys cwpanaid o ddŵr. Llowciodd y cwbl. Trodd at Ina.

"Pam na ei di allan am awr fach neu ddwy o hamdden hefyd?"

"Ar ben fy hun?"

"Ddo' i gyda ti," cynigiodd Macsen yn frwd.

Anwybyddodd Ina'r cynnig.

"Fedri di ddim dibynnu ar Ebba drwy'r amser, wyddost ti. Mae'n rhaid bod *rhywun* alle fod yn gwmni i ti."

"Valens."

"Mae hi ychydig yn hwyr i farchogaeth Valens," dwedodd Caradog.

"Ond fe gafodd Ebba ganiatâd i hebrwng Miro," meddyliodd Ina. Yna sylweddolodd ei bod wedi'i ddweud yn uchel. Byddai'r geiriau'n dod yn syth allan o'i cheg weithiau, heb rybudd.

"Roedd Ebba wedi gorffen ei dyletswyddau, on'd oedd?" pwysleisiodd Eleri. "Taset ti wedi'u cwblhau'n gynt, mi faset wedi cael caniatâd i fynd am dro ar gefn Valens."

Ochneidiodd Ina'n uchel.

"Tyrd, rwyt ti'n rhy hen i ddechrau strancio," dwedodd Caradog, yn cellwair yn fwy na cheryddu. Er mawr gywilydd iddi, teimlodd y dagrau'n cronni. Heb ddweud gair, cydiodd yn ei phibgorn a cherdded allan o'r tŷ.

Sychodd ei llygaid. Roedd yn gas ganddi'r ffaith ei bod wedi troi'n gymaint o fabi. Fuodd hi am flynyddoedd maith yn methu colli deigryn o gwbl – rhewodd rhywbeth y tu fewn iddi pan gollodd ei theulu – tan iddi gyrraedd y gaer. Ond y dyddiau hyn doedd dim pall arni.

Cerddodd Ina'n gyflym i gyfeiriad y fynedfa gefn, gan fynd heibio adeiladau o bob maint a siâp, wedi'u cysylltu â'i gilydd mewn grwpiau bychan: cartrefi, stordai, gweithdai, a llefydd i gadw anifeiliaid.

Efallai mai Eleri oedd yn iawn, a bod y dagrau o ganlyniad i'w chorff aeddfedu ac iddi – o'r diwedd! – groesi'r trothwy (neu 'blodeuo' o ddefnyddio geiriau Eleri) a dod yn ddynes ifanc. Doedd Ina ddim mor siŵr, am i'r holl grio gwirion ddechrau sbel yn ôl. Aeth Ebba trwy'r newid heb arwydd, ar yr wyneb beth bynnag, fod dim yn wahanol. A dyma hi Ina, yn gwneud môr a mynydd o'r peth. Ond fedrai hi ddim help. Roedd yn teimlo fel bod ei byd wedi'i droi wyneb i waered.

Ac ar ben hyn i gyd, roedd Ina – er mawr syndod a braw iddi – wedi dechrau magu diddordeb mewn bechgyn. Digwyddodd dros nos, mwy na heb. Gynt, roedd bechgyn, heblaw ambell eithriad prin, yn bethau plagus i'w pitïo, er eu bod yn mynd ar ei nerfau'n llai na'r rhelyw o ferched, rhaid dweud. Ac yna, un bore o wanwyn ...

Daeth Ina o hyd i'r twll yn y clawdd amddiffynnol y byddai'n ei ddefnyddio yn lle gorfod mynd a dod drwy'r prif borth – doedd dim rhaid i bawb wybod ei busnes – ac eistedd yng nghysgod y clawdd. O'i blaen roedd y goedwig. A thu hwnt i'r coed roedd y bachgen oedd yn llenwi ei meddyliau ddydd a nos yn byw.

Oherwydd nid bechgyn yn gyffredinol oedd wedi mynd â'i bryd ond un bachgen yn arbennig. Y bachgen a wnaeth y pibgorn ar ei chyfer o gorn gafr fynydd enfawr a phren coeden afalau. Y bachgen roedd Ebba'n ei hebrwng peth o'r ffordd adre yr eiliad hon.

"Miro ..." sibrydodd, cyn codi'r pibgorn i'w gwefusau a chanu tôn lawn hiraeth i gyfeiriad y goedwig.

II

Seiniai'r nodau i bob cyfeiriad, fel rhwyd anweledig, gan ymledu dros bennau'r coed o'u cwmpas ac i lawr ochrau moel y llethr.

Doedd Ebba byth yn peidio rhyfeddu at bŵer sain y bibgod, na chwaith at allu Miro i'w chanu. Eisteddai'r ddau, yn glòs at ei gilydd, ar ben bryncyn bychan wrth droed twmpath oedd yn goron glaswelltog arno. Enw'r Galaesiaid ar y lle oedd Carnedd Cabralos, a beddrod neu fan claddu o'r oesoedd a fu oedd y twmpath. Roedd yn lle sanctaidd i'r Galaesiaid rheiny oedd yn dal i arfer yr hen gredoau. Un o'r hen dduwiau oedd Cabralos, ar ffurf gafr anferthol.

Canai'r Miro'r offeryn gyda'i lygaid ar gau, ac felly gallai Ebba edrych arno heb embaras. Syllodd ar ei ddwylo hir a'i fysedd medrus, ar ei wallt yn disgyn dros ei dalcen, ac er iddi drio peidio, syllodd ar ei wefusau'n gwasgu'n dynn ar frwynen y bibgod. Doedd hi heb gusanu neb o'r blaen, ond doedd hyn ddim yn ei hatal rhag dychmygu sut fyddai'n teimlo. Dim ond un o'i ffrindiau pennaf oedd yn canlyn eto, sef Peren Llygaid Llo. Gydag ychydig o lwc, efallai mai hi fyddai nesaf.

Daeth y gân i ben. Edrychodd Ebba i ffwrdd cyn i Miro agor ei lygaid.

"Oeddet ti'n hoffi'r dôn? Dwi 'di bod yn gweithio'n galed arni."

"O'n. Wrth fy modd."

"Doedd y darn canol ddim yn rhy hir, nag oedd?"

Ysgydwodd Ebba ei phen. Roedd y gân yn berffaith. Yn union fel ti, roedd am ddweud. Ond feiddiai hi ddim. Eisteddodd y ddau'n dawel am ychydig heb ddweud dim. Doedd dim byd lletchwith am y tawelwch.

Yna cododd Miro'n ddisymwth a dechrau cerdded i lawr y llethr, ei lygaid wedi'u hoelio ar y llawr. Plygodd a chodi rhywbeth. Cerddodd yn ôl yn wên o glust i glust. Rhoddodd ddarn o garreg yn ei llaw.

"Beth yw hwn?" holodd Ebba'n syn.

"Edrych arno'n iawn."

Craffodd Ebba ar y garreg. Nid un gyffredin mohoni, ond cerflun bychan o ryw fath. Roedd iddo ben, a chorff – neu ddarn uchaf corff, o leiaf – ond dim breichiau. Penddelw dynes. Roedd hynny'n amlwg, er mor amrwd oedd y gwaith cerfio. Estynnodd Ebba'r ffiguryn yn ôl i Miro. Ysgydwodd hwnnw'i ben.

"I ti mae e. I'w gadw."

Mae'n siŵr mai swyndlws – rhywbeth a fyddai'n dod â lwc dda – oedd y penddelw bychan, neu efallai offrwm o ryw fath. Roedd Ebba wedi gweld rhywbeth tebyg ar Ynys Wiht unwaith – hen grair o'r cyfnod cyn i'r Brythoniaid droi at Grist, a chyn i'w phobl hithau gyrraedd glannau'r ynys a dod â'u duwiau gyda nhw yn gwmni.

Doedd Ebba ddim yn siŵr faint o werth iddi fyddai'r cerflun bychan. Roedd dros fis wedi mynd heibio ers iddi naddu ei henw ar y graig, a doedd hi dal heb glywed na bw na ba gan Woden, a dim smic gan Thoner, na Tiw na Frige, na chwaith gan o'r duwiau llai eraill, hyd yn oed. Roedd Ebba'n amau o ddifri erbyn hyn a fyddai byth yn cael arwydd ganddynt, ac yn dechrau dod i'r casgliad mai diolch i dduw Ina y dylai ei wneud – yr un Duw, y Tad Hollalluog – y bu iddi oroesi ei holl dreialon a'i bod unwaith yn rhagor yn byw gyda theulu oedd yn ei charu ac yn gofalu amdani. Ond doedd Miro ddim yn credu yn Nuw yr Eglwys, a doedd hi ddim am ei siomi.

"Diolch," dwedodd hi wrtho gan wenu, a chafodd wên hyfryd yn ôl.

Symudodd Ebba'n agosach ato. Roeddent bron â chyffwrdd. Medrai Ebba deimlo cynhesrwydd ei gorff. Roedd yn ysu iddo roi'i fraich amdani. Dim ond un symudiad bach roedd rhaid iddo wneud; y peth hawsaf yn y byd! Doedd Peren ddim yn stopio sôn am yr adeg y llwyddodd i gael ei chariad, Iddig, i'w chofleidio y tro cyntaf ... drwy esgus colli deigryn. Ond nid Peren oedd hi.

Closiodd Ebba ato'n nes fyth eto, a cheisio rhoi gwên fach galonogol iddo. Ond roedd Miro erbyn hyn yn syllu i'r pellter, yn ei fyd bach ei hun, fel arfer. Roedd hyn yn anobeithiol. Doedd dim siâp arno o gwbl. Oedd pob bachgen mor ddi-glem â hyn? Beth mwy, 'neno Frige, oedd rhaid iddi wneud? Dweud wrtho? Gafael yn ei law? Efallai'n wir, ond – eto – feiddiai hi ddim.

Daliodd Ebba ei gwynt wrth i Miro symud. Ond yn lle rhoi'i fraich amdani, cododd Miro ar ei draed.

"Bydd 'nhad yn holi lle ydw i."

"Pryd wela i di eto?"

"Dwi ddim yn siŵr."

"Ddei di i'r dathliadau Calan Haf?" holodd Ebba, gan synnu'i hun yr eildro'r diwrnod hwnnw gan ei hyfdra. Os na fedrai afael yn ei law, mi fedrai ofyn cwestiwn awgrymog iddo. Edrychodd Miro arni'n syn.

"Eich dathliadau chi, ti'n feddwl?"

Wel, ie wrth gwrs, y llo blwydd! Pa ddathliadau eraill? Ond brathodd Ebba'i thafod a nodio. Edrychai Miro'n ansicr iawn wrth iddo feddwl am ateb.

"Mi fyddwn yn falch iawn o dy weld yno," mynnodd Ebba, cyn colli'r ychydig o hyder oedd ganddi am fod Miro mor hir yn ateb, ac ychwanegu: "Ina hefyd, dwi'n siŵr."

"Iawn. O'r gorau," dwedodd Miro o'r diwedd, cyn troi a cherdded i lawr ochr arall y bryncyn.

Byseddodd Ebba'r swyndlws yn ei llaw. Roedd wedi cytuno! Efallai deuai'r ffigwr carreg bychan â lwc iddi wedi'r cyfan.

* * *

Teimlai Miro'n anesmwyth iawn. Roedd rhywbeth od ynghylch sut roedd Ebba wedi gofyn iddo ddod i ddathliadau Calan Haf y Brythoniaid. Roedd hi'n nerfus ofnadwy. Ac ai hi oedd eisiau iddo ddod, neu gofyn ar ran Ina oedd hi?

Erbyn meddwl, roedd y ddwy wedi bod ychydig yn od yn ei gwmni'n ddiweddar. Efallai mai fe oedd yn dychmygu'r peth, wrth gwrs, ond roedd yn weddol sicr fod rhyw newid na allai esbonio'n iawn. Heblaw … efallai fod Ebba – neu Ina – yn ei hoffi'n fwy na fel ffrind. Ond roedd hynny … wel, roedd hynny'n hollol hurt. Roedd Ebba … roedd hi mor, wel, anhygoel ac Ina ... Ina a'i chalon fawr a'i llygaid tanbaid ...

Iawn, roedd ganddo dalent – doedd neb o'r un oedran ag e'n medru canu'r bib cystal. Ond fel arall, llanc cyffredin iawn oedd e. Doedd e ddim yn dal – er ei fod wedi dechrau tyfu, diolch byth – nac yn arbennig o gryf, a doedd dim arlliw o farf ganddo, dim ond ambell flewyn tila, unig ar ei wefus uchaf. Na, gwell peidio codi ei obeithion, rhag iddo gael ei siomi. Mae'n siŵr mai dim ond eisiau ei gynnwys oedd y ddwy, gan eu bod yn gwybod cyn lleied roedd yn ei wneud bellach gyda'i hen ffrindiau o'r pentref a'r cyffiniau ...

Cododd Miro'i ben a sylweddoli ei fod bron adref. Daeth merllyn – pwll mawr o ddŵr llonydd – i'r golwg, ac ar ei lan gasgliad o dai cerrig, to gwellt. Y tu ôl i'r tai roedd olion hen gaer fechan, lle roedd trigolion y pentref yn arfer byw. Bellach, stordai oedd yr adeiladau oedd yn dal i sefyll. Roedd yr hen gaer yn lle da i gadw anifeiliaid yn ddiogel hefyd. Ond byddai'r pentrefwyr yn dal i ymgynnull o fewn ei muriau weithiau, ar adegau arbennig.

Pan gyrhaeddodd y tŷ, roedd ei dad, Felix, yno wrth y bwrdd, yn hogi un o'i fwyelli, a'i fam, Marina, wrthi'n hwylio hynny o swper oedd ar gael.

"Ro'n i'n dechrau meddwl dy fod wedi mynd ar goll," dwedodd Felix, heb godi ei ben.

"Mi ddes mor gyflym ag y gallwn i."

Tynnodd Miro'r dorth fara o'i gwdyn lledr a'i rhoi ar y bwrdd.

"Rhywbeth gan Eleri. Fedrwn i ddim gwrthod."

"Ydyn nhw'n meddwl ein bod ni'n dlawd?" holodd Felix yn biwis.

Edrychodd Miro arno'n syn. Doedd ei dad ddim fel arfer mor llym ei dafod. Dododd Marina'r swper ar y bwrdd: cawl tenau gydag ychydig o bysgod wedi'u halltu.

"Caredig iawn. Cofia ddiolch iddi ar fy rhan i," dwedodd Marina, gan afael yn y dorth a thorri tair tafell ohoni'n ofalus. "Mi wneith y bara dwchu'r cawl ac mi barith dridiau o leia."

"Ges i gynnig swper a phob dim. Ond dwedes i 'mod i ar hast."

"Dylet ti wedi aros i gael bwyd," protestiodd Marina.

"Mi wnest yn iawn, 'machgen i," dwedodd Felix, yn bendant.

"Mae'r bachgen ar ei dyfiant, Felix. P'un bynnag, maen nhw'n bobol dda."

"Mi fydda i'n siŵr o ddiolch i Eleri ar dy ran, Mam, pan wela i hi nesa."

Cliriodd Felix ei wddf.

"Mi fydd sbel cyn hynny."

Edrychodd Miro arno'n syn am yr eildro.

"Pam?"

"Mae'n bryd i ti dynnu dy bwysau. Ymroi i ddysgu crefft o ddifri. Nid plentyn wyt ti mwyach."

"Ond mae gen i grefft. Dwi'n ymarfer yn galed bob dydd. Ti'n gwbod hynny."

"Fy nghrefft i ro'n i'n ei feddwl. Mi allet fod yn saer coed o safon. Mae'r graen ynddot ti – mi ydw i'n medru ei weld cystal â dwi'n medru nabod graen da mewn pren."

Roedd Miro am ateb nad oedd ganddo ddiddordeb bod yn saer ond gwyddai y byddai'n well iddo beidio. Aeth Felix yn ei flaen.

"Mae gan dy arwr o bibydd Magnus y Gof grefft hefyd, cofia. Does neb yn medru trin haearn cystal yn y parthau hyn, ond dydi'r ffaith ei fod e'n of o fri ddim yn golygu nad yw e'n bibydd o fri hefyd."

Roedd hyn yn ddigon gwir. Ond nid dyna'r pwynt. A chyn iddo fedru ei atal ei hun, dyna'n union ddwedodd wrth ei dad.

Gwthiodd Felix y fowlen o'i flaen i'r neilltu. Roedd prin wedi cyffwrdd â'i fwyd.

"Rwyt ti'n treulio llawer gormod o amser yn y gaer. Yma mae dy le, gyda dy bobol dy hun."

"Ond dwi wedi cael fy ngwahodd i'w Calan Haf."

"Alli di anghofio am hynny."

Roedd Miro ar fin protestio eto, pan gafodd arwydd gan ei fam i beidio. Stwffiodd Miro lwyaid o'r cawl diflas yn ei geg.

"Falle," cynigiodd Marina'n ofalus, "os gwnei di ymdrech lew, y cei fynd i'r dathliadau. Be ddwedi di, Felix?"

Cododd Felix ar ei draed.

"Mi ydw i wedi dweud yr hyn sydd gen i'w ddweud."

A chyda hynny, cerddodd Felix allan o'r tŷ a chau'r drws ar ei ôl yn glep. Syllodd Miro'n ddiddeall ar ei fam: doedd ei dad erioed wedi ymddwyn fel hyn o'r blaen. Gafaelodd Marina yn ei law a dweud wrtho fod rhywbeth wedi digwydd, rhyw gwmwl ar y gorwel, heb esbonio'n union beth.

"Dyw e'n ddim byd na allwn ni ddatrys. Dydw i ddim eisiau i ti boeni."

Ond doedd Miro ddim yn ei chredu. Pan oedd oedolion yn dweud nad oedd rhaid poeni, dyna pryd roedd rhaid dechrau poeni go iawn.

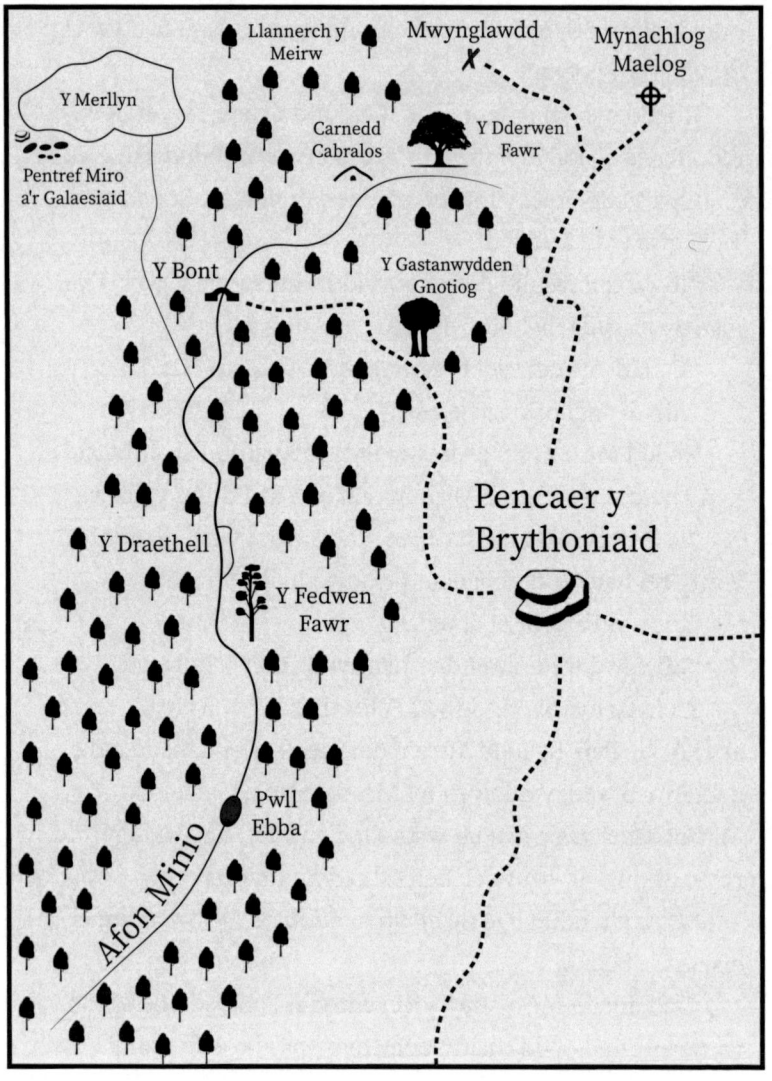

III

"Mora! Paid!" ceryddodd Ebba, gan chwifio'i ffon.

Chymerodd y mochyn â'r clustiau du ddim sylw ohoni. Gwthiodd hwnnw'r mochyn arall, â'r llygad gam, o'r neilltu.

"Paid poeni Wenna fach, gei di ddarn o fara gen i ar ôl cyrraedd adre i wneud yn iawn am ymddygiad dy chwaer."

Cododd ei ffon eto i gyfeiriad y mochyn arall.

"Ho! Yn dy flaen!"

Gyrrodd Ebba'r moch at brif borth y gaer. Roedd wedi bod â nhw i'r goedwig er mwyn iddyn nhw gael tyrchu am fwyd. Moch Ebba oedd y rhain. Ina a'u henwodd, ar ôl Morwenna, y ddynes ofnadwy y bu'n rhaid iddynt fyw yn ei gofal pan gyrhaeddon nhw'r gaer gyntaf.

Rhoddwyd y moch i Ebba fel iawndal am i'r ddynes a'i dyweddi, Sadwrn, ei chadw yn y beudy gyda'r anifeiliaid. Dyna pryd y collodd Ebba beth o'i golwg yn ei llygad chwaith, diolch i ddyrnau'r ddau. Cafodd Ina hefyd iawndal, sef buwch, oedd yn werth llawer mwy. Ond estrones oedd Ebba ac felly â llai o statws, yn ôl y gyfraith. Ac yn wahanol i Ebba, nid Ina oedd yn gorfod edrych ar ôl ei heiddo – roedd rhywun arall yn gwneud ar ei rhan. Danfonwyd Sadwrn a Morwenna o'r gaer a'u halltudio o diroedd y Brythoniaid am gyfnod o ddwy flynedd.

Sylwodd Ebba fod yr haul wedi diflannu tu ôl i gwmwl. Crynodd drwyddi, a chyflymu ei cham.

Arhosodd wrth y groes. Gosodwyd hi yno cyn y gaeaf. Croes go arbennig oedd hi, wedi'i gwneud o bren y gerddinen. O'r pren hwn y gwnaethpwyd y groes y croeshoeliwyd yr Iesu arni. Dyna pam roedd criafol, ffrwyth y gerddinen, yn goch – er mwyn cofio am ei waed.

Caeodd Ebba ei llygaid ac ymgroesi, gan erfyn yn dawel ar Dduw – yr un Duw a'r Tad Hollalluog, hynny yw – na fyddai Sadwrn na Morwenna'n dewis dychwelyd o gwbl, oherwydd roedd cyfnod eu halltudiaeth bellach bron ar ben. Efallai nad oedd rhaid iddi boeni. Yr unig beth fyddai'n eu disgwyl oedd tŷ gwag. Oherwydd, yn unol â'r ddedfryd, rhoddwyd gweddill anifeiliaid Sadwrn i'r gymuned ar ôl iddo adael ac fe'u lladdwyd ar gyfer y gaeaf.

Agorodd Ebba ei llygaid a cherdded yn ei blaen. Safai dau ddyn ger y porth, ill dau'n gwisgo gwregys cleddyf. Y tu ôl iddynt, pwysai dwy waywffon yn erbyn y clawdd, a'u blaenau wedi dechrau rhydu. Gwarchod y porth oedd swydd y dynion, Gallgo – Gallgo ap Gwrwst i'w wyneb, Gallgo Wallgo i'w gefn – a Serwan. Golwg ddigon di-hid oedd arnynt gan amlaf, ond roeddent dipyn yn fwy sionc na'r arfer. Roedd llanc tenau tua'r un oed ag Ebba, a thraed oedd yn ymddangos yn rhy fawr iddo, yn sefyllian wrth eu hymyl yn ceisio denu sgwrs, yn ofer. Iddig Droednoeth, mab y crydd, cariad Peren oedd hwn: 'troednoeth' am nad oedd byth yn gwisgo sgidiau pan oedd yn iau, er gwaetha'r ffaith (neu efallai o herwydd) mai gwneuthurwr sgidiau oedd ei dad.

"Dyma hi! Y Ferch o Aur!" galwodd Serwan. "*Quo vadis?* I ble'r ei di?"

Ceisiodd Ebba ei gorau i wenu. Roedd y dyn yn dweud hyn bob un tro y gwelai hi.

"Adre – i ble arall?" atebodd Gallgo ar ei rhan yn swta. "Paid cymryd dim sylw ohono, fy morwyn fwyn, benfelen. Cer â hwn gyda ti," ychwanegodd, gan gyfeirio at y bachgen.

"Dwi'n siŵr fod Iddig yn gwbod y ffordd. P'un bynnag, baswn i ddim am ddigio Peren."

"Mae'n syndod fod gan rywun ddiddordeb ynddo o gwbl," dwedodd Gallgo.

"Atgoffa fi faint o gariadon sy gen ti, Gallgo?" heriodd Iddig, fel bollt. Gwgodd y porthor ac anelu cic i'w gyfeiriad, ond roedd Iddig yn llawer rhy gyflym iddo.

"Falle gei di gusan yn y wledd heno," piffiodd Serwan.

"Heno?" holodd Ebba'n syn.

"Siŵr iawn. Mae'r llong wedi glanio. Newydd glywed. Mi fyddan nhw yma toc."

Pam na fyddech chi wedi dweud yn syth yn lle ryw wamalu gwirion, meddyliodd Ebba.

"Os wnewch chi fy esgusodi ..." dwedodd Ebba, gan annog y moch yn eu blaenau.

"Wela i di nes 'mlaen," galwodd Iddig ar ei hôl.

Gyrrodd Ebba'r moch drwy'r bwlch. Mi fyddai'n rhaid i Wenna aros am y darn o fara; roedd rhaid iddi ledaenu'r newyddion yn gyntaf. Dyfodiad y mwynwyr oedd y peth mwyaf cyffrous ers tro byd.

* * *

Safai Ina wrth y ffynnon, ei phiser yn ei llaw, yn disgwyl ei thro. Roedd yn gas ganddi aros i godi dŵr. Nid yn unig am fod sefyllian yn gwneud dim yn wastraff amser llwyr ond am fod rhaid iddi ddioddef cleber y merched eraill. Sgwrsiai'r genethod yn ddi-baid, heb gymryd dim sylw ohoni. Roedd Ina wedi hen arfer. Ar ôl iddi golli ei theulu, oherwydd y pla, aeth i fyw at ewythr ei mam. Chafodd fawr o gyfle i gymysgu â phlant eraill. Doedd neb am wneud llawer o ddim gyda hi, beth bynnag. Neb, heblaw ei bleiddgi triw, oedd yn gorwedd yn gelain ar draeth pell. Bleiddyn annwyl. Sychodd Ina ddeigryn o'i llygaid yn ddidaro, yn y gobaith nad oedd neb wedi sylwi. Sbeciodd ar y lleill. Wrth gwrs nad oedden nhw wedi sylwi.

Roedd Adwen Addfwyn wedi codi dŵr yn barod. Peren Llygaid Llo hefyd. Denw Ddoniol oedd wrthi nawr, a Ceinfron Plu Paun wrth ei hochr, yn disgrifio'n fanwl rhyw ddigwyddiad neu'i gilydd hollol ddibwys. Dyma'r llysenwau roedd Ina ac Ebba wedi'u dyfeisio ar y cyd pan ddaethant i adnabod y merched gyntaf. Roedd Ceinfron Plu Paun yn rhy grand i godi dŵr ei hun: y forwyn, Medlan, fyddai'n gwneud ar ei rhan. Yn ei bywyd blaenorol, cyn dod i'r gaer, roedd gan Ina lawforwyn i wneud pob dim drosti hefyd.

Ochneidiodd Ina, yn uwch nag oedd wedi bwriadu. Daliodd Ceinfron ei gwynt am hanner eiliad ac edrych arni'n gam cyn parhau i glebran.

"Myn Mair, Ceinfron! Does dim pall arnat ti!" meddyliodd Ina, cyn sylweddoli ei bod, unwaith yn rhagor, wedi'i ddweud yn uchel.

"O leia mae gen i rywbeth i'w ddweud," atebodd Ceinfron yn bigog.

Chwarddodd y lleill, yn nerfus. Yn dawel bach, roedd arnynt ychydig o ofn Ina. Roedd Ina'n medru ymladd cystal – os nad gwell – na'r rhan fwyaf o fechgyn ac yn feistres ar bastwn ymladd, ond rhoddodd y gorau i hyn i gyd er mwyn plesio Caradog. Roedd chwant ar Ina afael yn Ceinfron ger ei hysgwyddau main a'i gwthio wysg ei phen i lawr y ffynnon, neu o leiaf cymryd piser Denw Ddoniol oddi arni a'i dywallt drosti.

Efallai i'r lleill synhwyro bod Ina ar fin ffrwydro, oherwydd dyma Peren Llygaid Llo yn newid y pwnc gan sôn am ryw ddyn ifanc neu'i gilydd – rhywun hŷn na nhw – roedd wedi'i weld yn gweithio yn y caeau. Er bod ganddi gariad, roedd Peren yn syndod o hoff o sôn am fechgyn.

"Dewch i ni adael llonydd i Ina godi dŵr. Mae hi wedi bod yn aros yn ddigon hir," dwedodd Adwen, gan wenu arni'n addfwyn.

Gwenodd Ina 'nôl orau y medrai. Trodd Ceinfron ei chefn.

"Does ganddi ddim diddordeb mewn bechgyn beth bynnag," dwedodd honno dan ei gwynt ond yn ddigon uchel i Ina glywed.

Dechreuodd y criw gerdded i ffwrdd o'r ffynnon. Camodd Ina ymlaen a gollwng y bwced i waelod y ffynnon. Atseiniai'r sŵn i fyny'r muriau cul wrth i'r bwced daro'r dŵr. Gwenodd Ina'n gam wrth ddychmygu fod Ceinfron yno yn y gwaelodion hefyd, yn wlyb diferol ac yn erfyn am faddeuant am fod yn gymaint o sguthan ffroenuchel.

"Maen nhw wedi glanio!"

Trodd i weld Ebba'n rhedeg tuag ati, wedi'i chynhyrfu'n lân.

"Pwy?" holodd Ina, wedi drysu.

"Y mwynwyr! Pwy ti'n feddwl?" esboniodd Ebba cyn galw ar y lleill.

"Ferched! Maen nhw wedi glanio! Mi fyddan nhw yma cyn bo hir!"

Doedd dim angen i Ebba ddweud dwywaith wrth y rhain. Medrai Ina deimlo'r cynnwrf yn cydio ynddynt o ble roedd hi'n sefyll. Gwasgarodd y merched fel ieir.

"Tyrd. Brysia!" siarsiodd Ebba.

"Dal dy ddŵr. Dydyn nhw ddim yn mynd i gyrraedd yn syth bin," atebodd Ina, gan godi'r piser a dilyn Ebba'n bwyllog.

Ond yn dawel bach, roedd hi hefyd yn reit gynhyrfus ynghylch y peth, er na fyddai byth yn cyfaddef hynny, wrth gwrs.

* * *

Ar ôl twtio'u hunain yn gyflym adre, aeth y ddwy 'nôl allan yn syth. Chafodd Sanan ddim caniatâd i ddod gyda nhw, er mawr siom iddi, gan fod ar Eleri ofn y byddai'n gorflino am ei bod ar binnau drain yn barod ynghylch y wledd heno.

Cerddai Ina ac Ebba tuag at brif fynedfa'r gaer, a synhwyrodd Ina fod gan Ebba rywbeth ar ei meddwl.

"Dwi'n teimlo bod ni heb gael cyfle i siarad yn iawn ers tro," dwedodd Ebba, gan edrych arni drwy gil ei llygad.

Achos dy fod yn rhy brysur yn rhedeg ar ôl Miro, a finne'n rhy brysur yn hiraethu ar ei ôl. Dyna'r gwir. Ond, rhywsut, llwyddodd Ina i atal ei hun rhag dweud y geiriau. Yn lle hynny, gwenodd arni.

"Mae pob dim yn iawn, ydi?" holodd Ebba.

"Ydi. Wrth gwrs."

"Mi fyddet ti'n dweud, yn byddet, pe byddai rhywbeth yn bod."

"Sdim byd yn bod," atebodd Ina'n bendant, gan obeithio mai dyna fyddai diwedd ar yr holi, ac yn falch o weld gatiau'r prif borth yn dod i'r golwg.

"Mi fydd y lleill yno'n barod, gei di weld," dwedodd, gan newid y pwnc. "Ceinfron Plu Paun yn bendant. Yn fi fawr, fel arfer."

Chwarddodd Ebba.

"Addo imi wnei di frathu dy dafod heddiw."

"Mae'n rhy hwyr i hynny."

"Rho gyfle iddyn nhw ddod i dy nabod di – fel rydw i'n dy nabod di."

"Pe bydden nhw am ddod i nabod fi, bydden nhw wedi gwneud yr ymdrech erbyn hyn."

Doedd Ina ddim wedi bwriadu swnio mor amddiffynnol. Pam oedd rhaid i Ebba rygnu 'mlaen am hyn? Roedd hi cynddrwg ag Eleri.

Aeth Ina ac Ebba drwy'r porth. Ar bob ochr ohono, safai Gallgo a Serwan, yn edrych yn hynod o hunanbwysig, ac am unwaith yn dal y gwawyffyn yn eu dwylo yn hytrach na'u gadael yn segur yn pwyso yn erbyn y mur.

"Ebba! Ina! Yma!"

Roedd Adwen Addfwyn wedi'u gweld ac yn chwifio atynt. Aeth y ddwy i ymuno â'r criw. Sylwodd Ina fod Ceinfron Plu Paun wedi newid ei dillad – yr unig un a drafferthodd wneud – ac yn gwisgo broetsh lachar nad oedd wedi'i gweld o'r blaen.

Ychydig i'r ochr, safai Iddig a Peren, yn dal dwylo a syllu ar ei gilydd fel dau lo gwlyb, gan feddwl nad oedd neb yn sylwi. Fis yn ôl, bythefnos efallai, byddai Ina wedi'u hwfftio. Ond heddiw, teimlai bigiad o chwithdod – eiddigedd, bron – nad hi oedd yn dal dwylo â Miro.

Gwelodd Ina fod Medlan, llawforwyn Ceinfron, hefyd wedi sylwi ar y ddau gariad. Rhannodd Ina a hi wên fach ddirgel. Doedd Medlan ddim yn llawer hŷn na'r criw. Roedd ganddi lygaid direidus a ffordd urddasol o weini ar Ceinfron oedd yn orgwrtais, fel petai am ddangos i Ceinfron nad oedd hi damaid yn well na hi.

Daeth chwa o wynt a bygwth gwneud llanast o wallt Ceinfron, oedd wedi'i osod yn ofalus gyda phinnau.

"Medlan. Fy ngwallt!"

Aeth Medlan ati i'w dwtio.

"Ro'n i'n gobeithio y bydden nhw yma erbyn hyn," dwedodd Ceinfron yn ddiamynedd. "Beth sy'n eu cadw nhw?"

Cyn i neb gael cyfle i ateb, dechreuodd Ceinfron sôn am beth roedd yn mynd i'w wisgo heno, ac y byddai'r merched eraill yn siŵr o ryfeddu at weld y fath ddillad drudfawr, oherwydd roedd y wisg, a chafodd ei pharatoi'n unswydd ar gyfer yr achlysur pwysig hwn, wedi'i gwneud o sidan gan ddwylo gwniadwraig enwog o Lucus, dinas fwyaf gogledd Galaesia, taith diwrnod i ffwrdd, oedd yn gwneud dillad ar gyfer holl deuluoedd pwysica'r ddinas fawreddog honno, a thu hwnt ...

Roedd llais croch Ceinfron yn twrio'n ddwfn i glust Ina fel chwilen. Cafodd Ina ei themtio i dynnu un o'r pinnau o'i gwallt a'i phigo'n ddidrugaredd. Yn lle hynny, dwedodd,

"Roedd gan mam wisg sidan. Un goch."

Edrychodd Ceinfron arni'n syn, cyn ymffrostio bod gan ei mam dair gwisg o'r fath.

"A phob un o'r ansawdd gorau, yn gweddu i lys y brenin," ychwanegodd.

"Pa lys? Pa frenin?" holodd Ina'n finiog.

"Wel ... unrhyw un, am wn i," atebodd Ceinfron, wedi'i thaflu gan y cwestiwn.

Teimlodd Ina law Ebba yn gwasgu'i braich fel arwydd iddi ymdawelu. Ond doedd Ina heb orffen eto.

"Fuest ti erioed mewn llys? Gwrddaist ti erioed â brenin?"

"Naddo, ond ..."

"Mi wnes i. Cynddylan Frenin. A chael gwledd yn ei lys. Roedd y lle'n llawn sidan, ac aur hefyd o ran hynny."

Doedd hyn ddim yn hollol wir. Do, mi fu Ina yn llys Cynddylan – ond doedd e ddim mor foethus ag yr oedd hi'n honni. Fyddai Ceinfron ddim callach. Er bod Ceinfron Plu Paun yn perthyn i un o deuluoedd hynaf a mwyaf bonheddig teyrnas Dyfnonia ym Mhrydain – a doedd hi byth yn blino dweud hynny – gwyddai Ina'n iawn nad oedd hi wedi bod ar gyfyl unman mwy urddasol na Neuadd Fawr y fryngaer. Gwyddai hefyd fod hyn yn dân ar ei chroen.

"Ac oni bai i Gaersallog syrthio, mi fyswn i'n byw yn llys brenin arall, y Brenin Caradog, yn gwisgo sidan bob dydd."

"Ac yn lle hynny, rwyt ti yn nhŷ Caradog y Saer Maen, yn gwisgo gwlân digon cyffredin," atebodd Ceinfron, oedd wedi dod o hyd i'w thafod eto.

Roedd Ina ar fin rhoi hergwd iddi o flaen pawb, pan floeddiodd rhywun:

"Dyma nhw!"

Aeth si drwy'r dorf a symudodd pawb gam ymlaen fel un. Yn dod tuag atynt roedd criw o ddynion ac asynnod a cheffylau pwn llwythog yn cario pob math o nwyddau: crwyn, pysgod wedi hallitu, casgenni o win, a nifer o bethau eraill.

Medrai Ina ddychmygu'n hollol fyw'r daith roeddent newydd ei chwblhau – sut y byddent wedi angori yng ngheg y Foryd Fawr, cyn dadlwytho i gychod llai a hwylio i fyny'r foryd at yr afon, ac yna i fyny'r dyffryn, heibio'r dolydd ar bob ochr, cyn i'r dyffryn droi'n gwm cul, coediog. Ar ôl teithio i fan penodol i fyny'r afon, mi fyddent wedi angori eto a dadlwytho'r eildro, cyn cerdded gweddill y ffordd i fyny'r llwybr serth rhwng y coed a chyrraedd, maes o law, dir eang, moel y topiau … a byddent wedi gweld, yn union fel y gwnaeth hi ac Ebba gwta ddwy flynedd yn ôl, dwmpath enfawr hirgrwn, ac ar ôl craffu'n fwy manwl, wedi sylweddoli nad twmpath oedd e wedi'r cwbl ond bryngaer.

Roedd y cwmni bron â'u cyrraedd erbyn hyn. Roedd sylw pawb, gan gynnwys Ina, bellach ar y dynion di-lol yr olwg oedd yn torsythu eu ffordd tuag at y dorf. Dyma nhw, felly: y mwynwyr – gobaith mawr y gaer.

Yn arwain y gweithwyr roedd dyn go arw, pryd tywyll, barfog, ei wallt hir wedi'i blethu, a chlogyn o flewgroen math o anifail – llwynog, efallai? – o gwmpas ei ysgwyddau. Doedd e ddim yn arbennig o fawr ond roedd yn amlwg ei fod yn arbennig o gryf, er gwaetha'r ffaith ei fod yn hercian wrth gerdded.

Wrth ei ochr, ond hanner cam y tu ôl iddo, roedd llanc ifanc golygus, rhwydd ei gerddediad. Edrychai mor hunanhyderus â'r dyn o'i flaen, ac roedd rhyw debygrwydd corfforol rhyngddynt hefyd; ai mab yr arweinydd oedd hwn, efallai? Digon cymysg yr olwg oedd y lleill, ond roedd traul gwaith caled ar bob un.

Wrth i'r dynion gerdded heibio, oedodd y llanc yn union gyferbyn ag Ina ac Ebba, cyn moesymgrymu'n chwareus, a syllu arnynt, fymryn yn rhy hir, gyda'i lygaid treiddgar. Cafodd Ina gymaint o syndod, er mawr cywilydd iddi, teimlodd ei bochau'n fflamio. O gil ei llygad, gwelodd fod Ebba'n gwrido hefyd. Cerddodd y llanc yn ei flaen.

"Mae ganddo feddwl mawr ohono'i hun," sniffiodd Ceinfron.

Oes wir, meddyliodd Ina, gan sylwi fod Ceinfron, serch hynny, yn dal i syllu i'w gyfeiriad ar ôl iddo gerdded heibio. Efallai ei bod hi'n flin mai Ebba, ac nid hi'i hun, roedd e wedi'i llygadu. Er ei fod wedi syllu ar y ddwy ohonynt, gwyddai Ina'n iawn mai Ebba a dynnodd ei sylw. Wedi'r cwbl, pwy fyddai'n trafferthu ei llygadu hi?

IV

"Mae Ebba'n glên iawn yn cribo dy wallt. Faswn i ychydig yn fwy diolchgar yn dy le di. Wnest ti swnian digon iddi wneud."

Sythodd Sanan yn ei sedd a gwneud ei gorau glas i fod yn llonydd, rhag i'w mam ei cheryddu eto.

"Falle na chymeres i ddigon o ofal," cyfaddefodd Ebba.

"Cyn belled na ddaw dim niwed i'r grib ..." dwedodd Eleri, gan godi'i haeliau i bwysleisio'r rhybudd chwareus.

Ond doedd dim angen rhybudd. Gwyddai Ebba'n iawn pa mor werthfawr roedd y grib a chymaint roedd yn ei olygu iddi, gan mai anrheg priodas oedd hi. Roedd y grib yn un hynod o gain, wedi'i naddu o asgwrn, a'i gwynnu'n wyn llachar a phatrymau lliw coch wedi'u paentio arni – y llinellau'n gweu trwy'i gilydd fel dolenni cadwyn. Anaml iawn fyddai'r grib yn gweld golau dydd, gan ei bod fel arfer yn cael ei chadw'n ddiogel yn y gist fawr bren yn y gornel. Ond roedd Sanan wedi swnian a swnian, a chael ei ffordd.

Aeth Ebba ati unwaith eto i gribo gwallt y ferch – yn fwy gofalus y tro hwn. Gwnaeth honno ymdrech lew i beidio gwingo. Yn lle hynny dechreuodd barablu.

Ceisiodd Ebba wrando ond roedd rhywbeth arall ar ei meddwl: roedd gan ei mam – ei mam go iawn, a fu farw pan oedd Ebba ychydig yn iau na oed Sanan nawr – grib debyg, ond bod honno wedi'i gwneud o gorn carw. Roedd yr un mor gain, a'r un mor werthfawr. Faint oedd oed ei mam yn cyrraedd Ynys Wiht? Un deg saith? Deunaw? Daeth dros y môr o'r gogledd pell, o henwlad y Jiwtiaid, oherwydd y newyn, a'r trais ddaeth yn ei sgil, i briodi dyn nad oedd erioed wedi cwrdd ag e.

Ceisiodd Ebba gonsurio wyneb ei mam – neu 'Mo', fel y byddai'n ei galw – yn ei dychymyg. Amlinelliad aneglur, dyna'r oll oedd ar ôl ohoni. Rhyw ddiwrnod – a doedd wybod pryd – fyddai dim amlinelliad, hyd yn oed. Bu'n meddwl fwy-fwy am ei mam yn ddiweddar. Roedd naw mlynedd wedi mynd heibio ers iddi farw, ac o'r herwydd byddai ei llwch, oedd yn gorffwys mewn llestr ac ynddo rai o'i hoff greiriau, yn cael ei gladdu cyn deuai'r gaeaf eleni.

Syllodd Ebba ar y grib yn ei llaw eto – yn fanwl. Oedd, roedd yr un ffunud bron â chrib ei mam. A pha ryfedd, gan mai crefftwyr Germanaidd a wnaeth y ddwy. Y naill yng ngwlad yr eira a'r coniffer, a'r llall yma yn Galaesia, yn un o gadarnleoedd y Swabiaid, y Germaniaid rheiny oedd yn rheoli'r rhan hon o Hispania.

" ... a wedyn neidiodd y broga i ffwrdd a wedyn daeth yr aderyn mawr 'nôl a'i fwyta fe. Ych a fi! Ebba?... Ebba?!"

Sylweddolodd Ebba nad oedd prin wedi clywed gair.

"Ti ddim wedi bod yn gwrando!" cwynodd y ferch fach.

"Wyt ti am i fi gribo dy wallt neu ddilyn dy stori?"

"Y ddau!" atebodd Sanan yn hy.

Daeth Ina i mewn o'r stafell fechan lle cysgai'r merched. Gwisgai'r clogyn patrymog amryliw hwnnw gafodd gan ei hen ewythr Gwrgant, wedi'i glymu yn ei le gyda'r froetsh brydferth goch oedd yn perthyn i'w mam. Dyma beth fyddai

Ina'n gwisgo i bob gwledd neu ddathliad, er ei bod wedi gwneud ychydig mwy o ymdrech gyda'i gwallt nag arfer, meddyliodd Ebba.

"Ti'n edrych yn union fel tywysoges," dwedodd Ina wrth Sanan.

"Mae gen i ofn ei bod hi'n ymddwyn fel tywysoges hefyd, fel arfer," dwedodd Eleri. "Ond – rhaid imi ddweud – mi ydw i'n blês iawn â'r wisg."

"Ydi, mae'n hyfryd."

Clywodd Ebba'r tinc trist yn llais Ina, er gwaetha ei brwdfrydedd. Hen wisg Ina oedd hon – y wisg lliw emrallt a gafodd i fynd i lys Caradog Frenin – oedd bellach yn rhy fach iddi ac yn rhy fratiog, ond bod digon o'r defnydd wedi cadw'i loywder i wneud gwisg deilwng iawn ohono ar gyfer Sanan. Mae'n siŵr bod gweld y wisg yn dod ag atgofion cymysg iawn iddi, meddyliodd Ebba.

Daeth Ina ati ac addasu mymryn ar ei gwisg hithau.

"Dyna welliant. Rwyt ti'n edrych fel tywysoges hefyd."

"Dwi ddim yn gwbod am hynny," atebodd Ebba, mewn ychydig o embaras, er ei bod yn falch o eiriau caredig Ina – doedd hi ddim yn un i ganmol yn aml. Sythodd Ebba lewys ei gwisg. Roedd wedi dewis yr un felen ar gyfer heno, gan ddilyn cyngor Adwen i gadw'r wisg las golau tan y dathliad Calan Haf.

"Ti wedi gorffen gwallt fi?" holodd Sanan, oedd yn amlwg ar dân eisiau codi.

"Do. Rho'r grib 'nôl yn ddiogel yn y gist," dwedodd Ebba.

Cododd y ferch a rhoi'r grib i gadw'n ddiogel, wrth i Caradog ddod dros y trothwy.

"Mi ydw i'n hwyr, dwi'n gwybod."

"Ddim yn rhy hwyr i newid dy ddillad, gobeithio."

"Fyswn i ddim yn dwyn gwarth arnat ti, paid poeni."

"Oes gen ti syniad ble mae Macsen?" holodd Eleri.

"Mi ddaw cyn bo hir, siŵr o fod."

"Well iddo fe, neu fydd hi ddim yn dda arno."

"Paid cynhyrfu dy hun heb reswm. Gad i ni gyd fwynhau heno. Nid yn aml ydyn ni'n cael y cyfle."

Aeth Caradog i roi'i fraich amdani.

"Nid gyda'r dwylo brwnt yna!" protestiodd Eleri, dan chwerthin.

Gwyrodd Caradog i ffwrdd ohoni ar yr eiliad olaf ac yn lle hynny esgus crafangu ei ddwylo mawr llychlyd am Ina, a wnaeth sioe o fod ofn, ac yna am Sanan. Rhedodd honno at ei mam dan sgrechian a chwerthin am yn ail. Cofleidiodd Eleri hi'n dynn, â gwên lydan ar ei hwyneb.

Roedd hi'n braf gweld cystal hwyliau ar bawb, meddyliodd Ebba. Digon diflas a blin fu'r gaeaf, a doedd yn gwanwyn ddim yn llawer gwell hyd yma. Wrth gwrs, mi fyddai heno'n achlysur hapusach fyth petai Miro'n cael dod, ond gwledd i drigolion y fryngaer yn unig oedd hon. Cysurodd Ebba'i hun y byddai ganddi ddigon o amser i'w dreulio yn ei gwmni Calan Haf, a doedd dim llawer o amser i ddisgwyl tan hynny.

* * *

Roedd pawb yno, pob un copa walltog, ac ambell gopa foel hefyd, gan gynnwys pen sgleiniog Elfryn ap Berddig, Ceidwad y Gaer. Roedd y neuadd dan ei sang. Bron y medrech ei chlywed yn griddfan dan y straen.

Eisteddai pawb, yn anarferol o lân a chymen, wrth fyrddau hirion wedi'u gosod mewn rhesi. Eisteddai Ina a gweddill teulu Caradog tua'r canol. Yn y cefn, roedd y mwynwyr yn torri'u syched yn awchus. Ac yn y tu blaen, ar lwyfan bychan, eisteddai pennaeth y gaer, Iacob ab Enodog a'i dylwyth, ynghyd â'r Swyddog Elfryn.

Sylwodd Ina fod Ceinfron Plu Paun a'i theulu'n eistedd wrth y bwrdd nesaf at y llwyfan. Roedd pob un ohonynt yn disgleirio yn eu dillad newydd. Roedd rhywun – mam Ceinfron yn ddi-os – hyd yn oed wedi sicrhau fod yr holl liwiau'n gweddu i'w gilydd. Edrychent fel murlun.

Roedd y canhwyllau i gyd wedi'u cynnau bellach, a'r addurniadau ar waliau'r neuadd wedi'u trawsnewid yng ngolau'r fflamau: y crwyn anifeiliaid fel be baent yn bethau byw, a'r tarianau llachar yn crynu'n barod at ryw frwydr. Fedrai Ina ddim peidio â meddwl am y wledd a gynhaliwyd er anrhydedd iddi ar ei noson olaf cyn gadael am Gaersallog. Roedd y canhwyllau ynghyn y noson honno hefyd, a'r bwrdd bwyd yn gwegian, a'r ddiod yn llifo.

Daeth y pwl mwyaf ofnadwy o hiraeth drosti. Teimlodd y dagrau'n dechrau cronni, a cheisiodd feddwl am rywbeth arall yn gyflym. Gwasgodd llaw rhywun ei llaw hithau o dan y bwrdd, a gwelodd Ebba'n rhoi gwên fach galonogol iddi. Weithiau, mi fyddai Ina'n meddwl bod Ebba'n ei hadnabod yn well na hi'i hun.

Dyna pryd sylwodd Ina nad oedd Ebba'n gwisgo ei hoff fwclis – yr un â'r talp o aur wedi'i osod yn y gadwyn.

"Ro'n i am ei gadw tan Calan Haf," esboniodd Ebba.

"Beth sydd mor arbennig am Galan Haf?"

"Dim byd," atebodd Ebba'n ddidaro, cyn newid y pwnc. "Wyt ti wedi gweld beth mae Ceinfron yn gwisgo?"

"Do. Anodd peidio."

Teimlodd Ina bâr o lygaid yn ei hoelio, o gefn y neuadd. Trodd a gweld pwy oedd wrthi.

"Dyna'r bachgen yno eto – y mwynwr – yn edrych draw arnat ti," sibrydodd Ina yng nghlust Ebba. Efallai nad oedd Ina'n deall holl gymhlethdod sut i ymddwyn gyda phobl eraill, ond roedd ganddi reddf anifail i adnabod perygl. Ac roedd honno'n dweud wrthi na ddeuai dim da o ddyfodiad y llanc i'r gaer.

"Sut wyt ti'n gwbod mai arna i mae e'n edrych?" holodd Ebba.

"Achos fod e'n amlwg," atebodd Ina.

"Falle mai edrych draw arnat ti mae e."

Chwarddodd Ina fymryn yn rhy uchel. Dechreuodd Sanan bwffian chwerthin, tan i Eleri ei thawelu, gan amneidio i gyfeiriad y llwyfan.

Roedd Elfryn wedi codi i'w draed, a'i wyneb siriol, crwn yn tywynnu yng ngolau'r canhwyllau. Cliriodd ei wddf.

"Gyfeillion! ... Gyfeillion!"

Tawodd pawb. Nid yn gymaint am eu bod eisiau gwrando arno, ond am eu bod yn awyddus i gael dechrau bwyta.

"Hybarch Bendefig," datganodd, gan fwrw golwg yn barchus i gyfeiriad Iacob oedd i'r chwith iddo ar y llwyfan. "Gyfeillion hen a newydd, pleser amheuthun yw eich croesawu'n wresog yma heno ar achlysur tra arbennig ..."

Aeth Elfryn yn ei flaen, yn ei ffordd flodeuog, i wneud ambell gyhoeddiad, ond yn anad dim i ddymuno gras Duw ar y 'fenter fawr', yn y gobaith y byddai Duw yn cadw'r mwynwyr yn ddiogel ac y byddent yn llwyddiannus er budd pawb, yn enw Iesu Grist.

Cododd sawl 'Clywch, clywch!' brwd, a daeth bloeddio croch o'r cefn, wrth i'r mwynwyr godi'u cyrn yfed a chyfarch Elfryn.

Cliriodd hwnnw ei wddf eto, a throi'r tro hwn at y bwrdd lle roedd Ceinfron a'i theulu'n eistedd.

"Cyn cloi, hoffwn ddiolch yn ddiffuant ar ran pawb i un o wyrda mwyaf blaenllaw'r gaer, Gwnwyn ap Cybrdan, am ddarparu'r gwin ar ein cyfer heno, a ddaeth gyda'r llong heddiw – gwin gorau Bwrdios, sylwch, o Deyrnas y Ffrancod!"

Cododd sawl un eu cwpanau a'u cyrn yfed yn uchel, i gyfarch y gwron hael.

"Hir oes!"

"Yr Arglwydd a'th gadwo, Gwnwyn, a dy deulu!"

Cododd tad Ceinfron ei law yn wylaidd ar bawb. Roedd Ceinfron, ar y llaw arall, yn methu cuddio pa mor falch roedd hi o gael y fath sylw.

Rholiodd Ina'i llygaid at Ebba a gwenodd honno'n gynnil cyn rhoi'i llaw dros ei cheg rhag iddi ddechrau chwerthin.

"Gyfeillion! Gyfeillion!" bloeddiodd Elfryn, er mwyn tawelu pawb eto. Pan oedd yn hapus fod pawb yn gwrando, galwodd ar bennaeth y gaer, Iacob, i'w harwain mewn gweddi fer o ddiolch cyn dosbarthu'r bwyd.

Caeodd Ina ei llygaid. Oedd, roedd ganddi lawer i fod yn ddiolchgar amdano. Ond roedd hi hefyd ar lwgu, ac yn gobeithio na fyddai Iacob yn mynd i ormod o hwyl.

* * *

Estynnodd Ebba am y ddysgl a chydio yn un o'r pysgod bychan, nad oedd llawer yn fwy na'i bys canol, gerfydd ei gynffon a'i fwyta'n gyfan heblaw am y gynffon, cyn taflu honno i ddysgl arall llond sborion, a llyfu ei bysedd fesul un.

Roedd wedi colli cyfrif o faint yn union o'r brwyniaid hyn roedd wedi'u bwyta. Roedd macrell ar y bwrdd hefyd, gan fod y tymor yn hwyr eleni, ond roedd yn well ganddi'r pysgod bychan oedd yn crensian yn ei cheg.

Bu rhywbeth tebyg i ddistawrwydd am sbel ar ôl i bawb gychwyn ar y bwyd, ond erbyn hyn roedd y sgwrsio'n dechrau llenwi'r neuadd eto ac yma a thraw, sŵn pobl yn griddfan yn hapus. Nid fi yw'r unig un felly, meddyliodd Ebba, gan roi brwyniad arall yn ei cheg yn gyflym. Dyna'r un olaf, addawodd i'w hun.

Yn y man, dechreuodd pobl godi o'u seddau, ymestyn eu coesau a sefyll driphlith draphlith mewn grwpiau bychan a hel clecs o ddifri, tra bod y plant mân yn rhedeg o gwmpas a chuddio dan y byrddau, Sanan yn eu mysg.

Aeth Ebba ac Ina at y merched eraill, oedd wedi ymgasglu'n agos at fwrdd Ceinfron. Sylwodd Ebba fod y mwynwr ifanc yn syllu i'w cyfeiriad eto. Ddwedodd dim byd wrth Ina rhag iddi wylltio. Yn lle hynny, rhythodd ar y llanc mor oeraidd ag y gallai. Roedd wedi disgwyl iddo droi'i lygaid heibio ond parhaodd i syllu arni â'i wên ddigywilydd. Dechreuodd Ebba anesmwytho. Doedd neb wedi edrych arni fel hyn erioed o'r blaen ac roedd hyn yn ei drysu. Doedd hi ddim am ei annog, felly edrychodd Ebba i ffwrdd, gan ddifaru ei bod wedi edrych i'w gyfeiriad o gwbl.

"Mae'r wisg felen yn edrych yn hyfryd," sibrydodd Adwen wrthi pan gyrhaeddon nhw'r lleill.

"Ti'n edrych yn hyfryd hefyd – fel arfer," sibrydodd Ebba'n ôl.

"Dwi mor llawn!" pwffiodd Peren Llygaid Llo, gan ddal ei bol a'i wthio allan.

"Paid," rhybuddiodd Denw, "neu mi fydd pobol yn meddwl dy fod yn disgwyl babi."

Trodd Peren yn biws a'i phwnio gyda'i phenelin.

"Fedri di ddim cael babi wrth ddal dwylo," dwedodd Adwen, yn gall.

"Maen nhw'n gwneud mwy na dal dwylo. Dwi wedi'u gweld nhw," atebodd Denw, gan gofleidio'i hun a gwneud ystumiau cusanu.

Dewisodd Iddig mab y crydd yr union eiliad hon i syllu draw arnynt. Dechreuodd pawb ruo chwerthin. Pawb heblaw Ceinfron Plu Paun, hynny yw.

"Chi *mor* blentynnaidd," dwedodd honno'n drwynsur, gan gorchymyn pawb i fod yn dawel wrth i Elfryn godi i'w draed cto'n annisgwyl. Wynebodd Ceinfron y llwyfan a'i llygaid yn pefrio'n ddisgwylgar. Synhwyrodd Ebba fod a wnelo hyn rywbeth â'r hyn roedd Elfryn ar fin ei gyhoeddi.

"Gyfeillion, gyfeillion! Mae'n ddrwg calon gen i darfu ond gorchwyl tra thrist a beichus ddaeth i'm rhan ..."

Aeth yn ei flaen i ddweud bod gan bennaeth y gaer, Iacob ab Enodog, rywbeth pwysig iawn i'w rannu. Tawodd pawb yn syth, hyd yn oed y mwynwyr aflafar yn y cefn.

Cododd Iacob yn araf a sigledig o'i gadair dderw fawr, addurnedig. Sgleiniai'r dorch aur a wisgai o gwmpas ei wddf tenau, felly hefyd y groes fechan euraid grogai ar y wal y tu ôl iddo. Golwg ddigon gwelw oedd arno ar y gorau, ond heno edrychai'n fwy llwydaidd nag erioed. A buan iawn daeth yn amlwg pam.

"Cyd-Frythoniaid hoff ..." cychwynnodd, ei lais yn crynu, cyn gorfod cymryd ei wynt ato, a chychwyn eto.

Esboniodd fod ei iechyd wedi torri, a'i fod yn dirywio'n gyflym ac y byddai rhaid iddo roi'r gorau i'w rôl fel pennaeth yn ddi-oed. Roedd pob pennaeth neu bendefig ond yn ei swydd am gyfnod penodol. Gwyrda'r gaer a'r cyffiniau oedd yn ei ddewis – dynion uchel eu parch ac o statws arbennig, gan gynnwys Caradog. Doedd dim llawer o gyfnod Iacob yn weddill, felly mae'n rhaid bod ei gyflwr yn un difrifol iawn os oedd am ymddiswyddo.

Cafodd pawb ormod o sioc i ddweud dim i gychwyn, ond pan eisteddodd Iacob i lawr eto, dyma sawl un yn codi'i lais ac yn ei fendithio ac yn diolch iddo am ei flynyddoedd hir o wasanaeth. Sylwodd Ebba fod gruddiau'r hen ddyn yn wlyb, a sylwodd hefyd fod Ceinfron yn cymoni'i gwisg fel ceiliog yn twtio'i blu.

"'Nhad fydd y pennaeth newydd. Chi'n deall hynny, gobeithio," ymffrostiodd, gan chwarae gyda'r edefau aur oedd wedi'u gwnïo ar ei gwisg sidan lowygoch.

Edrychodd y merched eraill arni'n syn. Ofnai Ebba fod Ina'n mynd i lewygu; roedd ei hwyneb mor welw â wyneb Iacob druan. Dyna pam roedd tad Ceinfron wedi mynd i'r drafferth o brynu'r holl win, meddyliodd Ebba.

"Duw a'n helpo ni. Mi fydd hi'n fwy annioddefol nag erioed," sibrydodd Ina yn ei chlust.

"Peidiwch poeni," cyhoeddodd Ceinfron. "Fydda i ddim yn anghofio fy ffrindiau."

Gwnaeth Ceinfron sioe o afael yn llaw pob un yn eu tro, heblaw Ina, wrth gwrs. Gwasgodd law Ebba'n arbennig o dynn.

"Fyswn i fyth yn dy anghofio di, Ebba annwyl."

Gwenodd Ebba arni, yn reit falch fod Ceinfron, a fyddai'n perthyn i deulu pwysica'r gaer yn fuan, â chymaint o feddwl ohoni ond yn gresynu fod gan Ceinfron cyn lleied o feddwl o Ina.

"Mae'r noson yn mynd o ddrwg o waeth," sibrydodd Ina yn ei chlust eto.

Gwelodd Ebba fod bardd y gaer, Arofan Argoed, wedi dringo ar y llwyfan ac yn paratoi i ganu. Oedd, roedd Arofan braidd yn rhwysgfawr ond yn ddigon cyfeillgar, ar y cyfan. Doedd Ebba ddim yn deall pam roedd Ina mor llym ei thafod ond, dyna ni, doedd ganddi ddim un gair da i ddweud am feirdd yn gyffredinol.

Ymsythodd Arofan a tharo'r pastwn oedd yn ei law ar y llawr, fel arwydd ei fod ar ddechrau. Ymdawelodd pawb eto. Ar ôl saib ddramatig, dechreuodd lafarganu'n uchel a tharo'r pastwn ar y llwyfan i gyd-fynd â rhythm y gerdd.

Er nad oedd Ebba'n medru deall popeth am fod y geiriau'n anghyfarwydd ac yn swnio'n hen iawn, roedd wrth ei bodd gyda'r ffordd roedd y cytseiniaid yn tasgu fel gwreichion wrth i'r bardd eu hailadrodd a chreu cadwyni tanbaid o seiniau tebyg. Deallai Ebba ddigon i wybod mai cerdd o fawl oedd hon; cerdd oedd yn rhestru gorchestion Iacob a gorchestion y Brython yn gyffredinol, a sut y bu i Dduw roi'r rhan hon o Hispania yn winllan iddynt i ofalu ar ei hôl.

Edrychodd Ebba o'i chwmpas a gweld bod pawb yn gwrando'n astud, a bod nifer wedi cau'u llygaid. Wrth i'r bardd lafarganu, bron y medrai Ebba weld y geiriau'n gweu pawb wrth ei gilydd, fel un darn mawr o frethyn. Holodd Ebba ei hun, nid am y tro cyntaf, a fyddai hi byth yn perthyn yn llwyr i'r bobl ryfedd hyn.

* * *

Roedd Ina'n cysgu'n eisoes. Sanan hefyd, yn gorwedd yno fel corff. Ond doedd Ebba ddim yn barod i ddiffodd ei channwyll hithau eto. Roedd y noson yn rhy fyw yn ei chof, a hithau'n rhy gynhyrfus. Dyna drueni nad oedd Miro yno. Mi fyddai Miro, yn wahanol i Ina, wedi mwynhau llafarganu'r bardd, er efallai nid union gynnwys y gerdd. Wrth gwrs, fyddai Miro ddim wedi deall gair, a fyddai Ebba chwaith ddim wedi bod mor ansensitif â chyfieithu iddo hanes gorchestion y Brython dros ei bobl.

Trodd ar ei hochr a thwrio'n dawel yn y matres gwellt, cyn tynnu rhywbeth o'i berfedd: y penddelw bychan gafodd yn anrheg gan Miro. Syllodd Ebba ar y ffiguryn – y pen siâp wy a'r llygaid siâp almwn. Yng ngolau'r gannwyll, roedd rhywbeth hudolus am y cerflun; rhywbeth hynafol a phwerus.

Rhoddodd Ebba'r ffiguryn i gadw – y tro hwn o dan ei chlustog. Diffoddodd y gannwyll, cyn suddo i'r matres a lapio'r crwyn anifeiliaid amdani'n dynn. Ceisiodd gonsurio Miro o'r tywyllwch. Roedd hyn yn gamp, ond yn gamp ddigon rhwydd iddi hi; medrai ddychmygu pob modfedd o'i wyneb a phob ystum o'i eiddo.

Teimlai'n flinedig yn sydyn iawn, a dechreuodd suddo'n is i'r matres. Ond am ryw reswm, nid wyneb Miro oedd y peth olaf a welodd yn y düwch cyn syrthio i gysgu, ond wyneb y mwynwr ifanc hwnnw a'i lygaid treiddgar.

V

Eisteddai Ebba wrth droed Carnedd Cabralos. Neu o leiaf dyna ble tybiai ei bod hi. Roedd yn anodd bod yn hollol siŵr am fod y niwl mor drwchus. Doedd hi chwaith ddim yn hollol siŵr pam ei bod yma. I gwrdd â Miro, siawns. Doedd dim golwg ohono.

"Miro?"

Diflannodd ei llais i'r niwl. Daeth dim ateb. Cododd. Doedd dim amdani ond mynd gartref. Ond i ba gyfeiriad? Dechreuodd gerdded yn ofalus, gam wrth gam, am nad oedd posib gweld dim.

Ar ôl cerdded yn ddall am ychydig, baglodd dros rywbeth a syrthio ar ei ben: corff llydan cyhyrog ceffyl wedi marw ond â'i gorff yn dal yn gynnes. Roedd ei lygaid lled y pen ar agor ac roedd twll yn ei dalcen. Llifai'r gwaed o hyd, yn dywyll ac yn drwchus.

"Valens!" bloeddiodd Ebba'n gryg, a'i gofleidio.

Pwy fyddai'n gwneud y fath beth? A pham? Daeth Ebba'n ymwybodol o rywrai'n ei gwylio trwy'r niwl. Cododd yn frysiog. Pwy oedd yno. Ina a Miro? Caradog, Eleri a'r plant? Deallodd fod pwy bynnag oedd yno'n galaru. Drosti hi. Ac mai o'i herwydd hi y lladdwyd Valens, fel aberth, i'w chludo i'r byd arall.

"Ond dydw i ddim wedi marw!" protestiodd.

Chymerodd y cysgodion o'i blaen ddim sylw, cyn pylu'n llwyr a gwasgaru. Roedd ar ei phen ei hun unwaith eto. Chwalodd y niwl ddigon iddi sylweddoli nad wrth droed Carnedd Cabralos roedd hi wedi'r cwbl, ond ar bwys rhyw dwmpath arall.

Oedd llais yn ei galw y tu hwnt i'r garnedd? Neu ai'r awel oedd yn cwynfan?

Clustfeiniodd.

Oedd. Dyna lais egwan, o bell. Ond yn uwch na'r llais roedd sŵn arall. Sŵn crafu a sgathru. Sŵn dychrynllyd, annynol. Cododd Ebba ei dwylo i'w chlustiau. Roedd ei dwylo'n diferu o waed. Gwaed Valens. Gwyddai y dylai'r gwaed godi pwys arni, ond yn lle hynny roedd yn ei chynhyrfu. Beth oedd yn digwydd iddi? Roedd ei thafod yn sydyn iawn i'w weld yn rhy fawr i'w cheg, ac yn hongian dros ei gên, rhwng dwy res o ddannedd cryfion, miniog. Llyfodd ei llaw â'i thafod hir. Roedd blas coeth, melys ar y gwaed.

"Ebba!" galwodd llais. Trodd yn ei hunfan ond doedd neb yno.

"Ebba!"

Roedd rhywun yn ei hysgwyd. Ai breuddwydio roedd hi? Agorodd ei llygaid a gweld Ina'n pwyso drosti.

"Rho'r gorau i'r holl sŵn yna. Dydi hi ddim yn fore eto!" hisiodd Ina, a mynd yn ôl i'w gwely. Llwyddodd Ebba i fwmial ymddiheuriad o fath, a cheisio rhyddhau ei hun o grafangau'r freuddwyd.

Pan oedd wedi dod ati'i hun o lew, cymerodd gip sydyn petrusgar ar ei dwylo. Roedden nhw'n lân. Ond roedd blas rhywbeth yn ei cheg o hyd: rhywbeth peryglus, gwaharddedig.

Trodd ei chefn at Ina a wynebu'r wal. Tynnodd y crwyn anifeiliaid drosti'i hun yn dynnach, a gwneud ei hun yn fach.

* * *

Ar ôl brecwast, aeth Ebba ar ei hunion i'r stabl. Safodd y tu allan am ychydig, yn petruso. Roedd arni ofn mynd i mewn rhag ofn bod Valens yn gorwedd yno'n farw go iawn. Tra oedd hi'n ceisio perswadio'i hun nad oedd sail o gwbl i'w hofnau, ac yn atgoffa'i hun mai merch y march, y fedwen a'r dderwen oedd hi, cerddodd mynach tal, ysgwyddog heibio. Doedd Ebba erioed wedi'i weld o'r blaen. Gwenodd y mynach arni. Cafodd Ebba'r argraff ei fod am ddechrau siarad â hi. Doedd arni ddim hwyliau i dynnu sgwrs â dieithryn felly agorodd ddrws y stabl yn frysiog a chamu i mewn.

"Valens!" ebychodd mewn rhyddhad o weld y ceffyl yn fyw ac yn iach. Aeth ato a mwytho'i drwyn a'i wddf hir gosgeiddig.

"Ges i gymaint o ofn," dwedodd wrtho yn ei hiaith ei hun. "Dwi ddim yn gwbod beth fyswn i'n gwneud petai rhywbeth yn digwydd i ti."

Gweryrodd Valens yn isel a chlosio ati. Gafaelodd Ebba ynddo'n dynn, dynn, gan geisio gwthio'r ddelwedd ohono'n gorwedd yn gelain gyda thwll dwfn yn ei ben o'i meddwl. Y gwaed. Yr holl waed. A'r modd wnaeth y gwaed ei chynhyrfu ...

Doedd hi erioed wedi cael y fath hunllef o'r blaen. Efallai ei bod yn poeni'n fwy am ddychweliad Morwenna a Sadwrn nag oedd yn fodlon cyfaddef i'w hun, ac mai hynny a'i hachosodd. Neu ai arwydd o ryw fath gan y duwiau oedd yr hunllef? Ai dyma derfyn yr holl aros?

Gwyddai Ebba fod gan bawb ddau enaid: enaid yr anadl, oedd yn ymadael â'r corff pan fyddai rhywun yn marw ac yn ymuno ag eneidiau'r cyndeidiau yng nghwmni'r duwiau, a'r enaid rhydd, oedd yn crwydro rhwng y byd hwn a'r Byd Arall pan fyddai rhywun yn cysgu neu'n anymwybodol. Gwyddai hefyd fod yr enaid rhydd ddim ond yn deffro pan oedd rhywun wedi cyrraedd rhyw oedran arbennig. A byth ers i'w chorff droi o fod yn gorff plentyn i gorff dynes ifanc, bu'n disgwyl yn eiddgar. Oedd ei henaid rhydd wedi deffro o'r diwedd, felly?

Erbyn hyn roedd ei phen yn troi. Tynnodd y penddelw o boced ei gwisg. Beth bynnag oedd arwyddocâd y freuddwyd, roedd Ebba'n hollol sicr mai'r ffiguryn hwn a'i hysgogodd. Syllodd ar y cerflun bychan yn ei llaw.

Yn sydyn, daeth wyneb y ddynes yn fyw o flaen ei llygaid; agorodd ei cheg yn llydan gan godi'i haeliau'n uwch ac yn uwch, yn gwatwar Ebba. Teimlodd Ebba wres yn dod o'r garreg. Gollyngodd sgrech a thaflodd y penddelw i ffwrdd i gornel y stabl.

Chwythodd Ebba ar ei llaw. Roedd yn union fel petai'r garreg wedi'i llosgi. Dyna ddysgu iddi ddymuno arwydd gan y duwiau. Os mai dyma oedd i'w ddisgwyl ganddynt, gwell iddi ddechrau ymddiried go iawn yn yr Un Duw, y Tad Hollalluog. Ie, anghofio am y freuddwyd a'r duwiau fyddai orau, a chanolbwyntio ar ei dyletswyddau.

Rhoddodd Ebba ddŵr i'r ceffyl, cyn cydio yn y rhaw a dechrau carthu'n egnïol nes roedd y chwys yn diferu i lawr ei chefn.

* * *

Neidiodd Sanan arni'r eiliad daeth Ina i mewn i'r tŷ.

"Ina! Ina! Ina!"

Roedd hi wedi'i chynhyrfu'n lân. Torrodd Eleri ar ei thraws.

"Yn y funud, Sanan. Ble wyt ti wedi bod, Ina?" holodd yn llym.

"Allan. Am dro."

"Roedd digon i'w wneud o gwmpas y tŷ."

"Deffrodd Ebba fi ganol nos. O'n i'n methu cysgu."

Rhoddodd Eleri ysgub yn ei llaw.

"Sguba'r lloriau tra 'mod i'n pobi mwy o fara."

Dechreuodd Ina arni. Gwelodd fod awgrym o wên ar wefusau Eleri, a chafodd y teimlad fod rhywbeth ar y gweill, yn enwedig am fod Sanan erbyn hyn yn bownsio i fyny ac i lawr.

"Mam! Mam! Nawr?"

"Iawn, Sanan. Cei ddweud."

"Ina! Wnei di ddim credu!" byrlymodd Sanan, gan halio ar ei braich. "Roedd dyn yma. Mynach. O'dd e'n dweud fod e'n nabod ti. Mam, beth oedd enw fe?

"Rhyw enw od. Gwyddel oedd e."

Gwyddel? Dim ond un Gwyddel roedd Ina'n adnabod. Ac roedd hwnnw'n bell i ffwrdd ym Mhrydain.

"Nid ... Uinseann?"

"Ie, dyna fe!"

Gollyngodd Ina'r ysgub mewn syndod. Y lle ei cheryddu, dechreuodd Eleri chwerthin yn uchel. Doedd hi ddim yn flin o gwbl: tynnu'i choes oedd hi.

"Uinseann? Sut? Pam?"

"Mi ddaeth gyda'r llong. Clywodd dy hanes gan Maelog, a

daeth draw'n syth i dy weld y bore 'ma."

Syllodd Ina arni'n gegrwth. Uinseann? Yma?

"Dy wyneb di!" pwffiodd Eleri, gan fethu dweud rhagor am ei bod yn chwerthin gymaint.

"Beth ydw i wedi'i golli?" holodd Ebba, oedd newydd ddod i mewn ac yn syllu mewn penbleth at y fath sbri.

"Daeth Uinseann yma i 'ngweld i."

"Y mynach hwnnw helpodd ti i ffoi?" holodd Ebba, oedd yn gwybod pob manylyn o'r hanes.

"Ie!"

"Dwyt ti heb glywed y cwbl eto, Ina," dwedodd Eleri. "Mae e'n awyddus i ti ailgydio yn dy addysg, ac wedi cynnig dy diwtora."

Doedd Ina ddim yn or-hoff o wersi, ond roedd yn bris gwerth ei dalu i osgoi fod yn gaeth i'r tŷ drwy'r dydd.

"Byswn i wrth fy modd," atebodd Ina.

"Bu'r Gwyddel gyda Caradog cyn dod yma. Mae dy dad wedi cytuno. Cei fynd draw i'r fynachlog fory i drefnu'n iawn. Y fe a'i gyfaill – y Brython."

"Pasgen?"

"Dwi'n meddwl mai dyna oedd ei enw."

Wrth gwrs fod Pasgen yma hefyd. Roedd yn amhosib dychmygu'r naill heb y llall.

"Ga i wersi hefyd?" gofynnodd Ebba'n sydyn. "Wna i ddim esgeuluso fy nhasgau. Ac mi fydd yn gyfle i fi ddysgu mwy am Dduw."

"Mae hynny'n ddigon gwir," cytunodd Eleri. "Ond os ydych chi'ch dwy'n diflannu ..."

Gwelodd Ina fod Ebba'n trio dal ei sylw. Doedd dim posib

peidio gweld yr olwg daer ar ei hwyneb, a'r modd roedd ei llygaid yn erfyn arni.

"Fyddwn ni ddim yn cael gwersi bob dydd, yn siŵr gen i," dwedodd Ina. "Mi fyddai'n braf cael y cwmni. Ac mi wna i dynnu 'mhwysau hefyd o hyn allan. Addo."

"Byswn i wir wrth fy modd. Go iawn," mynnodd Ebba.

"Wel, dwyt ti erioed wedi gofyn am ddim byd gen i, chwarae teg," dwedodd Eleri, "cyn belled nad ydych chi'n gadael yr holl waith tŷ imi, yna cei sêl fy mendith."

Taflodd Ebba ei breichiau am Eleri'n hapus, a gwneud siâp 'diolch' yn dawel gyda'i cheg i gyfeiriad Ina.

"Bydd rhaid darbwyllo Caradog yn gynta, cofia."

"Ydych chi'n credu y bydd e'n fodlon?" holodd Ebba'n betrusgar.

"Paid poeni. Gad ti Caradog i mi."

"Cyn belled fod Uinseann yn cytuno hefyd, wrth gwrs," ychwanegodd Ebba, gan edrych ar Ina'n ddisgwylgar.

"Paid poeni," dwedodd Ina, gan ddynwared Eleri. "Gad ti Uinseann i fi."

Edrychodd Eleri arni'n syn, cyn chwerthin eto llond ei bol – ac Ina, Ebba a Sanan yr un fath.

* * *

Cyrhaeddodd Ina odre'r fynachlog yn gynnar y bore canlynol. Roedd wedi codi gyda'r wawr a chael Valens yn barod mewn dim o amser. Yrrodd hi ddim mo'r ceffyl yn galed ar y ffordd yno, serch hynny. Anaml y byddai Ina'n cael dilyn ei thrwyn am fwy na rhyw awr neu ddwy ar y tro – bore neu brynhawn ar y mwyaf – ond heddiw cafodd ganiatâd, fel eithriad, i dreulio'r diwrnod cyfan yn y fynachlog.

Doedd Valens ddim wedi strancio o gwbl ar y ffordd draw. Gwyddai Ina fod rhyw berthynas gyfrin rhwng Ebba a'r ceffyl, ond doedd hynny ddim yn golygu nad oedd hi'n medru bod yn hoff ohono hefyd.

Arafodd Ina'r ceffyl i gerdded pan ddaeth y llan i'r golwg. Roedd yr eglwys o bren ar ben bryncyn wedi'i amgylchu gan glawdd, a thop hwnnw'n fflat fel pe bai rhywun wedi'i wastadu. Ar ben y clawdd roedd ffens wedi'i phlethu. I'r chwith, islaw'r bryncyn, roedd casgliad o gytiau cerrig crwn ac adeiladau eraill.

Erbyn iddi gyrraedd y gât yn y mur oedd yn arwain at yr ardd berlysiau, roedd y Brawd Iestyn yno'n ei disgwyl. Roedd yntau a Valens yn hen ffrindiau. Cydiodd Iestyn yn ei ffrwynau a mwytho'i drwyn.

"Mi ydw i ar ddeall dy fod yma i weld y ddau fynach newydd."

Daeth Ina oddi ar gefn y ceffyl.

"Wyt ti wedi'u cyfarfod eto?"

"Do, wir. Tipyn o gymeriad yw'r Gwyddel, p'un bynnag."

Ar y gair, dyma floedd yn codi ger un o'r cytiau cerrig.

"Ina! Ina ferch Nudd!"

Gwelodd Ina gwlffyn o fynach yn brasgamu tuag ati, a mynach arall eiddil yr olwg tua hanner ei faint yn dilyn wrth ei gwt.

"Uinseann! Pasgen!" bloeddiodd Ina yn ôl, ei llygaid yn dyfrio. Roedd wedi addo i'w hun na fyddai'n crio, ond roedd yn fwy balch o weld y ddau fynach nad oedd wedi dychmygu y byddai, hyd yn oed.

Cydiodd Uinseann ynddi a'i chodi i'r awyr, a'i chwyrlïo mewn cylch o leiaf deirgwaith nes iddo gallio a'i dodi i lawr.

"Ina fach ..."

Roedd dan gymaint o deimlad fedrai'r Gwyddel ddim dweud dim mwy.

"Dydi hi ddim mor fach bellach," dwedodd Pasgen, gan syllu arni mewn rhyfeddod.

Sylwodd Ina ei bod yn wir yn dalach nag e erbyn hyn. Estynnodd Pasgen ei law ati, cyn newid ei feddwl a'i gwasgu ato'n dynn, er yn drwsgl.

"Mae hyn gwyrth!" dwedodd Uinseann yn ei Frythoneg wallus, gan sychu deigryn o'i rudd writgoch, cyn troi i'r Lladin. Yn yr iaith honno byddai'r tri yn arfer siarad â'i gilydd, ran amlaf.

"Atebwyd ein gweddïau taer! Dyma cael dy weld eto, a'r ochr hwn i byrth y nefoedd! Diolch i'r Iôr!"

"Amen! Amen!" ategodd Pasgen yn daer.

"Bu dynion Cynddylan Frenin yn chwilio amdanat yn ddyfal ar ôl cwymp Caersallog. Ond roeddet ti wedi diflannu o wyneb y ddaear!"

"Mawr oedd ein syndod a llawenydd pan ddigwydd i Maelog Ddoeth sôn amdanat a sut y cyrhaeddaist Frythonia."

"Wnes i erioed feddwl y byswn i'n cael eich gweld chi eto chwaith!" dwedodd Ina, pan gafodd gyfle. "Mae'n rhaid i fi ofyn – beth yn y byd y'ch chi'n neud 'ma?"

"Ha!" atebodd y Gwyddel. "Rydym ar bererindod dros Grist! Eto! Ond y tro hwn, dramor!"

"Wedi treulio cyfnod yn llys Cynddylan," esboniodd Pasgen, "cawsom ganiatâd i deithio i Lydaw. Daeth cais i'r abad yno oddi wrth Maelog am sgrifellwr arall medrus, gan ei fod yn awyddus i ehangu ei gasgliad o lyfrau a chreu gweithiau cain."

Sgrifellwyr fyddai'n copïo gweithiau amrywiol, gan gynnwys darnau o'r Beibl, a chreu casgliadau newydd wedi'u hysgrifennu mewn dull goliwiedig, hynny yw wedi'u haddurno. Roedd yn sgìl anodd i'w feistroli.

"Doedd gen i ddim syniad eich bod yn sgrifellwyr," cyfaddefodd Ina, gan sylweddoli'n sydyn nad oedd, mewn gwirionedd, yn gwybod rhyw lawer am y mynaich, ac mai cof plentyn oedd ganddi ohonynt.

"Uinseann, nid myfi!" chwarddodd Pasgen, gan ddangos llond ceg o ddannedd cam. Anaml iawn y byddai'n chwerthin, efallai am y rheswm hwn. "Does neb tebyg iddo!" ychwanegodd yn frwd.

"Os oes gen i dalent, yna Duw a'i rhoddodd imi," dwedodd Uinseann yn wylaidd, er iddo beidio protestio'n ormodol chwaith.

Roedd gan Ina gant a mil o gwestiynau. Ond chafodd ddim cyfle i'w holi ymhellach oherwydd canodd y gloch yn galw'r mynaich at ail wasanaeth y bore. Ar ôl ei sicrhau y byddai gweddill y dydd yn rhydd ganddynt tan swper, diolch i haelioni Maelog, brysiodd y ddau tua'r eglwys. Gwyliodd Ina nhw'n cerdded i ffwrdd ac ymuno â'r mynachod eraill oedd hefyd yn troedio tua'r eglwys. Oedden, roedden nhw yno o'i blaen – Uinseann annwyl a Pasgen – ond er bod Ina'n gwybod bod hyn yn wir, roedd hi'n dal ddim yn medru credu'r peth.

VI

Eisteddai Ebba a'r lleill mewn hanner cylch yn gwrando ar Denw Ddoniol yn adrodd stori am Elfryn, Ceidwad y Gaer, oedd yn dipyn o destun sbort. Roedd Denw'n chwedleuwr a hanner ac roedd pawb yn siglo chwerthin, hyd yn oed Ceinfron Plu Paun. Roedd y criw o ffrindiau wedi dechrau cwrdd gyda'r hwyr y tu allan i gloddiau'r gaer – a thu hwnt i lygaid oedolion – gan fod y dyddiau'n ymestyn.

Mor braf oedd medru bod yma gyda'n gilydd, meddyliodd Ebba. Teimlai'n ffodus iawn i gael y fath ffrindiau da ac yn ddiolchgar eu bod wedi'i derbyn i'w plith. Adwen Addfwyn oedd orau ganddi. Efallai am ei bod yn ei hatgoffa o Branwen, y gaethferch a fu fel mam iddi ar ôl i Mo farw.

Heno, roedd cwmni'r criw a'i chwerthin yn foddion, ac yn help iddi anghofio am ddychweliad posib Morwenna a Sadwrn i'r gaer. Cyn cwrdd â'r lleill, gorfododd Ebba ei hun i gerdded heibio i dŷ Sadwrn ac edrych mewn drwy'r ffenest fechan, rhag ofn. Ond roedd y tŷ'n wag. Treiddiai rhyw oerni annymunol ohono ac felly oedodd Ebba ddim mwy nag oedd rhaid.

Er cystal oedd stori Denw, hanner gwrando oedd Ebba, serch hynny, am ei bod ar binnau eisiau gwybod sut hwyl gafodd Ina yn y fynachlog ac os y byddai'n cael ymuno â hi am wersi. O gil ei llygad, gwelodd rywun yn agosáu. Ina? Na, rhywun ar gerdded, nid ar gefn ceffyl. Rhywun y byddai Ebba wedi medru ei adnabod filltir i ffwrdd. Miro.

"Mae dy gariad yma," dwedodd Peren Llygaid Llo.

"Ffrindiau ydyn ni, dyna i gyd."

Chwarddodd pawb, fel pe bai wedi dweud rhywbeth anhygoel o ddoniol.

"Plis, peidiwch dweud dim," erfyniodd Ebba.

"Dyw e ddim yn deall lot ta beth," dwedodd Denw.

Safodd Miro ychydig yn ansicr o flaen y criw, cyn dweud 'henffych' ac eistedd ar bwys Ebba, ar ôl i Adwen wneud lle iddo. Rhoddodd Ebba wên fach ddiolchgar iddi.

"Sut wyt ti, Miro?" holodd Iddig mab y crydd yn smala.

"Iawn, diolch," atebodd Miro, oedd yn deall gymaint â hynny.

"Wedi galw i weld dy anwylyd?" gofynnodd Pabo Ceffyl Pwn.

Gwgodd Ebba, fel rhybudd, ond roedd y bechgyn yn cael gormod o hwyl i dewi.

"Mae golwg ar goll arno fe, druan. Rho gusan iddo fe, Ebba, i godi'i galon e," dwedodd Edern Tal.

"Ushd, y penbwl!" dwedodd Ceinfron wrtho'n ddig.

"Ddrwg gen i ... nid ..." ymbalfalodd Miro am y geiriau cyn rhoi'r gorau iddi a throi at Ebba. "Beth maen nhw'n ddweud?" holodd, yn Lladin.

"Dim byd. Dwli."

Trodd Ebba at y lleill.

"Un gair arall a byddwch chi'n talu'n ddrud," hisiodd, gan obeithio mai hyn fyddai diwedd ar y tynnu coes. Dim gobaith.

"Dwi erioed wedi gweld Ebba'n ddig!"

"Edrych ar ei llygaid hi'n fflamio!"

"Yw Ina 'di bod yn rhoi gwersi i ti?"

Trodd Ebba at Miro.

"Dere. Awn ni rhywle arall."

Cododd y ddau i'w traed.

"Paid mynd, Ebba," plediodd Adwen.

"Calliwch, wir Dduw," arthiodd Ceinfron at y bechgyn. "Ebba, eistedda."

"Ddwedwn ni ddim byd arall. Addo," mwmialodd Iddig, ar ôl cael hergwd yn ei ochr gan Peren.

"Maen nhw am i ni aros," esboniodd Ebba wrth Miro, gan eistedd eto. Gwnaeth Miro'r un fath. Teimlai Ebba drosto; roedd yn amlwg o'i olwg ddryslyd nad oedd yn gwybod beth oedd yn digwydd, druan.

"Henffych!"

Roedd rhywun arall yn agosáu: y mwynwr ifanc.

"Dagan yw'r enw. O'n i'n meddwl bod hi'n amser i fi gyflwyno'n hunan."

Yn ei law roedd costrel – fflasg o groen anifail – yn llawn gwin. O'i weld eto, roedd yn iau nag oedd Ebba wedi tybio. Doedd e ddim yn llawer hŷn na hi. Estynnodd Dagan y gostrel at Edern Tal, oedd nesa ato.

"Diolch," dwedodd hwnnw'n syn. "Edern. Edern ab Elwredd."

Gwnaeth Dagan arwydd arno i yfed o'r gostrel. Cymerodd Edern lymaid sydyn, cyn estyn y gwin i Pabo. Cyflwynodd Edern bawb i Dagan yn eu tro. Rhoddodd Iddig y fflasg groen yn ôl i Dagan a'i holi o ble roedd yn dod.

"O ardal Caer Fach yr Eurglawdd."

Doedd Ebba erioed wedi clywed am y lle, nid fod hynny'n ei synnu. Ond daeth yn amlwg nad oedd y lleill chwaith.

"Yng Nghernyw?" cynigiodd Pabo.

"Nage. Dyna ble ro'n i'n byw'n ddiweddar ond o wlad Ceredig wi'n dod."

"A ble mae hwnnw?" holodd Iddig.

Edrychodd Dagan arno fel pe na bai'n llawn llathen.

"Rhwng Gwynedd a Dyfed. Ti 'di clywed am y gwledydd 'nny, gobeithio."

Dechreuodd Peren bwffian chwerthin yn wirion.

"Do, wrth gwrs," atebodd Iddig yn bwdlyd, gan edrych yn gam ar Peren.

"A beth amdanoch chi?" gofynnodd Dagan. "Chi gyd yn dod o fan hyn?"

"Ydyn. Pawb. Heblaw Ebba, wrth gwrs."

Teimlodd Ebba lygaid Dagan yn ei serio.

"O ble wyt ti'n dod 'te?"

"Ynys Wyth," atebodd Ebba, gan ddefnyddio enw'r Brython ar y lle.

"Ynys Wyth?" ebychodd y llanc mewn syndod. "O'n i'n meddwl mai dim ond Saeson oedd yn byw 'na erbyn hyn."

"Nid Saeson. Jiwtiaid," atebodd Ebba, gan osgoi edrych i'w lygaid.

"Un ohonyn *nhw* wyt ti?" holodd Dagan yn anghrediniol.

Atebodd Ceinfron ar ei rhan cyn i Ebba gael cyfle i ddweud dim.

"Mae Ebba'n un ohonon ni nawr."

Doedd hyn ddim yn hollol wir, meddyliodd Ebba. Yn wahanol i Ina, chafodd hi ddim ei mabwysiadu'n swyddogol gan Caradog oherwydd mai estrones oedd hi. Yn ôl cyfraith y gaer, roedd hi ar ryw fath o gyfnod prawf. A bod yn deg, doedd hyn ddim i'w weld yn poeni neb. Eiliodd pawb eiriau Ceinfron yn frwd, gan ganu clodydd Ebba. Ysgydwodd Dagan ei ben a chwerthin.

"Fyse rhywun byth yn medru dweud. Heblaw am liw dy wallt falle."

Roedd y llanc yn amlwg yn ceisio'i chanmol, ond teimlai Ebba'n ddigon chwithig. Estynnodd Dagan y gostrel iddi. Ysgydwodd Ebba ei phen.

"A beth am dy ffrind? Dyw e heb gael dim eto."

Cynigiodd Dagan y gwin i Miro a chymerodd hwnnw lwnc, gan ddiolch iddo yn Lladin, heb feddwl.

"Paid gwastraffu dy Ladin arna i, was."

"Galaesiad yw Miro," esboniodd Ebba.

"Ife, nawr? Sdim Lladin o werth 'da fi. Gwed 'tho fe."

Tra bod Ebba'n cyfieithu'r hyn roedd Dagan newydd ei ddweud, soniodd Pabo Ceffyl Pwn wrtho fod Miro'n feistr ar y bibgod. Disgleiriodd llygaid Dagan.

"Wyt ti? Beth am gân fach 'te."

Syllodd Dagan arno'n ddiddeall. Aeth Dagan ati i wneud ystumiau canu'r bibgod. Ysgydwodd Miro ei ben ac esbonio wrth Ebba nad oedd yr offeryn ganddo.

Dechreuodd Edern holi Dagan ynghylch y gwaith mwyn a chafodd Ebba gyfle o'r diwedd i sgwrsio â Miro.

"Peth rhyfedd nad yw'r bibgod gen ti, hefyd."

"'Nhad sydd ar fai. Mae e am imi ganolbwyntio ar waith coed."

"Ond fedri di fod yn saer heb roi'r gorau i ganu offeryn."

"Nid yn ôl Felix."

Roedd Ebba ar fin ei holi ymhellach pan gododd Iddig ei lais.

"Byddwch yn ofalus, bawb, mae Buddug Fawr ar ei ffordd!"

Trodd Ebba a gweld bod Ina'n agosáu ar gefn Valens.

"Pwy?" holodd Dagan.

"Ina. Mae'n beryg bywyd."

Craffodd Dagan arni.

"*Hi*. O'n i'n meddwl wir fod golwg ffyrnig arni."

Teimlai Ebba'n anesmwyth iawn o glywed Iddig yn lladd ar Ina.

"Wyt ti'n ddigon o ddyn i ddweud hynny wrthi i'w hwyneb?"

Chwarddodd Iddig, yn ansicr. Er syndod i Ebba, cododd Dagan ei law arni fel pe bai'n ei hadnabod.

"Ina! O'r diwedd! O'n i'n meddwl fydden ni byth yn cael cyfle i gwrdd."

Edrychodd pawb ar ei gilydd yn syn.

"Dagan, fab Cyngar. At dy wasanaeth," dwedodd wrthi, gan foesymgrymu.

Gwgodd Ina arno'n amheus. Estynnodd Dagan y fflasg groen iddi â gwen fach ddireidus.

"Well i fi beidio. Rhag ofn i fi dagu," atebodd Ina'n sych, gan yrru'r ceffyl yn ei flaen. Bu'n rhaid i Dagan symud o'r ffordd rhag i Valens sathru arno. Edrychai Ina'n ffwndrus reit o weld Miro. Neu efallai mai Dagan sydd wedi'i chynhyrfu, meddyliodd Ebba. Cododd y ddau a mynd ati.

"Pwy roddodd gwahoddiad i'r twpsyn 'na?" gofynnodd Ina, yn ddigon uchel i bawb clywed.

"Paid poeni amdano fe. Beth ddwedodd y mynachod?"

"Fod croeso i ti gael gwersi hefyd."

"Diolch, Ina. Does gen ti ddim syniad pa mor falch ydw i!"

Gyda gwên lydan, esboniodd Ebba wrth Miro'r hyn roedd Ina newydd ei ddweud. Trodd y tri i siarad yn Lladin, gan fod Ina'n hollol rugl hefyd, er mai Lladin ffurfiol oedd ganddi yn hytrach na Lladin pob dydd Miro a'i debyg.

"Gwrandwch," dwedodd Miro'n ddifrifol, "gan eich bod chi'ch dwy yma – y rheswm ddes i draw heno yw … fel dwedes i wrth Ebba gynnau, mae 'nhad am imi ei helpu llawer mwy yn y gwaith, a dysgu'i grefft yn iawn ac oherwydd hynny …"

Doedd Miro'n amlwg ddim yn siŵr iawn sut i fynd yn ei flaen.

"Mi fydda i – mi fyddwn ni – yn dal yn dy weld di, byddwn?" holodd Ebba, ei stumog yn dechrau troi.

"Ddim yn aml iawn, mae gen i ofn."

"Beth ddaeth dros Felix?" dwedodd Ina'n wyllt.

"Bydd rhaid i ni ddod draw i dy weld di, felly," dwedodd Ebba.

"Dwi ddim yn siŵr faint o amser sbâr fydd gen i o gwbl," atebodd Miro'n dawel, gan osgoi edrych ar yr un ohonynt.

Teimlodd Ebba'i choesau'n gwegian oddi tani. Roedd hyn yn bygwth chwalu'i chynlluniau'n rhacs. Pa obaith fyddai ganddi i fod yn gariad i Miro nawr? Bu bron â'i holi ynghylch Calan Haf, ond cofiodd fod Ina yno. Gwelodd Ebba fod Ina hefyd mewn sioc. Wrth gwrs ei bod hi. Roedd Miro fel brawd iddi.

"Well i fi gael Valens 'nôl i'r stabl," dwedodd Ina'n sydyn, a chododd y ceffyl i drotian gan droi'i hwyneb i ffwrdd.

"Mae hi wedi ypsetio," dwedodd Ebba.

"Ydi. Dwi'n medru gweld hynny. Mae'n gas gen i ei siomi."

A beth amdana i? Beth am y ffaith dy fod wedi fy siomi i? Cafodd Ebba drafferth i ddal ei thafod, ond thalai ddim i ddechrau siarad fel hyn o flaen pawb.

* * *

Roedd yn dywyll erbyn i Miro gyrraedd y pentref. Disgleiriai'r lloer ar wyneb y merllyn, yn darian arian ar y dŵr du. Yn lle mynd at y tŷ, aeth at y lan a syllu ar draws y dŵr.

Ar ôl gweld y siom ar wyneb Ebba – ac Ina hefyd – am na fyddai'n medru eu gweld yn aml rhagor, doedd ganddo 'mo'r galon i ddweud yn bendant na fyddai Felix yn caniatáu iddo dod i'r dathliadau Calan Haf. Roedd y ddwy'n ddigon chwithig yn ei gwmni eto heno – Ina'n arbennig.

Plygodd Miro a chodi carreg fechan. Roedd yr un maint â'r penddelw roddodd i Ebba. Caeodd ei lygaid, a gwneud dymuniad: galwodd ar Nabia ac Afana, duwiesau'r dŵr, i ddatrys beth bynnag oedd yn poeni ei dad. Yna taflodd y garreg mor bell ag y medrai i ganol y merllyn. Clywodd sŵn y garreg yn taro wyneb y dŵr, sŵn fel pysgodyn yn codi am bryfyn.

Trodd a cherdded at y tŷ. Wrth gyrraedd y drws, oedodd. Roedd ei rieni wrthi'n sgwrsio, yn dawel ac yn daer, fel pe na baent am iddo'u clywed, er nad oedd e yno – wedi'r cwbl doedden nhw ddim i wybod ei fod bellach o fewn clyw. Penderfynodd y byddai'n well iddo beidio mynd i mewn tan eu bod wedi gorffen.

Roedd yn deimlad annifyr sefyllian y tu all i'r tŷ fel hyn; rhyw deimlad o dresmasu, er mai ei gartref oedd hwn, a bu bron iddo gerdded i ffwrdd. Efallai y byddai wedi gwneud, pe na bai wedi clywed yr hyn ddwedodd ei fam nesaf.

"Symud o 'ma? O ddifri?"

"Wela i ddim fod fawr o ddewis."

"Ond dydi pethau ddim mor wael â hynny, does bosib?"

"Mae ychydig o alw am waith, oes – ond does dim modd gan bobol dalu, boed mewn arian neu nwyddau."

"Ond mae cnydau pawb wedi methu. Y tywydd sydd ar fai. Ac mae hwnnw'r 'run fath ar lan môr."

"Does dim ots gan y môr am law, nagoes? Mi fyddwn yn well ein byd wrth yr arfordir, dwi'n addo."

Yr arfordir?! Rhoddodd Miro'i glust yn nes at y drws.

"Ble oedd gen ti mewn golwg? At dy chwaer?"

"Dwi ddim eisiau byw o dan gysgod y Brython. Does gen i ddim byd yn erbyn llawer ohonyn nhw – mae gen i barch mawr at Caradog, fel rwyt ti'n gwbod – ond y gwir cas yw ein bod ni'n cystadlu am yr un adnoddau."

"Ble, felly?"

Mae'n rhaid bod ei dad wedi troi'i gefn at y drws, neu siarad hyd yn oed yn is, achos cafodd Miro anhawster i glywed ei ateb yn llawn. Ond clywodd ddigon i ddeall fod ei dad am symud i ben pellaf Galaesia, yn agos i ryw borthladd nad oedd yn bell o brifddinas y Swabiaid, a'i fod yn siŵr y byddai gwaith iddo – adeiladu cychod, efallai – neu hyd yn oed yn y porthladd ei hun.

"A beth am Miro?"

"Mae Miro'n ifanc. Mi ddaw i ben yn iawn."

Na wna i ddim, poerodd Miro o dan ei wynt. Bu bron iddo wthio'r drws ar agor ac gweiddi'n groch na fyddai byth bythoedd yn fodlon gadael. Ond stopiodd ei hun; fyddai hynny'n newid dim. Roedd rhaid dod o hyd i ryw gynllun. Doedd ganddo ddim syniad eto sut, na chwaith beth yn union fyddai'n ddigon i wneud i'w dad newid ei feddwl, ond gwyddai cymaint â hyn – os na fyddai'n llwyddo yna byddai rhaid i'w rieni ei rwymo a'i lusgo oddi yno mewn rhaffau.

VII

Safai Ina wrth y ffynnon yn aros ei thro. Eto fyth. Ond heddiw, doedd hi ddim yn malio gymaint â hynny. Heddiw, roedd ganddi mwy na digon i gnoi cil yn ei gylch.

Yn gyntaf, roedd yr holl newyddion am ei henwlad gan Uinseann a Pasgen yn dal i chwyrlïo yn ei phen. Hyd y gwyddai'r ddau fynach, roedd ei llawforwyn Briallen yn dal yn fyw a bellach yn gwasanaethu'r dyn a laddodd Gwrgant, ei hen ewythr, sef Brochfael ap Cadfarch. Wedi cwymp Caersallog a diflaniad Ina, bu Sulien, mab y brenin Cynddylan, yn edrych amdani ym mhobman. Roedd hyn yn codi mymryn o gywilydd arni am iddi drin Sulien mor wael, ond hefyd yn gwneud iddi deimlo'n falch, rywsut, ei fod wedi mynd i'r drafferth.

Yn ail, roedd y ffaith na fyddai'n medru gweld Miro rhyw lawer rhagor yn pwyso arni'n ofnadwy. Doedd hi ddim wedi disgwyl ei weld yno neithiwr a chafodd ei thaflu'n llwyr. Byddai wedi hoffi ei gofleidio yn y fan a'r lle ond wrth gwrs roedd hynny'n amhosib. Roedd yn amlwg i bawb, hyd yn oed iddi hi, fod Miro ac Ebba ...

"Ti sydd nesa ... Ina?"

Sylweddolodd fod Denw Ddoniol yn siarad â hi. Aeth ati i dynnu dŵr o'r ffynnon.

"Noson dda neithiwr," dwedodd Denw, yn amlwg yn trio denu sgwrs.

"Oedd?" atebodd Ina. Doedd hi ddim yn siŵr iawn beth i'w ddweud am nad oedd y merched, fel arfer, yn trafferthu siarad â hi.

"Dwi'n meddwl fod Dagan wedi cymryd ffansi atat ti," dwedodd Peren Llygaid Llo.

"Paid bod yn ddwl," atebodd Ina.

"Ti'n swnio'n eiddigeddus, Peren," dwedodd Denw dan wenu.

"Mae gen i gariad, rhag ofn fod ti heb sylwi," atebodd Peren yn sych.

"Oes e?" gofynnodd Denw fel pe bai hyn yn newyddion iddi.

Chwarddodd pawb. Heblaw Peren.

"Fyswn i ddim yn cymryd Dagan yn gariad am holl aur Gwynedd," mynnodd Ina.

"Am unwaith, dwi'n cytuno gyda ti," cyhoeddodd Ceinfron Plu Paun.

"Chi'n fwy anodd i blesio na fi," dwedodd Denw. "Does dim ots 'da fi be wedwch chi, dwi'n meddwl fod e'n eitha pishyn."

"Denw!" ebychodd Adwen Addfwyn.

"Paid esgus bod mor ddiniwed. Ti'n ffansïo fe hefyd. Dwi'n gwbod yn iawn dy fod di."

Gwridodd Adwen yn fflamgoch, gafael yn ei phiser, a dechrau cerdded i ffwrdd.

"Ti wedi'i gwneud hi nawr, Denw, os wyt ti 'di llwyddo i wylltio Adwen – o bawb!" piffiodd Peren.

"Adwen! Aros!" galwodd Denw.

Aeth Denw a'r ddwy arall ar ei hôl i'w thawelu.

Wrth i Ina arllwys y dŵr yn ofalus o'r bwced i'r piser, gwelodd Dagan yn agosáu. A gwelodd y merched eraill yn newid eu hosgo – hyd yn oed Peren – er eu bod yn gwneud eu gorau glas i gymryd arnynt nad oedden nhw wedi'i weld. Ond chymerodd Dagan ddim sylw ohonyn nhw. Cerddai'n syth at Ina. Edrychodd hi o'i chwmpas yn ddryslyd, gan gymryd bod rhywun arall yno. Ond doedd neb wrth y ffynnon. Neb ond y hi.

Oedd, roedd ganddo wên ddigon del. Ond roedd rhywbeth annynol am ei lygaid, a rhywbeth rheibus ynghylch sut roedd yn symud, yn debyg i'r gath fynydd fawr honno a welodd Ina unwaith. Gafaelodd hi'n dynnach yn y piser. Pe bai ganddi bastwn, mi fyddai wedi'i godi, fel rhybudd.

"Ga i fod o gymorth, forwyn deg?" gofynnodd y llanc, yn ffalsio bod yn fonheddig.

"Dwi'n ddigon abl i gario dŵr, diolch," atebodd Ina'n swta. Cododd y piser uwch ei phen. Cyn iddi sylweddoli'n iawn beth oedd yn digwydd, gafaelodd Dagan ynddo a'i gymryd oddi arni.

"Wyt. Ond mae'n gas 'da fi gael fy ngwrthod."

Roedd chwant ar Ina ei bwnio yn ei stumog a chipio'r piser yn ôl. Ond roedd ofn iddo dorri. Medrai deimlo'r merched eraill yn llygadrythu arni. Digon hawdd dyfalu pa glecs oedd yn ffurfio yn eu pennau gwag.

"Pam na wnei di gynnig cario piser Adwen? Mi fyddai hi wrth ei bodd."

"Does gen i ddim diddordeb yn Adwen."

"Ti'n gwastraffu dy amser. Dwi i ddim yn chwilio am gariad."

"Nagwyt?" holodd Dagan yn goeglyd.

"Yn sicr ddim rhywun fel ti."

Chwarddodd Dagan.

"Dwi'n gwbod hynny'n iawn. Mae 'da ti dy fryd ar rywun arall. A dwi'n gwbod pwy, hefyd."

Daliodd Ina ei gwynt. Pwysodd Dagan yn agosach tuag ati. O gil ei llygad, medrai Ina weld Adwen a'r lleill yn syllu draw'n gegrwth.

"Miro," sibrydodd yn ei chlust.

Teimlodd Ina ei hun yn gwrido.

"Mae e'n dy hoffi di hefyd."

Go iawn? Er gwaethaf hi'i hun, roedd pob rhan ohoni am ei gredu.

"Sut fyddet ti'n gwybod?"

"Achos bo' fi wedi gweld sut roedd e'n edrych arnat ti."

"Ond mae Miro ... ac Ebba ..."

"Nag'yn. Ffrindiau y'n nhw – dyna i gyd. Dwedodd Adwen wrtha i. A hi yw ei ffrind gore heblaw amdanat ti, on'd e?"

Roedd pen Ina'n troi a'i chalon yn curo'n galed.

"Pam wyt ti'n ffwdanu dweud hyn wrtha i?"

"Achos bod un gymwynas yn haeddu un arall."

"Beth yn union?"

"Dwi ar y ffordd i'r gwaith – ond os ga i dy hebrwng tua thre, ddweda i wrthot ti."

Oedodd Ina cyn ateb. Dim ond am eiliad. Nodiodd ar Dagan, a dechreuodd y ddau gerdded ochr yn ochr, a llygaid anghrediniol y merched eraill yn eu dilyn bob cam o bell.

* * *

Safai'r goeden ar ei phen ei hun ar gyrion y goedwig, ddim yn bell o Garnedd Cabralos. Roedd yn eithriadol o fawr ac yn eithriadol o hen.

Tynnodd Miro gyllell fach finiog o'i gwdyn a thorri cudyn o'r gwallt oedd yn pendilio dros ei dalcen. Lapiodd y gwallt mewn darn o frethyn, a'i glymu â chortyn. Edrychodd am frigyn addas. Clymodd y darn o frethyn i'r brigyn gan ddefnyddio'r cortyn sbâr, yn ofalus i beidio niweidio clwstwr o genawon deri – blodau'r goeden – oedd yn siglo fel cynffon ŵyn bach.

Cododd yr awel a chlywodd sŵn sisial a thincian yn dod o'r brigau cyfagos. Roedd y goeden yn frith o offrymau tebyg: pecynnau bychan o frethyn, stribedi o ddefnydd lliwgar, stribedi o ledr, ambell freichled, ambell dlws, ac yn rhywle rhaid bod cloch fechan, er na fedrai Miro ei gweld.

Nid ar chwarae bach roedd cyrchu'r Dderwen Fawr; roedd llefydd eraill – a duwiau eraill lleol, llai pwerus – ar gael ar gyfer problemau bob dydd. Mangre Lugus oedd y lle hwn, duw oedd bron mor hen â'r ddaear, duw nerthol a fu'n gymorth nid yn unig i bobl Miro, ond i bobloedd tebyg ar draws Hispania a thu hwnt.

Dyma'r tro cyntaf i Miro ddod at y Dderwen Fawr ar ei liwt ei hun, ond roedd wedi dod yma'n ddigon aml gyda'i rieni i wybod beth i'w wneud. Caeodd ei lygaid yn dynn ac erfyniodd ar Lugus i ofalu amdano, ac am ei deulu, ond yn fwy na dim, i sicrhau na fyddai rhaid iddynt symud i ffwrdd, yn enwedig ar ôl beth oedd wedi digwydd y bore 'ma ...

Roedd ei dad wedi mynd bant am ychydig ddyddiau, fel pe

na bai dim byd rhyfedd ynghylch hyn o gwbl. Esboniodd e ddim pam, dim ond rhestru amryw o dasgau i Miro eu cwblhau erbyn iddo ddod 'nôl. Ond gwyddai Miro'n iawn mai gwneud paratoadau ar gyfer symud oedd bwriad ei dad.

"Cofia mai ti yw'r penteulu tra fydda i oddi cartre. Cymer ofal o dy fam," oedd ei eiriau olaf. Yna croesodd at y tân a thywallt gweddillion ei gwpanaid o win i'r fflamau, fel offrwm, cyn cerdded allan. Aeth Marina allan hefyd i ffarwelio ag e. Ond symudodd Miro ddim o'i gadair.

Agorodd Miro ei lygaid. Roedd y darn o frethyn â'i wallt ynddo'n dal i hongian ar y brigyn, yn siglo yn yr awel fel y clystyrau o genawon deri oedd ar eu tyfiant. Yn union fel roedd e ar ei dyfiant, ys dywedai ei fam. Gobeithio wir, achos roedd yn hen bryd iddo ddechrau ymestyn a chyrraedd ei lawn dwf, er y byddai blwyddyn neu ddwy neu dair arall tan hynny, mae'n siŵr.

Torrodd sŵn ar draws ei feddyliau – nid sŵn yr offrymau yn yr awel ond rhywbeth arall, yn bellach i ffwrdd. Sŵn lleisiau. Yn y pellter, gwelodd griw o ddynion yn cerdded yn gyflym i gyfeiriad bryngaer y Brythoniaid, gan gynnwys y llanc oedd yno neithiwr y tu allan i'r gaer. Beth oedd ei enw eto? Daran? Tagen? Er bod Miro'n byw a bod gyda phobl Ina – o leiaf, mi oedd tan yn ddiweddar – roedd eu henwau'n dal yn swnio'n rhyfedd i'w glustiau.

Arhosodd Miro'n hollol lonydd, rhag iddyn nhw ei weld. Roedd rhywbeth bygythiol am y ffordd roedden nhw'n lordio ar hyd y llwybr, fel pe baent yn berchen ar bob dim. Doedd dim rhaid iddo boeni – doedden nhw ddim yn cymryd sylw o ddim byd o'u cwmpas. Doedd ganddo ddim digon o'u hiaith i ddeall pam roedden nhw mewn cymaint o hwyliau da, ond roedd rhywbeth am yr holl chwerthin a'r bloeddio cras oedd yn gwneud i'w waed fferru.

* * *

"Na – nid gyda dy law gyfan – tria ddal y *stilus* rhwng dy ddau fys cynta a dy fawd yn unig," cynghorodd Ina.

"Fel hyn?" holodd Ebba.

"Ie. Dyna ti."

Roedd yr ysgrifbin yn teimlo'n rhyfedd iawn yn ei llaw. Ac yn drwm, gan ei fod wedi'i wneud o efydd. Gwasgodd Ebba ei phengliniau at ei gilydd i wneud yn siŵr na fyddai'r gwyren – tabled o bren wedi'i gorchuddio â chwyr – yn syrthio i'r llawr oddi ar ei glin, cyn gosod yr ysgrifbin ar y ddalen gŵyr. Teimlai'n hunanymwybodol iawn, yn enwedig gan fod Ina'n dilyn pob un symudiad ac Uinseann yn syllu i lawr arni dros ei hysgwydd. Ond o leiaf doedden nhw ddim ym mhrif adeilad y fynachlog: am ei bod yn ddiwrnod mwyn penderfynwyd cynnal y wers yn yr ardd berlysiau – llecyn braf, preifat, wedi'i amgylchynu â muriau cerrig.

"Paid bod ofn," dwedodd y mynach wrthi'n garedig, yn Lladin.

Cymerodd Ebba anadl ddofn a chrafu'r llythyren 'E' ar y gwyren gorau a fedrai, gan ddilyn siâp yr un llythyren roedd y mynach wedi'i hysgrifennu arni'n barod ar ei chyfer.

"Ardderchog!" bloeddiodd y Gwyddel cydnerth yn ei chlust, gan wneud iddi ollwng yr ysgrifbin. Twt-twtiodd Pasgen, a chodi'r ysgrifbin o'r llawr.

"Paid codi ofn ar yr eneth, da ti," dwrdiodd y mynach main, cyn rhoi'r ysgrifbin 'nôl i Ebba gyda gwên. Diolchodd Ebba iddo. Ond hyd yn oed pan oedd yn gwenu, roedd Pasgen yn gwgu: roedd Ina wedi'i rhybuddio i beidio cymryd sylw o'r olwg ffyrnig oedd arno.

Rhoddodd Ebba'r ysgrifbin rhwng ei dau fys cyntaf a'i bawd unwaith eto, a chrafu llythyren 'E' arall. Ac un arall.

"Gwna 'B' y tro hwn," cynigiodd Ina.

Roedd hon yn haws, am ei bod yn debyg i'r llythyren ᛒ yn ei gwyddor hi.

"Anodd credu nad wyt ti erioed wedi ysgrifennu o'r blaen," dwedodd Uinseann. "Mi fyddi wedi llwyddo i naddu dy enw'n llawn erbyn diwedd y wers gynta. Rhyfeddol!"

"Mi oedd hi'n medru crafu ei henw yng ngwyddor y Germaniaid," esboniodd Ina.

Ofnai Ebba am eiliad y byddai Ina'n sôn i Ebba grafu ei henw ar ei braich â chyllell pan oedd mewn lle tywyll iawn, ond roedd Ina'n ddigon call i beidio.

"Dydi hynna ddim yn cyfri," dwedodd Pasgen yn sych. "Ddim mwy na fyddai naddu ei henw ar ochr carreg, fel y Gwyddyl."

"Oes gennych chi wyddor eich hun hefyd?" holodd Ebba mewn syndod.

"Oes, siŵr iawn."

"Gwyddor, myn Mair! Crafiadau cyntefig!" wfftiodd Pasgen.

Gwenodd Ebba i'w hun; roedd Ina hefyd wedi'i rhybuddio bod y ddau fynach yn bigitian fel hen gwpl priod.

Aeth Ebba ati i gopïo'r llythyren olaf ar y rhestr, tra oedd

Ina'n darllen rhywbeth o'r llyfr trwm yr olwg oedd yn ei dwylo. Ar ôl i Ebba gopïo'r llythrennau yn eu tro eto, gwnaeth ymgais deilwng iawn ar ysgrifennu ei henw'n llawn. Yr unig fai, yng ngolwg Pasgen, oedd iddi ysgrifennu dwy 'B'.

"Un 'v' sydd yn 'Eva'," mynnodd Pasgen. "A dyna sydd yn y Beibl."

"Nid enw Beiblaidd sydd ganddi."

"Falle mai 'Eva' bydd hi ar ôl ei bedyddio."

"Ond dydi hi ddim wedi'i bedyddio eto, nac'di?"

"Mi setlwn hyn yn ein ffordd arferol," cyhoeddodd Pasgen.

"Trwy weddi?" holodd Ebba'n ddiniwed.

"Trwy hap," atebodd Uinseann, gan blygu a chodi carreg o'r llawr. "Os mai'r ochr lefn fydd ucha, yna dwy 'B'."

"Ac os mai'r ochr arw, un," ategodd Pasgen.

Taflodd Uinseann y garreg i'w awyr. Disgynnodd a bownsio unwaith neu ddwy cyn dod i orffwys ar ei hochr arw.

"Ha! Dwy 'B' amdani," chwarddodd y Gwyddel.

"Mi fydd rhaid iddi ddysgu ysgrifennu'i henw'n wahanol ar ôl ei bedyddio, cofia," dwedodd Pasgen o dan ei wynt yn biwis.

"Falle na fydd Ebba am newid ei henw," dwedodd Ina, gan arllwys mwy o olew i'r tân.

"Mae Ebba i'w gweld yn ferch ddigon call i wneud y penderfyniad cywir," dwedodd Pasgen.

"Yn union," ategodd Uinseann, a'r ddau'n gytûn am unwaith.

"Ac yn gwybod ei chyffes yn barod, chwarae teg," ychwanegodd Pasgen.

Dyna'r peth cyntaf roedd Pasgen wedi holi Ebba, ac roedd

yn falch o fedru ateb, yn Lladin: "Credaf yn Nuw, y Tad Hollalluog, creawdwr nef a daear."

"Dwi'n siŵr y bydda i'n dysgu llawer iawn mwy o dan eich arweiniad gofalus," dwedodd Ebba'n ddiplomataidd, gan geisio'n galed iawn i beidio â chwerthin pan welodd Ina'n gwneud ystumiau i'w chyfeiriad y tu ôl i gefnau'r mynachod, cystal â dweud 'crafwr'!

Ond roedd Ebba o ddifri; roedd yn torri'i bol eisiau dysgu mwy. Mi fyddent yn dysgu esboniadau o'r ysgrythur, gramadeg a mathemateg. Yn ei hachos hi, 'gramadeg' fyddai dysgu darllen ac ysgrifennu'n gyntaf, cyn graddio i drafod rheolau iaith a rhethreg. Doedd gan Ebba ddim syniad beth yn union oedd 'rhethreg' ond swniai'r cyfan yn hynod o ddiddorol, ac roedd brwdfrydedd Uinseann a Pasgen yn heintus. Ac yn bwysicach fyth, teimlai ei bod yn cychwyn ar y llwybr cywir – llwybr y cyfiawn.

Y sydyn, sgrialodd mynach ifanc drwy gât yr ardd berlysiau.

"Maddeuwch imi, frodyr, ond daeth newyddion da o lawenydd mawr!" cyhoeddodd y nofydd, a'i lygaid yn pefrio. Crynai o'i gorun moel i'w sandalau.

"Wyt ti am rannu'r newyddion gyda ni, felly?" holodd Uinseann yn smala.

"Wrth gwrs. Maddeuwch imi, eto. Y fath gynnwrf! Bu'r mwynwyr yn llwyddiannus – mae'r mwynglawdd yn un gwerth ei dyllu. Diolch i Dduw y Goruchaf."

"Amen. Diolch i'r Fendigaid Un," ategodd Pasgen.

"A diolch i Ebba. Yn ôl bob sôn," dwedodd Uinseann, gan roi winc fach chwareus iddi

Twt-twtiodd Pasgen eto at y fath ryfyg. Chwarddodd Uinseann yn uchel o'i weld yn rhythu arno.

"Bu bron imi anghofio!" byrlymodd y nofydd. "Ferched, mae Maelog yn holi amdanoch. Ar fyrder."

Syllodd Ebba arno mewn penbleth. Ina hefyd. Pam ar y ddaear roedd ar Maelog gymaint o frys eisiau eu gweld?

VIII

Safodd Ebba'n stond a syllu'n gegagored ar y muriau cerrig cadarn yn y pellter. Welodd hi erioed eu tebyg. Yr un oedd y wefr a phan welodd gopaon Arfynydd gyntaf. Doedd y muriau ddim mor uchel â chloddiau'r gaer efallai, ond yn anferthol o ran eu hyd a'u lled, a chyda degau o dyrau hanner crwn yn ymwthio allan o'r waliau.

"Dacw Lucus," dwedodd Maelog, a rhoi'i law ar ei hysgwydd, cyn gwneud siâp y groes. "Bydded i'r Arglwydd daenu ei ras drosom."

Pa adeiladau mawreddog, pa gyfoeth oedd yn eu disgwyl? Daeth Ina ati a sefyll wrth ei hymyl hefyd.

"Mae'n siŵr mai dyna'r olwg ar fy wyneb i pan weles i hen furiau Caergeri am y tro cynta," dwedodd Ina gyda gwên. "Wyt ti'n cofio, Uinseann?"

"Fel ddoe, 'ngeneth i. Fel ddoe," atebodd y Gwyddel, cyn troi at Miro.

"Fuest ti erioed yn Lucus?"

"Naddo," atebodd Miro, oedd hefyd yn syllu'n syn ar yr olygfa o'i flaen.

"Ymlaen!" gorchymynnodd Maelog, a cherddodd y cwmni'n sionc i gyfeiriad y ddinas, er iddynt fod wrthi drwy'r dydd yn barod – heibio caeau i'r chwith ac i'r dde, heibio sawl clwstwr o dai, a heibio ambell groes a beddrod marmor oedd wrth ochr yr heol. Roedd Iacob, pennaeth y gaer, ar ei ffordd hefyd, ond ei fod yn teithio i lawr yr afon rhag gorfod eistedd ar gefn ceffyl drwy'r dydd.

Fedrai Ebba dal ddim credu'r peth – fod Maelog wedi gofyn iddi hi ac Ina ddod i'r ddinas ar berwyl mor bwysig. Gan fod y mwynglawdd yn werth ei weithio, roedd angen trwydded i gloddio ac i werthu'r haearn. Y teulu brenhinol a'u cynrychiolwyr oedd yn rhoi caniatâd, ac felly roedd rhaid deisebu Swabiaid Lucus a gwneud cais. Roedd Ebba'n chwilfrydig iawn ynghylch y bobl hyn y clywodd gymaint o sôn amdanynt; Germaniaid, fel ei phobl hi.

Dyn diwylliedig iawn oedd arweinydd y Swabiaid yn y ddinas, yn ôl Maelog, ac yn ffoli ar gerddoriaeth. Er mwyn hwyluso'r trafod, penderfynodd Maelog y byddai'n syniad da i Ina ac Ebba berfformio gyda'r nos.

Fedrai Ebba chwaith dal ddim credu fod Miro gyda hi yma'n gwmni. Syniad Ina oedd gofyn i Miro ymuno, am ei bod yn poeni nad oedd hi wedi bod yn ymarfer digon. Ac wrth gwrs, roedd Miro'n bibydd penigamp. Fedrai Ebba ddim help pendroni ai Frige – duwies cariad, ymhlith pethau eraill – oedd wrth wraidd hyn. Efallai fod Frige yn difaru anghofio amdani. Neu efallai mai Duw oedd yn gwenu arni, yn ei gwobrwyo am droi ato. Waeth pwy oedd yn gyfrifol, gwyddai Ebba un peth i sicrwydd: erbyn dychwelyd i'r gaer, mi fyddai Miro'n gariad iddi. Doed a ddelo.

Fedrai Ebba chwaith ddim dod dros ei syndod i'r merched ddweud wrthi fod Dagan wedi cario piser Ina o'r ffynnon y dydd o'r blaen, a bod y ddau wedi cerdded ochr wrth ochr yn siarad yn ddwys â'i gilydd. Ond wrth adael y gaer am Lucus, a thra bod Adwen yn dymuno pob hwyl iddi, gwelodd Ebba â'i llygaid ei hun sut roedd Dagan wedi sibrwd rhywbeth yng nghlust Ina, a'r modd wnaeth Ina wrido. Roedd y syniad fod gan Ina gariad yn … wel, yn anghredadwy. Neu o leiaf mi fyddai ychydig wythnosau yn ôl. Ond yn ddiweddar, roedd Ebba wedi gweld gwahaniaeth yn Ina, yn enwedig ers dyfodiad y mwynwyr.

Daeth Ebba'n ymwybodol fod yr haul wedi mynd o'r golwg. Edrychodd i fyny a gweld pam. Roedden nhw bellach yng nghysgod muriau'r ddinas. Rhyfeddod Ebba unwaith eto ar faint y waliau unionsyth ac ar nifer y tyrau hanner crwn.

* * *

Cerddodd Ina drwy'r porth at sgwâr bychan. Pan welodd y ddinas yn ymestyn o'i blaen, safodd yn stond, fel Ebba'n gynt. Tra bod adeiladau Caergeri yn ei henwlad yn dadfeilio ac yn llawn drain a mieri, a'r strydoedd yn wag, roedd Lucus yn llawn bwrlwm ac adeiladau hen a newydd yn sefyll yn falch mewn rhes bob ochr i'r strydoedd a arweiniai i dri chyfeiriad.

"Ina, edrych," sibrydodd Ebba yn ei chlust.

Trodd a gweld dau ddyn ifanc arfog yn cerdded tuag atynt. Cerddai'r dynion yn hamddenol gan sgwrsio â'i gilydd yn braf, ond sylwodd Ina fod eu dwylo'n gorffwys ar wregys eu cleddyfau, rhag ofn. Roedd y dynion yn dalsyth ac yn gryf ond y peth mwyaf nodedig amdanynt, heb os, oedd eu gwalltiau. Roedd yn hir ac wedi'i daenu o gwmpas eu pennau o'r cefn a'i glymu mewn cwlwm ar yr ochr uwchben eu clust chwith. Gwallt coch oedd gan un o'r dynion ac edrychai'r cwlwm yn hynod o drawiadol.

Sylwodd fod Ebba hefyd yn syllu arnynt yn llawn chwilfrydedd. A Miro. Plygodd un o'r dynion – yr un â'r gwallt coch – ei ben yn gwrtais i gyfeiriad Maelog wrth basio.

"Dominus vobiscum. Duw fo gyda chi," dwedodd Maelog, gan ymgroesi.

"Ai Swabiaid oedden nhw?" holodd Ina, ar ôl i'r dynion gerdded heibio.

"Ie," atebodd Maelog. "Aelodau o'r gwarchodlu."

Roedd Maelog wedi esbonio wrthi mai canran fechan o boblogaeth Lucus oedd y Swabiaid, ond mai nhw'n unig oedd yn ffurfio'r gosgordd arfog oedd yn cadw trefn yn y ddinas. Galaesiaid oedd mwyafrif llethol y boblogaeth, gan gynnwys rhai o hen deuluoedd pwysica'r rhanbarth. A'r esgob, wrth gwrs, oedd yn ddyn *pwysig iawn*, fel y byddai Maelog yn ei bwysleisio gyda hanner gwên ar ei wyneb. Roedd un o hen lwythi'r Galaesiaid yn nwyrain Arfynydd yn driw iddo, ac o dan ofalaeth eglwys Lucus yn hytrach nag eglwys y Brythoniaid, a doedd yr esgob, mae'n debyg, byth yn colli cyfle i atgoffa Maelog o hynny.

"Welsoch chi eu gwallt nhw?" holodd Miro'n dawel. "Am olwg!"

"O'n i'n meddwl fydde'r steil yn dy siwtio di i'r dim," dwedodd Ina, gan dynnu'i goes. Ceisiodd Miro wenu ond roedd yn amlwg nad oedd yn meddwl fod hyn yn ddoniol iawn.

Cerddodd y criw yn eu blaenau, cyn troi i ymuno â stryd lydan. Hon oedd y stryd fawr, mae'n rhaid, meddyliodd Ina. Oddi ar y stryd hon roedd y tŷ crand lle byddent yn aros:

cartref eu cyswllt yn Lucus, Brython o'r enw Lleuddad ap Rhywun Neu'i Gilydd.

Ceisiodd Ina ddal llygad Miro, ond yn ofer. Roedd Ina'n dechrau difaru dweud dim. Jôc bach oedd e, dyna i gyd. Roedd Miro mor sensitif! Wrth gwrs, dyna un o'r rhesymau roedd hi'n ei hoffi gymaint. Gwyddai Ina'n iawn ei bod hi'n un da i bwyntio bys. Roedd hi mor bigog â draenog yn aml.

Oedd Miro wir yn ei ffansïo? Doedd ganddi ddim profiad o gwbl, na dim syniad sut i ddehongli unrhyw arwyddion. Roedd Dagan, wrth i'r cwmni ymadael â'r gaer am Lucus, hyd yn oed wedi'i hannog i 'fynd amdani' tra eu bod i ffwrdd. A dyna roedd hi'n bwriadu ei wneud. Rywsut, rywfodd. Os y byddai'n llwyddo, yna byddai rhaid iddi helpu Dagan, fel yr addawodd hi. Oedd, roedd yn dipyn o 'os'. Eto, diolch iddi hi roedd Miro yma o gwbl, a dylai o leiaf longyfarch ei hun am hynny.

* * *

Doedd Miro ddim yn gyfarwydd â gweld cymaint o bobl mewn un lle. Roedd mwy yma hyd yn oed na phan ddeuai pawb at ei gilydd adeg Hirddydd Haf a chyd-ddathlu yn un o gaerau seremonïol anferth ei bobl. Roedd yr holl wynebau a'r holl adeiladau'n gwneud iddo deimlo'n nerfus ond eto'n llawn cynnwrf.

Ddylai ddim wedi bod mor swta wrth Ina. Byddai rhaid iddo fod yn fwy amyneddgar â hi. Yn enwedig am y byddai'n dibynnu arni yn ystod y perfformiad nos yfory. Ond hefyd am ei fod yn gwybod ei bod hi'n fwy sensitif nag oedd hi'n ymddangos – roedd Ebba wedi rhybuddio Miro o hynny sbel yn ôl.

Sylwodd ar adeilad mawr yn sbecian o ben pella'r stryd. Rhaid mai'r fforwm – y ganolfan ddinesig – oedd yn syth yn eu blaenau. Clywodd sôn amdani droeon, am ei hadeiladau hardd a'u colofnau. Byddai'n rhaid cael golwg iawn arni cyn ymadael.

Pan ddaeth Caradog draw ddoe a gofyn, ar ran Maelog, pe byddai modd i Miro ymuno â'r cwmni oedd yn teithio i Lucus – ac i berfformio o flaen bonedd y ddinas! – llamodd ei galon. Lucus, o bobman: dinas a enwyd ar ôl y duw Lugus. Dyma'n union y fath o gyfle roedd wedi dyheu amdano; cyfle i ddangos ei ddoniau fel cerddor i'r byd. Ond pan esboniodd Caradog y rheswm tu ôl i'r wibdaith, a pha mor bwysig oedd cael y drwydded i werthu'r haearn a gâi ei gloddio maes o law, llamodd calon Miro'n uwch fyth. Gobeithiai Caradog hefyd y byddai digon o waith i'r rheiny oedd ei eisiau neu'i angen, gan gynnwys y Galaesiaid lleol. Dyma'n union y fath o ddatblygiad a allai berswadio tad Miro i aros yn y pentref.

Ofnai Miro na fyddai ei fam yn caniatáu iddo adael, yn enwedig gan nad oedd Felix yno. Ond mae'n bosib iawn ei bod hi hefyd, yn dawel bach, yn gweld y gallai hyn fod o fantais, oherwydd cytunodd yn syth fwy neu lai, ar yr amod bod yr 'arwyddion' yn ffafriol. Aeth i'r tŷ a nôl darn bychan o'r bara cymysg roedd wedi'i gadw'n arbennig a'i daflu i'r llyn. Gwyliodd Miro'r darn yn arnofio ac yn chwyddo wrth iddo amsugno'r dŵr. Cododd cwthwm o wynt, a daeth y darn o fara 'nôl i'r lan. Trodd Marina ato a gwenu.

"Cei fynd. Mae'n adeg da i deithio."

I wneud yn hollol siŵr o'i lwc gosododd Miro garreg fechan ar ben un o'r pentyrrau cerrig oedd hwnt ac yma wrth ambell groesffordd, fel offrwm i'r duw Mercher. Doedd neb o'r lleill wedi sylwi, heblaw am Ebba a roddodd wên fach iddo, neu os oedden nhw wedi sylwi roedden nhw'n rhy gwrtais i ddweud dim byd. Wedi'r cwbl, roedd ar y daith er mwyn eu helpu. A thrwy hynny, gobeithio, helpu ei bobl ei hun. Ond, yn fwy na dim, sicrhau na fyddai'n rhaid iddo hel ei bac a gadael y ddwy ferch oedd yn cerdded wrth ei ochr.

* * *

Y noson honno, gorweddai Ina mewn gwely mawr moethus ac Ebba wrth ei hymyl, yn stafell wely foethus merch dair ar ddeg oed o'r enw Ursula, yn nhŷ mawr moethus Lleuddad ap Rhywun Neu'i Gilydd, y gwyddai Ina bellach mai Lleuddad ab Ionas ab Awst Lawhir oedd ei enw llawn, ond mai fersiwn Ladin arno roedd yn ei ddefnyddio, sef Laudatus.

Roedd y Laudatus hwn yn ddyn cyfoethog a blaenllaw, ac yn llysgennad o fath i'r Brythoniaid yma yn Lucus. Gwnaeth ei dad ei ffortiwn yn y diwydiant llechi, ac ehangodd Laudatus ar fusnes llewyrchus hwnnw drwy agor yn ogystal dwy chwarel farmor fechan ond proffidiol, y naill ychydig i'r gorllewin a'r llall ychydig i'r de o'r ddinas.

Trodd Ina ar ei hochr. Doedd hi ddim yn medru setlo o gwbl. Pam oedd rhaid iddi fwyta gymaint heno?

Ar ôl iddyn nhw gyrraedd cyhoeddwyd mai pryd syml fyddai ar eu cyfer – pysgod – gan mai dydd Gwener oedd hi. Ond roedd y bwrdd, serch hynny, yn orlawn o bysgod o bob math, a'r cyfan wedi'i gludo i fyny afon Minio o'r arfordir heddiw yn unswydd.

Doedd Ina ddim bob amser yn medru ymlacio o dan y fath amgylchiadau, ond am unwaith mi wnaeth hi fwynhau'n fawr. Roedd Laudatus yn hynod o groesawgar ac yn ofalus iawn o'i westeion, ac Anna, ei wraig, yr un fath. Doedd dim byd ffroenuchel chwaith am eu merch, Ursula – merch wynepgrwn, gyda thrwyn smwt a llygaid mawr bywiog lliw'r olewydd – a gynigiodd ei gwely i Ina ac Ebba'n syth ar ôl iddyn nhw gyrraedd. Cynhesodd Ina ati o'r cychwyn cyntaf, rhywbeth arall nad oedd yn digwydd yn aml iawn. Tawel tu hwnt oedd ei brawd hŷn, Maximus, serch hynny, a wnaeth e ddim byd heblaw syllu'n ddwl ar Ebba drwy'r nos.

Er bod Laudatus yn deall iaith ei gyndeidiau'n iawn, roedd yn llawer gwell ganddo siarad Lladin, am mai yn Lucus roedd wedi byw erioed. Dyma unig iaith Anna, ei wraig, oedd yn hanu o un o hen deuluoedd nodedig Galaesiaid yr ardal; teulu oedd wedi byw rhwng muriau'r ddinas ers cenedlaethau lawer. Lladin oedd yr iaith wrth y bwrdd, felly. Roedd hyn yn dipyn haws, meddyliodd Ina, gan fod Uinseann a Miro yno hefyd. P'un bynnag, dim ond ambell air o iaith eu tad a fedrai'r plant. Fyddai Ina ddim yn synnu pe bai Miro'n medru mwy na nhw.

Trodd Ina ar ei hochr arall. Miro. Dyna'r rheswm go iawn pam ei bod yn methu setlo. Trwy lwc, cafodd eistedd ar ei bwys heno.

Cyffyrddodd eu dwylo pan basiodd fara iddi yn ystod y pryd bwyd. Aeth rhyw gryndod drwy ei llaw, a saethodd y teimlad drwy'i chorff, fel y tro hwnnw y pigodd ei hun yn gas gyda chyllell, heblaw fod y teimlad hwn yn rhywbeth y byddai'n hoffi ei brofi eto. Deimlodd Miro rywbeth tebyg?

Trodd Ina yn y gwely eto fyth. Synhwyrodd fod Ebba hefyd yn aflonydd. Dyna'r cwestiwn mawr, wrth gwrs. Beth yn union oedd teimladau Ebba ynghylch Miro? Doedd Ina'n dal ddim yn siŵr, er ei bod wedi gwylio'r ddau'n fanwl. Ond doedd hi ddim callach ynghylch teimladau Miro ati hi chwaith. Roedd yr holl beth yn annioddefol. A dweud y gwir, alla hi ddim diodde'r ansicrwydd arteithiol hwn eiliad yn rhagor.

"Ebba," sibrydodd Ina. "Wyt ti ar ddihun?"

"Ydw. Nawr," sibrydodd Ebba yn ôl yn finiog.

"Ydi Ursula'n cysgu?"

Roedd Ursula yn y gornel bellaf yn gorwedd mewn gwely dros dro. Doedd hi heb ddweud smic ers rhyw ddeng munud, ar ôl eu diddanu gyda hanesion lliwgar am rai o gymeriadau'r ddinas.

"Siŵr o fod. Pam?"

"O'n i eisiau holi rhywbeth i ti."

"Gofyn 'te, fel bo' fi'n gallu trio cysgu."

Doedd dim troi 'nôl. Cymerodd Ina anadl ddofn.

"Wyt ti'n hoffi Miro?"

"Wrth gwrs bo' fi'n hoffi Miro."

"Na, ti'n gwbod – y'ch chi'n fwy na ffrindiau?"

Saib. Curai calon Ina mor galed roedd arni ofn y byddai Ebba'n ei chlywed.

"Nag'yn. Dy'n ni ddim yn fwy na ffrindiau."

Anadlodd Ina allan yn dawel mewn rhyddhad.

"Beth amdanat ti?" sibrydodd Ebba.

Llyncodd Ina'n galed.

"Beth amdana i?"

"O's rhywun ti'n hoffi?"

"Falle," dwedodd Ina mewn llais bach, heb feiddio dweud dim mwy. "Nos da," ychwanegodd yn gyflym, rhag i Ebba holi ymhellach.

"Nos da."

Sut yn y byd y byddai'n llwyddo i gysgu a hithau nawr yn gwybod i sicrwydd nad oedd Ebba'n ffansïo Miro, doedd ganddi ddim syniad. Ond cysgu fyddai rhaid.

IX

Llenwai sain soniarus y pibydd y stafell wledda. Roedd rhan gynta'r swper ar ben a byddai ail eisteddiad ar ôl yr egwyl gerddorol. Gwrandawai pawb yn astud, ond neb yn fwy astud na Miro. Roedd pibydd y Swabiaid yn gerddor medrus, heb os. Canai ddwy biben ar wahân yr un pryd; y naill â'i law dde, a'r llall â'i law chwith. Roedd y pibau o faint gwahanol ac o'r herwydd yn cynhyrchu sain wahanol i'w gilydd. Weithiau canai'r brif alaw ar y biben dde, weithiau ar y biben chwith. Neidiai'r nodau o un i'r llall yn llyfn. Gwyddai Miro y byddai angen iddo fod ar ei orau i gynnig perfformiad cystal â hwn.

Doedd Miro heb fwyta dim gwerth gynnau, yn ystod yr eisteddiad cyntaf. Er mwyn setlo'i nerfau, trodd ei olygon at y cwmni wrth y bwrdd. Roedd wedi addo i'w fam y byddai'n adrodd pob manylyn wrthi.

Yn y prif le eisteddai Adoric, penteulu un o saith teulu mawr y Swabiaid, ac arweinydd y Swabiaid hynny oedd yn byw yn Lucus. Wrth ei ochr roedd ei frawd, a gwraig hwnnw. Roedd y sedd i'r dde i Adoric yn wag, am na fyddai ei wraig yn ymuno â nhw tan yn hwyrach, os o gwbl, oherwydd bod un o'r plant yn anhwylus. Gwnaeth hyn dipyn o argraff ar Miro, am y byddai gwraig Adoric yn hawdd wedi medru rhoi'r plentyn sâl yng ngofal un o forwynion y plant yn hytrach na cholli'r wledd. Hefyd wrth y bwrdd roedd ysgrifennydd Adoric ynghyd â phennaeth gosgordd y ddinas a llond llaw o ddynion ifanc, a wisgai'u gwalltiau yn yr un modd trawiadol â'r milwyr y gwelodd Miro a'r lleill ynghynt.

Roedd Adoric yn gyfyrder i neb llai na'r brenin Chararic – doedd tad Miro byth yn blino dweud wrtho fod pendefigion y Swabiaid i gyd yn perthyn i'w gilydd ac na ddeuai dim da o'r holl 'mewnfridio', o ddefnyddio disgrifiad Felix. Edrychai Adoric fel uchelwr, o'i wallt trwsiadus i'w sgidiau drud. Gwisgai wregys lledr llydan ac arno fwcl euraid rhwysgfawr maint llaw dyn, a gemau hirgrwn lliw gwin wedi'u gosod ynddo. Methai Miro dynnu'i lygaid oddi arno. Fedrai ddim dechrau dychmygu faint oedd ei werth.

Nid fod ganddo gymaint o ots â hynny. Oherwydd nid cyfoeth roedd Miro'n dyheu amdano, na chwaith o reidrwydd enwogrwydd, ond y rhyddid i wneud yr unig beth roedd arno wir ei eisiau: canu'r bibgod.

* * *

Doedd Ebba heb fwyta rhyw lawer chwaith. Mae'n siŵr y byddai'n gwerthfawrogi'r ail eisteddiad yn fwy, ar ôl iddi ganu.

Cychwynnodd y pibydd ar dôn arall, un fwy lleddf na'r un flaenorol. Synhwyrodd Ebba fod naws mwy dwys i'r gwrando hefyd; galargan oedd hi, cân yn llawn hiraeth. Treiddiodd y dôn drwyddi, a theimlodd bwl o dristwch annisgwyl, angerddol.

Roedd Adoric, pennaeth y Swabiaid, wedi syllu arni'n syn pan welodd hi gyntaf, ac roedd yn amhosib peidio sylwi bod ambell lygad arall wedi ciledrych arni drwy gydol y swper. Dechreuodd Ebba deimlo'n hunanymwybodol a meddwl bod rhywbeth o'i le ar ei gwallt neu'i gwisg ond sicrhaodd Ina hi ei bod, fel arfer, yn edrych yn berffaith. Efallai fod y Swabiaid yn synhwyro nad Brythones oedd hi, ac mai dyna pam roedd hi'n denu sylw.

Er syndod iddi, Lladin siaradai'r Swabiaid ymysg ei gilydd. Ond clywodd Adoric a'i frawd yn sgwrsio yn eu hiaith Germaneg o dro i dro hefyd. Cafodd Ebba ychydig o siom na fedrai'u deall yn rhwydd. Eto, ar ôl iddi gyfarwyddo, gallai ddilyn trywydd y sgwrs yn fras. Cafodd dipyn o wefr o glywed iaith debyg i'w hiaith ei hun. Ond buan iawn y trodd y wefr yn rhywbeth arall – rhywbeth annifyr, agos at yr asgwrn – oedd ond yn tanlinellu'r ffaith na chafodd gyfle i siarad ei mamiaith yn iawn am bron i ddwy flynedd. Dechreuodd hefyd deimlo'n chwithig o glustfeinio ar eu sgwrs, felly rhoddodd y gorau iddi a cheisio peidio gwrando'n rhy astud.

Roedd nodau'r alargan yn dal i dreiddio drwyddi. A'r un oedd y rheswm, mae'n siŵr; yn union fel roedd y tebygrwydd rhwng iaith y Swabiaid a'i hiaith hi wedi agor hen glwyf, roedd y tebygrwydd rhwng y dôn a chaneuon ei phobl hi ond yn dwysáu'r teimlad o golled.

* * *

Roedd Ina'n rhy nerfus i werthfawrogi'r pibydd. A doedd y dôn ddim yn plesio chwaith. Pam oedd rhaid canu rhywbeth mor ddigalon yng nghanol gwledd?

Roedd sbel ers iddi berfformio. Ac roedd yn boenus o

ymwybodol pa mor bwysig oedd y perfformiad hwn i Miro. Bu'r ddau'n ymarfer drwy'r bore a rhan o'r prynhawn. Roedd wedi edrych 'mlaen at yr amser yn ei gwmni. Ond doedd gan Miro fawr o amynedd i ddim heblaw canolbwyntio ar y caneuon y byddent yn eu perfformio heno; dwy gân ar y cyd (Ina'n canu'r cyfalaw, hynny yw) a'r gân olaf – uchafbwynt eu datganiad – yn unigol.

Serch hynny, cytunodd Miro i fynd am dro gyda hi ar ôl ymarfer a bu'r ddau'n crwydro'r ddinas, tra oedd Ebba, o dan ofal Uinseann, yn mynd dros y salm y byddai'n ei chanu heno. Llwyddodd Ina i dynnu sgwrs o fath, a chael Miro i wenu hyd yn oed, ond roedd yn amlwg i Ina fod ei feddwl yn bell i ffwrdd, felly penderfynodd wneud y gorau ohoni a cheisio mwynhau'r ffaith ei bod yn ei gwmni heb neb arall yn tarfu arnynt.

Er ei bod yn ddinas llawn bywyd a bwrlwm, doedd dim cystal sglein ar Lucus ag oedd ar yr olwg gyntaf. Roedd nifer o'r hen adeiladau crand – y rhai a fu cynt yn rhai cyhoeddus o bwys – yn dadfeilio ac ambell un wedi'i ddymchwel neu ddim yn llawer mwy na chragen, yn esgyrn sychion o'r oes o'r blaen.

Edrychodd Ina draw at Ebba, oedd wedi ymgolli'n llwyr yn nodau'r dôn. Roedd golau cynnes y canhwyllau'n ei throchi. Deallodd Ina cyn ei chwaer bod y Swabiaid wedi sylwi arni, a hynny yn ystod y cyfnewid anrhegion cyn y swper: cyflwynodd Maelog blât seremonïol o farmor gyda delwedd Gristnogol wedi'i naddu arno – wedi'i anrhegu gan Laudatus – i Adoric, a chafodd Maelog gwpan cymun arian gyda gemau wedi'u gosod o gwmpas yr ymyl, gan bennaeth

Swabiaid Lucus. Roedd y plât yn un drudfawr a chain ond gwelodd Ina mai Ebba, ac nid y plât, oedd wir wedi denu sylw Adoric a'r lleill, gan gynnwys gwraig ei frawd, a giledrychai arni'n syfrdan. Wrth gofio am hyn, teimlai Ina'n ddi-liw a diflas o'i chymharu â'i chwaer benfelen, a theimlai'n ffŵl am godi ei gobeithion ac o feiddio meddwl y gallai Miro ei hystyried yn ddim byd mwy na ffrind.

Daeth cân y pibydd i ben i gymeradwyaeth frwd. Y hi a Miro oedd nesa.

"Barod?" holodd Miro'n dawel.

Na'dw, dwi ddim yn barod. Dwi eisiau rhedeg allan o'r stafell a chuddio mewn cornel dywyll rhywle.

"Mor barod ag y bydda i," atebodd Ina. "Gobeithio wna i ddim dy siomi."

"Pryd wyt ti erioed wedi fy siomi?" dwedodd Miro'n dawel.

Medrai Ina feddwl am sawl achlysur, ac felly gwyddai'n iawn mai bod yn garedig roedd e. Fel arfer. Nid am y tro cyntaf, gallai Ina fod wedi'i gofleidio yn y fan a'r lle.

* * *

Ceisiodd Ebba roi gwên fach i Miro i'w annog, ond sylwodd e ddim.

Gofynnodd Adoric am dawelwch a rhoddodd arwydd i Miro ac Ina i gamu ymlaen. Cymerodd y ddau anadl ddofn a chychwyn ar y gân gyntaf. Curai calon Ebba'n galed. Hoeliodd Ebba'i llygaid ar Miro. Woden hollbwerus, paid gadael iddo fethu! Sylweddolodd yn rhy hwyr ei bod wedi galw ar y duw anghywir.

Ymledai sain gynnes y bibgod drwy'r stafell, a sain fwy cras y pibgorn yn wrthbwynt i dechneg llyfn Miro. Dechreuodd Ebba ymlacio. Roedd y ddau'n amlwg wedi bod yn ymarfer yn galed iawn, ac yn gweddu ei gilydd i'r dim. Yn gerddorol, hynny yw.

Roedd yr ail gainc yn fwy sionc a dechreuodd ambell un o'r Swabiaid guro'r byrddau i gyd-fynd â rhythm y dôn. Medrai Ebba weld sut roedd Miro erbyn hyn hefyd yn dechrau ymlacio, a'i fysedd yn ystwytho.

Erbyn y drydedd gân – yr unawd – roedd Miro yn ei elfen, a rhoddodd dipyn o berfformiad. Diolch i'w dechneg anadlu – sef anadlu trwy'i drwyn yn unig a chadw peth aer rhwng ei fochau fel bod cyflenwad cyson ganddo – roedd y dôn yn hollol gron ac yn llifo o un nodyn i'r llall heb unrhyw doriad o gwbl. A diolch i'w fysedd medrus, llithrai'r nodau'n rhwydd ac yn ddisglair i bob cyfeiriad, fel pysgod bychain yn gwibio drwy'r dŵr ac yn fflachio yng ngolau'r haul.

Pan ddaeth y gân i ben daeth bloedd o ben pella'r bwrdd lle roedd y Swabiaid ifanc yn eistedd.

"Mwy!"

Ac yna floedd arall.

"Mwy!"

Cododd Miro'r bibgod at ei wefusau a chyda gwên lydan hyrddiodd ei hun i fwrlwm tôn na chlywodd Ebba erioed o'r blaen. Yna sylweddolodd Ebba mai'r hyn roedd Miro'n ei wneud oedd asio darnau o'r caneuon blaenorol at ei gilydd, yn hollol fyrfyfyr. Gwelodd fod Adoric, os nad eraill, wedi sylweddoli hyn hefyd ac yn amneidio'i ben a gwenu'n llawn edmygedd ar y llanc.

Roedd Miro bellach yn ehedeg ar awel y dôn, ei fysedd mor chwim doedd dim posib eu dilyn, yn gweu patrymau symudliw drwy'r aer. Syllai'r Swabiaid – a phawb arall – arno'n gegagored. Chlywodd Ebba erioed Miro'n canu'r offeryn cystal â hyn. Erbyn diwedd y gân roedd pawb yn curo'r byrddau, gan gynnwys Maelog.

Neidiodd Adoric i'w draed.

"Ardderchog 'machgen i. Ardderchog!"

Syllodd Miro arno'n syn, fel pe na bai'n deall yn iawn lle roedd e. Yna gwenodd yn braf wrth ddod at ei goed. Roedd yn edrych mor ddel yr eiliad hon, meddyliodd Ebba; ei fochau'n goch a'r gwallt oedd yn syrthio dros ei dalcen yn wlyb gan chwys. Mi fyddai wedi hoffi ei gofleidio o flaen pawb. Ond yna mi fyddai Ina'n gwybod mai dweud celwydd oedd hi neithiwr. Nid dweud celwydd, efallai – oherwydd dim ond ffrindiau *oedden* nhw hyd yma – ond yn sicr nid y gwir i gyd.

Mynnodd Adoric fod pawb yn yfed llwncdestun iddo, ac i Ina.

"Ro't ti'n wych," sibrydodd Ebba wrtho.

"Diolch. Mi fyddi di hefyd," dwedodd Miro wrthi, cyn troi at Ina a dweud rhywbeth na chlywodd Ebba am fod Adoric wedi dechrau siarad eto.

Medrai Ebba weld y rhyddhad yn pelydru oddi ar Miro, ac Ina hefyd. Cafodd bwl o eiddigedd fod y ddau wedi gorffen ac yn gallu ymlacio bellach, a hefyd o'u gweld mor hapus ac unedig, ond yna teimlodd gywilydd o fod mor gul ei meddwl. Gwyddai gymaint roedd heno'n ei olygu i Miro, ac roedd yn wirioneddol falch drosto ei fod wedi medru rhoi o'i orau a dangos ei ddoniau.

Roedd Ebba wedi cymryd yn ganiataol mai hi fyddai nesaf ar y rhaglen, a chafodd syndod o glywed Adoric yn cyhoeddi y byddai interliwd cyn iddi ganu, yn cynnwys *symphonia* a dawns. Doedd Ebba ddim wedi clywed sôn am y fath offeryn, ac felly doedd hi ddim yn siŵr iawn beth i'w ddisgwyl.

Clapiodd Adoric ei ddwylo fel arwydd. O fewn curiad, clywodd Ebba sŵn drwm a chlychau bychan yn dod o'r tu allan i'r stafell. Cerddodd dyn ifanc i mewn yn taro drwm o'r fath na welodd Ebba erioed o'r blaen; roedd wedi'i wneud o ddarn o bren gwag a chroen wedi'i dynnu'n dynn dros y ddwy ochr, a'r naill yn creu sŵn gwahanol i'r llall. Rhaid mai'r offeryn hwn, felly, oedd y *symphonia*.

Curai'r drymiwr rythm cyson, a'r rhythm hwnnw wedi'i fritho gan dincian y clychau bychan a ddeuai o'r cyntedd. Yna daeth dynes ifanc i mewn i'r stafell, yn symud yn osgeiddig i sŵn y drwm ac yn peri i'r clychau oedd wedi'u clymu o gwmpas garddwrn ei braich dde i dincial drwy droelli ei llaw drwy'r awyr. Roedd ei gwallt wedi'i dynnu 'nôl a'i blethu, ac wedi'i osod fel coron ar draws ei phen. Gwisgai diwnig llewys byr o ddefnydd llaes, a sgert sidan dryloyw. Disgleiriai tair breichled aur ar ei braich chwith, oedd yn gweddu i'r dim i'r sliperi tlws lliw aur a wisgai am ei thraed. Roedd popeth amdani i'w weld yn pefrio ac roedd llygaid pawb wedi'u hoelio arni.

Yn raddol, cyflymodd rhythm y drwm a chymhlethu, gan adlewyrchu symudiadau'r ddynes ifanc. Roedd ganddi reolaeth lwyr dros ei chorff ac yn medru ei symud a'i blygu'n rhwydd i bob cyfeiriad.

Ymhen ychydig, tawelodd rhythm y drwm, arafodd

symudiadau'r ddynes ifanc a daeth y ddawns i ben. Moesymgrymodd y ddawnswraig yn wylaidd, a chafodd gryn gymeradwyaeth. Y drymiwr hefyd, wrth gwrs. Wrth i'r ddynes ifanc godi, edrychodd ar Ebba a gwelodd honno yr un syndod a chwilfrydedd yn ei llygaid a welodd yn llygaid y cwmni o gwmpas y bwrdd. Rhyfedd. Pam fod pawb y syllu arni mor od?

Ac yn bwysicach, pam na chafodd Ebba'r cyfle i ganu cyn hon? Doedd dim awydd o gwbl ar Ebba ddilyn y fath berfformiad hudolus.

X

Camodd Ebba i ganol y stafell. Prin y medrai deimlo'i choesau, fel pe baen nhw'n perthyn i rywun arall. Doedd y ffaith fod y Swabiaid yn syllu arni mor chwilfrydig ddim yn help. Cymerodd anadl ddofn i leddfu'i nerfau. Syllodd i gyfeiriad ei ffrindiau. Rhoddodd Miro ac Ina wên iddi yn eu tro, a gwelodd Uinseann yn nodio arni'n galonogol.

Sylwodd ar un o'r canhwyllau ben pella'r stafell y tu ôl iddo. Cymerodd anadl ddofn arall, a chau ei llygaid. Hyd yn oed â'i llygaid ynghau, roedd yn dal yn medru synhwyro fflam y gannwyll. Cododd ei gên mymryn a dechreuodd ganu i gyfeiriad y golau.

"Beati immaculati in via, qui ambulant in lege Domini ... Gwyn eu byd y rhai pur eu ffordd, sy'n cerdded yng nghyfraith yr Arglwydd ..."

Roedd Ebba wedi ymarfer y salm droeon, ac wedi adrodd y geiriau iddi'i hun hyd syrffed. Ond wrth iddi ganu, daeth geiriau'r salm yn fyw iddi am y tro cyntaf, cymaint nes ei bod yn teimlo mai amdani hi'i hun roedd yn canu: sut roedd hi am geisio Duw â'i holl galon, sut roedd hi am ei foli a dysgu ei reolau cyfiawn ...

Daeth y gân i ben yn rhy fuan o lawer. Roedd ar Ebba eisiau aros yng nghynhesrwydd y geiriau'n hirach. O rywle, clywodd Ebba gymeradwyaeth uchel, a daeth ati'i hun.

Agorodd ei llygaid. Er mawr syndod iddi, cododd bloedd a safodd Adoric a'i frawd ar eu traed.

"A gawn ni gân arall gennyt, fy ngeneth i?" holodd Adoric yn daer.

Edrychodd Ebba draw at Maelog mewn penbleth. Dyma'r unig gân roedd Ebba wedi ymarfer. Dyma'r unig gân Gristnogol roedd hi'n ei gwybod o gwbl, o ran hynny. Daeth Maelog i'r adwy.

"Yn anffodus dim ond un gân sydd gan Ebba ar ein cyfer heno. Daw teulu Ebba o'r gogledd pell, fel chithau, yn wreiddiol, a dydi hi ddim eto wedi dysgu llawer o eiriau'r Arglwydd."

Aeth si drwy'r stafell, a gallai Ebba daeru fod Adoric yn syllu arni'n fwy treiddgar byth. Synhwyrai na fyddai'n syniad da iddi ei siomi.

"Falle hoffech chi glywed un o ganeuon fy mhobol i?" holodd, heb feiddio edrych i gyfeiriad Maelog a'r lleill.

"Hoffwn. Yn fawr iawn," atebodd Adoric.

Eisteddodd hwnnw, a'i frawd. Disgynnodd tawelwch disgwylgar dros y stafell.

Caeodd Ebba ei llygaid. Medrai deimlo llygaid pawb yn syllu arni. Dychmygodd ei bod ger y tân yn ei chartref ar Ynys Wiht, ac mai ei thad, Branwen a'r lleill oedd yno. Canodd am orfod gadael bro a chroesi'r môr i diroedd newydd. Canodd am galedi a newyn, am goed coniffer, am eira ac am oerfel oedd yn brathu fel blaidd. Canodd bob pennill, gan gynnwys yr un am y cewri a'r corachod a'r ellyllod. I gloi, canodd y pennill cyntaf eto, sef yr un am orfod gadael cartref – ei hoff ddarn.

Daeth y gân i ben. Aeth eiliad heibio, yna dwy ac yna dair. Ddaeth dim smic o'i chynulleidfa. Agorodd ei llygaid, gan ofni mai camgymeriad oedd dewis y gân. Ond yna dechreuodd pawb glapio, gan gynnwys Maelog. A gwelodd Ebba fod pennaeth y Swabiaid yn sychu deigryn o'i lygaid, a gwraig ei frawd, yr un fath.

"Mae cân mor hudolus yn haeddu ymateb," cyhoeddodd Adoric.

Cododd ar ei draed eto. A'r tro hwn cododd y Swabiaid eraill i gyd hefyd. Dechreuodd Adoric ganu, ac ymunodd y lleill fesul un. Canai'r dynion ifanc yn uwch na neb. Efallai nad oedden nhw'n medru siarad iaith eu cyndeidiau ond yn sicr roedden nhw'n dal yn gwybod yr hen ganeuon. Roedd yn berfformiad a hanner.

Daeth y gân i ben a safodd Maelog a'r lleill, gan gynnwys Iacob, ar eu traed i'w llongyfarch. Roedd hoffter y Swabiaid o'r gân yn amlwg, a'u balchder ynddi hefyd. Trodd Adoric at Ebba.

"A dyna un o'n hen ganeuon ninnau, sydd hefyd yn sôn am adael bro a chyrchu cartref newydd. Daethon ni o hyd i'n cartref yma yn y rhan hon o Hispania genedlaethau yn ôl. Bydded i ti hefyd ddod o hyd iddo yma yn nhiroedd Galaesia."

"Diolch," atebodd Ebba'n dawel, wedi'i chyffwrdd i'r byw.

Eisteddodd pawb eto ac yna mynnodd Adoric fod Uinseann yn rhoi cynnig arni, a chanu cân o Iwerddon. Protestiodd hwnnw, yn ofer. Cymerodd y Gwyddel ddracht sylweddol o win cyn codi ar ei draed yn swil. Roedd ganddo lais syndod o dyner am ddyn mor gydnerth. Er na tharodd bob nodyn yn hollol lân, canodd o'r galon gyda'r fath arddeliad roedd yn amhosib peidio syrthio dan ei swyn. Wedi iddo orffen dechreuodd y Swabiaid daro ar y byrddau a gwneud y sŵn rhyfeddaf. Cochodd Uinseann at ei glustiau o gael y fath dderbyniad tanllyd.

Ar ôl sawl llwncdestun, daeth y gweision â mwy o fwyd ar gyfer yr ail eisteddiad: baedd gwyllt mewn saws cnau almwn, cyw iâr wedi'i stwffio â selsig, llysiau o bob math gan gynnwys ffa gwyrdd, gyda saws melynwy ar wahân, a chregin y môr – rhai ohonynt yn cynnwys ffrwythau, nid pysgod, ac eraill yn cynnwys cwstard, o bob dim. Bwytodd Ebba'n awchus – a phawb arall hefyd, gan gynnwys Iacob hyd yn oed – a daeth yn amlwg yn ystod y gwledda nad oedd Adoric am wrthod cais Maelog am drwydded ac y byddai hawl gan y Brythoniaid i agor y mwynglawdd.

I selio'r cytundeb, galwodd Adoric am y *symphonia* a'r ddawnswraig eto. Roedd Maelog yn amlwg mor falch fod y fargen wedi'i tharo cytunodd yn frwd y byddai hynny'n ddiweddglo ardderchog i'r noson.

Clywodd Ebba rythmau cyfarwydd y drwm a thincial y clychau bychan a daeth y ddau berfformiwr i mewn. Bloeddiodd Adoric air neu ddau o anogaeth yn iaith y Swabiaid. Ymledodd gwên dros wyneb y ddynes ifanc a dechreuodd symud yn fwy pwrpasol. Cyflymodd rhythmau'r drwm a chyflymodd y ddawnswraig hithau nes ei bod yn chwyrlïo, a'i sgert dryloyw'n codi fel hwyl llong a'i breichledau aur yn gwreichioni yng ngolau'r canhwyllau.

Curai'r Swabiaid y byrddau, dan ei chyfaredd yn llwyr. Sylwodd Ebba fod Iacob – ac Uinseann – yn gwneud yr un fath, a Maelog hyd yn oed yn symud yn ôl ac ymlaen fymryn yn ei sedd. Rhythai Miro ar y ddawnswraig yn gegagored. Ina hefyd. Dechreuodd y ddynes ifanc gylchdroi yn ei hunfan gan hoelio'i llygaid yn heriol ar y cwmni fesul un, a rhythmau'r *symphonia* yn diasbedain, yn gyfeiliant i'r troelli.

Syllodd Ebba ar Miro eto. Yn ei dychymyg, nid y ddynes ifanc oedd yn dawnsio o'i flaen, ond y hi. Medrai deimlo'r defnydd llaes tryloyw amdani, y breichledau aur yn drwm ar ei braich, y clychau bychan yn dynn am ei garddwrn a'r sliperi aur yn ysgafn am ei thraed. Medrai deimlo ei chorff yn amdroi i rythm y drwm. A medrai weld Miro'n dilyn pob symudiad.

Daeth Ebba at ei choed. Roedd yn dal i syllu arno mewn perlewyg. Ond doedd e ddim wedi sylwi. Na neb arall chwaith. Byddai'n dweud wrtho. Ei bod mewn cariad ag e. Yr eiliad hon.

Plygodd Ebba tuag ato.

"Miro ..."

Ond chlywodd e ddim.

Roedd Ebba ar fin rhoi cynnig arall arni pan dawodd y drwm yn ddisymwth. Troellodd y ddawnswraig unwaith yn rhagor cyn rhewi. Safai dynes hardd, urddasol wrth y drws.

"F'annwylyd," dwedodd Adoric. "Sut mae'r bychan?"

"Mae'r gwres wedi torri, diolch i'r Iôr Mawr."

Gollyngodd Adoric ochenaid o ryddhad a daeth ei wraig, Liduvina, i eistedd wrth ei ymyl.

Fedrai Ebba ddim credu beth a welai o'i blaen. Sylweddolodd mewn amrantiad pam fod Adoric a'r lleill wedi syllu arni drwy'r noson: roedd Ebba'n hynod o debyg i'r ddynes oedd newydd ymuno â nhw. Aeth ias drwyddi. Nid yn gymaint am ei bod hi'n debyg i Liduvina ond am fod honno yr un ffunud â mam Ebba.

Teimlodd Ebba rywbeth yn rhwygo y tu fewn iddi: roedd yma ac eto nid yma yr un pryd, fel pe bai'r llen wedi codi ar fyd arall, cyfochrog. Nid Liduvina oedd yn eistedd ar bwys Adoric bellach ond ei mam. Ysgydwodd Ebba'i phen. Amhosib! Rhwygodd rhywbeth y tu fewn i Ebba'r eildro; diflannodd ei mam a chymerodd Liduvina ei lle. Cafodd wên fach ganddi cyn iddi droi'i sylw yn ôl at ei gŵr a'r cwmni.

Roedd pen Ebba'n troi, a bu'n rhaid iddi afael yn ei sedd i sadio'i hun. Fedrai hi ddim dweud dim wrth Miro a hithau'n teimlo fel hyn – byddai'n rhaid i hynny aros.

* * *

Ymlwybrai'r criw yn ling-di-long drwy'r strydoedd tywyll gwag yn ôl i dŷ Laudatus. Roedd Ina wedi stwffio llond ei bol yn ystod ail eisteddiad y swper ac yn falch o'r cyfle i ymestyn ei choesau. Roedd yn fwy balch fyth fod Miro'n cerdded wrth ei hymyl. Cerddai'r ddau wrth gwt y golofn flinedig. Roedd Ebba yn y tu blaen gydag Uinseann. Doedd dim llawer o sgwrs ganddi ar ôl y wledd, meddyliodd Ina. Mae'n siŵr ei bod wedi ymlâdd. Roedd Miro, ar y llaw arall, yn wên o glust i glust o hyd. Edrychodd draw ato a dal ei lygad.

"Gest ti hwyl arni heno."

"Wnes i ddim lot o gamgymeriadau, ti'n feddwl," atebodd Ina.

"Dwi o ddifri. Fyswn i ddim wedi cael y fath dderbyniad heblaw amdanat ti."

Lapiai ei eiriau amdani'n gynnes, yn gynhesach hyd yn oed na'r clogyn brethyn oedd dros ei hysgwyddau.

"Sylwest ti fod gwraig Adoric yn debyg i Ebba?" holodd Ina.

"Oedd. Falle."

"Mae hi'n brydferth iawn."

"Pwy?"

"Liduvina."

Cododd Miro ei ysgwyddau, cystal â dweud nad oedd e wir wedi sylwi.

Wyt ti'n meddwl 'mod i'n brydferth? Ofnai Ina am eiliad ei bod wedi dweud hyn yn uchel. Ond doedd hi ddim, diolch i'r drefn. Gwelodd hi'r lleill yn troi cornel. Doedd neb arall o gwmpas. Neb. Dim ond y hi a Miro. Trawodd ei throed yn erbyn carreg fawr ar y pafin a bu bron iddi hedfan ar ei hyd. Gafaelodd Miro yn ei braich rhag iddi syrthio.

"Wyt ti'n iawn?"

"Na'dw. Dwi wedi drysu'n lân."

Sylweddolodd Ina ei fod wedi'i ddweud yn uchel. A gwelodd Miro'n edrych arni'n llawn pryder.

Fedrai Ina ddim rhwystro'i hun. Rhoddodd gusan iddo ar ei foch. A thaflodd ei breichiau amdano. Roedd yn hanner disgwyl iddo brotestio a rhedeg i ffwrdd. Ond yn lle hynny fe'i cofleidiodd a'i gwasgu ato'n dynn.

XI

Plygodd Ebba wrth y basn carreg y tu allan i dŷ Caradog a chodi bwcedaid o ddŵr. Roedd yn falch o'r llonydd, ar ôl i Sanan ei holi'n dwll am Lucus a mynnu y byddai'n mynd gyda hi'n gwmni y tro nesaf. Bu'n rhaid i Eleri roi taw arni a'i rhybuddio i beidio â phlagio Ebba druan am fod golwg mor flinedig arni.

Roedd diffyg cwsg dwy noson yn dechrau dweud ar Ebba. Pan gyrhaeddon nhw dŷ Laudatus ar ôl y wledd roedd Ursula'n dal ar ddihun er ei bod mor hwyr, a mynnodd glywed yr hanes i gyd. Roedd codi'r bore wedyn yn anodd ar ôl cwsg aflonydd, pytiog. Mae'n rhaid bod Ina a Miro wedi blino hefyd oherwydd roedd y ddau'n dawel iawn yr holl ffordd. Roedd Miro wedi mynnu gair gyda Caradog ar ôl cyrraedd, serch hynny, yn hytrach na mynd gartref yn syth.

Bu Ebba'n troi a throsi neithiwr hefyd. Roedd y ffaith fod gwraig Adoric, Liduvina, yr un ffunud â'i mam yn dal i'w haflonyddu. Medrai weld Liduvina o'i blaen yn glir o hyd – yn ei ffrog las golau, y gorchudd pen gwyn, hir a'r gadwyn ambr ddrudfawr am ei gwddf wedi'i chadw yn ei lle gan ddwy froetsh siâp eryr bob yn ochr. Fyddai ei mam heb wisgo dillad o'r un fath ond roedd ganddi fwclis ambr tebyg, er nid o'r un safon, yr arferai Ebba chwarae ag e pan na fyddai ei mam yn edrych.

Roedd Ebba'n weddol siŵr ei bod wedi breuddwydio am Sadwrn neithiwr hefyd. Doedd Morwenna ddim yn rhan o'r freuddwyd. Holodd Eleri'n ddidaro ar ôl deffro a oedd rhywun wedi clywed rhywbeth yn ei gylch yn ddiweddar. Doedd neb wedi clywed na siw na miw o hyd. Serch hynny, roedd gan Ebba ryw deimlad annifyr ym mêr ei hesgyrn fod Sadwrn ar ei ffordd yn ôl ac yn agosáu fesul dydd at y gaer. Ond efallai mai digwyddiadau Lucus oedd wedi'i drysu.

Cododd Ebba a throi am y stabl. Baglodd, gan arllwys peth o'r dŵr dros waelod ei choesau a'i thraed. Roedd y dŵr mor oer, cipiodd ei hanadl am eiliad neu ddwy, a chrynodd drwyddi. Doedd hi heb drafferthu i wisgo sgidiau am mai dim ond i'r stabl roedd hi'n mynd. P'un bynnag, roedd hi'n hoffi teimlo cynhesrwydd y gwellt yno o dan ei thraed.

Wrth iddi estyn am ddrws y stabl, daeth Ina allan o'r tŷ.

"Mae Caradog yn gofyn i ti frysio. Mae e angen mynd i weld tad Miro."

"Iawn. Fydda i ddim yn hir."

Ond lle mynd 'nôl i mewn, roedd Ina'n dal i hofran, fel pe bai ganddi rywbeth arall i'w ddweud ond yn nerfus yn ei gylch.

"Gwranda ... mae e'n gofyn a fydden ni'n hoffi mynd gydag e."

Wrth gwrs, roedd Ebba am weld Miro! Ond ddim fel hyn. Nid yn y fath stad.

"Cer di. Dwi wedi blino."

"Ti'n siŵr?"

Sicrhaodd Ebba hi nad oedd ots ganddi. Cododd Ina ei hysgwyddau'n ddidaro a mynd 'nôl mewn i'r tŷ. Ond medrai Ebba weld bod Ina'n falch, yn dawel fach. A gwyddai pam hefyd. Byddai hyn yn golygu ei bod yn cael treulio amser gyda Miro ar ei phen ei hun.

Agorodd ddrws y stabl a gweryrodd Valens, yn ei chyfarch. "Mae angen i ni hastio bore 'ma," dwedodd Ebba wrtho.

Ond nid yn unig oherwydd fod Caradog ar frys. Roedd oerni'r dŵr wedi rhoi syniad iddi beth allai dawelu'r holl gynnwrf yn ei phen, ac roedd arni eisiau cwblhau tasgau eraill y bore'n gyflym er mwyn cael gwneud.

* * *

"Fedra i dal ddim credu dy fod wedi gadael dy fam ar ei phen ei hun."

Daeth Felix adref bore ddoe, a chafodd Miro bryd o dafod milain ganddo pan gyrhaeddodd yntau 'nôl neithiwr, ac roedd wedi cychwyn arni eto.

"Felix, mi ddes i ben yn iawn hebddo. Mi wyt ti'n siarad fel pe bawn yn hen ac yn fusgrell," protesiodd Marina.

"Dwi'n gwybod dy fod yn fwy na chymwys. Ond nid dyna'r pwynt."

"P'un bynnag. *Fi* roddodd ganiatâd iddo fynd."

"Dylai Miro fod wedi gwrthod cais Caradog yn y lle cynta."

"Ond mynd er ein lles ni wnaeth e."

"Er mwyn cael canu'r bibgod ac osgoi'i ddyletswyddau, dybiwn i."

"A beth sy mor ofnadwy am gael cyfle i berfformio o flaen pwysigion Lucus?" gofynnodd Miro, gan fethu gadw'n dawel rhagor.

"Wyt ti *wir* eisiau imi esbonio eto?" dwedodd Felix, gan

gamu ato'n fygythiol a gafael yn ei goler. Daeth Marina rhwng y ddau a cheisio eu gwahanu.

"Felix! Callia!"

Cafodd Miro ormod o syndod i brotestio. Doedd ei dad erioed wedi codi bys o'r blaen. Gollyngodd Felix ei afael ar ei fab a chamu o'r neilltu. Aeth at y bwrdd a thywallt cwpanaid o win. Roedd Miro wedi'i ysgwyd, ond roedd yn benderfynol o drio siarad yn gall ag e.

"Bydd y gwaith mwyn o fantais i ni i gyd."

"O fantais i'r Brythoniaid, ti'n feddwl."

"Os yw'r mwynglawdd mor fawr â maen nhw'n gobeithio, yna bydd gwaith i bawb."

"Os, os, os. Mae 'os' yn rhad. Greda i hynny pan ddigwyddith e, a ddim eiliad yn gynt. A pheth arall – weli di ddim ohona i'n mynd i gloddio dan ddaear."

Brathodd Miro ei dafod rhag dweud mwy. Roedd Caradog wedi cytuno'n syth i roi gwaith i Felix yn sgil agor y mwynglawdd pan drafododd hyn gydag e neithiwr; nid yn unig byddai angen propiau pren ar gyfer y siafftiau ond roedd angen adeiladu cytiau ar fyrder hefyd, er mwyn i'r mwynwyr fedru toddi'r haearn yn y fan a'r lle ac aros dros nos yno pe byddai rhaid. Roedd Caradog hefyd wedi cytuno i gyflwyno hwn fel ei syniad yntau, gan fod Miro'n ofni pe bai'n dweud mai ei fab gafodd y syniad y byddai Felix yn gwrthod yn syth.

Drachtiodd Felix y cwpan yn wag a throi at Miro.

"Beth bynnag a ddaw o'r mwynglawdd, fydd e'n ddim byd i'w wneud â ni."

"Felix. Nid nawr," erfyniodd Marina.

Suddodd calon Miro i'w fogel. Roedd ei dad yn amlwg am

ddweud wrtho am ei gynlluniau i ail-leoli i'r gorllewin. Ond roedd ei fam wedi'i atal. Felly'n amlwg roedd hi heb lwyr gytuno eto. Roedd gobaith, felly.

Clywodd Miro sŵn ceffyl yn gweryru y tu allan. Adnabyddodd y sŵn yn syth: Valens.

"Pwy ar y ddaear sy 'na?" holodd Felix yn grac.

Bu'n rhaid i Miro droi i ffwrdd, rhag i Felix amau dim.

"Henffych!" galwodd llais o du ôl y drws a daeth Caradog i mewn. Gwelodd Miro fod Caradog yn medru synhwyro'r gynnen oedd yn yr aer yn syth.

"Bore da," dwedodd wrth bawb yn Lladin cyn troi at Felix a pharhau yn ei Ladin coeth. "Mae'n ddrwg gen i 'mod i wedi llusgo Miro i Lucus a thithau ddim yma. Ond mi ddylet fod yn falch iawn ohono. Gwnaeth dipyn o argraff, yn ôl y sôn."

Daeth dim ateb o enau Felix, dim ond sŵn grwntach.

Yna daeth Ina i mewn, ar ôl clymu Valens wrth y postyn y tu allan i'r tŷ.

"Helô," dwedodd, yn fwy swil nag arfer.

Syllodd Miro arni'n ddwl. Doedd e ddim yn disgwyl ei gweld hi o gwbl. Gwywodd y geiriau yn ei geg. Roedd 'nôl ar y stryd dywyll yn Lucus, yn gafael ynddi'n dynn, a synhwyrodd eto arogl ei gwallt.

"Dwyt ti ddim am ddweud helô?" ysgogodd Marina.

"Helô," dwedodd Miro'n llipa.

"Paid cymryd e'n bersonol, Ina fach, mae ei ben e yn y cymylau," dwedodd Felix, gan ddod o hyd i'w dafod.

"Ddwedwn i nad Miro yw'r unig un sydd wedi anghofio'i gwrteisi," dwedodd Marina.

Cliriodd Felix ei wddf a throi at Caradog.

"Gymri di ddiod?"

"Gwnaf. A phleser."

Rhwng poeni am sut fyddai ei dad yn ymateb a'r ffaith fod Ina wedi glanio'n annisgwyl, roedd nerfau Miro'n rhacs.

"Pam na ewch chi'ch dau am dro?" cynigiodd Marina.

Doedd dim angen dweud dwywaith wrtho. Brasgamodd Miro at y drws ac allan ag e, heb hyd yn oed drafferthu i weld a oedd Ina'n ei ddilyn.

* * *

Sgimiodd Ina garreg ar draws wyneb y merllyn. Aeth yn bell, gan fownsio o leiaf bum gwaith. Chwarddodd Ina'n fodlon. Trodd at Miro.

"Dy dro di."

Cododd Miro garreg a'i thaflu. Bownsiodd ddwywaith cyn suddo fel plwm. Ochneidiodd Miro mewn embaras. Plygodd Ina a dewis carreg well, a'i rhoi yn ei law. Roedd y garreg yn oer a'i law'n gynnes. Edrychodd Miro o'i gwmpas.

"Does neb yn gallu'n gweld ni."

Roedden nhw ar draethell ben pella'r merllyn ac o olwg y pentref.

"Ond ... y garreg ..."

"Sori," chwarddodd Ina, gan ollwng ei law.

Taflodd Miro'r garreg. Ond doedd ei gynnig fawr gwell na'r tro o'r blaen.

"Paid poeni. Dwi'n dal yn dy hoffi di."

Ddwedodd Miro'r un gair, dim ond gwenu arni'n swil. Eisteddodd Ina ar garreg fawr gyfleus. Eisteddodd Miro wrth ei hochr.

"Do'n i ddim yn meddwl byddwn i'n gallu dy weld di mor fuan. Lwcus i Caradog ofyn a o'n i am ddod gydag e. Doedd Ebba ddim eisiau dod."

"Wyt ti wedi dweud wrthi?"

Ysgydwodd Ina ei phen.

"Do'n i ddim yn siŵr ... ydyn ni'n ... ti'n gwybod?"

"Credu bod ni."

Doedd Miro ddim yn swnio'n siŵr iawn a oedden nhw bellach yn mynd allan â'i gilydd, a dwedodd Ina hyn wrtho.

"Ydw, ond ... dwi'n nerfus. Ddim achos ti. Wel, ydw, ychydig bach."

"A fi," cyfaddefodd Ina

Gwenodd y ddau ar ei gilydd eto. A gafaelodd Miro yn ei llaw.

"Ti'n gweld, mae 'nhad ... mae e wedi bygwth bod rhaid i ni symud i ffwrdd."

Trodd stumog Ina ben i waered.

"Dyw e ddim yn bendant eto. Dwi ddim yn meddwl fod Mam eisiau. Dyw rhieni fi ddim yn gwbod 'mod i'n gwbod."

Gwrandawodd Ina'n astud wrth i Miro esbonio'i gynllun wrthi a'r rheswm pam fod Caradog wedi galw i weld ei dad.

"Os bydd 'nhad yn cytuno, byddwn ni'n medru aros."

"Ac os na fydd e?" holodd Ina, a'i llais yn fach.

Cododd Miro ei ysgwyddau. Bu'n rhaid i Ina ganolbwyntio'n galed i beidio dechrau crio yn y fan a'r lle. Beth os byddai hi'n gorfod ffarwelio ag e? Efallai am byth?

Eisteddodd y ddau am sbel yn syllu ar y merllyn heb ddweud dim. Gafaelodd Ina'n dynnach yn ei law.

"Wnei di 'nghusanu i, plis?"

Edrychodd Miro o'i gwmpas eto ac yna ei chusanu. Doedd Ina ddim yn arbenigwraig o bell ffordd, ond roedd hi'n eithaf sicr ei bod yn gusan dda iawn.

* * *

Clywodd Ebba'r afon cyn ei gweld. Sŵn grymus, llyfn – mor rymus a llyfn â'r cerrig mawr ddaeth i'r golwg wrth iddi gyrraedd min yr afon; rhes o greigiau boliog yn gorweddian yn y llif, a'r dŵr yn corddi o'u cwmpas. Syrthiai'r dŵr chwyrn yn bendramwnwgl i bwll mawr tywyll, siâp wy, cyn ymwthio rhwng pentwr blêr arall o gerrig mawr i lawr yr afon. Roedd y pwll yn hollol ddu, heblaw'r ewyn gwyn ar yr wyneb.

Safai Ebba ar graig. Byddai'n rhaid iddi ddringo i lawr, rhywsut. Doedd y llethr ddim yn uchel iawn ond roedd wedi'i orchuddio gan fwsogl. Craffodd dros yr ymyl. Roedd darn i'r chwith iddi oedd yn llai serth, ac yn dyllog. Yn well fyth, ar y gwaelod roedd talp o'r graig yn creu math o silff, mymryn o dan wyneb y dŵr.

Aeth Ebba ati i dynnu'i dillad yn frysiog.

Ar y ffordd allan o'r gaer i'r afon, trawodd ar Adwen oedd yn ysu am glywed holl hanes Lucus. Roedd rhywbeth am Adwen y bore hwnnw oedd yn ei hatgoffa'n fwy nag arfer o Branwen y gaethferch. Efallai am fod ei meddwl ar gymaint o chwâl.

Tra oedd Adwen yn ei holi a'i stilio ynghylch Lucus, y cyfan fedrai Ebba feddwl amdano oedd Branwen, a'r diwrnod erchyll hwnnw ar Ynys Wiht pan ddaeth y Gwyddyl i reibio. Llusgodd Branwen hi i'r sgubor a gafael mewn cryman –

ofnodd Ebba am eiliad ei bod am ei gwaed hefyd – a thorri ei gwallt hir euraid i'r croen. Pan ddechreuodd Ebba grio a sgrechian rhoddodd slap hegar iddi.

"Dim smic arall! A phan ddaw'r môr-ladron, dwi am i ti esgus dy fod yn fud – ti'n deall? Falle gei di dy arbed."

Pan dorrodd y Gwyddyl i mewn i'r sgubor, ceisiodd Branwen ei hachub ond trawodd cawr gwallt coch Branwen i'r llawr. Chododd Branwen ddim eto. Roedd wedi'i lladd. Ddwedodd Ebba'r un gair ond llusgodd y cawr hi i ffwrdd beth bynnag.

"Ebba? Wyt ti'n iawn? roedd Adwen wedi'i holi. Roedd Ebba wedi ypsetio gymaint cerddodd i ffwrdd heb fawr o esboniad. Mae'n rhaid bod Adwen druan wedi cael braw.

Crynodd Ebba drwyddi. Roedd naws i'r awel, a theimlodd ei chroen yn crebachu. Heb oedi mwy, a chan wneud defnydd o'r tyllau yn y graig, disgynnodd yn ofalus. Dododd ei throed dde i mewn i'r dŵr, a'i gosod ar y silff garreg. Roedd y dŵr yn iasoer. Crynodd drwyddi, a gosod ei throed chwith i lawr yn gyflym, rhag iddi newid ei meddwl a dringo 'nôl i fyny.

Gollyngodd afael ar y graig, a throi gan bwyll yn ei hunfan i wynebu'r pwll. Trawodd pelydryn o olau wyneb y dŵr a suddo'n araf i'r gwaelodion, cyn pylu a diffodd wrth i'r haul ddiflannu eto y tu ôl i gymylau trwchus trwm. Eiliad neu ddwy ar y mwyaf. Ond yn ddigon hir i Ebba weld nad oedd dim byd yn llechu yn y pwll, ac felly nad oedd dim yn ei rhwystro rhag neidio i mewn. Pe byddai'n ddigon dewr.

Roedd Ebba'n teimlo'n wirion am betruso gymaint. Pan oedd yn iau, fyddai hi ddim wedi meddwl dwywaith. Ceisiodd fagu'r plwc i blymio i'r düwch, ond roedd rhan ohoni'n gwrthod gwneud.

"Ebba ydw i: merch y march, y fedwen a'r dderwen," dwedodd yn uchel.

Weithiodd y swyn ddim y tro hwn, a methodd yn lân â dod o hyd i'r hyder i neidio. Yn lle hynny, trodd ei chefn at y pwll a gollwng ei hun i'r dŵr yn ofalus hyd at ei chanol. Ochneidiodd wrth i'r oerfel gipio'i hanadl a'i gorfodi i anadlu'n drwm. Arhosodd tan i'w hanadl dawelu rhywfaint cyn codi ei choesau a chicio yn erbyn graig, gan ollwng ei gafael ar y silff garreg a hyrddio'i hun i ganol y pwll ar ei chefn.

Roedd pob rhan o'i chorff yn strancio ond ceisiodd nofio mor llyfn ag y medrai. Wrth iddi gynefino â'r oerni, ymlaciodd a throi ar ei stumog. Roedd yn ei helfen yn nofio eto. Fel y troeon dirifedi y bu yn y môr gyda'i mam – roedd ganddi frith gof ohoni'n gafael yn dynn yn ei dwylo wrth i'r tonnau dorri drosti ac Ebba'n chwerthin yn braf, pan fyddai'r rhelyw o blant bach eraill wedi dechrau crio.

"Mo ..." sibrydodd.

Yna aeth Mo'n sâl. Ac yna aeth at y duwiau. Ond roedd y môr yn dal yno, ac yn dal i ddenu Ebba. Pan oedd yn hŷn ac yn nofio heb ofal yn y byd, Branwen y gaethferch fyddai'n ei gwylio ac yn ei siarsio i beidio mynd yn rhy bell. Ond roedd tynfa'r tonnau'n rhy gryf ac Ebba'n nofwraig ry fedrus i ddigoni ar ymdrochi yn y dŵr bas.

Roedd yr atgof mor fyw, bron y medrai glywed llais Branwen. Clustfeiniodd. Na, nid llais dynes ond lleisiau plant yn dod o'r lan gyferbyn. Craffodd tua'r coed, ond doedd dim golwg o neb. A doedd dim smic i'w glywed rhagor, chwaith. Ei dychymyg oedd ar fai, mae'n rhaid. Symudodd Ebba ei breichiau a chofleidio'r dŵr. Nid y môr oedd y pwll hwn, a blas mawn oedd ar y dŵr yn hytrach na blas halen, ond fe wnâi'r tro.

Yn sydyn, dechreuodd wyneb llyfn y pwll grychu, fel pe bai degau o swigod yn codi o'r gwaelod. Dychrynodd Ebba. Oedd rhywbeth yn llechu yn y gwaelodion wedi'r cwbl? Yna sylweddolodd mai diferion trwm o law oedd ar fai, yn tasgu ar yr wyneb. Cafodd Ebba gymaint o syndod, dechreuodd chwerthin. Trodd ar ei chefn eto, a gadael i'r glaw ei tharo. Teimlai ei hun yn ymdoddi. Roedd hi bellach yn rhan o'r glaw, ac yn rhan o'r afon. Efallai pe bai'n aros yn y dŵr yn ddigon hir y byddai'n ymddatod yn llwyr ac yn teithio gyda'r llif i lawr yr afon at y môr.

Gostegodd y glaw trwm. Daeth glaw mân yn ei le a daeth Ebba at ei choed. Cydiodd yn y silff garreg, llusgo'i hun i fyny a dringo'r graig yn drafferthus. Prin roedd yn medru teimlo'i dwylo na'i thraed.

Ymbalfalodd am ei dillad oedd yn drwm gan y glaw. Gwisgodd amdani gorau y medrai. Crynai o'i chorun i'w sawdl, ei dannedd yn rhincian, ei chroen yn llosgi a'i gwaed yn iasu. Roedd yn deimlad gwefreiddiol.

XII

Roedd Uinseann yn ceisio esbonio wrth Ina yr hyn nad oedd wedi deall o'i gwaith cartref, tra bod Pasgen yn ei dro yn edrych dros gwaith cartref Ebba – ond y cyfan oedd ar feddwl Ina oedd blas y gusan ddoe.

"Ina! Canolbwyntia!" dwedodd Ebba mewn llais dwfn, gan ddynwared Uinseann.

Cliriodd Uinseann ei wddf.

"Yn hollol," dwedodd, mor gadarn ag y medrai. Cliriodd Pasgen yntau ei wddf, a throdd Ebba ei sylw 'nôl at ei gwaith, ond nid cyn taflu gwên fach ddireidus i gyfeiriad Ina.

Roedd hwyliau llawer gwell ar Ebba neithiwr hefyd, meddyliodd Ina. Aeth ati ar ôl swper nid yn unig i ymarfer ysgrifennu ei henw ond mynnodd fod Ina'n dysgu holl lythrennau'r wyddor iddi. Mae'n rhaid iddi fod wrthi tan yr oriau mân oherwydd pan ddeffrodd Ina gyda'r bore roedd Ebba wedi llenwi pob dalen y gwyren.

Roedd Uinseann yn dal wrthi'n esbonio. Ond sut fedrai ganolbwyntio ar ddim, a gwybod bod posibilrwydd y byddai Miro'n gorfod gadael?

"Mae Ebba wedi gwneud ymdrech ragorol," cyhoeddodd Pasgen. "Uinseann, chredi di fyth ond mae hi wedi llwyddo i ysgrifennu'r wyddor gyfan."

"Ardderchog yn wir!" bloeddiodd y Gwyddel.

"Welais i 'rioed y fath beth," cyfaddefodd Pasgen.

"Mae Ebba'n ferch amryddawn iawn, felly," dwedodd Uinseann. "Pe byddet ond wedi'i chlywed yn canu, Pasgen ..."

"Ac Ina'n canu'r pibgorn ..." ychwanegodd Ebba.

"Ac Ina hefyd. Wrth gwrs," ychwanegodd Uinseann yn frysiog.

"Ches *i* ddim y fraint o ymweld â'r ddinas, naddo?" dwedodd Pasgen yn biwis.

Teimlai Ina fod dadl ar fin dechrau; fedrai hi ddim dioddef y ddau'n cecru. Ddim heddiw.

"Oes ots am hyn i gyd?" holodd Ina'n ddiamynedd, cyn codi ar ei thraed a cherdded at y drws.

"Ble wyt ti'n mynd?" holodd Uinseann yn syfrdan.

"I'r eglwys. I weddïo."

"Ond dyw'r wers heb orffen eto."

Cerddodd Ina allan. Roedd yn hanner disgwyl i Uinseann neu Pasgen ddod ar ei hôl. Ond ddaeth neb.

Aeth i fyny'r bryncyn at yr addoldy pren. Agorodd y gât yn y ffens, mynd at y drws ac oedi. Oedd hawl ganddi? Doedd hi ddim yn siŵr. Doedd hi erioed wedi bod i mewn ar ei phen ei hun.

Agorodd Ina'r drws a chymryd cipolwg sydyn i weld a oedd gwasanaeth o ryw fath yn cael ei chynnal. Doedd wybod, oherwydd roedd y mynachod yn addoli ac yn myfyrio ar adegau gwahanol drwy'r dydd; weithiau yn yr eglwys, weithiau yn y masnachdy drws nesaf a weithiau yn eu celloedd.

Doedd neb yno, felly aeth Ina i mewn. Cerddodd yn dawel ar flaenau ei thraed at y man lle roedd y canhwyllau. Cymerodd un a'i chynnau. Eto, doedd hi ddim yn siŵr a oedd hawl ganddi. Ond efallai na fyddai ots am hynny, unwaith y byddai Duw'n sylweddoli beth oedd yn ei phoeni. Mae'n siŵr Ei fod yn gwybod yn barod, meddyliodd Ina, a gwneud siâp y groes.

Penliniodd Ina wrth y canhwyllau ac erfyn ar Dduw i ganiatáu i Miro aros. Caeodd ei llygaid yn dynn, dynn, cyn eu hagor. Crynodd fflam un o'r canhwyllau. Dewisodd Ina gredu mai arwydd oedd hwn fod Duw wedi'i chlywed.

Pan ddaeth allan o'r eglwys, roedd Ebba yno'n disgwyl amdani. Esboniodd Ina ddim pam ei bod wedi gweddïo. A holodd Ebba ddim chwaith.

* * *

Dododd Ebba'r dorch o flodau'r maes ar ei phen yn ofalus, a'i gosod fel coron, tra bod Sanan yn dal drych bychan i fyny gafodd Ebba'n anrheg gan Laudatus (cafodd Ina ddrych tebyg). Pe bai hi 'nôl ar Ynys Wiht, fyddai ddim blodau am ei phen, a gwisg o'r fath arall fyddai amdani, a dwy froetsh arian, gan ei bod wedi troi'n bedair ar ddeg. Ond nid ar Ynys Wiht roedd hi, a heno fyddai neb dim callach nad Brythones ifanc oedd hi.

"Ydi'r blodau'n syth?"

"Ydyn. Credu bod nhw," atebodd Sanan, cyn ochneidio. "Dyw e ddim yn deg bod plant ddim yn gallu mynd i'r ddawns Calan Haf."

"Rhywbeth ar gyfer pobol ifanc yw e," esboniodd Eleri, oedd wrthi'n gosod coronbleth debyg ar ben Ina. "Fe ddaw dy dro di."

"Pryd?" mynnodd Sanan.

"Yn gynt na fyddwn yn dymuno," atebodd Eleri, gan rannu gwên fach â'r merched hŷn.

Gan edrych yn y drych eto, sythodd Ebba'r tlws crog aur oedd o gwmpas ei gwddf – yr un roedd wedi'i gadw'n arbennig at heno. Roedd yn gweddu'i ffrog las olau i'r dim – roedd Adwen yn llygaid ei lle. Cafodd gyfle am sgwrs fach gydag Adwen gynnau. Doedd hi ddim i'w gweld yn dal dim dig am i Ebba ymddwyn mor rhyfedd y diwrnod o'r blaen.

Gwenodd Ebba'n fodlon. Roedd am edrych ar ei gorau, rhag ofn y byddai Miro'n dod i'r ddawns wedi'r cwbl. Roedd wedi holi Ina a oedd Miro wedi digwydd sôn am hyn pan aeth draw i'w weld gyda Caradog, ond y cyfan gafodd gan Ina oedd ateb swta yn dweud nad oedd ganddi syniad wir.

"Ga i roi'r drych i lawr nawr?" gofynnodd Sanan.

"Cei. Diolch."

Sylwodd Ebba fod Ina'n syllu draw arni.

"Ti'n edrych yn union fel Liduvina, gwraig Adoric, yn dy wisg las."

Teimlodd Ebba bwl o rywbeth – hiraeth? – o glywed yr enw ac o ddychmygu ei hwyneb, a wyneb ei mam. Gwthiodd y lluniau yn ei meddwl o'r neilltu.

"Dwi ddim yn gwbod am hynny ..."

"Oedd y Liduvina 'ma'n brydferth?" holodd Sanan.

"Oedd. Ond ddim mor brydferth ag Ebba," atebodd Ina.

"Dwyt ti ddim yn edrych yn rhy ffôl heddiw chwaith."

Nid dweud rhywbeth o ran cwrteisi oedd Ebba – welodd hi erioed olwg mor drwsiadus ar Ina. Roedd wedi diflannu i'w stafell yn syth ar ôl cyrraedd 'nôl o'r eglwys a threulio'r prynhawn cyfan yn sythu a thrin ei gwallt, ac yn dewis beth i'w wisgo. Roedd hyd yn oed wedi gofyn i Eleri ei helpu, ac roedd honno'n falch iawn o wneud.

Daeth Macsen i mewn, yn fochgoch fel arfer a'i wynt yn ei ddwrn ar ôl bod yn rhedeg o gwmpas y tu allan.

"Chi dal ddim wedi gorffen?" holodd yn anghrediniol.

"Bron â bod," atebodd Ina.

Roedd Macsen wedi diflasu'n llwyr gyda'r holl baratoi ac wedi dianc ganol y prynhawn.

"Fyddi di ddim yn cwyno pan ddaw dy amser di," dwedodd Eleri.

"I ryw ddawns ddwl? Fydda i ddim eisiau mynd!"

"Aros di, 'machen i. Mi wna i atgoffa di o dy eiriau pan fyddi di'n erfyn arna i gael mynd ymhen rhyw dair neu bedair blynedd."

Chwarddodd y merched.

Cododd Eleri ddrych Ina, a gwelodd Ebba wyneb syn Ina.

"Ie. Ti yw e!" chwarddodd Eleri. "Ac roedd Ebba'n iawn – mi wyt ti'n edrych yn hyfryd, os ga i ddweud. Mi fyddwch chi'ch dwy'n siŵr o wneud argraff heno."

Ceisiodd Ebba ddal llygaid Ina, ond roedd hi'n edrych arni hi'i hun yn y drych eto, fel pe na bai wir yn medru dirnad y fath drawsnewidiad. Roedd Ebba'n gwybod yn well na thynnu'i choes, ond roedd ganddi syniad da iawn pwy roedd Ina'n awyddus i'w blesio: Dagan.

* * *

Safai Ina'n aflonydd ar y cyrion, fel arfer, ychydig o'r neilltu i'r criw. Camai o un droed i'r llall yn wynebu'r cyfeiriad y deuai Miro ohono – pe byddai'n dod, hynny yw – i wneud yn siŵr y byddai'n ei weld. Roedd yr ansicrwydd yn gwneud iddi deimlo'n sâl.

Ond ar y cyrion roedd y criw hefyd, mewn gwirionedd. Safent mewn clwstwr tyn, fel cywion mewn nyth, yn eu plu newydd lliwgar, yn bell o ganol y miri. Oherwydd dyma'r flwyddyn gyntaf iddyn nhw gael ymuno yn y rhialtwch ac roedd pob un ohonyn nhw, os oedden nhw'n fodlon cyfaddef hynny ai peidio, yn nerfus.

Ychydig wythnosau ynghynt, roedd Ina rhwng dau feddwl a ddylai ffwdanu mynd i'r digwyddiad Calan Haf o gwbl, a dyma hi bellach yma'n disgwyl yn eiddgar am ei *chariad*! Roedd hi'n dal ddim yn medru credu'r peth. Cafodd ei themtio i ddweud y gwir wrth Ebba yn y tŷ gynnau, ond roedd Miro a hi wedi penderfynu peidio dweud wrth neb am y tro. Roedd y sefyllfa mor newydd i'r ddau, roedden nhw eisiau llonydd i ddod i arfer, yn lle gorfod diodde'r holl dynnu coes a fyddai'n siŵr o ddilyn yn sgil y datgeliad.

Dychrynodd Ina ar ei hyd pan gododd chwerthiniad main o ganol y criw. Roedd Denw wrthi'n adrodd rhyw hanesyn a Ceinfron Plu Paun yn amlwg wedi'i phlesio; roedd ei chwerthin cynddrwg â'i chwyno, meddyliodd Ina. Crechwenodd Ceinfron arni o dan ei choronbleth drawiadol; wrth gwrs, roedd ganddi dorch flodau wahanol i bawb arall, a'r blodau wedi'u cludo'n arbennig y bore hwnnw o farchnad Lucus.

"Pryd fuest ti yn Lucus ddwetha?" holodd Ina, gan wybod yn iawn nad oedd Ceinfron erioed wedi bod ar gyfyl y lle.

"Fydda i'n siŵr o fynd yno pan geith fy nhad ei ethol yn bendefig cyn bo hir," atebodd Ceinfron yn sych. "Cafodd Lucus ddylanwad da arnat ti, mae'n amlwg, achos mi wyt ti'n edrych yn weddol dderbyniol heno, yn hytrach na fel bwgan brain."

Am unwaith, doedd gan Ina ddim ffeuen o ots ynghylch geiriau gwenwynig Ceinfron. Oherwydd yno, yn cerdded i'w cyfeiriad, roedd Dagan. A llawer yn bwysicach, yn dilyn yn ei gysgod, roedd Miro. Sylwodd ei fod yn gwisgo rhyw fath o addurn o gwmpas ei wddf, a dant baedd gwyllt yn crogi wrtho. Roedd e hefyd wedi mynd i drafferth. Feddyliodd Ina erioed y gallai fod mor hurt o hapus o weld rhywun a bu'n rhaid iddi atal ei hun rhag rhedeg tuag ato a thaflu ei breichiau o'i gwmpas, o flaen pawb.

* * *

Canolbwyntiodd Ebba ar ble'n union roedd yn rhoi'i thraed, gan fod y llain ddawnsio braidd yn anwastad; y peth diwethaf oedd arni eisiau oedd syrthio a gwneud ffŵl ohoni'i hun ar ei thro cyntaf. Dawnsiai'r merched mewn rhes gyferbyn â'r llanciau, i gyfeiliant y pibyddion, oedd yn cynnwys Miro, ac Arofan Argoed y bardd oedd yn taro'i bastwn y erbyn boncyff gwag pwrpasol yn dalog, yn cadw curiad. Trueni nad oedd Miro'n dawnsio, meddyliodd Ebba. Ond mi fyddai digon o gyfle nes ymlaen. Dim ond newydd fachlud oedd hi ac felly roedd y noson yn gynnar o hyd – byddai'r rhai mwyaf egnïol yn dawnsio hyd y wawr, er roedd yn amheus ganddi hi a fyddai'r criw ifanc mor hwyr, neu mor gynnar, â hynny.

Sbeciodd draw i gyfeiriad Ina i weld sut hwyl roedd hi'n ei gael, a'i gweld yn gwenu o glust i glust ar Dagan. Rhyfeddai Ebba ar y trawsnewidiad yn ei chwaer, a'r ffordd rwydd a hyderus roedd yn dawnsio. Digon swrth oedd Ina pan ddechreuodd Eleri ymarfer y gwahanol symudiadau â'r merched ychydig wythnosau yn ôl, ond yn ddiweddar roedd Ina wedi dangos llawer mwy o ddiddordeb.

Newidiodd cywair y gân a dyma bawb yn gwau'n igam-ogam cyn cymryd eu llefydd priodol eto. Edrychodd Ebba i fyny a sylweddoli mai hi nawr oedd gyferbyn â Dagan. Wrth i'r ddau nesáu a phellhau o'i gilydd yn ôl gofynion y ddawns, sylwodd Ebba ar y modd ystwyth roedd Dagan yn symud i rythm y dôn – mor wahanol i Edern Tal, Pabo Ceffyl Pwn ac Iddig mab y crydd oedd yn dawnsio fel petai'u sgidiau'n llawn plwm.

"Mae golwg hapus iawn ar Ina," dwedodd Ebba.

"Mae rheswm da gyda hi dros fod," atebodd Dagan.

Oes, mae'n siŵr. A ti yw hwnnw, meddyliodd Ebba. Cofiodd sut i wyneb Ina oleuo pan welodd Dagan yn dod. A chofiodd sut y llamodd ei chalon hithau pan welodd Miro'n cerdded y tu ôl iddo. Daeth y ddawns i ben. Moesymgrymodd Dagan o'i blaen, gan chwifio'i law yn orgwrtais. Chwarddodd Ebba, cyn edrych draw ar Ina a gweld ei bod wedi mynd draw at Miro. Roedd ei llygaid yn pefrio ... neu efallai mai golau'r ffaglau oedd gwneud iddynt ymddangos felly.

"Gyfeillion! Daeth yr awr!" cyhoeddodd Arofan, gan daro'i bastwn yn uchel ar y boncyff gwag

Roedd yn draddodiad i'r bardd ddewis y Forwyn Fai, sef y

ferch a gâi'r fraint o gynnau'r goelcerth oedd tu ôl i'r llain ddawnsio. Gan amlaf, un o'r merched hŷn fyddai hyn – er nid y rhai oedd wedi dyweddïo, neu wedi priodi – ond weithiau dewisid un o'r merched iau. Edrychodd Ebba o'i chwmpas. Gwelodd Ceinfron yn ymsythu ac yn twtio'i gwisg. Ond i lygaid Ebba, os oedd un o ferched y criw yn haeddu cael ei dewis, yna Ina oedd honno.

Trawodd Arofan ei bastwn eto. Dyma'r arwydd i bawb ddechrau curo'u dwylo. Dechreuodd y bardd frasgamu o gwmpas y llain ddawnsio, yn codi ei bastwn ar hon ac arall, yn eu herio – yn sŵn llawer iawn o sgrechian a chwerthin – cyn o'r diwedd godi ei bastwn ar y Forwyn Fai a'i tharo'n ysgafn. Cafodd Ebba ormod o fraw i deimlo dim. Syllodd ar Arofan yn ddwl, ac ar y pastwn oedd y pwyntio ati. Dechreuodd Arofan lafarganu.

> "O Forwyn Deg,
> Cymer y tusw
> Cymer y ffagl
> Cynna'n calonnau
> Cynna'r tân,
> O Forwyn Fai."

Gwyddai Ebba'n iawn fod rhaid iddi ei ateb. Roedd y geiriau ar flaen ei thafod; roedd pob merch yn eu dysgu. Ond doedd hi erioed wedi meddwl y byddai'n rhaid iddi eu dweud – yn sicr nid heno, ei Chalan Haf cyntaf un.

> "O Fardd Hael a Hyglod,
> Fe'i cymeraf
> Fe'u cynnaf,
> O Geidwad y Calan."

Yn ei phen, roedd ei llais i'w glywed yn bell i ffwrdd, fel llais rhywun arall.

Daeth Morwyn Fai y llynedd at Ebba – merch nad oedd Ebba'n ei hadnabod yn dda iawn am ei bod hi'n ddeunaw oed, o leiaf – a rhoi tusw o flodau yn un llaw, a ffagl fechan yn y llall. Aeth Arofan 'nôl at y ceubren a tharo'r pastwn. Dechreuodd pawb guro'u dwylo eto, i'r un curiad, a bloeddio:

"Hir oes i'r Forwyn Fai!"

"Hir Oes!"

"Hir oes i'r Forwyn Fai!"

Wrth iddi gerdded mor urddasol ag y medrai at y goelcerth, edrychodd Ebba draw at ei ffrindiau. Roedd Ina'n wên o glust i glust. Adwen hefyd, wedi'i chynhyrfu'n lân. Ceisiodd daro golwg i gyfeiriad Miro ond roedd y pibyddion i gyd yn sefyll yn y cysgodion.

Cyneuodd Ebba'r goelcerth â'r ffagl. Cydiodd y tân yn syth. Camodd Ebba 'nôl wrth i'r gwreichion dasgu. Taflodd y ffagl ar y tân, i fonllef o gymeradwyaeth gan bawb.

Ond yn lle troi a chymryd ei lle wrth ochr Arofan, arhosodd Ebba yn ei hunfan. Roedd y fflamau'n ei denu, yn ei swyno. Peidiodd y bloeddio a'r curo dwylo. Yn lle hynny, clywai lais yn ei phen: llais ei hun yn bump oed, yn ôl ar Ynys Wyth, ac yn dal tusw arall o flodau yn ei dwylo ...

"*... dwi ddim eisiau edrych ar y tân ond mae Fa yn dweud bod rhaid i fi. Mae Mo yn cysgu ar y pentwr o goed, ar wely o grwyn. Dwi ddim yn gallu gweld hi'n iawn rhagor achos y mwg, ond dwi'n gwybod bod hi yno. Mae gyda hi ei hoff flodau, gleision yr ŷd, yn ei dwylo. Fi casglodd nhw, pan oedd y menywod yn golchi corff Mo a'i gwisgo yn ei dillad crand.*

Mae gyda fi dusw o flodau bach gwyn. Dwi ddim yn gwybod beth yw enw nhw. Dwi ddim eisiau poeni Fa a gofyn. Mae e mor drist. Fel pawb. Ond bydd Mo gyda'r duwiau cyn bo hir ac mae hynny'n beth da. Rhoddodd pawb anrhegion i Mo cyn cynnau'r tân. A bwyd a diod. Rhoddodd Fa un o'r cŵn i orwedd wrth ochr Mo, i fod yn gwmni iddi. Do'n i ddim yn gallu edrych pan wnaeth e ladd y ci gyda'r gyllell. Roedd rhai pobl yn disgwyl i fe ladd ceffyl hi ond dwi'n falch fod Fa heb.

Dwedodd Fa pan fydd y tân wedi oeri y byddwn ni'n casglu llwch Mo a'i roi mewn i lestr neu ddysgl neu rywbeth a'i gadw yn y tŷ tan bydda i'n ferch fawr, pan fyddwn ni'n rhoi ei llwch i gysgu yn y ddaear. Bydd Mo gyda ni o hyd, ond dwi ddim yn siŵr os bydd hi'n medru clywed fi, chwaith.

Mae'r fflamau'n codi nawr. Mae Fa yn gafael yn fy llaw. Ry'n ni'n cerdded at y goelcerth. Mae e mor boeth ac mae ofn arna i. Mae Fa yn dweud wrtha i am daflu'r blodau ar y tân. Dwi ddim yn medru ac mae e'n gwneud drosta i. Dwi'n dechrau crio am bo fi'n poeni bydd y tân yn brifo Mo, ond mae Fa yn dweud wrtha i bod Mo ddim yn gallu teimlo dim byd. Mae'r fflamau'n codi'n uwch ac yn uwch. Dwi'n gwbod bo' fi fod i edrych ond dwi ddim yn gallu. Dwi'n cau llygaid fi. Dwi'n clywed rhywbeth yn torri ac yn crensian. Dwi'n gollwng llaw Fa a rhedeg bant ..."

Daeth Ebba ati'i hun wrth iddi droi oddi wrth y tân a cherdded yn ddall i ffwrdd o'r goelcerth. Welodd hi ddim o Ina'n rhuthro ati.

"Ebba? Be sy'n bod?"

Rhoddodd Ebba'r tusw yn nwylo Ina.

"Alla i ddim."

"Dwi ddim yn deall."

Sylweddolodd Ebba ei bod wedi siarad ei hiaith ei hun ag Ina drwy gamgymeriad.

"Alla i ddim. Mae'n ddrwg gen i."

Trodd Ebba a cherdded i ffwrdd yn gyflym cyn i Ina, na neb arall, gael cyfle i'w hatal, a'r goelcerth yn dal i glecian yn ei chlustiau.

Roedd ambell ffagl ynghyn ar hyd y llwybr, a rhes o ffaglau wedi'u gosod wrth y porth, felly doedd dim anhawster cyrraedd y gaer. Aeth Ebba heibio Gallgo a Serwan heb ddweud dim, er iddyn nhw ei chyfarch yn wresog fel arfer.

Cyrhaeddodd y stabl ac aeth i mewn yn dawel, rhag iddi roi braw i'r ceffyl.

"Dim ond fi yw e," sibrydodd Ebba.

Roedd Valens ar ei garnau o hyd ond yn hanner cysgu, gan orffwys ei ben ar y polyn o'i flaen. Pan fyddai'n cysgu'n drwm, mi fyddai'n gorwedd i lawr. Cododd ei ben a syllu arni, cyn gostwng ei wddf eto. Mwythodd Ebba ei drwyn a moelodd Valens ei glustiau, cyn ymlonyddu eto. Crynai Ebba drwyddi o hyd, ond roedd presenoldeb y ceffyl yn ei thawelu.

"Mo ..." sibrydodd, i'r tywyllwch.

Agorodd y drws yn sydyn a dychrynodd am ei bywyd o weld Caradog yn sefyll yno, â bwyell yn ei law.

"Ti sydd 'na," dwedodd Caradog mewn rhyddhad, a rhoi'r fwyell gadw.

"Des i ddweud nos da wrth Valens."

"Beth wyt ti'n ei wneud adre mor gynnar? Oes rhywbeth yn bod?"

"Dwi ddim yn teimlo'n dda iawn, dyna i gyd."

Doedd Ebba'n sicr ddim yn mynd i ddweud y gwir wrtho am yr hyn oedd newydd digwydd.

"Yw Ina gyda ti?"

"Ddwedes i wrthi am aros."

"Mi wyt ti'n edrych braidd yn llwyd, rhaid dweud," dwedodd Caradog. "Tyrd. I'r gwely â ti."

Dilynodd Ebba Caradog allan o'r stabl ac i mewn i'r tŷ. Roedd Macsen yn cysgu ar ei wely yng nghornel y stafell fawr, diolch byth. Wnaeth Eleri chwaith ddim gormod o ffws ei bod hi wedi dod 'nôl yn gynnar, er ei bod hi'n methu celu'r ffaith ei bod yn synhwyro bod mwy i hyn nag oedd Ebba'n fodlon cyfaddef.

Aeth Ebba i'w stafell wely'n dawel rhag deffro Sanan. Gwisgodd ei gŵn nos yn gyflym a sleifio o dan y crwyn meddal ar ei gwely.

"Mo ..." sibrydodd i'r tywyllwch unwaith eto.

XIII

Safai Dagan ger y porth, yn ei disgwyl. Dechreuodd Ina ddifaru ei bod wedi cytuno i gwrdd ag e mewn lle mor gyhoeddus. Cerddodd ato mor ddi-hid ag y medrai.

"Oedd rhaid dewis fan hyn?" hisiodd Ina'n dawel.

"Mae pawb yn rhy brysur i amau dim," atebodd Dagan. "Ta beth, dyw'r pla ddim arna i. Fydd neb yn meddwl bod e'n od bod ni'n siarad."

Edrychodd Ina o'i chwmpas i wneud yn siŵr nad oedd neb yn edrych cyn rhoi rhywbeth yn ei law: cudyn o wallt aur. Syllodd Dagan arno mewn rhyfeddod.

"Wnest ti lwyddo ..."

"Dwi wastad yn cadw 'ngair, Dagan."

"Sut ...?"

"Pan oedd Ebba'n cysgu. Fel wnest ti awgrymu."

Cydiodd Dagan yn y gwallt gyda'i fysedd a'i fwytho, cyn ei godi i gyfeiriad yr haul.

"Drycha. Mae fe'n disgleirio."

"Rho fe gadw, cyn i rywun weld!"

Rhoddodd Dagan y cudyn o wallt yn ofalus mewn cwdyn bach oedd ynghlwm wrth rwymyn lledr, a'i osod o gwmpas ei wddf.

"Fydd Ebba 'da fi nawr. O hyd."

Plygodd Dagan at Ina a sibrwd rhywbeth yn ei chlust.

"Paid mynd i banig ond mae hi'n cerdded aton ni ..."

Er gwaethaf rhybudd Dagan, trodd Ina ac edrych ar Ebba mewn braw. Cododd ei llaw a cheisio gwenu. Oedd Ebba'n amau rhywbeth? Roedd yn anodd dweud am fod golwg mor flinedig arni. Bu'n troi a throsi drwy'r nos, a bu Ina bron â rhoi'r gorau i'r syniad o dorri darn o'i gwallt cyn iddi o'r diwedd syrthio i drwmgwsg gyda'r wawr.

"Bore da, Forwyn Fai," dwedodd Dagan.

Anwybyddodd Ebba'r cyfarchiad cellweirus.

"Mae Eleri'n holi lle wyt ti," dwedodd Ebba wrth Ina, gan gadw ei phellter.

"Dwed wrthi y byddai i yno nawr."

Dechreuodd Ebba gerdded at gatiau'r gaer.

"Bydd rhaid i ti ddweud wrthi dy hun."

"Ble wyt ti'n mynd?"

"Am dro," atebodd Ebba, heb edrych tua 'nôl.

"Yw hi'n iawn?" holodd Dagan, a'r pryder i'w glywed yn ei lais.

"Oedd hi'n edrych yn iawn i ti?"

"Wyt ti'n gwbod pam ei bod hi wedi gadael yn gynnar neithiwr?"

"Dim syniad. Falle bod popeth wedi mynd yn ormod iddi. Mae e'n digwydd iddi weithiau."

"Wnest ti fwynhau dy hun yn iawn, ta beth ..." dwedodd Dagan, yn awgrymog.

"Beth wyt ti'n feddwl?" gofynnodd Ina'n swta.

Yn lle ateb, trodd Dagan ac ymuno â'r mwynwyr eraill oedd wedi dechrau ymgasglu wrth y porth.

Roedd sylw Dagan wedi siglo Ina. Os oedd Dagan wedi sylwi arni hi a Miro, efallai fod Ebba hefyd. Na, pe byddai wedi sylwi, mi fyddai wedi dweud rhywbeth. A doedd neb arall chwaith. Roedd hi a Miro wedi bod yn ofalus iawn i guddio'r ffaith eu bod yn canlyn, yn enwedig ar ôl i Ebba fynd. Dweud rhywbeth yn ddiystyr oedd Dagan. Siŵr o fod.

* * *

Cerddodd Ebba'n gyflym ar hyd y llwybr cul troellog ar gyrion y goedwig heb falio dim am unwaith ynghylch beth oedd, efallai, yn llechwra yn y cysgodion. Fyddai ddim byd yn fwy dychrynllyd na'r hyn a welodd neithiwr yn ei dychymyg – na, nid yn ei dychymyg, roedd yn fwy byw na hynny ac yn fwy real – diolch i'r goelcerth a'i fflamau.

Dryslyd a charbwl oedd y tameidiau o freuddwydion oroesodd y nos, er bod ganddi ryw frith gof o Ina'n hofran drosti, hefyd. Efallai ei bod hi wedi griddfan yn ei chwsg eto a'i deffro.

A sôn am Ina ... am olwg euog oedd arni ger y porth gynnau fach. Ina, gyda chariad! Dagan, o bawb! Pam nad oedd hi wedi dweud wrthi eto? Mae'n siŵr fod embaras ar Ina, am iddi fod mor uchel ei chroch yn gwneud hwyl ar bawb oedd yn sôn am fechgyn.

Cerddodd Ebba heibio i'r Gastanwydden Gnotiog, ymlaen drwy'r goedwig a chroesi'r afon dros yr hen bont Rufeinig, gan osgoi Carnedd Cabralos.

Pan gyrhaeddodd bentref Miro roedd ei fam, Marina, y tu allan i'r tŷ yn tynnu perfedd pysgod. Mae'n siŵr bod rhywun wedi'u dal y bore 'ma yn y llyn. Roedd cwch bychan ar y lan yn agos i'r tŷ. Cododd Marina ei llaw ati. Roedd ei dwylo'n diferu o lysnafedd a gwaed.

"Rwyt ti wedi dod mewn pryd i roi help llaw," galwodd Marina.

Methodd Ebba a chuddio'i braw.

"Tynnu dy goes di ydw i. Sut wyt ti ers tro?"

Ofnadwy. Gwelais i Mam yn cael ei hamlosgi o 'mlaen neithiwr a dwi mewn cariad gyda dy fab ond yn ormod o wlanen i ddweud wrtho.

"Dwi'n iawn."

"Mae dy lygaid yn reit goch. Diffyg cwsg mae'n siŵr. Noson ry dda neithiwr, dybiwn i," pryfociodd Marina. "Roedd hi'n ddigon hwyr ar Miro'n cyrraedd adre, p'un bynnag. Neu'n gynnar y bore, ddyliwn i ddweud. Ches i ddim llawer o'r hanes, wrth gwrs."

A diolch byth am hynny, meddyliodd Ebba, neu mi fyddai'n siŵr o fod wedi sôn sut iddi ddianc o'r dathliad. Roedd Eleri wedi'i holi'n dwll y bore 'ma ar ôl clywed y cyfan gan un o'r cymdogion, a'i rhybuddio y byddai'n destun siarad.

"Dwyt ti heb ddod draw i wrando arna i'n mwydro. Mae Miro acw'n helpu ei dad," esboniodd Marina, gan ystumio i gyfeiriad gweithdy Felix oedd tu ôl i'r tŷ. Roedd sŵn llifio coed i'w glywed yn rhygnu drwy'r aer. Gwenodd Ebba arni a dianc i gyfeiriad y gweithdy.

Daeth y sŵn llifio'n uwch. Yna fe'u gwelodd, yn llifio boncyff mawr â llif draws, un bob ochr, a'r ddau'n chwys diferol. Safodd Ebba'n stond. Syrthiai wallt Miro dros ei dalcen ac roedd ei wyneb yn goch gan yr ymdrech. Yn union fel noson y wledd ym mhlasty Adoric. Gallai Ebba fod wedi syllu arno drwy'r bore.

Cododd Miro ei ben fel pe bai'n synhwyro fod rhywun yno. Rhewodd ei wên pan welodd Ebba. Teimlodd Ebba bigiad o siom. Roedd fel petai Miro wedi disgwyl gweld rhywun arall. Ond efallai mai dychmygu pethau oedd hi.

"Ebba. Ddrwg gen i. Mae angen gorffen hwn erbyn cinio."

Teimlodd hi bigiad arall o siom. Un gwaeth.

"Fedra i ddod i ben hebddot am ychydig," dwedodd Felix wrtho'n garedig, cyn galw at Ebba. "Mae deunydd saer da ynddo."

"Dwi'n medru gweld hynny," galwodd Ebba 'nôl.

Teimlai Ebba'n chwithig wrth iddi aros iddo sychu'r chwys o'i gorff. Yna, wrth iddo gerdded tuag ati, curai ei chalon mor galed ofnai y byddai Miro'n medru ei chlywed.

"Wnest ti adael yn gynnar neithiwr."

"Do. Do'n i ddim yn teimlo'n dda iawn."

A dyma ble rwyt ti'n holi fi beth sy'n bod, meddyliodd Ebba. Ond aros yn dawel wnaeth Miro.

Cerddodd y ddau ar hyd y merllyn, i ffwrdd o'r pentref, heb dorri gair. Doedd Ebba ddim yn siŵr sut a ble i ddechrau.

"Mae'n amlwg eich bod chi'n brysur," dwedodd, o'r diwedd.

Roedd mân siarad yn well na dim siarad. O leiaf nes y byddai'n barod i agor ei chalon.

"Ydyn, diolch i Lugus. A duwiesau'r dŵr wrth gwrs ... Ga i rannu cyfrinach?"

"Wrth gwrs."

"Dwedodd rhai o blant y pentre eu bod nhw wedi gweld y

duwies Afana, yn nofio mewn pwll yn yr afon."

"Ble? Pryd?"

"Ychydig o ddiwrnodau 'nôl. Mewn rhyw bwll diarffordd. Fyddet ti ddim yn gwbod ble mae e."

Byddwn. Achos fi oedd yn nofio yno, nid Afana.

Gorfododd Ebba ei hun i beidio chwerthin yn uchel.

"Well iddyn nhw beidio mynd 'nôl yno. Dwi'n gwbod na fyddai ein hellyllod dŵr ni ar Ynys Wiht yn hapus iawn o gael pobl yn tarfu arnyn nhw," dwedodd Ebba'n ddifrifol. Roedd am gadw'r pwll iddi hi'i hun, a nofio heb lygaid bach busneslyd yn llygadrythu arni.

"Dyna'n union ddwedes i," atebodd Miro. "Dwi ddim yn meddwl y gwnân nhw. Wnes i godi 'chydig o ofn arnyn nhw – i wneud yn siŵr."

Cerddodd y ddau yn eu blaenau.

"Ga *i* rannu cyfrinach?" holodd Ebba.

"Wrth gwrs."

"Wnei di ddim credu hyn ond mae Ina ... mae ganddi gariad."

Safodd Miro'n stond a syllu arni mewn braw.

"Wyt ti ddim eisiau gwbod pwy?"

Cliriodd Miro ei wddf.

"Pwy?"

"Dagan."

"Na. Dyw e ddim yn wir."

"Weles i nhw. Gyda'n llygaid fy hunan. Mae'r arwyddion i gyd yno."

Gwelodd Ebba fod Miro'n edrych yn bryderus.

"Dwi ddim yn meddwl fod angen i ti boeni. Os yw Ina'n

mynd allan gyda Dagan, mae'n rhaid ei fod e'n fachgen iawn."

Nodiodd Miro. Roedd e wedi cael gormod o sioc i ddweud rhyw lawer, meddyliodd Ebba.

Cerddodd y ddau yn eu blaenau eto.

"Mae'n beth da ... dy fod wedi cael arwydd gan y duwiau ... a dweud y gwir, ddigwyddodd rhywbeth neithiwr ..."

Methodd Ebba ddweud rhagor. Roedd lwmp mawr yn ei gwddf. Edrychodd o'i chwmpas. Roedden nhw wedi cyrraedd traethell ar lan y llyn, o olwg y pentref. Sylweddolodd Ebba fwyaf sydyn ei bod wedi blino'n lân a gwelodd garreg fawr gyfagos.

"Gawn ni eistedd?"

"Yma?" holodd Miro'n syn.

"Ie. Oes rheswm pam na ddylen ni?"

"Na, na. Dim rheswm."

"O'n i'n meddwl fod y garreg wedi'i swyno – y ffordd ro't ti'n rhythu arni."

Ysgydwodd Miro ei ben ac eistedd ar y graig. Gwnaeth Ebba'r un fath. Eisteddodd y ddau am sbel yn syllu i'r pellter. Doedd tawelwch ddim yn beth anghyffredin rhyngddynt. Ond roedd y tawelwch hwn yn wahanol; rhyw dawelwch trwm, annymunol.

Teimlai Ebba'r dagrau'n cronni. Doedd hi ddim eisiau dechrau crio o'i flaen. Sychodd Ebba ei llygaid yn frysiog. Ond sylwodd Miro ddim. Dechreuodd Ebba wylltio. Pam 'neno Frige fod rhaid iddo fod mor bell ei feddwl o hyd?

"Dwyt ti ddim eisiau gwbod beth sydd o'i le?"

"Ydw. Wrth gwrs," atebodd Miro'n dila.

Roedd Ebba ar fin disgrifio'r weledigaeth gafodd neithiwr

pan ddaeth yn hynod ymwybodol o ba mor agos at ei gilydd roedden nhw'n eistedd. Yn sydyn, y cyfan oedd yn bwysig oedd Miro. Ceisiodd ddod o hyd i'r geiriau. Ond roedden nhw wedi diflannu. Sut allen nhw, a hithau wedi ymarfer hyn yn ei phen gant a mil o weithiau? Dechreuodd wylltio eto, ond y tro hwn gyda'i hun. Os oedd Ina'n medru cael cariad, yna mi fedrai hi.

Cymerodd Ebba anadl ddofn. Gafaelodd yn llaw Miro a rhoi'i fraich dros ei hysgwydd. Closiodd ato a gosod ei phen ar ei frest. Caeodd ei llygaid. Gallai deimlo'i frest yn codi a disgyn. A gallai glywed ei galon. Teimlai hi'n ddiogel. Yn gwbl ddiogel.

Heb rybudd, tynnodd Miro ei fraich i ffwrdd a chodi ar ei draed, gyda golwg ddryslyd ar ei wyneb.

"Mae'n ddrwg gen i. Wir," dwedodd Miro, heb edrych arni.

Am beth? Am nad oedd e eisiau bod yn gariad iddi? Neu am ei fod yn gymaint o lipryn? Dechreuodd Miro gerdded i ffwrdd. Doedd bosib ei fod am ei gadael hi yma, fel hyn?

"Miro?"

Edrychodd Miro ddim 'nôl. A galwodd Ebba ddim eilwaith.

Fedrai hi ddim symud. Roedd ei siom wedi'i gludo i'r garreg. Eisteddodd Ebba yno am hydoedd yn syllu ar draws y dŵr ond doedd hi ddim yn medru gweld yn bell iawn am fod ei llygaid yn llawn dagrau.

Yn sydyn, cododd a throi am adref. Gan osgoi'r pentref, aeth i'r goedwig a dilyn yr un ffordd 'nôl, dros y bont Rufeinig. Cerddai heb sylwi ar ddim o'i chwmpas. Y cyfan a welai oedd yr olwg boenus a'r syndod ar wyneb Miro. Doedd bosib nad oedd yn gwybod ei bod hi'n ei hoffi? Efallai mai ar Ebba oedd y bai, a'i bod wedi rhoi braw iddo. Mae'n siŵr fod ei chyflwr bregus wedi'i daflu. Roedd esboniad arall, wrth gwrs. Un haws. Doedd e ddim yn ei hoffi – o leiaf nid yn y modd roedd Ebba'n ei hoffi. Efallai mai dyna'r gwir cas. Ac eto ... Efallai, efallai, efallai! Beth oedd pwynt yr holl ddyfalu? Roedd Miro wedi'i gwrthod. Ac roedd hynny'n brifo, yn brifo'n ofnadwy.

Oedodd Ebba wrth y Gastanwydden Gnotiog. Roedd golwg mor glwyfus arni, rhoddodd ei breichiau o gwmpas un o'r boncyffion crwm a phwyso'i thalcen ar y pren.

Yna clywodd sŵn rhywun neu rywbeth yn yr istyfiant gyferbyn. A gwelodd wyneb gwelw cyfarwydd yn rhythu arni: wyneb Sadwrn, y dyn a'i churodd yn ddidostur, a'i chadw'n gaeth yn y beudy.

Gollyngodd Ebba'r fath sgrech, cododd holl adar y rhan hon o'r goedwig fel un, gan grawcian a chlegar yn fyddarol. Yn reddfol, camodd Ebba y tu ôl i'r goeden. Ceisiodd guddio pob rhan o'i chorff, gan wthio'i chefn yn galed i'r rhisgl garw. Sadwrn? Yma? Yn barod? Roedd ei greddf yn gywir, felly. Rhag ei gywilydd yn stelcian o gwmpas ei chastanwydden hoff! Doedd ganddo 'mo'r hawl!

Camodd allan o'r tu ôl i'r goeden a'i felltithio yn ei hiaith ei hun, ei llais yn llawn casineb. Ond doedd Sadwrn ddim yno bellach. Os y bu yno o gwbl.

* * *

Rhwbiodd Miro ei ddwylo. Roedd pothell yn dechrau codi ar gledr ei law dde, ac un arall ar un o'i fysedd. Roedd ei ysgwyddau'n dynn a'i freichiau'n drwm. Pan gerddodd i ffwrdd oddi wrth Ebba'r bore hwnnw – beth arall fedrai wneud? – ailgydiodd yn ei waith a mynd ati fel cythraul, cymaint nes bod ei dad, o bawb, wedi dweud wrtho am arafu a phwyllo.

Llwyddodd yr holl ymdrech i dawelu ei feddwl ychydig, ond y pris am hynny oedd bod pob rhan o'i gorff yn brifo. Hefyd, roedd yr holl lwch llif wedi treiddio i bob rhan ohono, gan gynnwys i fyny ei drwyn. Ar ôl gorffen gwaith y dydd, roedd wedi golchi'i hun yn frysiog yn y merllyn am nad oedd eisiau cwrdd ag Ina'n flawd llif ac yn chwys i gyd, ond gallai wynto'r resin ar ei groen o hyd. Sniffiodd o dan ei gesail. O leiaf fod gwynt hwnnw'n well na gwynt chwys.

"Os wyt ti'n drewi, well i ti droi am adre'n syth."

Trodd a gweld Ina'n sefyll yno'n gwenu arno. Chlywodd e ddim ohoni'n dod; roedd hi'n medru sleifio drwy'r goedwig fel heliwr.

"Mae dy dad wedi dy weithio'n galed heddiw," dwedodd Ina, gan dynnu naddion coed o'i wallt ac anwesu ei foch. Trodd Miro i ffwrdd.

"Ti'n iawn?"

"Wedi blino, dyna i gyd."

"Mae rhywbeth yn bod. Dwed."

Roedd Miro wedi hanner gobeithio na fyddai'n gorfod sôn wrthi o gwbl am ymweliad Ebba, ond sylweddolodd na fyddai modd ei osgoi.

"Daeth Ebba draw."

Syllodd Ina arno'n syn.

"Pam?"

Roedd honiad Ebba ynglŷn ag Ina a Dagan wedi'i siglo. Ond yr hyn a roddodd yr ysgytwad mwyaf iddo oedd pan gymerodd Ebba ei law a rhoi'i fraich o'i chwmpas.

"Ydi e'n rhywbeth i'w wneud gyda hi'n gadael y dathliad yn gynnar? Achos hoffwn i wbod pam hefyd."

"Mae hi'n meddwl dy fod ti'n mynd allan gyda Dagan."

Chwarddodd Ina, cyn difrifoli'n syth.

"*Hi* mae Dagan yn ffansïo. Nid fi."

Doedd Miro ddim yn siŵr sut roedd yn teimlo am hyn. Ddim yn siŵr o gwbl.

"Dwi'n meddwl falle fod Ebba'n ei hoffi fe hefyd. Paid poeni," meddai Ina. "Os yw hi mae hynny'n meddwl ei fod e'n fachgen iawn."

"Dwedodd Ebba rywbeth tebyg amdanat ti."

"Pam? O't *ti'n* poeni?" holodd Ina'n ysgafn.

Bu Miro fymryn yn rhy hir i ateb.

"Do't ti ddim wir yn meddwl ...?"

Gwgodd Ina a throi'i chefn ato.

"Ina ..." dwedodd yn llipa.

Trodd Ina i'w wynebu eto, a'i llygaid yn tanio.

"Sut allet ti gredu'r fath beth?"

"Wnes i ddim, ddim mewn gwirionedd. Ond roedd hi'n swnio mor siŵr."

"Gwelodd hi ni bore 'ma. Dagan a fi. Wrth y porth. Rhaid ei bod hi wedi camddeall."

Diffoddodd y tân yn ei llygaid. Roedd hi wedi callio, diolch byth, meddyliodd Miro. Ond os oedd hi wedi ymateb fel hyn i honiad Ebba amdani, sut yn y byd fyddai'n ymateb o wybod fod Ebba … o bosib … yn ei ffansïo fe?

"Bai fi yw hyn, am beidio dweud y gwir wrthi," dwedodd Ina.

"Mae bai arna i hefyd. Allwn i wedi esbonio wrthi, bore 'ma."

"Ro'n i wedi cytuno peidio. Gwnest ti'r peth iawn. Ond bydd rhaid i ni ddweud y gwir wrthi nawr, cyn i hyn fynd yn rhy bell."

Mae hyn wedi mynd yn ddigon pell yn barod, meddyliodd Miro.

"Well i fi wneud," dwedodd Ina.

"Ie. Falle mai dyna orau," cytunodd Miro, gan geisio peidio dangos gormod o ryddhad.

"Mi fydd hi'n falch, gei di weld. Yn falch droson ni. Ac yn falch fod Dagan ar gael."

Roedd Miro'n eithaf sicr na fyddai Ebba'n falch o gwbl, ond penderfynodd mai cadw'n dawel fyddai'r peth gorau.

XIV

Pan gyrhaeddodd Ina 'nôl i'r tŷ, roedd Eleri a Caradog yn eistedd wrth y bwrdd. Doedd dim golwg o'r plant. Synhwyrodd Ina'n syth fod rhywbeth o'i le.

"Ina, ei di nôl Ebba o'r ffynnon? Ddim bwys os nad ydi hi wedi codi dŵr eto. Well iddi ddod adre, yn syth."

"Wrth gwrs. Beth sy'n bod?"

"Wna i esbonio pan ddaw hi. *Nawr*, Ina. Mae'n bwysig."

Trodd Ina a cherdded at y drws ond chafodd ddim cyfle i fynd ymhellach oherwydd daeth Ebba i mewn, yn cario piser.

"Dyma ti," dwedodd Caradog, y rhyddhad i'w glywed yn ei lais.

"Popeth yn iawn?"

"Ydi," atebodd Ebba, gan geisio gwenu.

Medrai Ina weld y straen ar ei hwyneb. Pan fyddai Ebba'n mynd i'w chragen – a doedd hi prin wedi torri gair â hi ers neithiwr – golygai hynny fod rhywbeth mawr yn ei thrwblu. Efallai nad dyma'r adeg iawn i ddweud wrthi amdani hi a Miro wedi'r cwbl. Dododd Ebba'r piser ar y llawr.

"Tyrd i eistedd," dwedodd Eleri, gan afael yn ei llaw.

Cliriodd Caradog ei wddf. Beth yn y byd oedd yn bod? meddyliodd Ina.

"Ebba. Ro'n ni eisiau dy rybuddio di – y ddwy ohonoch chi a dweud y gwir – cyn i chi ei weld o gwmpas y gaer ..."

"Dwi'n gwbod pwy," dwedodd Ebba, a'i llais ar fin torri. "Sadwrn."

Wrth gwrs, meddyliodd Ina. Pwy arall fyddai'n rhaid eu rhybuddio rhagddo? Edrychodd Caradog arni'n syn.

"Oeddet ti'n gwybod?"

Ysgydwodd Ebba ei phen.

"Rhyw deimlad, dyna i gyd."

"Gwnaeth Sadwrn gais heddiw o flaen y gwyrda i gael dychwelyd o'i alltud yn gynnar ac i ofyn caniatâd i fyw yn ei hen gartref."

Roedd yn gas gan Ina feddwl fod y fath greadur ffiaidd 'nôl yn eu mysg.

"Ro'n i yn erbyn ond roedd y mwyafrif o blaid felly mae'n rhaid i ni geisio derbyn y penderfyniad gorau y medrwn ni. Serch hynny, mi lwyddais i osod amodau – os eith yn agos at yr un ohonoch chi, mi geith ei hel o 'ma unwaith eto."

Edrychodd Ina draw at Ebba. Roedd golwg bell iawn arni. Doedd hi prin yn ymateb i'r hyn roedd Caradog yn ei ddweud.

"Dwi'n gwbod na fydd hyn yn hawdd i chi – i ti Ebba'n enwedig ar ôl y ffordd filain gwnaeth e dy drin – ond dwi am i chi wybod eich bod yn ddiogel. Does ganddoch chi ddim byd i boeni yn ei gylch."

"Diolch," dwedodd Ina. "Beth am Morwenna?"

"Maen nhw wedi gwahanu. Welwn ni ddim mo hi eto, dybiwn i. Mae hi'n byw yn Bracara, prif ddinas y Swabiaid, ac wedi priodi un o'u hoelion wyth."

Roedd yn anodd gan Ina gredu fod Morwenna, o bawb, wedi priodi Swabiad – un o'r Germaniaid – a hithau'n casáu'r Saeson gymaint.

"Oes rhywbeth hoffet ti ei ofyn?" holodd Caradog wrth Ebba.

Ysgydwodd Ebba ei phen, cyn codi a mynd allan drwy'r drws fel pe bai dim byd wedi digwydd. Gwelodd Ina'r olwg bryderus rhannodd Caradog ag Eleri. Teimlai hi'r un pryder. Nid o'i rhan hi'i hun ond o ran Ebba.

* * *

Cyn gynted ag yr agorodd Ebba ddrws y stabl, dechreuodd Valens weryru'n anniddig, fel petai'n medru synhwyro'i phoen meddwl.

"Valens. Mae e 'nôl. Nid dychmygu pethau o'n i," sibrydodd Ebba'n gryg.

Camodd tuag at y ceffyl er mwyn rhoi mwythau iddo. Ond wrth i wynt melystrwm y gwair lenwi'i ffroenau, arhosodd yn ei hunfan a daeth cryndod ofnadwy drosti. Nid yma gyda Valens oedd hi bellach ond yn gaeth yn stabl Sadwrn, ac yntau a Morwenna'n ei gwawdio a'i dyrnu. Gwyddai na allai hyn fod yn wir, ond roedd y profiad yn un gwbl real – yr un mor real â seremoni amlosgi ei mam noson Galan Haf. Roedd hi'n ailfyw'r cyfan, yr eiliad hon, ac arogl y gwair a'i hachosodd.

Daeth yn ymwybodol bod rhywun yn nadu a swnian yn isel. Sylweddolodd gyda braw mai hi'i hun oedd wrthi a'i bod, rywsut, erbyn hyn yn gorwedd ar y llawr â'i dwylo dros ei hwyneb. Doedd hi ddim yn cofio disgyn. Roedd oglau'r gwair yn ei mygu, yn codi pwys arni. Ceisiodd symud ond roedd pob rhan o'i chorff yn brifo, fel petai wedi cael cweir go iawn.

Dechreuodd gripian yn araf ac yn boenus tuag at y drws.

Roedd Valens erbyn hyn wedi aflonyddu'n llwyr. Ceisiodd Ebba ddweud rhywbeth i'w dawelu ond doedd ganddi ddim digon o nerth. Ymbalfalodd am y drws, llusgo'i hun ar ei thraed, a'i wthio ar agor. Hanner syrthiodd i'r awyr agored, gan dagu. Pwysodd yn erbyn y drws a'i gau, gan lyncu'r aer yn swnllyd.

Yn raddol, daeth ati'i hun. Syllodd o'i chwmpas a sylweddoli bod Ina yno â basged yn ei llaw, yn syllu arni'n ofidus.

* * *

Cyn gynted ag oedd Ebba wedi gorffen cyfaddef iddi beth oedd newydd ddigwydd, gafaelodd Ina yn ei llaw'n dynn a brasgamu i lawr y lôn gul, yr atgasedd at Sadwrn yn ei gyrru a'i chynddeiriogi fel pryfed yn poeni ceffyl.

"Ble y'n ni'n mynd?" holodd Ebba'n betrus.

"I gasglu blodau."

Gofynnodd Eleri iddi gynnau fynd gydag Ebba i gasglu planhigion ar gyfer gwneud math arbennig o gawl. Esgus oedd hyn, mae'n siŵr, er mwyn i'r ddwy gael ychydig o amser gyda'i gilydd a rhoi cyfle i Ebba fwrw ei bol, pe byddai eisiau. Ond cyn hynny, roedd hen gownt roedd angen ei setlo.

Wrth iddyn nhw droi i mewn i'r lôn lle roedd Sadwrn yn byw, ceisiodd Ebba ryddhau ei hun o afael Ina, ond roedd llaw Ina fel feis.

"Na ..." ymbiliodd Ebba.

Chymerodd Ina ddim sylw. Arhosodd ar bwys y tŷ a syllu i mewn drwy'r ffenest fechan. Yn llwydni'r stafell lwm, gwelodd ffigwr main, truenus â'i gefn tuag ati, yn crymanu'n ceisio cynnau'r tân yn ffwndrus.

Haliodd Ina ar law Ebba a'i gorfodi i edrych drwy'r ffenest hefyd. Syllodd Ebba i mewn ond ddwedodd hi ddim byd.

"Ti'n gweld? Hen ddyn pathetig yw e, wedi torri cyn ei amser. Fedrith e ddim gwneud dim byd i ni."

Syllai Ebba'n fud drwy'r ffenest o hyd.

"Ond i wneud yn hollol siŵr ..." ychwanegodd Ina, gan godi bar pren oedd yn pwyso yn erbyn wal y tŷ, a fu'n follt ar y drws drwy gydol alltudiaeth Sadwrn.

Gwelodd Ina'r braw yn llygaid Ebba.

"Na!" dwedodd Ebba eto, ond yn uwch y tro hwn, gan afael yn y bar pren.

Ceisiodd Ina rwygo'r bar o'i dwylo ond roedd Ebba'n llawer yn gryfach nag oedd yn ymddangos. Ar ôl ymrafael, bu'n rhaid i Ina ollwng y bar, a theimlodd ei chorff yn mynd yn llipa i gyd. Taflodd Ebba'r darn o bren i ffwrdd.

"Gad i ni fynd."

Cymerodd Ebba ei llaw a'i thynnu oddi yno. Dilynodd Ina'n ufudd: roedd y dicter oedd wedi gafael ynddi wedi cilio, ond roedd ei flas chwerw ar ei thafod o hyd.

* * *

Cerddai'r ddwy'n araf ar hyd un o'r llwybrau arweiniai o'r gaer trwy'r caeau a'r dolydd o amgylch, yn aros nawr ac y man i gasglu ambell blanhigyn: malw'r meysydd, a'i ddail siâp olwyn o gaws a blodau pinc golau, oedd yn tyfu wrth ochr y llwybr, a hefyd llynorlys, a'i ddail bychain a'i flodau mân, a dyfai ar y llwybr ei hun.

Doedd y ddwy heb yngan gair bron ers gadael tŷ Sadwrn. Gwyddai Ina y dylai droedio'n ofalus ar ôl beth oedd wedi digwydd, ond doedd troedio'n ofalus ddim yn un o'i chryfderau.

"Do't ti ddim i weld wedi synnu. Beth yn union o't ti'n feddwl fod ti 'di cael rhyw deimlad fod Sadwrn o gwmpas?"

Rhoddodd Ebba'r llynorlys yn y fasged.

"Weles i fe. Heddiw. Yn y goedwig. Ro'n i'n meddwl mai dychmygu pethau o'n i. Ond roedd e yno go iawn, mae'n rhaid."

"Pam o't ti'n credu mai dychmygu pethau oeddet ti?"

"Achos ... 'mod i'n dechrau poeni 'mod i'n mynd o 'ngho'."

"Pam yn y byd fyddet ti'n meddwl hynny?"

Cododd Ebba ei hysgwyddau cystal â dweud 'dim syniad'.

"Dwi'n meddwl fod digon gyda ni erbyn hyn. Beth am gasglu ychydig o flodau'r ddraenen wen, ac yna allwn ni fynd 'nôl yn araf deg?" cynigiodd Ebba.

Cerddodd y ddwy at un o'r llwyni oedd yn gwahanu dau gae gyfagos. Roedd y llwyn yn drwch o'r ddraenen wen, a'i blodau lliw'r eira yn britho'r gwyrddni diweddar. Roedd modd bwyta'r blodau, a'r dail hefyd os oedden nhw'n ddigon ifanc.

"Welais i fy mam Galan Haf," dwedodd Ebba'n ddidaro, gan ddodi rhai o'r blodau bychan gwyn yn y fasged.

Safodd Ina'n stond.

"Beth wyt ti'n feddwl – 'gwelaist' ti dy fam?"

Esboniodd Ebba'r hyn ddigwyddodd wrth y goelcerth, a chymaint roedd hynny wedi'i hysgwyd.

Gwrandawodd Ina'n llawn cydymdeimlad. Roedd hithau hefyd wedi dychmygu gweld ei theulu ar ôl iddyn nhw farw – fwy nag unwaith. Weithiau, mi fyddai'n dyheu am eu gweld eto, a'i bleiddgi hoff, Bleiddyn.

"Dwi'n meddwl 'mod i'n gwbod pam," dwedodd Ina. "Mae'r goelcerth Calan Haf yn un arbennig, wedi'i hadeiladu o ddau fath o bren yn unig – y fedwen a'r dderwen."

Gwelwodd Ebba.

"Paid dweud dim wrth Eleri," dwedodd Ebba'n daer.

"Ti ddim yn meddwl fyddai well iddi gael gwybod? Mae hi'n poeni amdanat ti."

"Byddai hi'n poeni mwy byth wedyn. Paid dweud dim wrth neb arall chwaith."

Gwelodd Ina fod Ceinfron Plu Paun ac Adwen Addfwyn yn cerdded ar hyd y llwybr i'w cyfeiriad. Sychodd Ebba ei llygaid yn frysiog a chodi ei llaw. Chwifiodd y ddwy 'nôl, a chroesi at y llwyni.

"Ni newydd glywed fod Sadwrn 'nôl," dwedodd Adwen. "Mae'n ddrwg 'da fi."

"Oedd e'n gas i Ina hefyd," dwedodd Ebba.

"Oedd, dwi'n gwybod," dwedodd Adwen, a gwenu arni. Trodd at Ebba. "Ro'n i'n gweld dy eisiau di yn y ddawns."

"Yn enwedig ar ôl i ti gael y fraint o gael dy ddewis fel y Forwyn Fai. Gallai rhai pobol fod wedi cael yr argraff dy fod ti'n sarhau ein traddodiadau ni," ychwanegodd Ceinfron yn bigog. "Pam wnest ti adael mor gynnar?"

Gwelodd Ina nad oedd Ebba'n gwybod beth i'w ddweud.

"Am ei bod hi wedi ypsetio," esboniodd Ina. Edrychodd

Ebba arni ac ysgwyd ei phen – na, paid! Ond doedd Ina ddim yn bwriadu dweud y gwir i gyd. "Welodd hi Sadwrn yn y goedwig y pnawn cyn y ddawns, a ga'th hi ofn, fel gallwch chi ddychmygu."

Y diwrnod canlynol gwelodd Ebba Sadwrn. Ond doedd y merched ddim i wybod hynny. Celwydd golau oedd y celwydd ar ei waethaf.

"O, na!" ebychodd Adwen, yn llawn cydymdeimlad.

"Mae'n rhaid bod hynny'n anodd iawn i ti," dwedodd Ceinfron, gan roi'i braich ar ysgwydd Ebba, yn amlwg yn difaru ei sylw maleisus rai eiliadau ynghynt.

Ar ôl i Ebba eu sicrhau ei bod yn iawn – o ystyried yr amgylchiadau – aeth Ceinfron ac Adwen yn eu blaenau.

"Diolch," dwedodd Ebba, pan oedd y ddwy allan o glyw. "Dwi ddim yn gwbod be fydden i'n gwneud hebddot ti weithiau."

"Fi hefyd," dwedodd Ina, gan afael yn ei llaw. "Ddei di drwy hyn rhywsut. Ni'n dwy wedi bod trwy gymaint, on'd o? Dwi yma – wrth dy ochr di – cofia hynna."

"Gwranda ... dwi heb ddweud y gwir i gyd wrthot ti ..."

Dwi ddim chwaith, meddyliodd Ina.

"Mae e ynglŷn â Miro."

Beth am Miro? Oedd Ebba'n gwybod wedi'r cwbl?

"Es i draw i'w weld e bore 'ma."

Bu Ina bron â dweud ei bod yn gwybod a'i fod wedi dweud wrthi, ond stopiodd ei hun mewn pryd.

"Dwi'n ei hoffi fe. Lot."

Edrychodd Ina arni'n syn.

"Ti'n gwybod. *Wir* yn ei hoffi e," ychwanegodd Ebba.

Teimlodd Ina'r ddaear yn symud o dan ei thraed. A'r poer yn sychu yn ei cheg.

"Ond ddwedest ti ... yn Lucus ... ofynnes i ti o't ti'n ei hoffi fe'n fwy na fel ffrind, a wedest ti fod ti ddim."

"O'n i ddim eisiau dweud achos o'n i'n meddwl byddet ti'n neud hwyl ar 'mhen i," eglurodd Ebba.

"Pam fydden i'n neud 'nny?"

"Achos ... achos fod gyda ti ddim diddordeb mewn bechgyn."

"Ond dyw hynna ddim yn wir!" dwedodd Ina'n wyllt, cyn iddi fedru'i hatal ei hun.

"Dwi'n gwbod hynna nawr. Achos mi wyt ti mewn cariad â rhywun hefyd, on'd wyt ti?" holodd Ebba.

Byddai Ina wrth ei bodd yn medru dweud pob dim wrth Ebba, ond wrth gwrs doedd dim posib gwneud. Dim nawr, ac Ina'n gwybod fod Ebba ... Roedd yr holl sefyllfa'n ffradach llwyr.

"Sdim rhaid i ti edrych mor boenus. Dwi'n gwbod pwy. Dagan."

"Dwi ddim eisiau siarad am y peth," dwedodd Ina'n frysiog.

Roedd ei meddwl ar chwâl. Teimlai'n ddig at bob dim. Ati hi'i hun. At y twyll oedd yn pwyso'n drwm arni. Ac at Ebba, am beidio dweud wrthi. Fyddai hi byth wedi mynd yn agos at Miro pe bai'n gwybod. Ond efallai fod rhan ohoni *yn* gwybod, a'i bod wedi'i wneud beth bynnag.

"Gobeithio dy fod yn cael mwy o lwc na fi. Achos dwi

ddim yn credu bod gobaith gen i 'da Miro. Wyt ti?" Edrychodd Ebba ar Ina.

"Ydw i beth?"

"Yn meddwl fod gobaith? I fi a Miro?"

Dylai Ina ddweud wrthi yr eiliad hon, er gwaetha'r holl gymhlethdod gyda Sadwrn, a beth bynnag oedd y profiad rhyfedd hwnnw gafodd Ebba pan welodd ei mam. Ond fedrai hi ddim. Feiddiai hi ddim.

Ysgydwodd Ina ei phen. Na. Does dim gobaith. Rhoddodd Ebba ei phen ar ysgwydd Ina a rhoddodd Ina ei breichiau amdani. Roedd Ebba'n gryndod i gyd.

"Dylet ti fod wedi dweud y gwir," sibrydodd Ina.

"Mae'n ddrwg gen i. Dylen i wedi ymddiried ynddot ti. Dwi'n gwbod fyddet ti ddim yn neud dim byd i 'mrifo fi."

Na, dim – heblaw dwyn dy gariad o dan dy drwyn.

Ofnodd Ina am eiliad ei bod wedi'i ddweud yn uchel. Gollyngodd Ina afael ar Ebba a throi am adre'n gyflym, rhag ofn iddi wneud union hynny a distrywio pob dim.

XV

Gyrrodd Ebba'r moch allan o'r goedwig tua'r fryngaer. Doedd dim brys arni, am fod Ina wedi cynnig helpu Eleri gyda'r swper heno. Roedd rheswm arall hefyd. Rheswm pwysicach. Roedd arni eisiau gweld rhywun a chael gair yn ei glust.

Teimlai ryddhad o fod wedi arllwys ei bol wrth Ina ac yn llai unig o fod wedi rhannu'i phoen. Roedd Ebba'n siŵr na ddwedai Ina ddim wrth neb. Er bod Ina wedi gwneud ei gorau i'w chysuro, roedd Ebba wedi synhwyro nad oedd pob dim yn iawn gyda hi chwaith. Ac roedd ganddi syniad go lew pwy oedd ar fai. Dagan.

Roedd rhaid iddi wneud yn siŵr ei fod yn ei thrin yn iawn. Dyna'r peth lleiaf allai hi wneud. Byddai Ina'n gwneud yr un peth drosti hi. Ac ar ben hyn, roedd Ebba'n teimlo'n euog am nad oedd hi wedi dweud y gwir wrthi am Miro. Mae'n amlwg bod Ebba, heb geisio, wedi brifo Ina.

Yn hytrach na gyrru'r moch ar eu hunion tua'r fynedfa'r gaer, gadawodd i'r anifeiliaid duthian yn ôl ac ymlaen yn fusneslyd. Eisteddodd, gan bwyso yn erbyn troed y clawdd. O'r fan hon, medrai gadw golwg ar y llwybr a gyrhaeddai'r gaer o'r gogledd. Ar y llwybr hwnnw byddai'r dynion yn dychwelyd o'r mwynglawdd.

Pwysodd Ebba yn ôl yn erbyn y clawdd, a mwynhau haul

yr hwyr ar ei hwyneb. Caeodd ei llygaid a gwrando ar rochian bodlon Mora a Wenna, oedd wrth eu boddau'n cael y rhyddid i dwrio, er iddyn nhw lenwi'u boliau'n gwneud union hynny yn y goedwig gynnau.

Dros y rhochian, clywodd sŵn lleisiau'n agosáu. Agorodd ei llygaid a gweld criw o ddynion a llanciau'n ymlwybro tua'r gaer yn flinedig ar ôl diwrnod hir o waith corfforol caled. Cyngar Coes Gam oedd yn arwain y ffordd. Roedd rhai o'r criw yno hefyd; Pabo Ceffyl Pwn yn arwain ceffyl llwythog ac Edern Tal wrth ei ochr. A Dagan, wrth gwrs. Cododd Ebba, sythu'i gwisg a gyrru'r moch o'i blaen, yn hamddenol. Doedd hi ddim eisiau cyrraedd y fynedfa cyn y dynion, a cholli'i chyfle.

Roedd yr aer yn drwch o'u cellwair a'u bloeddio chwareus. Roedd Cyngar yn ei elfen, yn adrodd rhyw hanesyn anweddus. Gwelodd hwnnw Ebba a gostwng ei lais. Daeth Ebba'n ymwybodol bod y dynion yn syllu arni. Yn groes i'w harfer, cododd ei hwyneb a syllu i'w cyfeiriad, gan hoelio Dagan â'i llygaid. Edrychodd yn ôl arni braidd yn syn, cyn gwenu'r wên honno – y wên oedd wedi drysu pennau Adwen, Peren a'r lleill. Y wên oedd wedi troi pen Ina, o bawb. Trodd at ei dad a dweud rhywbeth wrtho dan ei wynt, a chwarddodd hwnnw.

Cerddodd Dagan tuag ati.

"Rwyt ti'n gymaint o dderyn â dy dad, mae'n amlwg," dwedodd Ebba, gan synnu'i hun â'i hyfrdra. Byddai Ina'n falch ohoni. Gwenodd Dagan arni eto, ychydig yn ansicr y tro hwn. Er gwaetha'i hun, roedd Ebba'n eithaf mwynhau'r teimlad o wneud rhywun yn anesmwyth. Byddai'n rhaid iddi fod yn fwy eofn yn amlach.

Aeth y dynion yn eu blaenau. Oedodd rhai wrth y groes fawr ger y fynedfa ac ymgroesi'n gyflym, yn diolch i Dduw am eu cadw'n ddiogel rhag peryglon y gwaith mwyn unwaith yn rhagor. Daliodd Ebba ei gwynt pan welodd fod Sadwrn wrth eu cwt. Trodd at Dagan.

"Pam ei fod *e* gyda chi?"

"Pwy?"

"Sadwrn."

"Plagiodd e 'nhad i gael gwaith. Does dim lot o siâp arno. Mae e wedi cael rhybudd gan 'nhad yn barod."

Gorfododd Ebba'i hun i syllu i gyfeiriad Sadwrn. Efallai iddo synhwyro hynny, am iddo godi ei wyneb a rhythu arni. Edrychodd Ebba i fyw ei lygaid marwaidd. Hyd yn oed o'r pellter hwn, treiddiai'r un oerni didostur o'i gorff tenau ag a dreiddiai o'i dŷ. Roedd Ebba'n benderfynol o beidio edrych i ffwrdd yn gyntaf, er mor anodd oedd syllu arno. Ar ôl ychydig eiliadau, gostyngodd Sadwrn ei lygaid a throi'i gefn arni. Ond fedrai Ebba ddim wir teimlo llawer o foddhad.

"Dwi'n gwbod beth wnaeth e i ti. Fe a'r fenyw 'na," dwedodd Dagan yn dawel, gan daflu Ebba braidd.

"Hen hanes," dwedodd Ebba, mor bendant ag y medrai.

"Fydden i wedi rhoi mwy o gosb iddo. Ond 'na fe. Dwyt ti ddim gwaeth, yn amlwg," dwedodd Dagan, gyda mymryn o wên.

Doedd Ebba ddim yn mynd i'w wrth-ddweud. Os oedd am gredu hynny, iawn – gorau oll. Ond nid yma i siarad amdani hi oedd hi.

"Heblaw am Ina, mi fyswn i yn Arfor rhywle. Yn gaethferch."

"Glywes i. Mae Ina ... mae hi'n dipyn o lond llaw ddwedwn i."

"Ydi. Ond mae hi werth y byd. A byswn i ddim am iddi gael ei brifo."

Edrychodd Ebba i fyw ei lygaid eto. Os oedd Dagan yn deall byrdwn ei neges, doedd e ddim am ddangos hynny.

"Dwi'n gwybod, Dagan."

"Gwbod beth?"

"Amdanat ti ac Ina."

Gwelodd Ebba ei bod wedi'i daflu.

"Beth yn gwmws wyt ti'n feddwl?" holodd Dagan, yn ofalus, gan fyseddu'r cwdyn bach lledr oedd o gwmpas ei wddf.

"Bod Ina a ti ... bod chi gyda'ch gilydd."

"Wrth gwrs nad y'n ni ddim."

"Ddweda i ddim wrth neb. Dwi ddim ond eisiau gwneud yn siŵr ... fod Ina ... ei bod hi'n iawn."

"Ond dyw e ddim yn wir."

Syllodd Ebba i fyw ei lygaid eto. Doedd Ebba ddim yn meddwl ei fod yn dweud celwydd. Pam yn y byd bod Ina wedi gadael iddi gredu bod hi a Dagan yn canlyn, felly? Neu ai hi oedd wedi camddeall?

"Ddrwg gen i, Dagan. Rhaid 'mod i wedi gwneud camgymeriad. Ond mae Ina ... mae hi wedi bod mor ... allwn i daeru bod ganddi gariad."

Edrychodd Dagan i ffwrdd, fel petai'n ceisio osgoi dweud rhywbeth. Sylwodd Ebba'n syth.

"Beth?"

Ddwedodd Dagan yr un gair.

"Dwed," siarsiodd Ebba.

"Dwi ddim yn siŵr y byddi di am glywed."

"Dwed," dwedodd Ebba'r eildro, yn fwy pendant y tro hwn. "Ydi Ina'n canlyn?"

Nodiodd Dagan.

"Gyda pwy?"

"Miro."

Yn ei syndod, chwarddodd Ebba. Symudodd Dagan o un droed i'r llall yn chwithig. A sylweddolodd Ebba ei fod yn gwbl o ddifri.

"Pwy ddwedodd wrthot ti?" gofynnodd Ebba'n gryg.

"Neb. Welais i nhw. Gyda'i gilydd. Calan Haf, ar ôl i ti adael."

"Roedd pawb yn dawnsio gyda phawb."

"Ddim dawnsio o'n nhw."

Ysgydwodd Ebba ei phen. Doedd hi ddim eisiau clywed mwy. Ond roedd rhaid iddi. Amneidiodd ar Dagan i fynd yn ei flaen.

"Roedd hi'n hwyr iawn. Es i'r ochr – yn bell o olau'r ffaglau – achos fod rhaid i fi fynd i'r tŷ bach. Gweles i nhw. Yn cusanu. Do'dd gyda nhw ddim syniad bo' fi yna."

Teimlodd Ebba'r gwaed yn llifo o'i gruddiau.

"Os wyt ti ddim yn fy nghredu i ... Glywes i nhw'n trefnu cwrdd."

"Pryd?" holodd Ebba'n gryg.

"Ar ôl gwaith heddi."

"Nawr?" holodd Ebba, a'i llais yn bell.

"Alla i ddangos i ti ble. Os wyt ti moyn."

Oedodd Ebba cyn ateb. Dim ond am eiliad.

"Gad i fi fynd â'r moch adre'n gynta. Ble wnewn ni gwrdd?"
"Wrth y gastanwydden?"
Nodiodd Ebba. Iawn.
"Paid bod rhy hir."

Trodd Ebba a gyrru'r moch drwy fynedfa'r gaer. Roedd wedi drysu'r llwyr – yn sicr yn ormod i sylwi ar y wên gyfrwys oedd yn ymledu ar wefusau Dagan.

* * *

Synhwyrodd Miro'n syth fod rhywbeth o'i le oherwydd yr olwg wyllt oedd ar Ina pan gyrhaeddodd y Fedwen Fawr ger yr afon. Syrthiodd Ina i'w freichiau a dechrau crio cyn iddo fedru holi beth oedd yn bod. Gafaelodd ynddi'n dynn. Roedd yn crynu drwyddi.

Ar ôl iddo lwyddo, o'r diwedd, i'w thawelu, dyma Ina'n esbonio pob dim. Suddodd calon Miro'n is ac yn is wrth i Ina sôn am Sadwrn, y chwalfa roedd Ebba wedi'i phrofi yn sgil y goelcerth, ac wrth gwrs, y ffaith fod Ebba mewn cariad ag e.

"Wnes i ofyn iddi, Miro, yn blwmp ac yn blaen! A wedodd hi bo' chi ddim byd mwy na ffrindiau!" dwedodd Ina, a dechrau crio eto.

Doedd Miro ddim wir yn gwybod sut i ymateb na beth i'w ddweud. Wrth i Ina ymhelaethu, y cyfan a ddaeth i'w feddwl oedd pa mor gynnes oedd llaw Ebba a pha mor ysgafn oedd ei chorff – fel sachaid o blu – pan orffwysodd ei phen ar ei frest wrth y merllyn.

"Fydden i byth wedi ... taswn i'n gwbod ..."
"Wyt ti'n difaru?" holodd Miro.

Ysgydwodd Ina ei phen.

"Ti?"

Oedd, roedd rhan o Miro, yn dawel bach, yn difaru. Difaru beth yn union doedd e ddim yn siŵr. Difaru eu bod nhw wedi mynd tu ôl i gefn Ebba, neu ddifaru'r ffaith nad oedd e wedi cymryd ei gyfle gyda hi wythnosau yn ôl? Doedd ganddo ddim llawer o brofiad o'r pethau hyn, ond gwyddai'n well na chyfaddef ei ansicrwydd wrth Ina.

"Dwi'n teimlo'n flin drosti. Dyna i gyd. Mae'n gas gen i feddwl ei bod hi mor anhapus."

"A fi. Allwn ni ddim dweud y gwir wrthi nawr. Bydd rhaid i ni aros tan ei bod hi mewn lle gwell. Heblaw ..."

"Heblaw beth?"

"Fod ti'n meddwl dylen ni orffen 'da'n gilydd."

Edrychodd Miro arni'n syn. Na, doedd arno ddim eisiau hynny, er gwaethaf ei amheuon.

"Dwi ddim eisiau i ni orffen, yn amlwg," ychwanegodd Ina'n frysiog.

"Na fi," cadarnhaodd Miro.

Gwelodd Miro'r rhyddhad ar wyneb Ina. Sychodd ei llygaid.

"Falle byddi di wedi cael digon arna i ar ôl sbel, ta beth. A fydd dim rhaid dweud dim byd wrthi," dwedodd Ina, â gwên fach.

Dechreuodd y ddau chwerthin. A chwerthin. Chwerthin tan fod eu boliau'n brifo.

Gafaelodd Ina yn ei law. Doedd dim angen i Ina ofyn iddo'i chusanu'r tro hwn. Dibrofiad neu beidio, roedd yn gwybod yn union beth roedd arni hi eisiau iddo wneud.

* * *

Cododd Ebba ei llaw i'w cheg i atal ei hun rhag sgrechian yn uchel. O'i chuddfan y tu ôl i lwyn trwchus dafliad carreg i ffwrdd, medrai Ebba weld pob dim. Dyna ble roedden nhw – Ina a Miro – yng nghysgod y Fedwen Fawr, yn union fel roedd Dagan wedi dweud – ym mreichiau'i gilydd. Yn chwerthin. Yn swsio. Yn yr union fan lle gwelodd Ebba Miro gyntaf. Y fedwen – o bob coeden! Y goeden oedd yn rhan annatod ohoni hi.

Cododd o'i chwrcwd. A byddai wedi brasgamu atyn nhw a'u herio pe na bai Dagan, oedd wrth ei hochr, wedi'i thynnu 'nôl i lawr yn gyflym gerfydd ei braich.

"Wyt ti wir eisiau iddyn nhw dy weld di fel hyn?" sibrydodd Dagan yn ei chlust.

Pwyllodd Ebba. Roedd yn iawn. Helpodd Dagan hi i gropian ar hyd y llwyn, ac yna fe'i helpodd i'w thraed pan oedden nhw o olwg Ina a Miro eto. Teimlai Ebba'n chwil. Ofnai ei bod yn mynd i lewygu. Gafaelodd ym mraich Dagan rhag i'w choesau sigo oddi tani.

"Ti'n welw reit," sibrydodd Dagan yn bryderus.

Arweiniodd Dagan hi'n ofalus drwy'r istyfiant. Roedd stumog Ebba wedi crebachu'n dynn fel dwrn ac yn corddi fel buddai.

"Dyw'r llwybr ddim yn bell. Bron yno," dwedodd Dagan, yn ei hannog.

Ond doedd Ebba ddim yn ei glywed. Roedd ei phen yn llawn o'i llais cyhuddgar ei hun. O edrych yn ôl, roedd yr arwyddion yno ond iddi fod yn rhy ddall i'w gweld. Roedd Ina hyd yn oed wedi gofyn iddi, 'neno Frige! Sut allai hi fod wedi bod mor dwp â gwadu!

Saethodd poen boeth drwy'i stumog. Gollyngodd afael ar fraich Dagan, troi'i gefn ato a thaflu i fyny. Teimlai nid yn unig fel ffŵl oherwydd Ina a Miro ond hefyd cywilydd iddi wneud y fath beth o flaen Dagan.

"Sori," dwedodd yn gryg, heb feiddio edrych arno.

"Fi ddyle ymddiheuro. Mae'n wir ddrwg 'da fi mai fi oedd yn gorfod dweud wrthot ti."

Sylwodd Ebba unwaith eto ar yr olwg daer ar ei wyneb. Efallai nad oedd e mor arw a ffwrdd-â-hi wedi'r cwbl.

"Dwi ddim yn dy feio di. Dy'n ni prin yn nabod ein gilydd."

"Nagy'n. Wi'n gwbod ..."

Cafodd Ebba'r teimlad ei fod am ddweud mwy, ond brathodd ei dafod. Aeth y ddau yn eu blaenau, heb siarad. Ar ôl cwta funud daethant at y llwybr.

"Allwn ni gerdded 'nôl 'da'n gilydd," cynigiodd Dagan. "Heblaw fydde well 'da ti beidio."

Arhosodd Ebba yn ei hunfan.

"Dim problem. Nage pawb fydde'n hapus i ga'l ei weld 'da fi. Dwi'n deall 'nny."

"Dwi ddim yn mynd 'nôl adre'n syth. Alla i ddim."

"Wyt ti ... am i fi aros 'da ti, yn gwmni?"

Ysgydwodd Ebba'i phen. Dechreuodd Dagan gerdded i ffwrdd.

"Dagan. Paid dweud wrth neb. Plis."

"Wna i ddim."

"Dwi eisiau bod yr un sy'n dweud wrth Ina bo' fi'n gwbod beth mae wedi bod yn ei wneud tu ôl i 'nghefn, ond dwi ddim yn barod eto. Ti'n deall, on'd wyt ti?"

"Ydw. Wrth gwrs."

Cerddodd Ebba yn ei blaen. Galwodd Dagan ar ei hôl.

"Os ti angen ffrind – rhywun alli di drysto – ti'n gwbod at bwy i ddod."

Cododd Ebba ei braich fel arwydd ei bod wedi'i glywed ond edrychodd hi ddim 'nôl. Dim ond un peth allai leddfu'r boen a diffodd y cynddaredd sur eirias oedd yn ymledu trwy'i chorff eto: dŵr oerias yr afon. Cyflymodd ei cham, cyn rhedeg weddill y ffordd nerth ei thraed.

Cyrhaeddodd y pwll mewn dim o amser. Aeth ati i ddadwisgo, gan rwygo'i dillad oddi amdani, cymaint oedd ei brys. Sgrafangodd i lawr y graig, a phlymio wysg ei phen i'r dŵr du. Cyrhaeddodd waelod y pwll gydag un nofiad llyfn. Lapiodd yr oerfel amdani fel lliain.

Aeth i'w chwrcwd ac agor ei llygaid. O wely'r afon, roedd yr awyr wedi crebachu'n olau pell, llwyd. Llwydni o fath arall oedd o'i chwmpas: llwydni'r dŵr dwfn; llwydni llonydd, y tu hwnt i afael y dŵr chwyrn a lifai i'r pwll. Roedd hithau'n ddiogel ar wely'r afon hefyd. Allai neb ei gweld yma, na'i chyffwrdd.

Nofiodd i'r wyneb a throi ar ei chefn gan orwedd ar wyneb y dŵr. Gadawodd i'r llif ei thywys tuag at y cerrig mawr ar ochr isa'r pwll, cyn nofio yn erbyn y llif i'r union fan y cychwynnodd. Gwnaeth hyn dro ar ôl tro ar ôl tro, gan geisio ymgolli yn rhythm undonog y mynd a'r dod.

Ond roedd ei meddwl ar ormod o chwâl i ymlacio. Ac ar

ben hynny, roedd ei chyhyrau'n dechrau trymhau wrth i'r oerfel ymdreiddio'n ddyfnach i'w chorff. Gwyddai mai dyma'r arwydd i roi'r gorau iddi ond roedd yn ysu am i'r oerni ei fferru go iawn, a'i throi'n dalp o rew. Roedd arni wir angen hyn: y rhynnu hyd at yr esgyrn a'r dadmer poenus wedyn; y llosg iasoer hwnnw a wnâi iddi deimlo'n hollol fyw, ac yn gyfan eto. Munud neu ddwy arall. Ac yna byddai *rhaid* iddi droi am y lan.

Synhwyrodd nad oedd mwyach ar ei phen ei hun. Edrychodd i gyfeiriad y coed. Efallai fod rhai o blant pentref Miro – y rhai mwyaf dewr – wedi mentro i'r afon i gael cip arall o Afana, duwies yr afon, wedi'r cwbl. Craffodd, ond doedd neb i'w weld.

Yna clywodd sŵn y tu ôl iddi a throdd i gyfeiriad y graig. Gwelodd frigau'r prysgwydd i'r chwith i'r graig yn symud, a gwelodd ddau lygad llachar gwyrdd yn rhythu arni drwy'r dail.

Yn reddfol, plymiodd Ebba o dan y dŵr, ei chalon yn curo'n galed. Aeth i'r gwaelod ond roedd ei hysgyfaint yn llosgi'n barod am nad oedd wedi tynnu anadl ddigon dwfn. Yn waeth na hynny, roedd ei phen yn pwnio, a'i breichiau a'i choesau fel plwm – rhaid iddi adael y dŵr ar unwaith, rhag colli'r hyn o nerth oedd ganddi'n weddill. Ffrwydrodd i'r wyneb gan besychu a thagu. Heb edrych 'nôl, nofiodd yn wyllt at y lan goediog yr ochr draw a llusgo'i hun o'r dŵr yn bentwr blêr.

Cododd a hercio at y goeden agosaf ati. Cuddiodd tu ôl i'r goeden, yn ceisio magu'r plwc i weld pwy neu beth oedd yn ei gwylio. Ai Sadwrn oedd yno yn ei llygadu? Cyfrodd i dri a gorfodi'i hun i sbecian yn ofalus i gyfeiriad y graig.

Roedd ei dillad yn dal yno, a doedd dim arwydd bod neb wedi bod ar gyfyl y lle. Efallai mai'r oerni oedd ar fai. Efallai iddi aros yn y dŵr yn rhy hir. Sylweddolodd fod ei dannedd yn clecian, a'i bod yn crynu'n ddi-baid. Roedd wedi fferru drwyddi. Dyna beth roedd wedi'i ddymuno. Ond doedd dim gwefr yn perthyn i'r oerni'r tro hwn. Teimlai'n fregus ac yn fechan. A dechreuodd feichio crio.

XVI

Roedd y llwybr yn fwdlyd ond prin y sylwodd Ebba. Cerddai mewn niwl o boen, yn ddall i'r gwyrddni o'i chwmpas. Dylai droi am adre. Ond roedd meddwl am fod yn yr un stafell ag Ina'n ddigon i godi cyfog arni eto.

Pe byddai ddim ond ganddi rywun i fod yn glust iddi, i wrando ac i ddeall yr un roedd hi'n ei ddioddef. Roedd Dagan wedi cynnig – ond doedd hi ddim yn ei adnabod yn ddigon da eto – a ph'un bynnag, doedd hi ddim yn teimlo'n gyfforddus yn trafod ei theimladau gyda bachgen – wel, neb heblaw Miro, ac roedd hynny bellach yn amhosib.

Diolch, Ina! Diolch am ddwyn fy ffrind gorau. Diolch am ddwyn y bachgen sy'n golygu mwy i fi nag y gelli di ddychmygu.

Ceisiodd Ebba ddistewi'r llais dig yn ei phen. Doedd y llais yn gwneud dim lles iddi. Ond doedd dim pall arno.

"Y fi yw merch y march, y fedwen a'r dderwen!" dwedodd, gan geisio boddi'r llais. Ond roedd y geiriau'n swnio'n wag ac yn ddiystyr. Roedd y swyn wedi colli'i sglein.

Gallai siarad ag Eleri. Byddai hi *mor* falch fod Ebba'n ymddiried ynddi, ond medrai Ebba ei chlywed yn dweud yn y modd tawel ond pendant hwnnw fod Ebba'n rhy ifanc i ymhél â bechgyn p'un bynnag, ac y byddai'n rheitiach iddi ganolbwyntio ar ei dyletswyddau.

Branwen. Mi fyddai Branwen yn deall. A Mo. Roedd yn siŵr o hynny. Ond doedden nhw ddim yn y byd hwn bellach. Hyd yn oed pe bydden nhw ar dir y byw o hyd, mi fydden nhw'n bell, bell i ffwrdd, dros y môr a'i donnau. Roedd yr hiraeth am Mo yn ei thagu.

Crensiodd frigau o dan ei thraed, a'i hatgoffa o glecian y goelcerth adeg Calan Haf. Cododd y fflamau o'i blaen eto. Ceisiodd eu gwthio o'r neilltu a dwyn i gof wyneb ei mam pan oedd yn fyw. Ond yr unig wyneb a welai oedd wyneb Liduvina yn gwenu arni'n siriol, fel santes. O na fedrai weld Mo yn iach ac yn gyfan eto!

Arhosodd Ebba yn ei hunfan. Tawodd y llais yn ei phen. Sylweddolodd nad oedd ganddi'r syniad lleiaf lle roedd hi, er iddi grwydro drwy'r rhan hon o'r goedwig droeon. Trodd ar ei sodlau a dechrau cerdded yn gyflym i'r cyfeiriad y daeth ohono gan syllu ar y llawr rhag iddi faglu.

Yn sydyn, synhwyrodd fod rhywun, neu rywbeth, yn llechwra y tu blaen iddi, fel y synhwyrodd fod rhywbeth yn ei gwylio yn y pwll. Cododd ei phen, aros yn stond a dal ei gwynt. Blaidd – un anferth, ffyrnig yr olwg. Syllai'r blaidd arni'n ddisgwylgar, fel petai wedi bod yn aros amdani, â'i lygaid llachar, gwyrdd.

* * *

Chwyrlïai Sanan yn ei hunfan yn pwffian chwerthin, gan ddynwared Caradog ac Eleri oedd yn troelli o gwmpas y stafell fawr ym mreichiau'i gilydd. Wyddai Ina ddim beth oedd fwyaf doniol – y ffaith fod Caradog ac Eleri'n dawnsio neu wyneb syfrdan Macsen.

Roedd yn amlwg fod rhywbeth ar droed pan ddaeth Caradog adref gynnau. Ar ôl golchi ei wyneb a'i ddwylo'n frysiog, mynnodd fod pawb yn casglu o gwmpas y bwrdd.

"Ble mae Ebba?" holodd.

"Dwi ddim yn gwybod," atebodd Ina.

Roedd hithau hefyd wedi synnu o beidio â gweld Ebba adref. Pan ddaeth 'nôl o'r goedwig ar ôl cwrdd â Miro, doedd dim golwg ohoni.

"Fedra i ddim aros mymryn yn hirach cyn dweud wrthoch chi …" byrlymodd Caradog, yn amlwg wedi'i gynhyrfu'n lân. "Os y'ch chi'n cofio, heddiw oedd y cyfarfod i ethol pendefig newydd y gaer …"

A dweud y gwir, roedd Ina wedi anghofio. Ond fedrai hi ddim deall pam roedd Caradog wedi'i gyffroi cymaint am fod Gwnwyn, tad Ceinfron, bellach yn bennaeth arnyn nhw.

"Gest ti dy benodi'n un o ddirprwyon Gwnwyn?" holodd Eleri'n chwilfrydig.

"Naddo," atebodd Caradog â gwên lydan. "Ces fy mhenodi'n bendefig."

Disgynnodd tawelwch llethol dros y tŷ, cyn i bawb dechrau bloeddio a chwerthin. A dyna pryd cydiodd Caradog yn ei wraig, a'i throelli o gwmpas y bwrdd.

"Ydw i'n dywysoges *go iawn* nawr?" holodd Sanan, gan roi'r gorau i'r chwyrlïo.

"Wyt. O fath," mynnodd Caradog.

"Mae digon anodd cadw trefn arni fel y mae," rhybuddiodd Eleri.

"Gad iddi gredu hynny. Am heddiw, o leia."

Daeth dawns Caradog ac Eleri i ben hefyd. Roedd Eleri'n goch i gyd ac wedi colli'i gwynt. Twtiodd ei gwallt. Roedd Ina wrth ei bodd yn eu gweld mor hapus – ac mor ifanc – ond y peth a roddai'r boddhad mwyaf iddi oedd dychmygu gwep Ceinfron pan glywai nad ei thad oedd wedi'i ethol yn bendefig, ond Caradog – o bawb!

Cydiodd Sanan yng nghoronbleth Ina – yr un wisgodd hi Galan Mai, oedd yn hongian ar hoelen ar y wal – ei gosod ar ei phen, a chyhoeddi:

"Fi yw'r dywysoges Sanan."

Trodd at ei brawd.

"A ti yw'r tywysog Macsen."

Estynnodd Sanan ei llaw ato ac er syndod i Ina, fe'i cymerodd yn lle ei gwrthod. Nid yn unig hynny, roedd yn ddigon bodlon dawnsio o gwmpas y stafell gyda hi.

Roedd Ina'n dal yn gwenu fel gât pan gerddodd Ebba i mewn. Safodd honno'n stond o weld pawb mor hapus. Gollyngodd Sanan afael yn ei brawd a rhedeg at Ebba.

"Ebba! Ebba! Tada yw brenin newydd y gaer!"

"Nid brenin. Pendefig," dwedodd Caradog, gan ei chywiro. "Dim ond un brenin sydd, a Chararic yw hwnnw."

"Chi yw pennaeth y gaer?" holodd Ebba'n syn.

"Ie! Be ddwedi di i hynny?"

"Llongyfarchiadau!"

Ond er ei bod hi'n ymddwyn fel pe bai'n hapus, gwyddai Ina fod rhywbeth yn bod. Roedd golwg welw iawn arni, fel y diwrnod hwnnw ar ôl Calan Haf.

"Wna i osod y bwrdd," dwedodd Ebba.

"Alla i wneud hynny wedyn," dwedodd Eleri.

"Os yw Caradog yn cael dathlu, yna mi gewch chi," dwedodd Ebba, gan arllwys cwpanaid o win yr un i'w rhieni maeth. "Dwi ddim am i chi orfod codi bys heno."

"Wna i dy helpu di," mynnodd Ina.

"Sdim rhaid," atebodd Ebba, heb edrych arni.

Cymerodd Ina arni nad oedd wedi clywed, a rhoi help llaw iddi beth bynnag.

"Oes rhywbeth arall wedi digwydd?" sibrydodd Ina yn ei chlust.

"Na. Pam?"

"Achos ti'n llwyd ofnadwy."

"Wedi blino. Dyna i gyd."

Doedd ryfedd nad oedd hi'i hun eto. Wrth gwrs bod angen mwy o amser arni ddod dros hyn i gyd. Pwysodd Ina'n agosach ati.

"Cofia bo' fi wastad wrth dy ochr di."

Doedd Ina ddim yn siŵr a oedd Ebba wedi'i chlywed. Wnaeth Ebba ddim ymateb o gwbl, heblaw am sychu'r bwrdd yn ffyrnig. Yn sydyn, rhoddodd Ebba'r gorau i'r sgwrio a rhoi'r clwtyn i Ina.

"Anghofies i fwydo'r moch."

Ac allan â hi.

Wrth i Ina orffen sychu'r bwrdd, daeth Eleri ati.

"Dwi'n poeni amdani," cyfaddefodd Eleri'n dawel. "Dychweliad Sadwrn sydd wrth wraidd hyn, neu oes yna fwy? Mae wedi bod yn rhyfedd iawn ers rhai diwrnodau."

"Sadwrn yw e. Gwelodd hi fe yn y goedwig. Cyn Calan Haf," atebodd Ina, gan ddefnyddio'r un celwydd golau â ddwedodd wrth Ceinfron ac Adwen.

"Ond falle ... bydde fe'n well peidio dweud dim. Dwi ddim yn credu bod Ebba eisiau siarad am y peth."

"Os felly, mi wna i brathu 'nhafod. Am y tro. Ond os sylwi di fod pethau'n gwaethygu ..."

"Fe wna i gadw golwg arni. Peidiwch poeni."

Amneidiodd Eleri ei phen a gwenu arni'n ddiolchgar.

Clywodd Ina'r sŵn rhyfedda o ochr draw'r stafell. Edrychodd draw at y lleill a gweld fod Sanan bellach wedi rhoi'r goronbleth ar ben Caradog, a'i bod hi a Macsen yn hongian ar freichiau eu tad, a'r tri ohonyn nhw'n chwerthin llond eu boliau.

Heb ddeall pam, teimlodd Ina bang o eiddigedd.

* * *

Ceisiodd Mora wthio'r bwced o'i gafael a chael y blaen ar Wenna, fel arfer. Rhoddodd Ebba stŵr iddi, a'i gwthio i ffwrdd yn galed. Pwdodd yr hwch a throi'i chefn ar Ebba cyn sodro'i hun ar y llawr yn ddiseremoni, ei chlustiau du'n syrthio'n llipa dros ei llygaid.

Doedd Ebba ddim wedi medru dioddef gweld Ina mewn cystal hwyliau – na chwaith ddioddef ei gofal amdani – ac felly bu raid iddi ddianc yma, i'r cwt moch, rhag ofn y byddai'n dweud neu'n gwneud rhywbeth y byddai'n ei ddifaru.

Roedd yn falch dros Caradog, wrth gwrs. Yn falch tu hwnt. Mi fyddai'n bendefig gwych. Roedd yn newyddion hynod o gyffrous, ac yn rhywbeth a fyddai'n newid eu bywydau. Ond roedd Ina wedi sbwylio hyn iddi hefyd.

Aeth Ebba i'w chwrcwd a cheisio swcro Mora. Nid ar y mochyn oedd y bai bod Ina wedi gwneud tro mor sâl â hi. Cosodd Ebba dalcen yr hwch a dechreuodd honno rochian yn hapus. Rhoddodd Ebba ei braich amdani.

Daeth cryndod dros Ebba wrth i gorff llydan y mochyn ei chynhesu, ac wrth iddi gofio am y blaidd, a'r ofn a deimlodd. Medrai weld yr anifail yn glir o'i blaen o hyd: y coesau hir, y corff pwerus a'r blew trwchus. Ond yn anad dim, yr wyneb main, hardd; y talcen a'r trwyn tywyll; y bochau gwyn a'r llygaid llachar, gwyrdd. Yn debyg i'w llygaid hithau yng ngolau'r lleuad. Ai dyma ei dwbl, felly? Nid cigfran, na sgwarnog ond blaidd?

Daeth y syniad yn y goedwig, unwaith iddi ddod ati hi'i hun, a bu'r posibilrwydd yn troi yn ei phen ers hynny. Wedi'r cwbl, yr anifail hwn oedd totem ei theulu, ac ystyr enw ei thad oedd 'Hen Flaidd'. Doedd y blaidd yn y goedwig ddim wedi gwneud dim niwed iddi. I'r gwrthwyneb, roedd wedi dod o fewn cyffwrdd iddi, a heb wneud yr un ymgais i'w chnoi. Teimlodd ryw gysylltiad dwfn iawn â'r anifail, cysylltiad na theimlodd â'r un creadur erioed o'r blaen, ddim hyd yn oed â Valens. A phan sleifiodd y blaidd i ffwrdd, galwodd ar ei ôl.

"Paid mynd!"

Arhosodd y blaidd a throi i edrych arni, cyn diflannu ymysg y coed. Ceisiodd Ebba ei ddilyn. Daeth at lwybr arall, a sylweddoli ei bod yn gwybod lle'r oedd hi, ac y byddai'n medru dod o hyd i'w ffordd yn rhwydd o'r fan hwn. Oedd y blaidd wedi'i harwain?

Wrth iddi gerdded gartref, sylweddolodd fod gweld y blaidd wedi ysgogi rhyw gof o rywbeth yn ei meddwl. Ond beth yn union? Roedd yno, ar flaen ei meddwl, ond eto ddim o fewn cyrraedd.

Ac yna, yma yn y cwt moch, mi gofiodd mewn fflach. Wrth gwrs! Neidiodd Ebba i'w thraed, gan gicio'r bwced bwyd drosodd. Gwichiodd Mora'n biwis, cyn sylweddoli bod y bwyd bellach ar y llawr a dechrau ei larpio'n awchus, heb roi fawr o gyfle i Wenna rannu'r sborion.

Roedd rhywbeth tebyg wedi digwydd i Ebba o'r blaen, flynyddoedd yn ôl pan oedd hi'n ferch fach, yn fuan ar ôl colli ei mam. Daeth llwynog ati, yn agos agos, a syllu arni heb symud. Yna daeth Branwen a'i hel i ffwrdd gan ddweud fod rhywbeth yn bod arno a dylai Ebba byth mynd yn agos i greadur gwyllt oedd ddim yn ei hofni.

Cofiai feddwl bryd hynny mai efallai mai'r llwynog oedd ei dwbl. A chofiai iddi sôn am hyn wrth ei thad – nid dim ond y ffaith eu bod wedi cael y fath sgwrs, ond yr union eiriau:

"Rwyt ti'n ferch fach lwcus iawn fod y llwynog heb dy gnoi. Fyddai llwynog iach byth wedi dod i fyny atat ti fel'na."

"Dim dwbwl fi oedd e?"

"Na. Fyddi di ond yn gweld dy ddwbwl pan fyddi di'n ferch fawr."

"Sut fydda i'n gwybod?"

"Mi fyddi di'n gwybod. Mae e fel edrych mewn drych, a gweld dy hunan ar siâp rhywbeth neu rywun arall."

"A beth sy'n digwydd pan wyt ti'n gweld dy ddwbwl?"

"Mi fydd yn dy dywys i'r Byd Arall."

"Am byth?"

Cofiai Ebba'r arswyd a'i llenwodd wrth ofyn y cwestiwn hwn. A'r wên radlon gafodd gan ei thad.

"Na. Mi fydd yn dal dwylo â dy enaid rhydd a'i hebrwng yno pan wyt ti'n cysgu, ac mi fydd yn dy hebrwng 'nôl cyn i ti ddeffro."

"Bob nos?"

"Na, dim ond y tro cynta, fel dy fod yn gwbod y ffordd. O hynny ymlaen, ti fydd yn gorfod teithio yno dy hun."

"Beth sydd yn y Byd Arall?"

"Creaduriaid y gwyll. A phawb a fu'n byw o'n blaenau ni. Dy holl gyndeidiau."

"Mo hefyd?"

"Mo hefyd."

Cododd ei thad hi ar ei lin a'i hanwesu'n dynn.

Caeodd Ebba ei llygaid. Medrai deimlo presenoldeb ei thad – yma gyda hi yn y cwt moch. Heb wybod sut, gwyddai i sicrwydd ei fod, yn bell i ffwrdd ar Ynys Wiht, yn cofio union yr un sgwrs yr union eiliad hon.

Roedd y blaidd, ei dwbl – a doedd ganddi ddim amheuaeth mwyach nad yr anifail oedd ei dwbl – wedi ymddangos iddi o'r diwedd. Heno, pe byddai'n dymuno, mi fedrai deithio i'r Byd Arall i weld ei mam. Doedd y duwiau ddim wedi anghofio amdani. Efallai y dylai roi un cyfle arall iddyn nhw wedi'r cwbl.

XVII

Digon gwan oedd golau oer y lloer, ond gwelai Ebba bob manylyn o'i chwmpas â'i llygaid perffaith llachar, gwyrdd. Safai ar ben graig yng nghanol fforest eang, ddudew. Roedd ei holl synhwyrau'n gwbl effro ac roedd y nos – os mai'r nos oedd hi, oherwydd roedd Ebba bellach rhywle oedd y tu hwnt i amser – yn fwrlwm o'i chwmpas. Roedd ei dwbl, y blaidd, wedi ymddangos iddi'n syth ar ôl syrthio i gysgu, a'i thywys hi (neu'n hytrach ei henaid rhydd) i'r Byd Arall cyn ffarwelio â hi ar ben y graig.

Clywai Ebba bob math o synau, yn agos ac yn bell: rhywbeth yn sgrialu ar hyd cangen i'r dde iddi, rhywbeth arall yn carlamu ar hyd llawr y goedwig filltiroedd lawer i ffwrdd, a sŵn adenydd gwydn yn codi i'r awyr i'r chwith iddi. Crychodd ei thrwyn main. Dyna arogl sur rhyw greadur yn cysgodi o dan ddeilen; math o lyffant efallai. Ac oddi tani, yn llechwra yng nghesail y graig, gwynt pydredig rhywbeth erchyll, esgyrnog. Nid anifeiliaid cyffredin oedd y rhain, ond yn hytrach Creaduriaid y Gwyll.

Doedd ar Ebba ddim eu hofn. Pe byddai un o'r creaduriaid hyn yn ddigon ffôl i'w chroesi, byddai'n ei rwygo â'i dannedd miniog a'i falurio rhwng ei genau cadarn. Oherwydd nid ar ffurf merch roedd hi yma ond ar ffurf blaidd. Chwythodd chwa o wynt iasoer dros y coed, gan ffluwchio'i chot flew drwchus. Cododd ei phen i gyfeiriad y lloer. Ac udo. Clustfeiniodd. Distawrwydd. Yna, yn bell, bell i ffwrdd roedd llais yn ei galw – yn egwan ond yn glir fel cloch.

Deallodd Ebba'n syth mai ei mam oedd yn ei galw, ac mai dyma'r llais a glywodd o bell yn y freuddwyd honno ar ôl y wledd hefyd, wythnosau lawer yn ôl.

Llamodd o'r graig a glanio'n ysgafndroed ar lawr y goedwig. Ymestynnodd ei choesau hir, gan redeg yn rhwydd a diymdrech trwy'r coed. Rhyfeddai Ebba at ei nerth, a'i meistrolaeth lwyr dros ei chyhyrau ystwyth. Roedd yr aer tenau'n llawn synau ac arogleuon di-ri, ac o gil ei llygad gwelodd ambell greadur yn cythru o'r neilltu, ond canolbwyntiodd Ebba ar yr unig beth oedd yn cyfrif – y llais hwnnw oedd yn ei galw o hyd, o bell.

Daeth at afon. Y tu hwnt i'r afon roedd Tir y Meirw. Heb betruso, llamodd drosti. Ger yr afon roedd llannerch lydan, a heibio'r llannerch gopaon o ryw fath, yn codi yn y pellter.

Oedodd Ebba a chlustfeinio. Dim ond sŵn didostur y gwynt oedd i'w glywed. Cododd ei phen ac udo unwaith yn rhagor. Daeth ateb yn syth y tro hwn, o gyfeiriad y copaon. Ymestynnodd Ebba ei choesau a rhedeg nerth ei phawennau mawr, ei thafod hir yn hongian dros ei gweflau, yn ysu am gael cyrraedd.

Pan groesodd y llannerch, arhosodd yn ei hunfan. O'i blaen roedd cannoedd, os nad miloedd, o dwmpathau o bob maint, yn llenwi'r tir gwastad hyd at y gorwel. Gwyddai Ebba'n reddfol mai beddrodau ei chyndeidiau oedd y twmpathau hyn.

Ond o weld y carneddi di-ri, suddodd ei chalon. Sut

byddai modd dod o hyd i'w mam ymysg yr holl feddrodau? Cododd ei chlustiau. Roedd yr aer yn llawn lleisiau bellach, yn boddi ei gilydd, ac yn boddi'r unig lais roedd Ebba am ei glywed. Crychodd ei thrwyn. O'r diwedd, o gyfeiriad un o'r twmpathau i'r chwith, cododd drywydd: sawr chwerw'r llwydlys, arogl melys blodau'r maes a gwynt burumaidd bara rhyg yn pobi yn y bore bach: oglau cysurlon, cyfarwydd ei mam.

Brysiodd at y twmpath, ei chalon yn curo'n galed. Yno, yn eistedd ar garreg lefn ar lethr y twmpath roedd dynes ifanc brydferth, benfelen.

Trodd y ddynes i'w hwynebu. Daliodd Ebba ei gwynt. Ei mam, Hilde, heb os – yr wyneb oedd wedi dechrau pylu bellach yn gyfan ac yn glir o flaen ei llygaid.

"Mo ..." sibrydodd Ebba, ei llais yn crynu.

Edrychodd ei mam arni'n syn â'i llygaid llwydlas. Ofnai Ebba am eiliad nad oedd hi wedi'i hadnabod ar ffurf blaidd, ond poeni'n ofer roedd hi.

"Ebba!" bloeddiodd Hilde yn llawen, a'i chofleidio, fel pe na bai dim byd rhyfedd am y ffaith mai blaidd oedd ei merch. Eto, roedd Hilde ei hun wedi marw – o leiaf yn y byd meidrol – felly doedd Ebba wir ddim yn siŵr iawn beth oedd fwyaf rhyfedd mewn gwirionedd.

Gwthiodd Ebba ei thrwyn hir main o dan wddf ei mam, a'i nythu'n ddwfn yn ei brest. Daeth dagrau i'w llygaid wrth i arogl unigryw ei mam – yr arogl unigryw sydd gan bob un ohonon ni – lenwi ei ffroenau.

"Dwi wedi bod yn dy alw di ers wn i ddim pryd!" sibrydodd ei mam yn ei chlust, gan roi mwythau iddi, a thynnu'i llaw dros flew trwchus ei chefn.

"Mi ddes i cyn gynted ag o'n i'n medru," sibrydodd Ebba yn ôl.

Dyma'r tro cyntaf iddi siarad ei haith ei hun ag unrhyw un yn iawn, heblaw am Valens y ceffyl, ers bron i ddwy flynedd. Teimlai fel pe bai'n gorfod bathu'r geiriau o'r newydd, ond roedd yn deimlad cynnes, braf hefyd – fel cyrraedd 'nôl adre ar ôl taith bell.

Byddai wedi hoffi medru cofleidio'i mam ond roedd ofn arni ei chrafu â'i phawennau. Byddai hefyd wedi hoffi rhoi cusan iddi ar ei boch, ond bu'n rhaid iddi fodloni ar lyfu ei llaw â'i thafod hir. Chwarddodd ei mam.

"Paid! Mae e'n goglais!"

Rhoddodd Ebba'r gorau iddi. Atseiniodd chwerthin ei mam drwy'r aer, yn diasbedain dros y twmpathau.

"Mae blynyddoedd ers imi chwerthin," dwedodd ei mam yn dawel. "Mae blynyddoedd ers i neb yma chwerthin."

"Dwi yma nawr, Mo."

"Wyt, 'nghariad bach i. Wyt."

Cofleidiodd ei mam hi eto'n dynn, dynn.

"Pa mor ... faint yw dy oed di nawr?"

"Pedair ar ddeg."

"Cymaint â hynny!" ebychodd ei mam mewn syndod. "Dwyt ti fawr ieuengach nag oeddwn i pan fu raid imi groesi'r môr ..."

Gorffennodd Ebba'r frawddeg drosti.

"... a phriodi dyn nad o't ti erioed wedi'i gwrdd."

"Rwyt ti'n cofio!"

"Wrth gwrs 'mod i'n cofio!"

Syllodd y ddwy i lygaid ei gilydd yn hapus.

"A dweud y gwir ... tameidiau ydw i'n cofio, go iawn. Mi wnaeth Fa lenwi'r bylchau – yn adrodd dy hanes wrth y tân," cyfaddefodd Ebba.

"Ealdwulf ..." sibrydodd Hilde, fel petai'n cofio'i enw ei gŵr am y tro cyntaf ers sawl tro byd.

"Ond mi fyddwn i'n hoffi clywed dy stori eto – y ffordd ro't ti'n arfer ei hadrodd."

"Mi wna i 'ngorau," dwedodd Hilde, gyda gwên.

Gwnaeth Ebba ei hun yn gyffordddus – mor gyffordddus ag y medrai ar ei phawennau mawr – a gwrando, wrth i Hilde lafarganu.

> "Coch oedd yr awyr
> Llwyd oedd y tir
> Bywyd didostur
> Ble aeth yr haul?
>
> Dacw'r haul
> Ond gwelwlas yw,
> Dacw'r lloer
> Ond dilewyrch yw.
> Gwantan yw'r sêr
> A digysgod y dydd,
> Daeth Oes y Dymestl,
> Daeth Oes y Blaidd.
>
> Daeth y gwanwyn mwyn
> Ond rhewllyd oedd,
> Daeth yr haf ffrwythlon

Ond glawog oedd,
Daeth yr hydref gwlyb
Ond tra sych oedd,
Daeth y gaeaf blin
Ond addfwyn oedd.
Daeth Oes y Dymestl,
Daeth Oes y Blaidd.

Gwywodd y coed,
Methodd y cnwd,
Mawr y newyn,
Mawr yr ofn,
Coch y ffurfafen,
Coch y gwaed,
Celain y tylwyth,
Ffoi oedd rhaid.
Daeth Oes y Dymestl,
Daeth Oes y Blaidd.

Coch oedd yr awyr,
Llwyd oedd y tir,
Bywyd didostur,
Ble aeth yr haul?"

"Fi yw'r haul!" bloeddiodd Ebba, gan gofio'n sydyn mai dyma'r hyn roedd yn arfer dweud bob tro pan oedd yn ferch fach.

"Ie, ti yw'r haul," dwedodd Hilde. Yna pylodd ei gwên a daeth golwg betrusgar drosti. "Trodd yr awyr yn goch hefyd adeg dy eni am sbel, wyddost ti. A choch fydd y lleuad, pan ddaw'r amser."

"Yr amser i beth?"

"Ebba. Well i ti adael," dwedodd ei mam yn bryderus.

"Ond Mo ... mae gen i gymaint o gwestiynau. A dwyt ti heb gael dim o'n hanes i eto."

"Dim ond am hyn a hyn mae'n saff i ti aros yn y lle hwn."

Methodd Ebba'n lân â chuddio'i siom.

"Tyrd yma."

Closiodd Ebba at Hilde yn dynn, dynn. Cofleidiodd ei mam hi unwaith yn rhagor a mwytho blew trwchus ei chefn.

"Pryd ga i ddod 'nôl?" holodd Ebba'n dawel.

"Dy benderfyniad di yw hynny – yn rhannol. Os yw'r amodau'n ffafriol, cei ddod unwaith yn ystod y tridiau mae'r lleuad ar ei llawnaf."

"Bob mis?" ebychodd Ebba'n syn.

"Fel dwedais i, mae hynny'n dibynnu. Does dim posib cyrchu'r byd hwn bob lleuad lawn."

"Sut fydda i'n gwybod?"

"Fe ddei di wybod. Gydag amser."

Roedd meddwl am adael ei mam yn boenus, ond gadael fyddai rhaid. Am y tro.

Gollyngodd Hilde ei gafael ynddi.

"Dos, da ti!"

Heb oedi mwy, llamodd Ebba i'w thraed. Cododd Hilde ei llaw arni wrth iddi ddechrau rhedeg nerth ei phawennau – yn ôl rhwng y twmpathau, ar draws y llannerch, dros yr afon a thrwy'r fforest eang ddudew, heb edrych i'r chwith nac i'r dde. Cyrhaeddodd y graig a llamu i fyny.

Trodd i wynebu'r lloer ac ubain. Clustfeiniodd. Yna clywodd lais ei mam yn ei chyfarch o bell. Cododd Ebba ei phen, ymestyn ei gwddf a'i hateb.

XVIII

Pan gyrhaeddodd Ina'r ffynnon roedd Medlan, llawforwyn teulu Ceinfron Plu Paun, wrthi'n codi dŵr. Cafodd siom nad oedd Ceinfron yno gyda hi, er mwyn iddi fedru tynnu blew o'i thrwyn nad ei thad, Gwnwyn, oedd pendefig newydd y gaer ond yn hytrach Caradog.

"Aha! Dyma hi, Ei Huchelder," galwodd Medlan yn ffug barchus a gwneud sioe fawr o foesymgrymu.

Chwarddodd Ina.

"Ti wedi clywed, felly, am Caradog?"

"Dwi heb glywed dim byd arall ers pnawn ddoe."

"Do'n nhw ddim yn hapus iawn acw, dwi'n cymryd."

"Fel y byddai'r bardd Arofan yn siŵr o ddweud: mawr fu'r wylofain a'r rhincian dannedd. A dweud y gwir, synnwn i ddim tase fe'n canu galarnad, yn arbennig."

"Mor ddrwg â hynny?"

Edrychodd Medlan o'i chwmpas i wneud yn siŵr nad oedd neb arall o fewn clyw cyn mynd ati'n awchus i roi'r hanes.

Mae'n debyg fod Gwnwyn mor sicr o gael ei ethol, roedd wedi penderfynu darparu gwledd i'w ffrindiau a'r rheiny oedd wedi addo eu cefnogaeth iddo, a bu Tyfanwedd, ei wraig, wrthi am ddyddiau lawer yn gwneud y paratoadau: hynny yw, yn rhoi gorchmynion i bawb o'i chwmpas, gan gynnwys ei gŵr, ac wrth gwrs Ceinfron a'i ddwy chwaer fach.

Erbyn prynhawn ddoe roedd wedi pawb wedi ymlâdd yn llwyr, a'r nerfau'n frau. Pan ddaeth Gwnwyn yn ôl o'r cyfarfod ethol gyda'r newyddion drwg, aeth Tyfanwedd o'i cho'n llwyr. Gafaelodd yn un o'r costreli gwin drudfawr a'i thaflu at ei gŵr. Yn ffodus mi fethodd. Ond yn anffodus trawodd y gostrel bridd un o drawstiau'r tŷ gan drochi Ceinfron mewn gwin a difetha'r wisg roedd Tyfanwedd, unwaith yn rhagor, wedi'i phrynu'n arbennig. Dechreuodd Ceinfron nadu a rhwygo'i gwallt – yn llythrennol – yn sgil y fath anffawd a'r siom ynghylch methiant ei thad. Pan aeth Gwnwyn at Ceinfron – ei ffefryn – i geisio'i chysuro sathrodd ar un o ddarnau'r gostrel oedd yn deilchion ar y llawr a niweidio'i droed.

Roedd chwiorydd Ceinfron bellach yn eu dagrau a bu'n rhaid i Medlan geisio eu tawelu, yn ofer. Wrth gwrs, dyma'r union adeg y cyrhaeddodd y gwesteion cyntaf – rheiny nad oedd yn y cyfarfod ethol ac felly heb glywed y newyddion eto ...

Erbyn hyn roedd Ina'n siglo chwerthin a phrin yn medru anadlu.

"Paid ... Medlan ... dim mwy!"

Arllwysodd Medlan ddŵr o'r bwced i'w phiser, a'i godi ar ei phen.

"Well imi ei throi hi, neu mi fydd Tyfanwedd yn siŵr o ddweud y drefn."

"Cymer ofal," galwodd Ina ar ei hôl.

"Ti hefyd. Gyda llaw – dwi'n falch mai Caradog gafodd ei ethol. O beth dwi wedi'i glywed mae'n hynny'n wir am y rhan fwyaf o drigolion y gaer," galwodd Medlan, cyn brysio tu thref.

Roedd Ina'n falch iawn o glywed hyn; roedd hi hefyd yn siŵr y byddai Caradog yn bendefig penigamp.

Gollyngodd y bwced i waelod y ffynnon, yn dal i bwffian ynghylch y ffaith i ddathliad Gwnwyn fod yn gymaint o draed moch. Edrychai 'mlaen yn arw at ddweud yr hanes wrth Ebba ar y ffordd i'r fynachlog ar ôl i'r ddwy orffen tasgau'r bore. Byddai hyn yn siŵr o godi gwên, ac roedd Ina yr un mor siŵr fod ar Ebba angen rhywbeth i godi'i chalon.

* * *

Cododd Ebba'r gwyren yn erbyn golau'r haul. Doedd dim ots pa ffordd roedd yn ei throi, doedd hi ddim yn medru ei gweld yn iawn â'i llygad chwith. Roedd y nam, a ddiflannai pan fyddai hi yn y Byd Arall, yno o hyd ac yn boenus o amlwg iddi. Ond os nad oroesodd ei golwg berffaith, mi oroesodd y cof am ei mam: ei llais, ei chyffyrddiad, ac arogl ei gwallt hir, golau. Nawr ei bod wedi croesi'r ffin i'r Byd Arall, byddai modd gwneud eto, a hynny adeg y lleuad lawn nesaf, gobeithio.

Syllodd Ebba draw ar Ina, oedd wrthi'n ceisio gorffen y traethawd roedd disgwyl iddi ei gyflwyno i Uinseann heddiw. Eisteddai ar un o feinciau'r ardd berlysiau, a phob hyn a hyn mi fyddai'n codi ei phen i weld a oedd Pasgen ac Uinseann yn dod.

Byddai Ebba wedi hoffi rhannu hyn i gyd gydag Ina. Ond roedd wedi'i brifo cymaint doedd Ebba ddim am rannu dim byd gyda hi, ac yn sicr nid cyfrinach mor fawr. Teimlai Ebba hefyd yn chwithig ei bod yma o gwbl. Oedd hawl ganddi fod yn y fynachlog ar ôl ymweld â'r Byd Arall?

Roedd Ebba'n falch bod Ina'n prysur geisio cwblhau'i gwaith cartref. O leiaf fyddai ddim rhaid iddi esgus fod pob dim yn iawn. Ar y ffordd draw i'r fynachlog, adroddodd Ina hanes y ffrwgwd yn nhŷ Ceinfron. Fel arfer, byddai wedi rhuo chwerthin, ond er mor ddoniol oedd yr holl beth, cafodd Ebba hi'n anodd i godi gwên, hyd yn oed.

Digon pytiog fu'r sgwrs wedi hynny. Roedd rhan o Ebba'n ofni y byddai Ina'n cyfaddef iddi ei bod yn mynd allan gyda Miro – doedd wir ddim syniad ganddi sut y byddai'n ymateb, na chwaith beth yn union y byddai'n dweud wrthi – a'r rhan arall yn gobeithio na fyddai hi. Ddim eto, beth bynnag. Efallai, ar ôl cael mwy o amser i ddod yn gyfarwydd â'r peth y byddai'n medru ei dderbyn, ac y byddai'n medru bod yn falch drosti. Efallai.

A bod yn deg ag Ina – nid bod ar Ebba lawer o awydd gwneud – *roedd* Ina wedi gofyn iddi a oedd yn hoffi Miro'n fwy na fel ffrind. Deallai nawr pam fod Ina wedi ymateb fel y gwnaeth hi pan gyfaddefodd Ebba ei bod mewn cariad ag e. Ac a bod yn deg â hi eto, nid ar Ina roedd y bai nad oedd Miro'n ei hoffi gymaint ag yr oedd yn amlwg yn hoffi Ina. Er, roedd Ebba'n methu'n lân â deall pam nad oedd Ina'n *gwybod* ei bod hi'n ffansïo Miro. Doedd bosib nad oedd y peth yn amlwg – hyd yn oed i Ina?

* * *

Ar ôl y wers – go brin mai gwers oedd hi mewn gwirionedd am fod Uinseann a Pasgen ill dau wedi cynhyrfu gymaint ynghylch y ffaith mai Caradog fyddai pennaeth newydd y gaer – trodd y ddwy am adref. Pan ddaeth fforch yn y llwybr, yr un oedd yn gwyro i'r chwith i gyfeiriad y goedwig ac i'r dde i gyfeiriad y gaer, stopiodd Ina'n ddisymwth a dweud na fyddai'n dod adre'n syth, ac i ffwrdd â hi heb gynnig esboniad.

Cerddodd Ebba yn ei blaen gan lusgo'i thraed. Byddai'n rhaid iddi ddod yn gyfarwydd â bod ar ei phen ei hun yn fwy aml o hyn ymlaen. I'r chwith iddi roedd copaon Arfynydd yn glir eto heddiw, yn gadwyn ar y gorwel, ond doedd ysblander y mynyddoedd yn gwneud dim i godi'i chalon.

Doedd gan Gallgo a Serwan ddim llawer i'w ddweud ger y porth chwaith – diolch byth, meddyliodd Ebba, achos doedd ganddi ddim awydd o gwbl i ryw fân siarad. Roedd golwg wedi syrffedu ar y ddau. Mae'n rhaid ei fod yn waith diflas ar y naw gwarchod y gaer bob dydd – a weithiau gyda'r nos – heb fod byth dim byd yn digwydd i beryglu'r lle.

Pan gerddodd Ebba drwy'r porth, gwelodd rywun yn sefyllian yr ochr draw. Dagan oedd yno, yn edrych arni'n ddisgwylgar – yn union fel ei dwbl, y blaidd, yn y goedwig. Gwridodd Ebba wrth gofio'r tro diwethaf iddi weld Dagan, sef prynhawn ddoe – er ei bod yn teimlo'n llawer hirach yn ôl na hynny – a hithau wedi taflu fyny o'i flaen.

"Sut wyt ti erbyn hyn?"

Cododd Ebba ei hysgwyddau, cystal â dweud ei bod yn weddol. Doedd hi'n dal ddim yn siŵr faint roedd yn medru ymddiried ynddo.

"Dwi heb ddweud dim wrth neb am be ddigwyddodd. A dwi ddim yn bwriadu gwneud," dwedodd Dagan, fel pe bai'n medru darllen yr hyn oedd yn mynd trwy'i meddwl, a byseddu'r cwd bach lledr oedd ar y rhwymyn o gwmpas ei wddf.

"Beth yn union sydd yn hwnna? Dwi 'di sylwi fod ti'n

cyffwrdd ag e'n aml," holodd Ebba. "Swyndlws?"

Chwarddodd Dagan yn chwithig. Teimlai Ebba fymryn yn annifyr; gobeithio nad ydw i wedi'i bechu, meddyliodd. Wedi'r cwbl, Cristion oedd Dagan.

"Ie, rhywbeth tebyg i swyndlws. Rhywbeth gwerthfawr iawn."

Sylwodd Ebba fod golwg ddigon swil yn ei gylch mwyaf sydyn.

"Aur?"

"Ie. O fath."

Byddai Ebba wedi hoffi holi mwy, ond gwelodd Adwen, Peren Llygaid Llo a Denw'n agosáu, ac yn amlwg wedi sylwi arni hi a Dagan yn sgwrsio.

"Diolch am ofyn sut o'n i," dwedodd wrth Dagan, gan obeithio y byddai'n deall ei bod am iddo fynd.

"Cofia beth ddwedes i. Os wyt ti angen ffrind ..." dwedodd, cyn ymlwybro ymaith gan godi ei law'n gyfeillgar ar y merched. Sylwodd Ebba fod Adwen yn ei ddilyn bob cam â'i llygaid.

"Bydda'n ofalus, Ebba, neu fydd Ina ar dy ôl di!" galwodd Denw, gan dynnu'i choes.

"Dydi Ina a Dagan ddim yn canlyn."

"Medde pwy? Ina?"

"Dwi'n *gwbod* nag y'n nhw."

Edrychodd y tair arni'n syn.

"O'dd hi'n ormod o lond llaw iddo fe, siŵr o fod," piffiodd Peren.

Anwybyddodd Ebba'r sylw. Roedd y merched yn dechrau mynd ar ei nerfau. Trodd Denw at Adwen.

"Paid codi dy obeithion, Adwen. Mae ganddo'i lygaid ar Ebba nawr, yn amlwg."

"Oes?" holodd Adwen mewn braw.

"Paid gwrando arni," dwedodd Ebba, cyn troi at Denw. "A paid pryfocio Adwen! Dyw e ddim yn beth neis o gwbl, ti'n gwbod – ffansïo rhywun sy ddim yn dy ffansïo di."

Edrychodd Denw arni'n syn yr eildro. A'r lleill hefyd. Doedd Ebba erioed wedi siarad fel hyn wrth yr un ohonyn nhw o'r blaen.

"Bach o dynnu coes oedd e ..." mwmialodd Denw.

"Peidiwch cweryla oherwydd fi. Doedd dim ots 'da fi, Ebba, wir," ymbiliodd Adwen.

"Falle dyle bod ots arnot ti. Dylet ti sefyll fyny dros dy hunan fwy, Adwen. Ti'n rhy neis o lawer."

Roedd Ebba mor euog ag Adwen o hyn, wrth gwrs, a gwyddai hynny'n iawn. Doedd hi ddim yn deall pam fod cymaint o dân yn ei bol. Gwelodd Adwen yn cochi a throi i ffwrdd; roedd dagrau yn ei llygaid.

"Be sy'n bod arnot ti?" arthiodd Peren, gan roi'i braich o gwmpas Adwen.

"Fi? Chi ddechreuodd hyn, dim fi."

"Gobeithio bod ti ddim yn mynd i droi'n hen snoben dim ond achos mai Caradog yw'n pennaeth newydd ni," dwedodd Denw.

"Dyw e'n ddim byd i'w wneud â hynna. Dwi ddim yn credu mai jôc yw pob dim, dyna i gyd."

"Ti wedi bod yn ddigon od yn ddiweddar, p'un bynnag."

"Wyt, Ebba," ategodd Peren, oedd yn dal i gysuro Adwen.

"Beth y'ch chi'n feddwl?" mynnodd Ebba. Roedd rhan

ohoni'n dechrau difaru iddi ymateb fel y gwnaeth. Ond roedd rhan arall yn awchu am ffrae.

"Y busnes Calan Haf 'na i ddechrau. Rhoi'r tusw i Ina a diflannu'n gynnar. Mae pawb yn gweld bai mawr arnat ti am wneud."

"Do'n i ddim yn teimlo'n dda iawn," dwedodd Ebba'n amddiffynnol. "A chi'n gwbod yn iawn fod Sadwrn 'nôl erbyn hyn. Dyw hynna ddim yn hawdd i fi."

Doedd Ebba ddim yn bwriadu dweud gair ynghylch Ina a Miro, na chwaith sôn am ei mam. Haws iddyn nhw gredu mai Sadwrn oedd unig achos ei phoen meddwl.

"Dwyt ti heb fod fel ti dy hun ers dod 'nôl o Lucus – a dyna'r gwir. Gobeithio nag wyt ti'n mynd i droi'n debyg i Ina. Er, os rhywbeth, mae hi bach yn fwy normal y dyddiau hyn."

"Dydw i ddim byd tebyg i Ina!" atebodd Ebba'n ffyrnig.

Trodd ei chefn ar y merched a cherdded i ffwrdd.

XIX

Roedd y trawst yn drwm ond llwyddodd Miro i helpu Felix i'w godi a'i osod yn dwt ar draws y ddau bilar pren oedd wedi'u plannu'n gadarn yn y ddaear.

"Dyna'r cynta yn ei le," dwedodd Felix. "Gad i ni osod y trawst arall ac yna cei hoe am dipyn tra 'mod i'n paratoi'r to."

Bu'n rhaid i Felix godi ei lais er mwyn i Miro ei glywed, gan fod cymaint o sŵn: llais Cyngar Coes Gam yn gweiddi gorchmynion ar rywun, tuchan trwm dau fwynwr yn dadlwytho'r sachau ar eu cefnau, a sŵn curo a malu'r talpau o fwyn oedd eisoes wedi'u cloddio.

Ar ôl ei orffen, cwt syml ar gyfer y gweithwyr fyddai'r adeilad pren roedd Felix a Miro'n ei godi, gan fod angen rhywle ar y mwynwyr i gysgu pan fyddent yn cymryd eu tro i aros yma dros nos i wylio dros y mwynglawdd.

Roedd Felix a Miro wedi bod wrthi'n ddiwyd ers Calan Haf, ac eisoes wedi codi math o sgubor agored oedd yn cynnig lle nid yn unig i'r gweithwyr orffwys a chysgodi rhag y gwynt a'r glaw a'r haul o dan ei do, ond hefyd i drin y mwyn ar gyfer ei doddi mewn ffwrneisi bychan wedi'u cloddio yn y ddaear, a'i droi'n ingotiau. Darnau cyfleus o haearn oedd y rhain; byddai'r darnau'n cael eu cludo ar gefn ceffyl pwn (neu mwy nag un ceffyl ar ddiwrnodau da) gan dad Pabo, neu Pabo ei hun yn aml, yn ôl i'r gaer ar ddiwedd y dydd er mwyn eu cadw'n ddiogel a dan glo mewn stordy yn y gaer.

"Wff!" ebychodd Miro, wrth osod yr ail drawst yn ei le. Er bod ei groen yn dechrau caledu, roedd ambell bothell styfnig yn dal i'w boeni. Gafaelodd Felix yn y trawst a cheisio'i siglo ond doedd dim symud arno.

"Mi wneith hwn y tro'n iawn," dwedodd Felix yn fodlon.

Cymerodd ddracht hir o'r gostrel groen, lawn gwin wedi'i gymysgu â dŵr, cyn ei chynnig i Miro. Yfodd Miro'n awchus. Digon chwerw a diflas oedd y gwin gwan ond roedd yn dda ar gyfer torri syched.

"Felix!" gwaeddodd un o'r Galaesiaid o geg y gloddfa. "Mae angen dau bostyn yn reit handi!"

"Yr un hyd â'r lleill?"

"Ie. Mymryn yn llai, falle. Ar gyfer yr ail lefel."

Diflannodd y Galaesiad yn ôl i grombil y mwynglawdd ac aeth Felix ati i lifio'r pyst – rhain oedd yn helpu i gynnal twneli'r mwynglawdd rhag dymchwel.

"Af i â nhw," cynigiodd Miro, oedd yn awyddus i fentro i ddyfnder y mwynglawdd gan nad oedd wedi cael y cyfle eto.

Cododd Miro'r ddau bostyn a'u rhoi o dan bob cesail, cyn bustachu at y siafft gyntaf oedd rhyw ddeg metr o geg y gloddfa. Byddai angen cloddio sawl siafft maes o law er mwyn medru cyrraedd y gwahanol lefelau dan ddaear yn haws, ac i alluogi mwy o aer i gylchredeg. Dododd Miro'r pyst yn y fasged fawr oedd ar ben y siafft a'u gollwng i lawr gyda rhaff. Brathai'r rhaff gledr ei law a theimlodd un o'r pothelli'n rhwygo.

Dringodd Miro i lawr yr ysgol i waelod y siafft. Roedd

twnnel yn mynd 'nôl i gyfeiriad prif fynedfa'r mwynglawdd, a lefel arall yn mynd yn ddyfnach i mewn i'r graig. Cododd y pyst o'r fasged a mynd i mewn i'r lefel hon, gan grymu ei gefn am nad oedd to'r twnnel yn uchel iawn.

Roedd yr aer yn llaith a waliau'r twnnel yn wlyb, fel be baent yn chwysu. O leiaf bod dan draed yn weddol sych, meddyliodd, gan nad oedd y twnnel eto'n ddigon dwfn i fod o dan lefel y dŵr. Medrai glywed lleisiau gwan y tu ôl iddo yn ei gyrraedd o'r lefel arall. Roedd rhywbeth arallfydol ynghylch y sibrwd. Ceisiodd ei orau i atal ei hun rhag dychmygu bob math o bethau dychrynllyd.

Bu bron iddo sgrechian yn uchel pan welodd wyneb gwelw y tu blaen iddo'n crynu yng ngolau cannwyll. Chwarddodd yr wyneb a dweud rhywbeth wrtho na ddeallodd yn iawn, heblaw'r gair 'ofn'. Sylweddolodd gyda siom mai Dagan oedd yno.

Estynnodd Miro'r ddau bostyn iddo. Dwedodd Dagan rywbeth arall, rhywbeth i'w wneud ag Ebba. Byddai Miro wedi cael trafferth i gynnal sgwrs yn iaith y gaer ar y gorau, ond roedd gwneud hynny o dan ddaear y tu hwnt i'w allu.

Roedd Miro hefyd wedi dod i'r casgliad nad oedd e'n hoff o gwbl o'r syniad fod Dagan â diddordeb yn Ebba – yn enwedig am nad oedd Miro'n medru anghofio sut y closiodd Ebba ato ar bwys y merllyn.

Wrth i Miro gychwyn am yn ôl heb dorri gair â Dagan, teimlodd y llawr yn symud o dan ei draed. Ofnai mai'r duwiau oedd yno, a'u bod yn ddig am ryw reswm. Yna sylweddolodd nad y llawr oedd yn crynu ond y waliau. Yr eiliad nesaf, snapiodd y postyn oedd agosaf ato a chwympodd darn o graig o'r to, gan daro Dagan. Syrthiodd hwnnw'n swp i'r llawr.

Cydiodd Miro ynddo a'i lusgo i gyfeiriad y siafft, heb gysidro tan yn hwyrach sut yn y byd y llwyddodd i'w symud. Wrth iddo gyrraedd y siafft, gwaeddodd am help. Ond boddwyd ei lais gan sŵn y to cyfan yn syrthio y tu ôl iddo.

Roedd sŵn byddarol y chwalfa i'w glywed uwchben y ddaear hefyd, ac o fewn chwinciad daeth gweithwyr i'r adwy a chodi Dagan a Miro i'r wyneb. Brysiodd Cyngar i geg y siafft, gan symud yn gyflym iawn o ystyried ei fod yn gloff, a Felix yn dynn ar ei sodlau.

"Dagan!" bloeddiodd Cyngar, ei lais yn frau gan ofid.

"Miro! Wyt ti'n iawn?" bloeddiodd Felix.

"Ydw," dwedodd Miro'n sigledig. "O'n i'n lwcus."

Doedd e ddim yn teimlo'n iawn o gwbl. Ond doedd e ddim am i Felix boeni.

"Beth ddigwyddodd?" mynnodd Cyngar yn chwyrn.

Gwnaeth Miro ei orau i esbonio'r hyn oedd newydd ddigwydd yn y tipyn Brythoneg fratiog oedd ganddo, heb fawr o lwyddiant, tan i tad Pabo, oedd newydd gyrraedd gyda'r ceffyl pwn, ddechrau cyfieithu ar ei ran.

Pan ddeallodd Cyngar mai achub Dagan wnaeth Miro, ac nid achosi'r ddamwain, meddalodd a diolch iddo. A phan ddeffrodd Dagan yn fuan wedi hynny, a medru siarad a symud pob rhan o'i gorff, daeth yn amlwg nad oedd wedi'i anafu'n ddrwg o gwbl, diolch i'r cap lledr caled ar ei ben.

Ar ôl y braw daeth y rhyddhad, ac ar ôl y rhyddhad daeth y cyhuddiadau. Pwy oedd ar fai?

Dechreuodd rhywrai bwyntio bys at Felix, ac ensynio nad oedd y postyn yn ddigon cryf.

"Amhosib!" dwedodd Felix yn gadarn. "Mae'r pyst o dderw. Chewch chi ddim pren caletach yn y parthau hyn."

Yna dwedodd rhywun arall ei fod wedi sylwi nad oedd y postyn wedi'i osod yn iawn, a'i fod yn gam. Pan geisiodd pawb gofio pwy oedd wedi gosod y postyn hwnnw, sylodd Miro ar Sadwrn yn ceisio cripian i ffwrdd. Ond nid Miro'n unig oedd wedi'i weld.

"Ti!" taranodd Cyngar. "Dyliwn i fod wedi dyfalu'n syth!"

"Nid fy mai yw e fod y postyn yn ddiffygiol," protestiodd Sadwrn yn gwynfanllyd.

"Yr unig beth sy'n ddiffygiol yma yw ti!" bloeddiodd Cyngar, gan hercio i'w gyfeiriad yn fygythiol.

Ceisiodd Sadwrn ddianc ond roedd Cyngar yn rhy gyflym iddo. Gafaelodd yn ei war a'i ysgwyd fel ci yn ysgwyd llygoden fawr, a'i daflu ar ei hyd i'r llawr. Wrth i Sadwrn godi, rhoddodd bwniad nerthol yn ei gefn ac aeth Sadwrn ar ei hyd eto.

"Cer o 'ngolwg i'r brych! Ac os wela i di'n agos at y lle 'ma eto, fydd hi ddim yn dda arnat ti!"

Sgrialodd Sadwrn i'w draed a rhedeg oddi yno. Er na ddeallodd Miro lawer o gwbl, doedd dim angen cyfieithiad arno i ddeall arwyddocâd y tân yn tasgu yn llygaid Cyngar, na chwaith yr ofn a'r atgasedd yn llygaid Sadwrn.

Daeth Miro'n ymwybodol fod rhywun yn sefyll wrth ei ymyl. Trodd a gweld mai Dagan oedd yno. Roedd yn gwenu, ond gwên ddigon chwithig oedd hon.

"Diolch."

"Croeso," atebodd Miro, gan gymryd y llaw roedd Dagan wedi estyn ato.

Ysgydwodd y ddau ddwylo, er boddhad pawb oedd yn gwylio. Roedd llaw Dagan yn arw ac yn gwneud i'r bothell losgi. Gwasgodd Miro ei ddannedd at ei gilydd yn galed. Doedd e ddim am i Dagan weld fod rhywbeth o'i le – yn sicr ac yntau newydd achub ei fywyd.

* * *

Sgleiniai'r dorch aur yng ngolau'r haul wrth i Iacob ei thynnu oddi ar ei wddf. Yn ei wynebu, roedd Caradog. Wrth ei ochr roedd ei fab, Aaron, ynghyd â Maelog, yn ei ddillad seremonïol. Safai Ina gyda'i theulu yng nghysgod y groes wrth fynedfa'r gaer yn un rhes o'u blaenau, a holl drigolion y gaer y tu ôl iddynt.

Cododd Iacob y dorch uwch ei ben. Roedd Aaron yno rhag iddo golli'i gydbwysedd a syrthio, gan fod ei iechyd wedi dirywio cryn dipyn ers y daith i Lucus. Ond roedd Iacob yn amlwg yn benderfynol o gyflawni'r ddefod olaf hon heb gymorth.

Camodd Caradog ato a mynd i lawr ar un ben-glin. Teimlai Ina falchder na theimlodd erioed o'r blaen. Edrychodd draw a gweld bod Sanan wedi'i chyfareddu, a bod golwg ddifrifol iawn ar Macsen, ac Eleri hithau. Sylwodd Ina fod deigryn yn llygaid Ebba: rhaid ei bod dan deimlad hefyd.

Cliriodd Iacob ei wddf a datgan yn ffurfiol mewn llais sigledig:

"Yr wyf i, Iacob ab Enodog, yn tystio gerbron pawb sydd yma'n bresennol fy mod yn rhoi'r dorch gysegredig hon o'm gwirfodd i'm holynydd Caradog ap Meurig, yr hwn a etholwyd yn bendefig ar y pedwerydd o'r mis hwn, ym mlwyddyn yr Arglwydd 554."

Rhoddodd Iacob y dorch i Caradog, a rhoddodd hwnnw'r tlws aur o gwmpas ei wddf. Cododd floedd o'r dorf, fel un.

"Hir oes, Caradog!"

Cliriodd Iacob ei wddf eto, cyn straffaglu i dynnu'i glogyn. Y tro hwn, bu'n rhaid iddo adael i'w fab ei helpu.

"Caradog ap Meurig, rhoddaf i ti hefyd y clogyn cysegredig hwn, yr oedd yn eiddo i bennaeth cyntaf y gaer, Dyfnig fab Ffracan, yr hwn a elwir 'Dominicus filius Fracani' yn ein Deddfau. Bydded i'r clogyn dy warchod, fel y bydded i ti warchod y gaer a'i thrigolion."

Estynnodd y clogyn i Caradog. Cododd floedd arall wrth iddo ei wisgo.

"Hir oes, Caradog!"

Rhoddodd Maelog groes euraid yn nwylo Iacob: y groes oedd fel arfer y tu ôl i fwrdd y pennaeth yn y Neuadd Fawr. Cododd Iacob y groes uwch ei ben, fel y cododd gynnau'r dorch.

"Yn olaf, rhoddaf i ti'r groes gysegredig hon. Bydded iddi ddisgleirio gras Duw arnat, fel y bydded i'th arweiniad a'th ofal, gyda gras Duw, ddisgleirio dros y gaer."

Estynnodd Iacob y groes i Caradog. Cusanodd hwnnw'r groes a chamodd Maelgwn yn ei flaen ac ymgroesi uwch ei phen. Cododd Caradog ar ei draed yn urddasol a wynebu'r dorf. Cododd bonllef fyddarol.

"Hir oes, Caradog!"

"Hir oes!"

Trodd Ina a gweld bod bron pawb yn gwenu'n braf. Pawb

heblaw Ceinfron a'i theulu, ac ambell un a gefnogodd Gwnwyn. Crychai Ceinfron ei thrwyn, fel pe bai rhywun wedi torri gwynt yn ffiaidd yn ei hymyl. Cofiai Ina'n iawn yr olwg boenus oedd arni ychydig ddiwrnodau yn ôl pan ddaeth hi a'i thad draw i longyfarch Caradog.

A dweud y gwir, roedd golwg boenus ar y ddau; cerddai Gwnwyn gyda help ffon am nad oedd ei droed wedi gwella, ac er bod Ceinfron wedi ceisio cuddio'r ffaith ei bod wedi rhwygo clwmp o'i gwallt o'i phen drwy ei wisgo'n wahanol i'r arfer, roedd y darn bach moel i'w weld yn glir. Roedd Caradog yn llawer gormod o ŵr bonheddig i wneud sylw, ond mi fyddai Ina wedi mwynhau arllwys halen ar y briw. Bu'n rhaid iddi ddigoni ar fwynhau anesmwythdra Ceinfron a'i thad yn dawel. Ond roedd hynny ynddo'i hun yn bleser anghyffredin.

"Dilyned yr osgordd!" cyhoeddodd Elfryn – a llusgo Ina yn ôl i'r presennol – gan arwain y ffordd i'r mwynglawdd, lle byddai Maelog yn bendithio'r fenter. Roedd hyn wedi'i gynllunio ers y daith i Lucus ond roedd dybryd angen cyflawni'r ddefod mor fuan â phosib ar ôl y ddamwain.

Llamodd calon Ina wrth feddwl y byddai'n gweld Miro'r prynhawn hwn. Dyna drueni na fedrai gyhoeddi i'r byd ei bod yn gariad i arwr yr awr.

XX

Doedd dim cymaint o ddŵr yn yr afon, a hithau bellach yn ddechrau Awst, ond roedd y pwll yr un mor ddwfn. Gorweddai Ebba ar ei chefn yn y dŵr yn syllu ar y to gwyrdd uwch ei phen. Roedd y coed yn llwythog o ddail, ac yn gwyro at y pwll fe pe bai syched arnynt.

Bu Ebba'n dod yma'n gyson i nofio drwy gydol yr haf. Roedd trochi yn y dŵr oer – er nad oedd y dŵr bellach mor oer ag oedd e pan ddaeth o hyd i'r pwll gyntaf – yn fodd i ddistewi'r anniddigrwydd oedd yn ei chnoi, a'r teimlad cyson ei bod yn cael ei rhwygo i bob cyfeiriad.

Doedd Ina'n dal ddim wedi cyfaddef wrthi ei bod yn mynd allan gyda Miro, er bod tri mis wedi mynd heibio ers iddi eu gweld wrth y Fedwen Fawr ger yr afon erbyn hyn. Roedd celwydd Ina'n crafu ar ei nerfau fel brethyn cras, ond roedd Ebba'n gwbl benderfynol o beidio cyfaddef ei bod yn gwybod. Tyfodd y peth yn rhyw fath o gêm wyrdroëdig yn ei phen, yn her roedd yn benderfynol o beidio'i cholli.

Roedd meddwl am Ina'n ddigon i'w digio eto. Plymiodd o dan y dŵr a chyffwrdd gwaelod y pwll. Pan ddaeth 'nôl i'r wyneb, clywodd sŵn canu, fel cloch. Sylweddolodd mai yn ei chlust oedd y sŵn, a cheisiodd gael ei wared trwy roi'i llaw o gwmpas ei thrwyn a chwythu.

Ond canai'r gloch rhywle yn ei phen o hyd, a chafodd ei

thywys yn ôl i'r prynhawn hwnnw, wythnosau lawer yn ôl bellach, pan urddwyd Caradog yn bendefig, ac i seremoni bendithio'r mwynglawdd a ddilynodd hynny, pan ganodd Maelog ei gloch gysegredig – ei chanu i bedwar ban y gwynt, a chodi ei fugeilffon yn uchel dros geg y gloddfa, ac fel y bu i bawb adrodd Gweddi'r Arglwydd, yn ei chynnwys hi (gorau y gallai), ac fel roedd hyd yn oed y Galaesiaid hynny nad oedd yn credu yn yr Un Duw, y Tad Hollalluog, wedi'u cyffwrdd a'u calonogi gan y ddefod. Ond yn bennaf, cofiai wyneb Miro.

Dyna'r tro diwethaf iddi ei weld. Y llynedd, bu Miro, Ina a hithau yn cydberfformio adeg Hirddydd Haf. Roedd yn noson fythgofiadwy. Ond doedd dim sôn am gydchwarae eleni. Byddai wedi hi gwrthod beth bynnag, siŵr o fod. O bosib. Ond wedyn, efallai y byddai wedi cytuno, ac wedi gwneud ati fod pob dim yn iawn, ac wedi gwenu a chwerthin a rhannu jôcs gydag Ina a Miro fel yr holl droeon o'r blaen, tra ei bod, yn dawel fach, yn corddi.

Er mwyn cysuro'i hun, canodd Ebba'r salm yn dawel. Ymledai'r geiriau dros wyneb y dŵr, ac atseinio i fyny'r graig.

"Beati immaculati in via, qui ambulant in lege Domini ... Gwyn eu byd y rhai pur eu ffordd, sy'n cerdded yng nghyfraith yr Arglwydd ..."

Syrthiodd i fath o berlewyg, yn arnofio yn adlewyrchiad brithliw'r coed, a dychmygu bod Liduvina yn canu'r salm gyda hi. Neu ai ei mam oedd yn ei chanu? Ceryddodd Ebba'i hun. Fyddai ei mam ddim yn canu'r salm, siŵr iawn. Doedd hi ddim hyd yn oed yn sicr a oedd yn weddus iddi hi'i hun ei chanu rhagor, ar ôl croesi i'r Byd Arall. A doedd hi ddim yn llawer nes at yr Un Duw, yn ei thyb hi, ac roedd wedi cyfaddef hynny wrth Uinseann a Pasgen, ond y cyfan ddwedon nhw oedd bod y ffordd yn hir, a'i bod yn ifanc, ac y dylai fod yn amyneddgar.

Roedd Ebba wedi osgoi meddwl am ei mam hyd yma. Y gwir trist oedd bod y llawenydd a deimlodd hi'r bore hwnnw ar ôl ei thaith gyntaf i'r Byd Arall wedi hen bylu, ac yn ei le roedd rhywbeth tebyg i siom. Er iddi lwyddo i gyrraedd y Byd Arall y lleuad lawn ddiwethaf hefyd, doedd ei mam ddim wir wedi gwrando arni, na cheisio'i chynghori, na chwaith lleddfu ei hofnau. Yr unig bwnc oedd i'w weld yn ei diddori oedd y lleuad, a'r ffaith y byddai'n troi'n goch. Ond er i Ebba holi a holi ei mam, chafodd yr un ateb synhwyrol a doedd Ebba ddim mymryn callach beth roedd hyn yn ei olygu.

Ochneidiodd yn uchel. Pam fod rhaid i bob un dim fod mor anodd?

Trodd at y lan. Dringodd i fyny'r graig a gwisgo'n sydyn, heb ffwdanu i sychu ei hun yn iawn. Doedd hi ddim eisiau sefyllian yma'n rhy hir am fod rhywun wedi gweld Sadwrn yn crwydro o gwmpas y lle'n ddiweddar. Roedd yn bosib mai rhyw glecs di-sail oedd hyn – wedi'r cwbl, doedd e heb dywyllu ei dŷ yn y gaer ers y ddamwain – ond roedd yn well gan Ebba fod yn wyliadwrus. O leiaf ei bod yn medru mynd i'r stabl heb boeni y byddai'n cael y fath brofiad erchyll o ail-fyw pob dim eto. Ers iddi lwyddo i syllu i fyw llygaid Sadwrn, doedd hi heb gael pwl arall tebyg.

Yn sydyn, daeth Ebba'n ymwybodol o sŵn yr adar yn trydar o'i chwmpas, a sylweddolodd fod y gloch yn ei chlust wedi peidio canu. Roedd hynny, o leiaf, yn rhyddhad o fath.

* * *

"Gan bwyll!" rhybuddiodd Miro, wrth i Ina symud yn rhy sydyn yn y cwrwgl – y cwch bychan o grwyn – roedd y ddau'n eistedd ynddo, yn glòs, glòs at ei gilydd fel dwy gneuen.

Roedd Miro wedi cynnig mynd â hi i bysgota. Cytunodd Ina'n syth – prynhawn cyfan yn ei gwmni yn bell o bawb a phopeth! Doedd Ebba heb hyd yn oed ei holi i ble roedd hi'n mynd, er bod gan Ina o leiaf dri esgus parod ar ei chyfer.

Roedd Miro wedi rhwyfo'r cwrwgl i ochr draw merllyn ei bentref ac i lawr afonig i ferllyn arall, diarffordd. Doedd yr afonig fawr mwy na nant mewn gwirionedd ac yn un o nifer oedd yn ymdroelli drwy'r ardal yn chwilio am afon letach i ymuno â hi, gan greu rhwydwaith o ddyfrffyrdd cyfleus.

"Welaist ti ddim y pysgodyn yn codi?" holodd Ina.

"Do. Ond pwyll piau hi, Ina, neu mi fyddwn ni'n dau yn y dŵr."

Sobrodd Ina. Doedd hi ddim medru nofio, a gwyddai Miro hynny'n iawn. Er, roedd rhywbeth eithaf apelgar am y syniad o gael ei hachub gan Miro hefyd ... roedd yn nofiwr cryf a byddai'n siŵr o fedru ei llusgo yn ôl i'r lan, a ffysian drosti a'i lapio'n dynn yn ei freichiau ... Ond roedd siawns y byddai Ina'n boddi, wrth gwrs. Gwell peidio.

"Ina!" hisiodd Miro yn ei chlust. "Pysgodyn! Y wialen!"

Rhoddodd Ina orau i'r pensynnu. Yn rhy hwyr. Roedd Miro wedi cipio'r wialen oddi arni.

"Ddwedes i wrthot ti fod rhaid i ti ganolbwyntio drwy'r adeg."

Roedd hi'n ysu am roi sws iddo yn y fan a'r lle, ond roedd yn ofn dymchwel y cwrwgl, felly penderfynodd aros tan cyrraedd y lan.

Rhoddodd Miro'r wialen yn ôl iddi a chododd Ina'r pysgodyn i'r cwrwgl, gydag ychydig o help gan Miro, oedd eisoes wedi bachu un. Ceisiodd Ina ddal y pysgodyn yn ei dwylo ond bob tro y cydiodd ynddo llithrodd o'i gafael. O'r diwedd, llwyddodd Ina i gael gafael ynddo: pysgodyn siâp wy, lliw browngoch, a'i gynffon a'i esgyll yn fflachio yn yr haul fel cot cadno.

"Llwynog dŵr yw'n henw ni ar hwn," dwedodd Ina, gan gyfieithu'r union ystyr. "Carpa y'ch chi'n ei alw, ie?"

"Ie. Ond dwi'n meddwl fod yn well gen i'ch enw chi," dwedodd Miro. "Dwi am ei ddefnyddio yn lle carpa o hyn ymlaen."

"Ond bydd neb yn dy ddeall di," chwarddodd Ina.

"Mi fyddi di."

Yr eiliad nesaf roedd gan Miro bysgodyn arall ar ei fachyn: brithyll tew, a'i gorff smotiog yn sgleinio. Ond ymhen chwinciad, roedd Miro wedi taflu'r brithyll yn ôl i'r llyn. Chwarddodd Miro wrth weld yr olwg syn ar wyneb Ina.

"Ry'n ni'n rhoi'r trydydd pysgodyn 'nôl bob tro."

"Pam?"

Oedodd Miro cyn ateb.

"Fel rhodd i Afana, duwies yr afon."

Roedd rhywbeth am yr enw'n canu cloch. Wrth gwrs! Afona, morwyn y dŵr, yn ôl cred ei phobl hi. Roedd Briallen, ei llawforwyn 'nôl yng Ngwent, wastad yn ei rhybuddio i beidio mynd yn rhy agos at ddŵr o unrhyw fath rhag digio Afona a chael ei chipio ganddi. Mae'n rhaid bod rhyw gysylltiad rhwng y ddwy. Esboniodd hyn i gyd wrth Miro.

"Dydi hynny ddim yn fy synnu. Mae'r duwiau – a'r duwiesau – yn hen," dwedodd y llanc.

"Wrth gwrs, doedd Afona ddim yn bodoli go iawn."

"Mae Afana'n fwy na stori beth bynnag," dwedodd Miro'n swta. "Gwelodd rhai o blant y pentre hi sbel fach yn ôl – i ti gael deall."

Doedd dim rhaid iddo siarad â hi fel'na chwaith.

"A mi wyt ti'n eu credu?"

"Wrth gwrs."

Brathodd Ina ei thafod. Aeth Miro'n ei flaen.

"Heblaw am Afana, a duwiesau eraill y dŵr, byswn i rywle yng ngorllewin Galaesia erbyn hyn. A diolch i Lugus wrth gwrs, a'n llwyddiant ni yn ei ddinas, Lucus. Wnes i offrwm iddyn nhw i gyd."

Doedd Ina ddim yn cofio'r tro diwethaf iddi glywed Miro'n siarad cymaint mewn un anadl, na chwaith mor daer. Roedd hi'n dechrau difaru holi pwy oedd Afana o gwbl. Y peth diwethaf oedd arni eisiau oedd cweryla ag e.

"Mae'r duwiau ... maen nhw'n bwysig i fi, Ina."

"Mae Duw yn bwysig i fi hefyd," atebodd Ina'n braidd yn biwis. Doedd hi ddim hyd yn oed yn siŵr pa mor wir oedd hyn. Ond doedd hi'n sicr ddim yn mynd i gyfaddef unrhyw amheuon oedd ganddi wrtho – nid bod ganddi lawer o amheuon, chwaith. Doedd hi heb feddwl rhyw lawer am y peth yn ddiweddar, dyna i gyd.

"Gobeithio fydd hyn ddim yn broblem," dwedodd Miro, yn ddifrifol.

"Wrth gwrs ddim!" atebodd Ina'n syth, gan synnu fod Miro wedi gofyn y fath gwestiwn o gwbl.

Doedd Ina erioed wedi ystyried y peth – nid go iawn – a dyna'r gwir. Gwyddai mai Cristnogion oedd rhai o gymdogion teulu Miro a gwyddai hefyd am rai eraill oedd wedi priodi pobl o wahanol ffydd. Doedd Ina erioed wedi clywed sôn am unrhyw fath o ddrwgdeimlad yn sgil hyn. Yr unig ddrwgdeimlad, neu o leiaf ddrwg-dyb, y gwyddai Ina amdano oedd rhwng rhai o'r Galaesiaid a rhai o'r Brythoniaid, ac nad oedd gan hyn fawr ddim i'w wneud â chred am fod nifer o'r Galaesiaid rheiny'n Gristnogion hefyd.

"Wnes i weddïo ar Dduw hefyd – y Tad Hollalluog – y byddai Felix yn fodlon i chi aros yma," dwedodd Ina'n dawel.

Tynnodd hyn ychydig o wynt o hwyliau Miro.

"Do? Fe wnest ti hynny ... er fy mwyn i?"

Cymerodd Miro ei llaw.

"Falle fod fy nuwiau i a dy dduw di wedi'n clywed, a'u bod nhw wedi rhoi'n dymuniad i ni. Gyda'i gilydd," dwedodd Miro'n gymodlon.

Roedd Ina'n amau fod hyn yn bosib, ond doedd hi ddim eisiau sbwylio'r foment. Methodd, serch hynny, â pheidio sylwi fod dwylo Miro'n sticlyd ac yn drewi o bysgod. Doedd ei dwylo hi fawr gwell, wrth gwrs. Siglai'r cwrwgl yn ôl ac ymlaen wrth i awel godi. Mi fydd yn braf cael tir sych o dan ei thraed, meddyliodd Ina, gan wenu wrth gofio'r hyn roedd yn bwriadu ei wneud ar ôl cyrraedd y lan.

* * *

Roedd blas brithyll echdoe yn fyw yn ei gof o hyd, wrth i Miro ymlwybro trwy'r goedwig tua'r Fedwen Fawr i gwrdd ag Ina ddeuddydd yn ddiweddarach. Roedd yn llawer gwell gan Miro frithyll na .... beth oedd yr enw eto? Blaidd? Na, nid blaidd – llwynog. Llwynog dŵr. Enw da.

Roedd sylw digon ffwrdd-â-hi Ina ynghylch Afana wedi'i anesmwytho. Ond, dyna ni, roedd Ina'n dueddol i siarad ar ei chyfer weithiau. Cafodd Miro ei gyffwrdd i'r byw, serch hynny, pan ddwedodd Ina ei bod wedi gweddïo ar ei duw i ofyn na fyddai'n rhaid iddo symud i ffwrdd. Doedd dim llawer o beryg i hynna ddigwydd rhagor – roedd gan Felix fwy o waith nag y medrai ei gyflawni. Yn groes i'r disgwyl, roedd Miro'n mwynhau bod yn brentis iddo. Ac er bod Felix mor brysur, roedd yn llawer mwy bodlon i Miro gymryd yr amser i ymarfer y bibgod y dyddiau hyn, a rhoi mwy o benrhyddid iddo'n gyffredinol.

Roedd y bibgod yn y sach ar ei gefn, digwydd bod. Byddai Ina'n dod â'i phibgorn – yr un wnaeth e ar ei chyfer – er mwyn canu ambell dôn ar y cyd ar bwys yr afon, yn union fel y gwnaethon nhw pan gwrddon nhw gyntaf â'i gilydd. Nid yn hollol 'yn union', chwaith. Roedd Ebba yno'r adeg hynny. Go brin y bydden nhw'n medru ei gwahodd nawr – mi fyddai hynny'n rhy lletchwith, gwaetha'r modd. Doedd y canu ddim mor felys heb Ebba – dyna'r gwir. Doedd Miro chwaith ddim yn teimlo'r un wefr o ganu'r bibgod y dyddiau hyn. Efallai mai breuddwyd gwrach oedd eisiau bod yn bibydd o fri wedi'r cwbl.

Clywodd Miro sŵn rhochian, a safodd yn stond rhag ofn mai baedd gwyllt oedd yno, gan fyseddu'r dant twrch oedd ar y rhimyn o gwmpas ei wddf a dweud swyn yn dawel, i'w arbed rhag drwg. Gwelodd rywbeth yn symud yn yr istyfiant o'i flaen. Cydiodd mewn darn o bren oedd yn gorwedd wrth ei draed, er mwyn amddiffyn ei hun pe byddai rhaid.

Daeth mochyn i'r golwg. Ond mochyn dof oedd hwn. Cyflymodd calon Miro serch hynny, am ei fod yn ei adnabod: Wenna. Ac os oedd Wenna yma, mi fyddai Ebba hefyd. Roedd wedi dyheu am y foment hon yn dawel bach ers sbel.

Trotiodd Wenna ato a rhwbio'i thrwyn yn erbyn ei goes, cyn edrych i fyny arno â'i llygad gam. Crafodd Miro y tu ôl i'w chlust, a dechreuodd Wenna rochian yn fodlon. Yna daeth Mora i'r golwg a cheisio gwthio Wenna o'r neilltu.

"Aros dy dro," dwedodd Miro, a rhoi hwp bach yn ei hochr, ond doedd posib symud y mochyn â'r clustiau duon.

"Fedri di ddim plesio'r ddwy yr un pryd, Miro."

Trodd a gweld Ebba'n cerdded ato. Wrth iddi wneud, fe'i trawyd gan belydryn o olau. Roedd haul yr haf wedi gwynnu'i gwallt hyd yn oed yn fwy, gan adael ambell res euraid yma a thraw. Doedd hi ddim yn edrych fel rhywbeth o'r byd hwn.

"Mora, gad lonydd i Miro! Wenna, dere, mae'n amser mynd gartre," gorchymynnodd Ebba.

Trotiodd Wenna at Ebba'n ufudd. Rhoddodd Miro hwp arall i Mora, a'r tro hwn, symudodd y mochyn o'i ochr, a dilyn Wenna'n anfodlon.

Safodd Miro yno'n lletchwith, ei geg yn sych a'i ben yn wag.

"Helô," dwedodd yn llipa.

"Allan am dro?" holodd Ebba.

"Ie," atebodd, yn fwy llipa byth, cyn ychwanegu, "Mae'r bibgod gen i."

Gwingodd Miro. Am beth twp i'w ddweud. Roedd hi'n ei ddrysu'n llwyr.

"Sut wyt ti? Dwi heb dy weld di ers …"

"Wythnosau," atebodd Ebba drosto. "Dwi'n iawn, diolch. Does dim rhaid i ti boeni amdana i."

Trodd Ebba at y moch, gan chwifio'r ffon yn ei llaw.

"Ho!"

Trotiodd y moch yn eu blaenau, gan ddilyn Ebba. Doedd Miro ddim eisiau iddi fynd. Ddim eto. Roedd wir eisiau gwybod sut oedd hi – *go iawn*. Ond y cyfan a ddaeth o'i enau oedd:

"Hwyl. Falle wela i di o gwmpas."

Oedd hi wedi'i glywed? Neu ai dewis peidio ateb wnaeth hi? Gwyliodd Miro hi'n cerdded i lawr y llwybr tan iddi ddiflannu o'r golwg. Hyd yn oed o'r cefn, roedd rhywbeth arallfydol amdani.

Trodd a cherdded tua'r afon. Wrth iddo gerdded trwy'r coed roedd Miro'n methu'n lân â deall pam – o gofio'i fod mor hapus o gyfarfod Ebba ar hap – ei fod bellach, ar ôl ei gweld, yn teimlo mor drist.

* * *

Gyrrodd Ebba'r moch allan o'r goedwig ac i gyfeiriad y gaer, ei phen ar chwâl. Roedd hi wedi ystyried droeon y byddai efallai'n taro ar draws Miro, ond roedd cymaint o amser wedi mynd heibio – y cyfnod hiraf o dipyn iddyn nhw beidio â gweld ei gilydd – roedd cwrdd ag e yn y cnawd wedi'i thaflu hyd yn oed yn fwy na'r disgwyl.

Doedd hi heb fwriadu bod mor swta. Ond roedd rhywbeth am y ffordd chwithig roedd wedi sefyll yno fel pe bai ar goll, a'r ffordd roedd wedi edrych arni mewn braw, wedi'i gwylltio. Ond, ar ôl meddwl, efallai mai gwylltio gyda'i hun wnaeth hi, am beidio medru ymddwyn yn ddidaro.

Sylwodd fod Mora wedi dechrau crwydro. Chwifiodd y ffon i'w chyfeiriad ond chymerodd ddim sylw ohoni. Trawodd Ebba'r mochyn ar ei gefn yn filain. Gwichiodd Mora mewn braw a throtian i'r cyfeiriad cywir, gyda Wenna'n dynn ar ei sodlau, i fyny'r llwybr trwy'r dolydd a'r caeau tua'r gaer – caeau oedd bellach yn llawn cnwd.

Pan gyrhaeddodd y groes ger y fynedfa, pwy oedd yno'n sefyllian yn ei chysgod ond Dagan.

"Ma' golwg bach yn wyllt arnat ti," dwedodd yn smala. "Wyt ti'n iawn?"

"Pam fod pawb eisiau gwbod sut ydw i heddiw?" dwedodd Ebba, yn llawer mwy blin nad oedd wedi'i fwriadu.

Chwarddodd Dagan.

"Pwy sydd wedi damsgen ar dy draed di, 'te?"

"Neb."

"Dim fi, gobeithio," dwedodd, gan wneud wyneb hurt o boenus.

Chwarddodd Ebba, er gwaetha'i hwyliau drwg.

"Fyddi di'm mynd gyda Caradog i Lucus?"

Roedd digon o haearn wedi'i gloddio bellach – dros ddeg tunnell – er mwyn medru ei werthu a chael elw gwerth chweil. Y cynllun oedd i Caradog fynd â sampl o'r cynnyrch i'r ddinas i wneud y trefniadau angenrheidiol, gyda help Laudatus. Byddai Maelog yn teithio yno hefyd gydag e ar gyfer rhyw gyfarfod eglwysig pwysig.

"Na. Ddim y tro hwn."

Difrifolodd Dagan.

"Beth am i ni gwrdd? Dim ond ti a fi. Y tu fas i'r gaer."

"Pam, yn union?"

"I ni gael dod i nabod ein gilydd yn well."

Roedd y ddau wedi gweld cryn dipyn o'i gilydd dros yr haf, ond erioed heb neb arall yno. Teimlodd Ebba ei hun yn gwrido, felly ceisiodd drin y peth fel jôc.

"Beth fyddai pobol yn ddweud?"

"Oes rhaid i bobol wybod?"

"Pam? Oes gen ti gywilydd ohona i?"

Beth yn y byd oedd hi'n ei wneud? Roedd hi'n fflyrtio!

"Ti'n gwbod yn iawn fod hynna ddim yn wir," dwedodd Dagan, yn daer.

Oedd, roedd hi'n gwybod. Doedd neb erioed wedi edrych arni fel yna o'r blaen. Ac roedd gwybod – i sicrwydd – ei fod yn ei ffansïo yn deimlad cynhyrfus ond hefyd yn rhywbeth oedd yn codi ychydig o ofn arni.

"Wel? Wnei di?" holodd Dagan yn ddisgwylgar.

"Falle," atebodd Ebba'n sydyn, heb edrych i'w lygaid, a gyrru'r moch drwy'r porth mor gyflym ag y medrai.

XXI

Dechreuodd Ebba chwerthin yn afreolus wrth i Valens gyflymu a charlamu nerth ei garnau. Cydiodd yr ysfa fwyaf dychrynllyd ynddi i wthio'i hun – a'r ceffyl – i'r eithaf. Gyrrodd y ceffyl yn ei flaen yn wyllt gan ei siarsio i beidio arafu.

Roedd hwyliau arbennig ar bawb adre'r bore hwnnw am fod Caradog wedi sicrhau telerau ffafriol a gwerthu'r cyflenwad cyntaf o haearn am bris da. Ond fedrai Ebba ddim dioddef yr holl firi, na chwmni Ina, felly dyma ddianc ar gefn Valens. I ble, doedd ganddi ddim syniad.

Gollyngodd afael ar y llinyn ffrwyn a lledu'i breichiau. Caeodd ei llygaid. Roedd yn hedfan. Gollyngodd floedd a gododd rhywle yn ddwfn o'i chrombil. Oedd, roedd hi'n hedfan, fri uwchben y cymylau tuag at yr haul, oedd mor frawychus o lachar.

Agorodd ei llygaid, a gweld y clawdd oedd yn syth o'u blaenau. Crafangodd am fwng y ceffyl a gafael ynddo'n dynn, ond bu bron iddi gael ei thaflu wrth i Valens neidio drosto. Glaniodd Valens yn drwsgl ac arafu. Daeth Ebba at ei choed a phwyso yn ei blaen.

"Mae'n ddrwg gen i," sibrydodd wrth y ceffyl yn ei hiaith ei hun.

Pan edrychodd o'i chwmpas, sylweddolodd ei bod yn agos i'r fynachlog. Efallai mai dyma ble roedd hi am ddod, heb iddi wybod. Daeth yr angen drosti i weld Uinseann, a rhannu ei gofidion.

Pan gyrhaeddodd y fynachlog roedd Valens yn dal i ffroeni a thuchan, ac Ebba hefyd yn chwys ac yn llafar. Rhaid bod y Brawd Iestyn wedi'u gweld o bell oherwydd roedd yno yn eu disgwyl, a golwg bryderus ar ei wyneb.

"Beth yn enw'r holl angylion sy'n bod?"

"Dim," atebodd Ebba mewn embaras. Roedd yn teimlo'n wirion am lanio yma'n ddirybudd yn y fath gyflwr.

"Rhaid bod rhywbeth o'i le os wnest ti yrru Valens mor galed."

"Ydi Uinseann yn rhydd?"

"Af i weld. Ond yn gynta, dwi am rwbio Valens yn sych a rhoi dŵr iddo."

Tra oedd yn aros, daeth Maelog heibio, a rhyw hanner dwsin o fynachod eraill wrth ei gwt. Roedd Maelog wrthi'n sôn am y cyfarfod eglwysig hwnnw yn Lucus, a gafodd ei drefnu gan fynach o'r enw Martin, a ddaeth i Hispania o'r dwyrain yn gymharol ddiweddar ond oedd bellach â chysylltiadau agos iawn gyda theulu brenhinol y Swabiaid, yn eu prifddinas Bracara. Roedd yn amlwg fod awdurdod tawel a dysg y Martin hwn wedi gwneud cryn argraff ar Maelog, oedd mor wahanol i agwedd rwysgfawr esgob Lucus.

Gwrandawodd Ebba'n astud wrth i Maelog esbonio bod newidiadau mawr ar droed, gan gynnwys ym myd yr eglwys, oherwydd i'r brenin Chararic droi at y ffydd Gatholig. Martin oedd i'w ddiolch am hyn, a'i gysylltiadau eang yn y dwyrain a chyda'r Ffrancod.

"Mi fydd y cyfnod nesa'n un llawn heriau – ond hefyd yn

llawn posibiliadau," dwedodd Maelog. "Dyna pam, frodyr, fod llwyddiant y fenter fwyngloddio mor hanfodol – nid yn unig i barhad ein heglwys ninnau, ond i barhad ein pobol yma ym Mrythonia."

Yna cyhoeddodd Maelog i'r lleill ei fod wedi derbyn rhodd go arbennig gan Martin. Gwelodd y mynach fod Ebba'n syllu draw.

"Tyrd. Hoffwn i ti ei weld hefyd."

Fedrai Ebba ddim yn hawdd iawn gwrthod felly ymunodd â nhw a cherdded, ychydig yn hunanymwybodol, wrth gwt y golofn ymlwybrai at y ffreutur. Yno, golchodd Maelog ei ddwylo'n seremonïol yn un o'r llestri pwrpasol oedd ar un o'r byrddau hir, cyn dangos yr anrheg: darlun o ryw fath. Syllai Ebba o'r cyrion. Doedd hi ddim yn medru ei weld yn iawn.

"Tyrd yn nes," dwedodd Maelog, gan wenu arni'n rhadlon. "Mae'r darlun yn ddigon o ryfeddod. Daw'r holl ffordd o'r Aifft."

Aeth Ebba ato a syllu ar y darlun. Roedd wedi'i baentio ar ddarn o bren tenau, tua'r un maint â llyfr mawr. Yn ei ganol, roedd y Forwyn Fair, mewn gwisg a phenwisg las, syml. Eisteddai ar orsedd wedi'i haddurno â gemau. Ar lin Mair, roedd y Baban Iesu. Ar bob ochr ohoni safai dau ddyn yn eu casogau crand, ill dau â chroes yn eu dwylo. Yn y cefn, safai dau angel mewn dillad gwyn, a rhywbeth oedd yn debyg i het haul wen y tu ôl i'w pennau. Ond o edrych yn fanylach, sylweddolodd Ebba nad hetiau oedden nhw ond rhyw fath o blatiau neu lestri crwn. Cylchoedd lliw aur oedd y tu ôl i bennau'r lleill.

"Beth yw hwn?" holodd Ebba, gan bwyntio at un o'r

cylchoedd, yn ofalus i beidio cyffwrdd y darlun â'i bys.

"Corongylch," atebodd Maelog, "i ddynodi sancteiddrwydd y person neu'r bod duwiol sy'n cael ei ddarlunio."

Teimlai Ebba ei bod wedi'i boeni'n ddigon hir, ac esgusododd ei hun.

"Cymer dy amser, 'ngeneth i. Mi ydw i'n falch fod y llun wedi creu cyn gymaint o argraff arnat ti."

"O'r gorau. Diolch," atebodd Ebba.

Mair oedd yn denu ei sylw fwyaf, ac nid dim ond oherwydd mai hi oedd yng nghanol y llun. Tra edrychai'r angylion yn ymbilgar tua'r nefoedd, a'r ddau sant yn barchus yn syth o'u blaenau, edrychai Mair ychydig i'r ochr, fel pe bai rhywun newydd ddod i mewn i'r stafell atynt, neu newydd ddweud rhywbeth wrthi o'r cyrion. Ond pwy? Duw? Ei gŵr? Rhyw westai? Daeth y teimlad rhyfeddaf dros Ebba mai'r person oedd wedi denu sylw Mair oedd ei mam.

"Mo ..." dwedodd, o dan ei gwynt.

Teimlodd Ebba'r dagrau'n cronni, a sychodd ei llygaid. Sylwodd Maelog yn syth, a rhoi'i law ar ei hysgwydd.

"Bendith arnat. Mi fyddi'n un o ddethol rai Mair Forwyn ar y ddaear hon heb os, pan fyddi'n hŷn."

Doedd Ebba ddim yn siŵr iawn beth i'w ddweud. Nid dros y forwyn roedd wedi colli deigryn, ond Mo. Yn ffodus, daeth Uinseann i mewn yn chwilio amdani a chafodd ei hesgusodi.

Mae'n rhaid bod y Brawd Iestyn wedi codi braw ar Uinseann oherwydd roedd golwg ddigon pryderus arno hefyd, ond ar ôl cynnig eu bod yn mynd am dro o gwmpas caeau'r fynachlog, arhosodd yn amyneddgar i Ebba fwrw ei bol. Erbyn hyn roedd Ebba wedi colli pob awydd i dywallt ei gofidiau. Roedd y darlun wedi cael cryn effaith arni a'i chyffwrdd i'r byw – ymddangosai ei phroblemau'n ddibwys fwyaf sydyn: doedd ei phoen yn ddim o'i chymharu â phoen Mair, oedd wedi geni mab Duw ac wedi gorfod ei weld yn dioddef ar y groes.

O'r diwedd, roedd y tawelwch yn ormod hyd yn oed i un mor ddigynnwrf ag Uinseann.

"Oedd rhywbeth penodol oeddet ti am ei drafod?"

"Na. Ddim mewn gwirionedd. Mae'n ddrwg gen i, dylwn i ddim wedi tarfu arnat ti."

"Mae croeso i ti yma o hyd, waeth beth yw'r rheswm," dwedodd y mynach yn garedig.

"Sut oedd Lucus?" holodd Ebba, yn awyddus i newid trywydd y sgwrs.

Bywiogodd Uinseann drwyddo.

"Hynod o ddiddorol," atebodd. "Er, gresyn na chafodd Pasgen ganiatâd i ddod hefyd."

Aeth Uinseann yn ei flaen i sôn am y cyfarfod gyda Martin, ac am y wledd a fu'r noson honno yn nhŷ Laudatus. Yno, daeth i adnabod tiwtor newydd mab Laudatus, Groegwr hyddysg oedd yn gydnabod i Martin, a ddaeth i'r ddinas yn ddiweddar. Mathemateg, y sêr a'r planedau oedd ei brif ddiléit.

"Cefais innau gryn addysg yn ystod y wledd hefyd, cofia," dwedodd Uinseann, a dechrau sôn yn frwd am yr holl syniadau a damcaniaethau roedd y Groegwr wedi'u cyflwyno iddo.

Er i Ebba wneud ymdrech i wrando ac i wneud ambell

sylw, dechreuodd ei meddwl grwydro – ychydig iawn o'r hyn roedd yn ei ddweud a ddeallai. Ond wrth i Uinseann sôn iddo ddysgu gan y Groegwr am rywbeth o'r enw 'eclips' a sut ei fod ar fin digwydd, a sut y byddai'r lleuad yn troi'n goch o'r herwydd, deffrodd Ebba drwyddi. Y lleuad yn troi'n goch?

"Dwed mwy wrtha i am yr eclips hyn ..."

Aeth Uinseann ati'n frwd i esbonio'r ffenomenon yn fanwl. Gwrandawodd Ebba'n astud ar bob gair.

XXII

Safai Ebba eto ar ben graig yng nghanol fforest eang, ddudew. Chwythodd chwa o wynt iasoer dros y coed, gan ffluwchio'i chot flew drwchus, ond prin roedd yn ei theimlo. Roedd yma ar ffurf blaidd unwaith yn rhagor. Cododd ei phen i gyfeiriad y lloer. Ac udo. Clustfeiniodd. Distawrwydd.

Llamodd o'r graig a glanio'n ysgafndroed ar lawr y goedwig. Ymestynnodd ei choesau hir gan redeg yn gyflym trwy'r coed. Daeth at yr afon a neidio drosti. Croesodd y llannerch lydan a chyrraedd y twmpathau. Brysiodd at feddrod ei mam.

Yno, fel y ddau dro o'r blaen, yn eistedd ar lethr y garnedd roedd dynes ifanc, benfelen. Ond roedd rhywbeth yn wahanol amdani. Trodd ei mam, Hilde, i'w hwynebu. Daliodd Ebba ei gwynt. Roedd golwg gwbl ar goll arni.

"Mo ...?" sibrydodd Ebba, ei llais yn crynu.

Ddwedodd Hilde 'run gair, dim ond syllu arni'n ddiddeall â'i llygaid llwydlas.

"Mo. Fi sydd yma. Ebba."

"Pwy?"

"Ebba. Dy ferch."

Rhoddodd Ebba hwp iddi gyda'i thrwyn hir. Edrychodd Hilde arni'n syn, cyn i'w llygaid oleuo.

"Ebba?"

Roedd ei mam wedi'i hadnabod, o'r diwedd. Gafaelodd Hilde yn ei phawen. Roedd ei dwylo'n oer, oer.

"Ond wnes i ddim dy alw di yma."

"Naddo. Mi ddes i ar fy liwt fy hun. Mo, mae'r lleuad ar fin troi'n goch!"

"Ydi?"

Cynhyrfodd ei mam drwyddi.

"Beth sy'n digwydd adeg 'nny? Pam fod e mor bwysig?"

"Y seremoni. Yng ngolau'r lloer."

"Pa seremoni?"

"Defod y claddu, wrth gwrs."

Roedd Ebba'n deall o'r diwedd: byddai llwch ei mam yn cael ei gladdu yng ngolau cochlyd yr eclips.

"Ond dydw i ddim yn barod. Mae'n rhaid i ti fy helpu."

"Beth wyt ti am i fi wneud?"

"Dydw i ddim yn barod ... ac mae'r lleuad bron yn goch ..." dwedodd eildro.

Cydiodd yr ofn yn Ebba unwaith yn rhagor. Roedd ei mam yn dechrau drysu eto.

"Dwi eisiau bod ar fy ngorau. Ond dydw i ddim yn barod ..." sibrydodd honno am y trydydd tro, gan geisio twtio'i gwallt â'i dwylo. Ceisiodd Ebba ei thawelu.

"Ti'n edrych yn dlws. Does dim rhaid i ti boeni."

Anwybyddodd Hilde hi. Aeth ar ei phen a'i gliniau a dechrau cropian, yn chwilio am rywbeth.

"Mo? Be sy?"

"Fy nghrib! Ble mae fy nghrib?" holodd yn daer, ond gan holi ei hun yn hytrach nag Ebba. "Mae hi fod yma – gyda fi – ond fedra i ddim dod o hyd iddi'n unman."

Cododd yn ffwndrus a syllu o'i chwmpas mewn penbleth. Roedd yn amlwg i Ebba nad oedd hi'n medru ei gweld rhagor. Dechreuodd Hilde gerdded i ffwrdd.

Pam roedd hi'n sôn am ei chrib? Crafodd Ebba'i phen â'i phawen: efallai nad oedd ei thad, am ba reswm bynnag, wedi dodi'r grib gyda'r trugareddau eraill yn y llestr oedd yn dal llwch ei mam yn barod ar gyfer y seremoni gladdu.

"Mo!" gwaeddodd Ebba eto.

Chymerodd Hilde ddim sylw. Doedd hi ddim yn medru ei chlywed rhagor chwaith. Ceisiodd Ebba ei dilyn. Ond roedd rhywbeth yn ei hatal rhag gosod ei phawennau ar y twmpath; rhywbeth elfennol, hynafol oedd yn llawer cryfach na hi. Yna, yn ddirybudd, diflannodd Hilde i grombil y twmpath.

Doedd dim modd ei dilyn – nid heb ymuno â'r meirw, yn dragwyddol. Eisteddodd Ebba'n un swp ar ei choesau ôl wrth droed y garnedd, y siom yn brathu'n waeth na'r gwynt didostur.

Neidiodd Ebba i'w thraed. Doedd aros yma a theimlo'n flin drosti hi'i hun ddim yn mynd i fod o unrhyw fudd i'w mam. Dechreuodd redeg nerth ei phawennau, yn ôl rhwng y twmpathau, ar draws y llannerch ac i'r afon.

Ond wrth neidio dros yr afon, teimlodd y byd o'i chwmpas yn dirgrynu, a phan ddisgynnodd ochr draw'r lan, sylweddolodd nad oedd bellach yn y Byd Arall ond yn rhywle gwahanol. Oedd, roedd coedwig o'i chwmpas. Ond nid y fforest ddudew gyfarwydd oedd hon: roedd y coed yn holl liwiau'r enfys a'r afon yn lliw arian, a honno'n sgleinio a phelydru fel cennau pysgodyn yn yr haul.

Ffrwydrodd ei synhwyrau.

Nid creaduriaid y gwyll oedd yma chwaith. Pethau arallfydol, efallai, ond nid pethau aflan. Hedfanodd aderyn na welodd Ebba erioed o'r blaen dros ei phen. Roedd ganddo flew ar ei adenydd, blew llyfn trwchus coch du a gwyn tebyg i gath drilliw, a phig mawr glas.

Llenwodd ei ffroenau ag arogleuon anghyfarwydd, cyn taro ar drywydd anifail go iawn: oglau carw.

Dechreuodd grynu drwyddi a swnian yn isel. Cymaint oedd ei hawch am flas ei gig dechreuodd lafoerio, a'i blys yn llwyr ar hela'r anifail, ei ddarnio a'i larpio. Trodd Ebba ei phen a ffroeni eto. Cododd drywydd y carw'n syth, a'i ddilyn.

Dyma'r tro cyntaf iddi erioed godi trywydd rhywbeth byw, ac roedd yr arogl mor gryf, bron y medrai Ebba weld yr anifail o'i blaen. Ffroenai hefyd awgrym trywydd arall: sawr sur, chwyslyd, ond roedd hwnnw'n bell i ffwrdd. Roedd y carw'n agos iawn. Arafodd Ebba ei cham. Yna fe'i gwelodd.

Ewig oedd y carw – hynny yw, benyw – ond roedd ganddi gorff mawr pwerus a chyrn hir cryf fel hydd, sef gwryw. Roedd y carw'n deintio'n fodlon ar ddail un o'r coed amryliw. Camodd Ebba'n nes. Trodd y carw ei ben ac edrych i fyw ei llygaid. Deallodd Ebba mewn amrantiad mai person ar ffurf anifail oedd y carw, a'i bod hi'i hun, rywsut, wedi tresmasu i Fyd Breuddwyd y person hwn. Yna, gyda braw, sylweddolodd pwy oedd yno.

"Bleiddyn?" holodd Ina'n dawel.

Doedd Ina'n amlwg ddim yn ei hadnabod. Sgyrnygodd Ebba ei dannedd.

"Bleiddyn. Fi sydd 'ma. Ina."

Sgyrnygodd Ebba ei dannedd eto. Doedd gwybod mai Ina

oedd y carw'n gwneud dim gwahaniaeth; roedd Ebba am ei waed o hyd. Prae oedd Ina, a dim byd mwy na hynny.

Mae'n rhaid bod Ina wedi synhwyro'r peryg oherwydd dechreuodd garnu'r ddaear a siglo ei chyrn. Chafodd hyn ddim effaith o gwbl ar Ebba. Dechreuodd sleifio tuag ati. Rhuodd Ina mewn ofn a chan gicio'i charnau'n uchel, diflannodd rhwng y coed. Hyrddiodd Ebba'i hun ar ei hôl. Gwyddai Ebba fod yr ewig yn gynt na hi. Ond gwyddai hefyd y byddai'n blino maes o law, ac na fyddai modd iddi ddianc rhagddi.

Ar ôl ychydig, daeth yr ewig enfawr i'r golwg. Rhedai Ebba'n rhwydd a doedd dim arwydd o flinder yn ei chyhyrau ystwyth. Rhedodd y ddwy drwy'r fforest am filltiroedd lawer, y naill yn ffoi a'r llall yn erlid. Fesul tipyn, daeth Ebba'n nes ac yn nes at gwt yr ewig. Yn raddol bach, roedd yr anifail yn arafu.

O bell, cododd Ebba'r trywydd sur hwnnw eto. Nid sawr chwerw llwydlys nac unrhyw blanhigyn arall oedd hwn ond oglau anifail: sawr egr gwryw. Scrch hynny, chymerodd Ebba fawr o sylw – roedd oglau melys y carw'n llenwi'i ffroenau ac yn ei llethu. Roedd yr anifail bron o fewn cyffwrdd iddi bellach.

Yn sydyn, daeth yr afon arian byw i'r golwg – mae'n rhaid eu bod wedi rhedeg mewn cylch anferthol – ac yr un mor sydyn sgrialodd yr ewig ar hyd lan yr afon gan ddod i stop yn llwyr. Deallodd Ebba'n syth fod ar y ewig ofn ei chroesi. Efallai mai dyma'r ffin i Fyd y Meirw yn ei breuddwyd hefyd. Neu efallai fod arni ofn mentro i'r dŵr; wedi'r cwbl doedd Ina ddim yn medru nofio – er, ddylai hyn ddim ei hatal mewn breuddwyd, chwaith. Am ba bynnag reswm, trodd Ina i'w hwynebu. Roedd wedi ymlâdd yn llwyr, a'i llygaid llawn ofn yn lled agored.

"Bleiddyn ... pam?"

Wrth i Ebba gripian yn araf tuag ati, daeth yn ymwybodol o'r sawr sur hwnnw eto. Roedd llawer yn agosach y tro hwn. Yn agos iawn. Roedd rhywbeth bygythiol am yr oglau, ond roedd yr ysfa i ymosod ar Ina mor gryf doedd dim modd ei gwrthsefyll.

Rhuodd Ina mewn braw eto wrth i Ebba lamu drwy'r awyr yn uchel, yn barod i'w darnio. O gil ei llygad, gwelodd siâp tywyll, solet yn hedfan tuag ati, a'i tharo yn ei hochr. Glaniodd Ebba ar ei chefn, cyn neidio i fyny ar ei phawennau. Trodd a gweld baedd gwyllt yn rhythu arni'n ffyrnig. Synhwyrodd mai Miro oedd y twrch go iawn, ac nad oedd e chwaith yn ei hadnabod.

Sgyrnygodd Ebba'i dannedd eto fyth, gan feddwl y byddai hyn yn ddigon i godi ofn ar y baedd. Ond roedd hwnnw'n amlwg yn paratoi i ymosod arni eto. Doedd hyn ddim fod i ddigwydd. Y *hi* oedd meistr y fforest. Ond nid ei fforest hi oedd y lle hwn, ac nid ei breuddwyd hi chwaith. A dyna pryd sylweddolodd Ebba y byddai'n rhaid iddi ddianc.

Rhedodd Ebba at yr afon, a'r baedd yn dynn ar ei sodlau. Hyrddiodd Ebba'i hun i'r awyr. Teimlodd y byd yn dirgrynu unwaith eto a phan laniodd yr ochr draw roedd yn ôl ar lannau Tir y Meirw. Edrychodd dros y dŵr du. Doedd dim golwg o'r carw na'r baedd, na chwaith y coed amryliw nac unrhyw anifail hynod.

Plygodd Ebba ei gwddf a llyfu ei hystlys gyda'i thafod hir. Doedd dim gwaed, a doedd hi chwaith ddim yn credu bod ei hasennau wedi torri. Doedd y boen yn ei hochr yn ddim o'i chymharu â'r boen o wybod iddi bron â lladd Ina.

Ar ôl iddi adennill rhywfaint o'i nerth, neidiodd Ebba 'nôl dros yr afon. Y tro hwn pan laniodd, roedd ble dylai hi fod, sef fforest y Byd Arall.

Gan anwybyddu'r boen cystal ag y medrai, rhedodd drwy'r fforest eang ddudew, heb edrych i'r chwith nac i'r dde. Cyrhaeddodd y graig a straffaglu i fyny. Trodd i wynebu'r lloer. Ac udo. Clustfeiniodd. Doedd dim i'w glywed, dim ond sŵn cwynfanllyd y gwynt a chwythai dros y coed, a synau anghynnes anifeiliaid y gwyll yn ffroeni a sgrialu oddi tani.

XXIII

Deffrodd Ebba'n chwys diferol. Doedd hi ddim yn siŵr lle roedd hi, cyn iddi ddod yn raddol ymwybodol ei bod yn ddiogel yn ei gwely. Roedd y boen yn ei hystlys yno o hyd, serch hynny. Edrychodd draw at wely Ina. Roedd hi yno, ac yn cysgu'n dawel.

Heb wneud smic o sŵn, cododd Ebba o'r gwely. Doedd Ina ddim i'w gweld yn ddim gwaeth. Efallai na fyddai'n cofio'r freuddwyd o gwbl, hyd yn oed, yn wahanol iddi hi. Sut fedrai Ebba fyth anghofio'r hyn oedd newydd ddigwydd? Dychrynodd eto wrth gofio'r ysfa ddaeth drosti i ladd Ina a'i rhwygo'n ddarnau mân. Tyngodd lw yn y fan a'r lle i'r Un Duw na fyddai'n croesi'r ffin i'r Byd Arall eto. Ond beth am Mo?

Mewn amrantiad, deallodd Ebba beth allai ei wneud i alluogi ei mam i orffwys mewn hedd, a hynny heb adael y byd hwn.

Cripiodd allan i'r stafell fawr ar flaenau ei thraed. Yn y gornel, cysgai Macsen yr un mor sownd â'r merched. Aeth Ebba at y gist. Doedd dim angen iddi dwrio'n hir; daeth o hyd i'r grib yn syth. Dododd gaead y gist yn ôl yn ei le'n ofalus cyn sleifio allan drwy'r drws yn ddistaw bach, rhag deffro neb.

* * *

Cododd Ina'r gostrel ac yfed ohoni. Roedd y gwin yn dda. Nid fod ganddi lawer o brofiad o yfed gwin, ond roedd hwn yn llai chwerw na'r un diferyn roedd wedi'i flasu o'r blaen.

"Paid yfed e i gyd," dwedodd Denw, yn tynnu'i choes.

Estynnodd Ina'r gostrel ati.

"Fi nesa. Ar ôl Denw," mynnodd Ceinfron.

Ceinfron oedd wedi dod â'r gwin – gwin gorau ei thad – heb yn wybod iddo, wrth gwrs. Roedd pawb wedi dod â rhywbeth: selsig, caws, bara, mêl, a ffrwythau. Syniad Ebba oedd i'r merched gwrdd fel hyn heno y tu allan i'r gaer.

Syllodd Ina draw ati. Roedd rhywbeth gwahanol amdani. Ers heddiw. Roedd hi'n llawn egni, a'i llygaid yn ddisglair. Fedrai Ina ddim dweud yr un peth amdani hi'i hun. Pan ddeffrodd y bore 'ma roedd ei chorff i gyd yn brifo, yn enwedig ei choesau, fel pe bai wedi bod yn rhedeg am filltiroedd, a'r hunllef ofnadwy gafodd yn dal yn fyw yn ei chof. I feddwl fod Bleiddyn, o bawb, am ei lladd! Roedd y peth yn ei brifo i'r byw, breuddwyd neu beidio. Efallai nad oedd y bleiddgi wedi maddau iddi am ei adael yn gelain ar y traeth. Ond pa ddewis oedd ganddi? Cafodd ei llusgo oddi yno mewn cyffion. Neu efallai mai ei chydwybod oedd yn ei herlyn, am iddi gadw'r gwir amdani hi a Miro oddi wrth Ebba cyhyd.

Sylwodd fod Ebba'n syllu i fyny i'r awyr. Roedd yr haul yn machlud, a'r lleuad yn codi.

"Beth am chwarae gêm?" cynigiodd Ebba. "Mae'n rhaid i bawb ddweud cyfrinach. Yr un fwya sy ganddyn nhw."

"A beth fydd yn digwydd os bydd rhywun ddim yn dweud y gwir?" holodd Denw, gan basio'r gostrel at Ceinfron.

"Bydd y lleuad yn troi'n goch" atebodd Ebba.

Chwarddodd Denw'n uchel. Gwelodd Ina fod Ebba o ddifri. Dechreuodd deimlo'n anesmwyth. Doedd dim bwriad ganddi ddweud amdani hi a Miro. Ddim yma. O flaen pawb.

"Faint o win wyt ti wedi'i yfed, Ebba?" gofynnodd Ceinfron yn ysgafn.

"Dyw Ebba byth yn yfed dim," dwedodd Adwen, yn ei hamddiffyn.

"Wel os wyt ti mor siŵr o dy bethau, well i ti ddechrau," dwedodd Ceinfron, a gwên fach sbeitlyd.

"Iawn. Mi wna," dwedodd Adwen. "Fy nghyfrinach i yw … dwi mewn cariad gyda Dagan."

Chwarddodd Denw'n uchel eto.

"Dyw hwnna ddim lot o gyfrinach."

Gwridodd Adwen at ei chlustiau.

"Falle ddim, ond dyna'r unig gyfrinach sydd gen i. Beth am i ti ddweud dy gyfrinach di, 'te."

"Dwi'n meddwl mai Ina ddylai fynd nesa," dwedodd Ebba'n sydyn.

Ysgydwodd Ina ei phen.

"Dere Ina, paid bod yn gymaint o fabi," heriodd Ceinfron. "Cer di nesa."

"Gêm Ebba yw hi. Hi sy'n cael penderfynu."

"Ie, dere Ina," dwedodd Adwen, oedd siŵr o fod yn difaru fod mor barod i arllwys ei bol.

Sylweddolodd Ina na fyddai'n cael dim llonydd tan iddi ddweud rhywbeth.

"Fy nghyfrinach i yw … fod dim cyfrinach gen i."

Ochneidiodd y lleill fel un.

"Ti'n sbwylio'r gêm!" cwynodd Denw.

"Drychwch! Y lleuad – mae'n troi'n goch!" bloeddiodd Adwen.

Edrychodd Ina i fyny. Aeth ias drwyddi. Ymledai rhyw wawr gochlyd dros y lloer, fel pe bai'n gwrido mewn cywilydd. O Dduw Mawr, mae'n rhaid bod ei phechod yn un drwg iawn i'r lleuad newid ei lliw. Dim ond un ffordd o gael maddeuant oedd. Cyffesu.

"Oes. Mae gen i gyfrinach. Un fawr," dwedodd Ina'n dawel.

Syllodd pawb arni'n ddisgwylgar. Yn enwedig Ebba. Bu'n rhaid i Ina edrych i ffwrdd. Fedrai hi ddim edrych i'w llygaid.

"Mae Miro a fi … Ni'n mynd allan gyda'n gilydd."

Medrai Ina synhwyro pawb yn dal ei gwynt.

"Ers cyn Calan Haf."

Gorfododd ei hun i droi ac i edrych ar Ebba. Roedd Ina wedi paratoi ei hun i'r foment hon ers sbel, ac wedi dychmygu y byddai Ebba'n ypsetio'n ofnadwy ac yn dechrau rhefru arni. Ddwedodd Ebba'r un gair, dim ond syllu arni'n oeraidd. Roedd ei llygaid yn wyrdd yng ngolau'r lloer fel arfer, a doedd heno ddim yn eithriad.

"Sut allet ti?" protestiodd Adwen. "Ti'n gwbod yn iawn bod Ebba'n ffansïo Miro."

"Roedd hwnna'n beth dan din iawn i'w wneud," dwedodd Denw.

"Oedd wir," ategodd Ceinfron. "Ond dwi ddim yn synnu. Ti wastad wedi bod yn od. Dwyt ti ddim fel ni. Bydde neb arall fan hyn yn gwneud sut beth."

Fel arfer, pan fyddai Ceinfron yn dweud rhywbeth cas amdani, mi fyddai Ebba'n ei hamddiffyn. Roedd tawelwch

Ebba'n brifo Ina'n fwy na dim. Ond, eto, dyma'n union roedd yn ei haeddu.

"Beth amdanat ti, Ceinfron?" holodd Ina'n bigog. "Mae'n siŵr fod gyda ti lot o bethe i'w cuddio."

"Dwi ddim yn chwarae."

"Ond dyw hynna ddim yn deg!" protestiodd Adwen.

"Mae'r lleuad wedi troi'n goch yn barod, felly beth yw'r pwynt?"

Syllodd Ina ar y lleuad. Roedd yn dal yn goch. Yn dal yn teimlo cywilydd drosti.

"Pan mae'r lleuad y goch," esboniodd Ebba, "bydd y peth cynta mae rhywun yn ei ragweld yn dod yn wir. Dyna beth mae fy mhobol i'n ei gredu, beth bynnag."

"Dwi ddim yn mynd i ddweud dim byd tan bore fory 'te," dwedodd Denw.

"Na fi," ategodd Adwen.

"Iawn. Os nad oes neb yn fodlon, af i," dwedodd Ebba. "Dwi'n rhagweld ... cyn i'r lleuad edwino, mi fydd angladd."

Aeth ias arall drwy Ina. Doedd hi ddim yn golygu ei hangladd hi, doedd bosib? Edrychodd pawb ar ei gilydd mewn braw.

"Angladd pwy?" holodd Adwen yn ofnus.

Rhoddodd Ebba ei bys dros ei cheg, i ddangos na fyddai'n ei ddatgelu.

"Ddim yn gwybod wyt ti neu ddim yn dweud?" holodd Ceinfron.

Y cyfan a gafodd yn ateb oedd:

"Pasia'r gwin i fi, plis."

Edrychodd y lleill yn syn wrth i Ebba gymryd y gostrel ac

yfed ohoni. Mentrodd Ina i edrych i gyfeiriad Ebba hefyd. Ond chymerodd Ebba ddim sylw ohoni. Roedd golwg ddieithr arni; golwg wyllt. Beth yn y byd oedd wedi digwydd iddi?

* * *

Erbyn i'r criw gyrraedd y gaer, roedd y lleuad wedi troi 'nôl i'w lliw arferol. Roedd hyn yn syndod i bawb heblaw Ebba. Roedd Uinseann wedi esbonio wrthi na fyddai'r eclips yn para am fwy na rhyw ddwy awr. Ond wrth gwrs dim ond Ebba oedd yn deall beth oedd newydd ddigwydd. Roedd pawb arall yn credu mai Ina, a'i chelwydd, a'i hachosodd.

Y bore hwnnw cafodd Ebba'r syniad o ddefnyddio'r eclips i orfodi Ina i ddweud y gwir amdani hi a Miro, a hynny ar ôl claddu crib Eleri ar waelod Carnedd Cabralos, yn y gobaith y byddai'r weithred yn fodd i leddfu poen meddwl ei mam. Roedd claddu'r grib wedi rhoi rhyw nerth newydd iddi, ond roedd y freuddwyd wedi gwneud iddi sylweddoli ei bod yn bryd iddi ryddhau'r dicter oedd ganddi tuag at Ina, rhag iddo ei bwyta'n fyw, a'i distrywio.

Tawedog iawn oedd pawb wrth gerdded drwy'r porth. Doedd dim llawer o awydd ar Ebba siarad chwaith. Doedd hi ddim yn teimlo hanner mor falch ag yr oedd yn meddwl y byddai, ac roedd y gwin wedi mynd i'w phen.

Ar ôl ffarwelio â'i gilydd, trodd pawb am eu cartrefi, yn dawel falch o gael gwahanu. Cerddodd Ebba ac Ina 'nôl i dŷ Caradog heb ddweud gair. Doedd Ina heb ddweud smic ers awr o leiaf. Sbeciodd Ebba draw i'w chyfeiriad. Roedd golwg welw ofnadwy arni. Ond efallai mai golau glasaidd y lloer oedd ar fai. Pan gyrhaeddon nhw'r stabl, arhosodd Ina'n stond.

"Fi fydd yn marw?" holodd, ei llais yn gryndod i gyd.

Sylweddolodd Ebba am y tro cyntaf cymaint o ofn roedd wedi codi arni, a meddalodd ychydig.

"Nage."

"Sut elli di fod mor siŵr?" holodd Ina.

"Achos dweud rhywbeth o'n i. I godi ofn ar bawb."

"Codi ofn arna i, ti'n feddwl."

Syllodd Ina i ffwrdd. Dechreuodd Ebba wylltio eto. Y peth lleiaf allai hi wneud oedd edrych arni.

"Ro'n i'n gwybod. Amdanat ti a Miro," dwedodd Ebba'n sydyn.

Trodd Ina 'nôl i edrych arni. Dyna welliant, meddyliodd Ebba.

"Ond ro'n i am i ti orfod ei ddweud e o flaen pawb."

Rhythodd Ina arni'n ddiddeall, ac esboniodd Ebba wrthi wir ystyr cochni'r lloer, a sut roedd yn gwybod amdano.

"Dyna ni'n gyfartal nawr," dwedodd Ebba.

Trodd Ina a cherdded i mewn i'r tŷ. Roedd rhan o Ebba eisoes yn difaru bod mor greulon wrthi. Ond roedd yn rhy hwyr i dynnu'i geiriau 'nôl nawr. P'un bynnag, roedd hi wedi treulio llawer gormod o amser yn ddiweddar yn poeni ynghylch hyn a'r llall. Na, nid yn ddiweddar – erioed. Roedd yn amser iddi ddechrau byw. Go iawn.

XXIV

Daeth y Gastanwydden Gnotiog i'r golwg. Roedd Dagan yno'n disgwyl am Ebba.

"Ro'n i'n becso na fyddet ti'n dod."

"Ro'n i'n poeni na fyddet ti yma," atebodd hi, gan ymlacio ychydig wrth weld y rhyddhad amlwg ar wyneb y bachgen.

Safai'r ddau yn stond am foment neu ddwy, yn syllu ar ei gilydd. Yna, gan rannu gwên, cerddodd y ddau ochr yn ochr y tu ôl i'r cerrig mawr, i lawr i'r pant sych ac eistedd ymysg y rhedyn. Dyma'r tro cyntaf i Ebba fod ar gyfyl y lle ers naddu'i henw ar y graig. Efallai y byddai'n dangos yr enw i Dagan yn nes ymlaen.

Sythodd Ebba ei gwisg. Er ei bod yn llai nerfus erbyn hyn, roedd cwlwm tyn yn ei stumog o hyd. Gorweddodd Dagan i lawr, ei ddwylo y tu ôl i'w ben, a syllu fyny i'r awyr. Syllodd Ebba i fyny hefyd. Doedd hi ddim yn mynd i orwedd ar ei bwys. Ddim eto. Dechreuodd Dagan bwffian chwerthin.

"Mae 'na gwmwl sy'n edrych yn union fel Elfryn."

"Ble?"

Cydiodd Dagan yn ei llaw, a'i bwyntio i'r cyfeiriad cywir.

"Yno. Weli di?"

"Haha, ti'n iawn."

Doedd y cwmwl ddim byd tebyg i Elfryn, Ceidwad y Gaer, heblaw ei fod yn foliog, ond doedd dim ffeuen o ots gan Ebba.

Roedd llaw Dagan yn gynnes, a'r croen yn galed. Roedd ganddo graith ar ei law, a honno'n syndod o lyfn.

"Ydi hi'n brifo?" gofynnodd Ebba, gan droi i edrych arno.

"Na. Ddim rhagor. Yn cosi, weithiau."

"Mae gen i graith, hefyd," dwedodd Ebba, gan synnu'i hun. Doedd hi heb fwriadu dweud dim. "Y tu fewn i'm llygad. Dwi wedi colli peth o'm golwg."

"Ga i weld?"

"Does dim byd i'w weld."

Cododd Dagan ar ei eistedd a dod yn agosach. Trodd Ebba ei hwyneb tuag ato. Syllodd Dagan arni'n ofalus.

"Oes. Mae rhywbeth i'w weld. Yn bendant."

"Rwyt ti'n edrych ar y llygad anghywir," dwedodd Ebba gan biffian.

"Wyt ti'n siŵr?"

"Wrth gwrs 'mod i!"

Chwarddodd y ddau.

"Dwi heb ddweud wrth neb arall am fy llygad, heblaw am fy nheulu."

"Does neb erioed wedi fy holi ynglŷn â'r graith."

"Gobeithio ... nad oedd ots gen ti."

"Ydw i'n edrych fel 'mod i'n malio?" holodd Dagan, â'r wên chwareus honno 'nôl ar ei wefusau, cyn difrifoli eto. "Ti'n ... wahanol. Dwi'n medru siarad yn rhwydd 'da ti. Gobeithio ... dy fod ti'n teimlo'r un fath."

"Ydw," atebodd Ebba'n dawel.

"Dwi'n falch."

"Wyt ti'n credu yn y Byd Arall?" holodd Ebba'n sydyn, cyn iddi wybod yn iawn ei bod wedi gwneud. Llithrodd y geiriau allan yn ddiarwybod bron, fel y byddai'n digwydd weithiau i Ina.

Chwarddodd Dagan.

"Am gwestiwn. Pam?"

"Dim rheswm."

Roedd Ebba'n dechrau difaru dweud dim.

"Do'n i ddim yn chwerthin ar dy ben. Wir. Roedd e mor annisgwyl, dyna i gyd. Ydw, yw'r ateb. Mae coblynnau'n bodoli – dwi'n gwybod gymaint â hynny."

"Wyt ti wedi'u gweld nhw?"

"Naddo. Ond eu clywed nhw, dan ddaear. Ac wedi gadael offrwm neu ddau ar eu cyfer 'fyd."

Gwelodd Ebba Eleri'n gadael llaeth y tu allan i'r drws droeon, gan feddwl mai ar gyfer rhyw anifail roedd yn gwneud, ond efallai mai offrwm i fwbachod y tŷ oedd yn y ddysgl.

"Beth amdanat ti?"

Oedodd Ebba cyn ateb. Roedd arni gymaint o angen dweud wrth rywun iddi ymweld â'r Byd Arall i weld ei mam. Efallai y byddai Dagan yn deall. Cymerodd anadl ddofn, ac adrodd y cyfan wrtho.

Ddwedodd Dagan yr un gair ar ôl iddi orffen.

"Wyt ti'n meddwl bo' fi'n wallgo?" gofynnodd Ebba'n betrusgar.

"Ddim yn fwy gwallgo na heb arall," atebodd Dagan, gan roi wên hyfryd iddi.

Teimlodd Ebba rywbeth yn newid rhyngddynt. Tawodd y ddau a syllu i'r pellter. Tynhaodd y cwlwm yn ei stumog eto. Roedd hi a Dagan o fewn cyffwrdd; mor agos â'r adeg honno ger y merllyn gyda Miro. Ceisiodd Ebba wthiodd Miro o'i meddwl yn gyflym. Ond roedd yn gyndyn i fynd.

Plygodd Dagan ei wyneb tuag ati. Daliodd Ebba ei gwynt, a chau ei llygaid wrth iddo ei chusanu'n ysgafn. Roedd ei wefusau'n fwy meddal nag yr oedd wedi dychmygu, a theimlodd bang o gywilydd ei bod wedi dychmygu'r fath beth o gwbl. Ond roedd yn rhy hwyr i ddechrau teimlo gwarth. Dim ond merch ddigywilydd fyddai wedi trefnu cwrdd â bachgen yn y fath le. Digywilydd? Pam digywilydd? Beth oedd o'i le mewn cusanu, p'un bynnag? Roedd nifer o ferched y fryngaer yr un oed â hi'n ymffrostio byth a beunydd eu bod wedi gwneud. Ac Ina yn eu plith. Nid bod hi wedi ymffrostio, wrth gwrs. Gwylltiodd Ebba gyda'i hun. Doedd hi ddim yn mynd i adael i Ina – na Miro – sbwylio hyn iddi hefyd.

"Oes rhywbeth yn bod?" holodd Dagan.

Ysgydwodd Ebba ei phen a chodi'i hwyneb tuag ato er mwyn iddo ei chusanu eto. Roedd ei llygaid yn dal ar gau. Roedd arni ryw ofn chwerthinllyd petai hi'n eu hagor, y byddai Dagan yn diflannu. Llaciodd y cwlwm yn ei stumog. Teimlai ei hun yn ymddatod, fel y tro hwnnw pan fu'n nofio yn y glaw.

Yna daeth Ebba'n ymwybodol o ddwylo Dagan yn dechrau crwydro. Heb agor ei llygaid, gwthiodd Ebba ei law i ffwrdd yn ysgafn, fel arwydd iddo roi'r gorau iddi. Dechreuodd ei ddwylo grwydro'r eildro, a gwnaeth Ebba yr un peth eto. Doedd Ebba ddim am iddo stopio, dim ond stopio gwneud *hynna*.

Pwyllodd Dagan, a mwmial fod yn flin ganddo. Ond yn lle ymddatod, teimlai Ebba ei hun yn tynhau, a'r cwlwm yn ei stumog yn cnoi unwaith yn rhagor. Medrai synhwyro fod Dagan eisiau mwy. Yna, pwysodd Dagan yn ôl, a'i thynnu hi i'r llawr gydag e. Pan sylweddolodd yn union beth oedd yn digwydd, roliodd Ebba i ffwrdd, a chodi i'w thraed.

"Beth sy'n bod?" gofynnodd Dagan yn syn.

"Ti'n gwbod yn iawn."

Amneidiodd Dagan arni i orwedd eto. Ysgydwodd Ebba ei phen. Pam nad oedd e'n deall? Cododd Dagan yntau i'w draed.

"O'n i'n meddwl fod ti'n hoffi fi."

"Mi ydw i."

Cydiodd Dagan yn ei llaw.

"Dere 'te."

Gollyngodd Ebba ei law.

"Na."

"Plis."

"Na."

"Ond pam?"

Brathodd Ebba'i thafod wrth weld y fath olwg ddryslyd, wyllt oedd arno, a'r olwg boenus yn ei lygaid. Camodd Dagan tuag ati. Ofnai Ebba am eiliad ei fod yn mynd i'w tharo. Yn lle hynny, pwysodd yn ei flaen. Roedd eu hwynebau bron â chyffwrdd. Medrai Ebba deimlo ei anadl ar ei boch, yn boeth ac yn ddig, fel pigiad gwenynen.

"Pam wnest ti gytuno i gwrdd â fi 'te ... os mai dim ond *siarad* o't ti moyn neud."

Tasgodd y gair 'siarad' â'r fath ffyrnigrwydd o'i wefusau, glaniodd peth o'r poer ar ei boch. Cafodd Ebba gymaint o syndod ag o fraw. Gwthiodd Dagan hi o'r neilltu a cherdded i ffwrdd. Safodd Ebba yno'n ddwl, yn ceisio deall beth yn union oedd newydd ddigwydd. Yn raddol, daeth yn ymwybodol o'r poer yn llithro'r araf i lawr ei gruddiau, a daeth ati'i hun. Plygodd, a thorri un o'r dail rhedyn. Sgwriodd ei boch, a sgwriodd ei dwylo nes eu bod yn wyrdd.

* * *

Syllai Miro ar yr afon, ei galon yn suddo'n is ac yn is wrth iddo wrando ar Ina. Eisteddai'r ddau dan gysgod y Fedwen Fawr.

" ... doedd dim dewis gyda fi. Ti'n deall hynny, on'd wyt ti?"

Ochneidiodd Ina'n uchel. Ofnai Miro ei bod hi'n mynd i grio. Wnaeth hi ddim. Yn lle hynny, gafaelodd yn dynn yn ei law. Edrychodd Miro ar ei llaw hi'n syn, fel pe na bai'n perthyn i Ina o gwbl.

"O leia mae Ebba'n gwbod nawr."

Trodd Miro i edrych arni.

"Gwbod beth?"

"Amdanon ni, wrth gwrs. O't ti ddim yn gwrando?"

"O'n, wrth gwrs."

Oedd, roedd Miro wedi gwrando. Ond roedd ei feddwl wedi dechrau carlamu. Doedd e ddim o gwmpas ei bethau p'un bynnag, oherwydd yr hunllef a gafodd y noson o'r blaen – dim ond brith gof oedd ganddo o'r freuddwyd ond roedd wedi'i anesmwytho'n ofnadwy.

"Does dim rhaid i ni guddio rhagor."

Gwyddai y dylai ddweud rhywbeth – neu o leiaf wenu arni – ond yn lle hynny gollyngodd ei llaw, a syllu'n ddwl ar yr afon eto.

"Miro?"

Doedd ganddo ddim syniad sut i ddweud wrthi. Ers cwrdd ag Ebba yn y goedwig ychydig ddyddiau yn ôl, roedd yr amheuon oedd wedi dechrau twrio i'w feddwl ers sbel wedi tyfu a tyfu. Bellach ni allai anwybyddu'r arwyddion amlwg ei fod mewn cariad gyda Ebba, ac wedi bod yr holl amser, ond ei fod yn rhy smala i sylweddoli hynny. Ac roedd clywed bod Ebba bellach yn gwybod ei fod e ac Ina'n canlyn yn gwneud iddo deimlo'n sâl.

"Miro? Beth sy'n bod?" holodd Ina eto, yn fwy petrusgar fyth. Roedd arno ofn dweud wrthi. Ond doedd dim dewis ganddo.

"Dwi ddim eisiau hyn rhagor."

"Ddim eisiau beth?"

"Bod ni'n mynd allan gyda'n gilydd."

Saib. Un hir.

"Pam?"

"Achos bo' fi ddim eisiau," atebodd Miro'n dila.

Parhaodd Miro i syllu ar yr afon. Ddwedodd Ina ddim byd arall. Trodd i edrych arni a gweld ei bod hi hefyd yn syllu'n ddwl ar yr afon, a'i bod yn trio peidio crio. Byddai wedi hoffi rhoi'i fraich amdani ond doedd ddim yn siŵr a fyddai hynny'n syniad da, o ystyried.

Roedd gweld y siom ar ei hwyneb yn ormod iddo. Roedd yn casáu bod yma, gyda hi, fel hyn. Ac yn casáu ei hun am ei brifo, am orffen gyda hi, ac am bob dim.

Roedd ar fin gwneud yr hyn roedd wastad yn ei wneud pan oedd pethau'n mynd yn drech nage e, sef codi a cherdded i ffwrdd, ond chafodd ddim cyfle am mai dyna'n union wnaeth Ina.

Galwodd ar ei hôl.

"Ddrwg gen i."

Chymerodd Ina ddim sylw. Fedrai ddim ei beio chwaith – swniai'r geiriau yr un mor llipa â phan ymddiheurodd wrth Ebba wrth y merllyn, wythnosau lawer yn ôl.

* * *

Erbyn i Ina gyrraedd y gaer roedd y dagrau wedi pallu, o'r diwedd. Unwaith iddi adael Miro, roedd wedi crio'r holl ffordd yn ôl drwy'r goedwig a bu'n rhaid iddi aros am sbel o fewn cyrraedd y caeau er mwyn tawelu ei hun.

Roedd Serwan a Gallo wrthi'n sgwrsio â grŵp o bobl wrth y brif fynedfa yn ddifrifol ac yn barchus, a chymeron nhw ddim sylw ohoni o gwbl. Efallai fod rhywbeth wedi digwydd. Cerddodd yn gyflym drwy'r gatiau.

Miro, Miro, Miro! Beth aeth o'i le?

Oedd e nawr yn teimlo cywilydd o gadw pethau'n dawel, dros yr holl wythnosau, neu hyd yn oed gywilydd ohoni hi? Roedd Ina hefyd yn teimlo peth cywilydd, ond roedd rhan ohoni wedi mwynhau'r holl chwarae mig. Fedrai hi ddim gwadu ei fod yn gyffrous, er ei bod, ym mêr ei hesgyrn, yn gwybod nad oedd hyn yn iawn. Roedd hi wedi meddwl fod Miro'n mwynhau chwarae'r gêm hefyd. Wedi'r cwbl, rhoddodd gyfle iddo beidio parhau reit ar y cychwyn, pan sylweddolodd na allai hi ddweud wrth Ebba am ei bod mor fregus. A pham gorffen â hi nawr, a bod Ebba bellach yn gwybod? Yna fe'i trawodd, fel slap. Efallai mai dyna'r rheswm – y ffaith ei *bod* hi'n gwybod.

Gwyddai cymaint â hyn: pe na bai Ebba wedi'i gorfodi i ddweud y gwir, mi fyddai hi a Miro'n dal gyda'i gilydd.

"Ina!"

Trodd a gweld Ceinfron Plu Paun ac Adwen Addfwyn yn cerdded tuag ati, yn barod i roi pryd arall o dafod iddi, yn ôl eu golwg. Byddent felly'n falch o glywed bod Miro wedi gorffen â hi a'i bod wedi cael ei haeddiant. Ond chafodd ddim cyfle i ddweud gair.

"Mae Iacob wedi marw," dwedodd Adwen.

Doedd hyn ddim yn syndod. Roedd yn sâl iawn ac yn hen, meddyliodd Ina, gan fethu deall yn iawn yr olwg boenus ar wynebau'r ddwy.

"Ni'n gwybod pwy sydd ar fai, on'd y'n ni?" ychwanegodd Ceinfron.

Doedd gan Ina ddim syniad.

"Pwy?"

"Ebba, wrth gwrs. Wedodd hi neithiwr byddai angladd."

Roedd Ina ar fin protestio, cyn iddi ailfeddwl a brathu'i thafod. Os oedd y merched am gredu'r fath ddwli, pam dylai hi achub cam Ebba?

XXV

"Sanan? Ble mae'r grib orau?" holodd Eleri, oedd wedi mynd i'r gist i nôl siôl dywyll. "Wyt ti wedi bod yn chwarae â hi heb ganiatâd?"

Trodd Ebba ei chefn at Eleri, rhag iddi weld yr olwg euog oedd arni.

"Naddo. Wir yr!" taerodd Sanan.

"Dyw hi ddim wedi diflannu ar ei phen ei hun."

"Falle mai ysbrydion y tŷ aeth â hi."

Roedd Ebba ar fin cyfaddef mai hi aeth â'r grib, a'i bod wedi'i cholli – yn sicr fyddai hi ddim yn cyfadde'r gwir reswm pam ei bod wedi mynd â hi – pan ddaeth Caradog o'i stafell wely. Roedd newydd godi ar ôl rhyw ddwy awr o gwsg, ar ôl bod yn un o'r rhai fu'n gwylio corff Iacob drwy gydol y nos.

"Sanan, dwi wedi esbonio wrthot ti sawl gwaith nad yw'r fath bethau'n bodoli," dwedodd, cyn troi at Eleri. "Dwi'n siŵr y down o hyd iddi. Well i ni ddod yn barod. Thâl hi ddim i ni – o bawb – fod yn hwyr."

Gollyngodd Ebba ochenaid o ryddhad; dyna'r stŵr y byddai'n siŵr o dderbyn wedi'i ohirio am ychydig, o leiaf.

Daeth Ina allan o stafell y merched. Doedd hi ddim wedi torri gair ag Ebba ers ddoe. Ar y dechrau, tybiai Ebba mai teimlo'n euog roedd Ina. Ond o dipyn i beth, cafodd y teimlad ei bod wedi gwylltio â hi. Ac roedd hyn, yn ei dro, yn gwylltio Ebba. Os oedd gan rywun hawl i fod yn grac, yna Ebba oedd honno.

O fewn dim, roedd pawb yn barod ar gyfer cyflawni'r gymwynas olaf â Iacob. Wrth iddyn nhw gerdded tua phorth y gaer dechreuodd Sanan strancio am ei bod yn dal i bwdu oherwydd iddi gael bai ar gam.

"Dim fi wnaeth, Mam!"

"Dim gair arall," hisiodd Eleri, gan afael yn llaw Sanan yn dynn.

"Aw!" protestiodd honno.

"Rhaid i ti fod yn ferch dda heddiw," dwedodd Caradog yn bwyllog ond yn bendant.

Mae golwg digon bwdlyd ar Ina hefyd, meddyliodd Ebba. Fyddai hi ddim yn medru diodde'r fath wep drwy'r dydd. A dwedodd hynny wrthi.

"Mae Miro wedi gorffen gyda fi. Gobeithio fod ti'n hapus nawr," hisiodd Ina 'nôl.

Gwelodd Ebba fod Ina'n gwneud ei gorau i beidio crio. Teimlodd gywilydd am fod rhan ohoni'n falch i'w gweld wedi ypsetio gymaint.

Cyrhaeddodd y teulu gatiau'r gaer a chymryd eu lle wrth y porth. Roedd pobl eraill wedi dechrau ymgynnull yno'n barod. Digon di-ddweud oedd pawb. Doedd hwn ddim yn achlysur hapus, wedi'r cwbl.

Daeth Ceinfron Plu Paun, a'i mam a'i chwiorydd, a sefyll gyferbyn â nhw. Trodd Tyfanwedd yn oeraidd i gyfeiriad Caradog ac Eleri, ond wnaeth Ceinfron ddim ymdrech o gwbl i edrych i'w cyfeiriad. Beth oedd yn ei chorddi hi, tybed?

O dipyn i beth, cyrhaeddodd mwy o bobl. Fel arfer, mi fyddent wedi cyfarch Caradog a'i deulu'n wresog ond heddiw roedd pawb i'w gweld yn cadw pellter. Efallai o ran parch: pendefig y gaer oedd y prif alarwr. Ond wrth i weddill y trigolion ymgynnull a ffurfio dwy res – pawb heblaw'r mwynwyr, a fyddai'n cyfarch yr orymdaith angladdol ger y gloddfa – synhwyrai Ebba fod mwy i'r distawrwydd llethol na hyn.

Aeth murmur drwy'r dorf, a daeth yr orymdaith angladdol i'r golwg. Ar y blaen, roedd ceffyl mawr du wedi'i addurno'n hardd yn tynnu math o sled. Ar y gert lusg hon roedd corff Iacob, wedi'i osod yn ofalus ar wely o grwyn a blodau drosto. Yn cerdded ochr yn ochr â'r ceffyl, yn ei arwain, roedd tad Pabo Ceffyl Pwn. Y tu ôl i'r ceffyl cerddai Aaron, mab Iacob, a thu ôl i hwnnw cerddai gwyrda'r gaer, gan gynnwys Gwnwyn, tad Ceinfron. Er nad Gwnwyn oedd dirprwy Caradog, roedd serch hynny wedi mynnu lle amlwg i'w hun ar bwys Aaron.

Yn sydyn, teimlai Ebba'r ddaear yn dirgrynu, a'i bod unwaith yn rhagor mewn dau le yr un pryd. Yn yr ail le, roedd yn rhan o orymdaith yn lle gwylio o'r ochr – gorymdaith wahanol, 'nôl ar Ynys Wiht. Cerddai Ebba gyda Fa a'i dylwyth, gyda'r llestr oedd yn cynnwys llwch ei mam, o'r fferm i'r domen gladdu yng ngolau'r lloer, a'r golau hwnnw'n goch.

Yr un mor sydyn, daeth Ebba ati'i hun. Gallai ddim ond gobeithio bod hyn yn golygu bod ei mam rhywsut wedi croesi'r ffin a dod o hyd i'r grib y claddodd wrth droed Carnedd Cabralos, ac o'r herwydd wedi dod o hyd i'r heddwch tragwyddol roedd yn ei ddyheu.

Teimlodd Ebba ddagrau poeth o ryddhad ar ei boch.

Wrth i'r orymdaith eu pasio, dyma bawb yn gwneud siâp y groes a phlygu eu pennau. Pan ddaeth y ceffyl gyferbyn â hi, ymgroesodd hefyd, ac wrth iddi blygu'i phen gwelodd Ceinfron yn rhythu arni, cyn sibrwd rhywbeth yng nghlust Adwen, oedd erbyn hyn yn sefyll wrth ei hymyl. Syllai'r ddwy arni fel pe bai wedi pechu'n ofnadwy. Roedd Ebba wedi gweld y fath atgasedd o'r blaen – ddwy flynedd yn ôl, pan ddaeth yn amlwg mai 'Saesnes' oedd hi.

Daeth yr orymdaith i stop gyferbyn â Caradog. Camodd hwnnw'n urddasol o flaen y ceffyl. Erbyn hyn roedd Gallgo a Serwan yn sefyll yn mwlch y porth, eu gwawyffyn yn pwyso yn groes i'w gilydd, yn creu rhwystr. Trodd Caradog i'w hwynebu a gwneud arwydd. Cododd y ddau eu gwaywffyn a chamu o'r neilltu'n seremonïol. Arweiniodd Caradog yr orymdaith yn araf drwy gatiau'r gaer.

Safai Ebba yn ei hunfan wrth i bawb wasgaru. Sychodd ei llygaid.

"Pam ti'n crio?" holodd Sanan.

"Mae heddiw'n ddiwrnod o alaru," dwedodd Eleri, cyn i Ebba gael cyfle i ateb.

"Beth yw galaru?"

"Pan mae rhywun yn teimlo'n drist am fod rhywun wedi marw," esboniodd Macsen.

Teimlodd Ebba'r dagrau'n dod eto a bu'n rhaid iddi edrych i ffwrdd.

Cyn i Sanan fynd ati i holi rhagor, gafaelodd Eleri yn ei llaw a dechrau cerdded tuag adre, gan blygu ei phen i gyfeiriad Ebba wrth basio.

"Wyt ti'n iawn?"

Amneidiodd Ebba ei phen ac aeth Eleri yn ei blaen. Roedd Ebba eisiau dod ati hi'i hun cyn mynd adre, a gorfod esgus mai marwolaeth Iacob oedd wedi'i hypsetio, er byddai hynny'n esgus da rhag peidio dweud y gwir hefyd. Doedd Ina ddim i'w gweld yn unman. Esboniodd Macsen fod Ina wedi mynd allan drwy'r porth ychydig ar ôl yr orymdaith. Gwynt teg ar ei hôl, meddyliodd Ebba. Doedd arni ddim ei hangen beth bynnag.

Trodd y ddau am adref. Roedd Ceinfron a'r criw yn sefyll reit yng nghanol y ffordd, yn dawel fygythiol, fel pe baent yn disgwyl amdani.

"Cer di adre," dwedodd Ebba wrth Macsen. "Fydda i ddim yn hir."

Rhedodd Macsen i ffwrdd i ddal fyny â'i fam a Sanan, heb amau dim. Cerddodd Ebba yn ei blaen yn bwyllog. Doedd hi ddim eisiau dangos i Ceinfron ei bod yn teimlo'n anesmwyth. Wrth iddi agosáu, camodd Ceinfron o'i blaen, yn ei rhwystro.

"Doedd y dagrau yna'n twyllo neb. Mae gen ti wyneb bod yma o gwbl."

Edrychodd Ebba arni'n ddi-ddeall. Aeth Ceinfron yn ei blaen.

"Dy fai di yw e fod Iacob wedi marw. Dwedest ti dy hun y byddai angladd."

"Cyd-ddigwyddiad oedd e, dyna i gyd."

"Cyd-ddigwyddiad oedd e bod y lleuad wedi troi'n goch? Dewines wyt ti. Swynes sy ddim ond yn esgus bod arni eisiau perthyn i bobol y gaer. Paid trio gwadu. Dwedodd Dagan y cwbl wrtha i."

Roedd Ebba wedi bwriadu dadlau 'nôl, ond pan glywodd

enw Dagan, sychodd y geiriau'n grimp.

"Dwi wedi dweud popeth wrth 'nhad hefyd. A cyn diwedd y dydd, bydd pawb yn y gaer yn gwbod beth wyt ti – go iawn."

Camodd Ceinfron i'r ochr. Ond cyn i Ebba gael cyfle i symud gafaelodd Adwen ynddi, gan suddo'i hewinedd i'w braich.

"Sut allet ti? Ti'n gwbod yn iawn bod fi mewn cariad â Dagan!"

"Mae'n ddrwg 'da fi. Wnes i ddim ystyried," dwedodd Ebba'n dila.

"Naddo, yn amlwg!" poerodd Adwen. Doedd dim byd addfwyn yn ei chylch o gwbl rhagor.

Gollyngodd Adwen afael yn ei braich a dechreuodd Ebba gerdded tuag adre. Er iddi wneud ei gorau glas i beidio, cyflymodd ei chamau. Ond o leiaf llwyddodd i beidio dechrau rhedeg i ffwrdd, er bod pob darn ohoni eisiau gwneud.

* * *

Chafodd Ina fawr o groeso gan Gallgo a Serwan pan ddychwelodd. Fe'i hatgoffwyd yn reit swta bod disgwyl i bawb aros yn eu cartrefi tan i'r orymdaith angladdol ddychwelyd i'r gaer – y tro hwn heb Iacob a fyddai bellach yn gorwedd ym mhridd Brythonia tan Ddydd y Farn.

Ar ôl i'r orymdaith adael y gaer, roedd Ina wedi mynd ar ei hunion i'r goedwig i gael bod ar ei phen ei hun. Eisteddodd yng nghysgod y Fedwen Fawr a phwyso yn erbyn ei boncyff, fel y gwnaeth droeon o'r blaen.

Roedd y fedwen, a'r draethell ar lan yr afon, yn debyg

iawn i'w hoff le yn y byd i gyd 'nôl yng Ngwent pan oedd hi'n blentyn. O dipyn i beth, daeth y lle hwn yn hoff le iddi. Yma arferai hi ac Ebba ddianc rhag creulondeb Morwenna, y ddynes oedd i fod i ofalu ar eu holau pan gyrhaeddon nhw gyntaf; yma y clywodd Ina sŵn hudolus pibgod Miro am y tro cyntaf; yma y daeth i'w adnabod; yma y treuliodd hi ac Ebba wythnosau lawer yr haf canlynol yn mwynhau eu rhyddid, ac yn mwynhau cwmni Miro a phlant yr ardal. Yma y byddai hi a Miro'n eistedd ym mreichiau'i gilydd. Yma dwedodd Miro nad oedd arno ei heisiau rhagor.

Wrth feddwl am hyn i gyd, teimlai Ina fel petai rhywbeth trwm yn ei gwasgu, a'i gwddf yn tynhau nes bod ei llwnc yn boenus. Roedd arni gymaint o angen crio roedd yn brifo. Caeodd ei llygaid yn dynn, eto ac eto, ond methodd â gollwng yr un deigryn.

Roedd yr un wasgfa ar Ina nawr wrth iddi gerdded trwy'r strydoedd arswydus o dawel a nesáu at y tŷ mawr a'r teils coch oedd yn gartref iddi. Oedodd wrth y stabl, cyn penderfynu na fyddai Valens yn medru cynnig dim cysur iddi chwaith heddiw a cherdded yn ei blaen.

Pan aeth Ina i mewn i'r tŷ roedd Ebba wrthi'n helpu Eleri i wneud bara o'r ceirch oedd newydd eu medi yr wythnos flaenorol, ar gyfer y wledd goffa heno: gwledd seml fyddai hi, gyda bwyd plaen, ac ambell weddi.

"Ble fuest ti?" holodd Eleri'n flin.

Safodd Ina yn ei hunfan. Doedd hi ddim wedi disgwyl i Eleri fod mor grac nad oedd hi wedi dod adref yn syth.

"Am dro."

"Doedd e ddim yn beth gweddus i'w wneud. Dylet ti fod

wedi gwbod yn well. Mi fyddwn yn destun siarad, diolch i ti."

Pwniai Eleri hithau'r toes fel pe bai'n flin â'r cymysgedd ceirch hefyd.

"Nid teulu arferol ydyn ni rhagor – ond teulu sy'n cynrychioli'r gaer – pob un ohonon ni. Mae'n hen bryd i bawb ohonoch chi sylweddoli hynny."

Roedd Ina ar fin protestio ond gwnaeth Macsen arwydd arni i frathu'i thafod. Mae'n amlwg fod straen y dydd wedi mynd yn drech nag Eleri. Doedd dim pall arni.

"Os nad wyt ti'n fodlon gwrando, Ina, cei ymuno â Sanan yn y stafell arall a disgwyl i gael stŵr gan dy dad pan ddaw adre. Neu fedri di helpu gyda'r bara ceirch."

Heb ddweud gair, golchodd Ina ei dwylo. Ar ôl eu sychu'n frysiog, gafaelodd mewn darn o does a'i fwytho i siâp pêl, cyn ei wasgu i lawr â'i dwylo, a'i droi wedyn mewn cylch gydag un llaw gan ei wasgu'n fflat â chledr y llaw arall. Siâp plât oedd i fod ar y bara ceirch ond roedd ymdrech druenus Ina'n debycach i siâp dom da. Clywodd Eleri'n twt-twtian o dan ei hanadl.

Cyn i Ina gael cyfle i roi tro arall ar y toes, daeth Caradog i mewn. Roedd golwg ddifrifol iawn arno.

"Mi wyt ti wedi clywed am amharch Ina, felly?" holodd Eleri.

"Naddo," dwedodd Caradog, yn amlwg heb syniad am beth roedd Eleri'n sôn.

"Aeth hi i grwydro yn lle dod yn ôl yn syth i'r tŷ i gadw cyfnod y galaru."

"Mae'n ddrwg gen i," dwedodd Ina, oedd erbyn hyn wir yn difaru.

Aeth Eleri ati i bwnio'r toes yn filain eto.

"A phan fyddi wedi gorffen dweud y drefn wrth Ina, mi elli roi pryd o dafod i Sanan, neu chwip din go dda o ran hynny. Ches i ddim byd ond trafferth gyda hi – a hynny ar ôl i ti ei rhybuddio."

"Does dim ots am hynny nawr."

"Beth wyt ti'n feddwl – dim ots?"

"Mae rhywbeth wedi digwydd."

Peidiodd Eleri'r pwnio yn syth. Edrychodd ar Caradog yn bryderus. Sylwodd Ina fod Ebba wedi rhewi yn ei hunfan.

"Mae'r gwyrda wedi dod â chyhuddiadau yn erbyn Ebba. Cyhuddiadau difrifol."

Suddodd calon Ina. Rhaid bod Ceinfron wedi lledaenu ei nonsens ynghylch marwolaeth Iacob. Trodd Eleri i syllu ar Ebba mewn braw. Gwelwodd honno a phlygu ei phen.

"Alla i esbonio ..." dwedodd Ebba'n dawel.

Ond chafodd hi ddim cyfle i ddweud rhagor. Yr eiliad nesaf, brasgamodd Gwnwyn a llond llaw o wyrda eraill y gaer drwy'r drws, heb hyd yn oed drafferthu i gnocio.

Trodd Caradog i'w hwynebu.

"Doedd dim rhaid i chi darfu ar heddwch ein cartref. Macsen, cer at Sanan, a gwna'n siŵr nad yw hi'n dod allan o'i stafell."

Cododd Macsen a diflannu i stafell y merched.

"Ydi'r ddewines wedi cyffesu?" holodd Gwnwyn yn oeraidd.

"Pe byddech wedi rhoi'r cyfle imi ddod at wraidd y mater ..." dechreuodd Caradog.

Siaradodd Gwnwyn ar ei draws.

"Rhaid i'r gwenwyn hwn gael ei sugno o gnawd y gaer rhag heintio pawb – ar fyrder."

"Beth wyt ti wedi'i wneud?" sibrydodd Eleri wrth Ebba mewn braw.

"Troi'r lleuad yn goch," atebodd Gwnwyn ar ei rhan. "Rhagweld marwolaeth Iacob. Teithio i fyd y meirw. Defnyddio'i swyn i'w siwtio pryd bynnag fo'n gyfleus. Ydych chi erioed wedi holi eich hunain sut mai hon ddaeth o hyd i aur, a neb arall?"

Daeth Ina o hyd i'w thafod.

"Digwydd dod o hyd i'r darn yn yr afon wnaeth hi. O'n i yno ar y pryd."

"Mae gen i ofn ei bod hi wedi dy ddallu, Ina. Dylet ti wedi'i gadael i drengi yn stabl Sadwrn."

"Does neb yn cael siarad fel'na am Ebba!" ffrwydrodd Ina.

"Mae'n bosib y caiff y Saesnes ei haeddiant eto, a Sadwrn ei fodloni. Daw'r dydd y caiff y gorau ohonoch chi, ferched – ohonoch chi i gyd," crechwenodd Gwnwyn.

Roedd Ina ar fin gofyn iddo beth roedd hyn yn ei olygu pan gododd Caradog godi ei law i'w thewi. Trodd hwnnw at Ebba.

"Roeddet ti ar fin dweud fod gen ti esboniad ..."

"Oes, mae'n siŵr," dwedodd Gwnwyn yn bigog.

"Rho gyfle i Ebba gael ateb. Mae ganddi'r hawl," dwedodd Caradog wrtho'n gadarn.

"Eclips lleuad oedd e, dyna i gyd. Dyna pam trodd y lloer yn goch," dwedodd Ebba, heb feiddio edrych i gyfeiriad neb.

"A pha swyngyfaredd yw'r 'eclips' hwn?" mynnodd Gwnwyn yn goeglyd.

"Rhywbeth i'w wneud gyda safle'r lleuad a'r haul a'r ddaear. Uinseann esboniodd wrtha i."

"Uinseann y mynach?" holodd Caradog.

"Ie. Yn y fynachlog. Cwrddodd e â thiwtor mab Laudatus yn Lucus. Mae'r tiwtor yn dod o wlad Groeg. Fe ddwedodd hyn i gyd wrth Uinseann."

Gwenodd Caradog ar Ebba, cyn troi at y gwyrda.

"Mae gan y Groegwyr storfa o wybodaeth a damcaniaethau lu, fel y gwyddoch."

Edrychodd y gwyrda eraill ar Gwnwyn yn ansicr. Dyna dynnu'r gwynt o'i hwyliau, meddyliodd Ina. Ond dim ond am eiliad, fodd bynnag, oherwydd aeth Gwnwyn yn ei flaen, gan droi at Ebba.

"Dydi hynny ddim yn esbonio pam dy fod yn gwbod y byddai Iacob yn marw. Na chwaith pam dy fod yn medru siarad â'r meirw, ac yn medru mynd a dod i Annwfn fel rwyt ti'n dymuno."

"Nonsens llwyr," dwedodd Caradog, oedd yn dechrau gwylltio. "Pwy sy'n honni'r fath ddwli? Dy ferch?"

"Dagan – y creadur anffodus y bu i'r Saesnes aflan geisio'i swyno, a hithau ddim eto yn ei llawn dwf. Gwarth arni!"

Camodd Caradog ato.

"Gofal, gyfaill. Gofal."

Anwybyddodd Gwnwyn eiriau Caradog a throi at Ebba.

"Mi wyt ti'n gwadu, felly? Gwadu i ti ddefnyddio dy swyn ar y dyn ifanc hwn, sy'n weithiwr cydwybodol ac yn Gristion da?"

"Does gen i ddim syniad am beth mae e'n sôn," dwedodd Ebba wrth Caradog yn ddagreuol.

Gwenodd Gwnwyn yn gam ac estyn cwdyn lledr – yr un roedd Dagan yn ei wisgo o gwmpas ei wddf – at Ebba.

"Agor y cwdyn," gorchmynnodd Gwnwyn.

Aeth ias drwy Ina. Well iddi ddweud rhywbeth. Nawr.

"Ebba ..."

"Ushd!" gorchmynnodd Caradog wrthi, heb dynnu'i lygaid oddi wrth Ebba, oedd yn dal y cwdyn yn ei dwylo'n ofalus, fel pe bai'n nyth aderyn bach. Agorodd Ebba'r cwdyn a chymryd y cudyn gwallt allan. Hyd yn oed ym myllni'r tŷ, disgleiriai'r tresi'n euraid. Syllodd Ebba'n ddwl ar y gwallt yn ei dwylo.

"Fy ngwallt i yw hwn ... Dwi ddim yn deall ..."

Roedd Gwnwyn yn amlwg yn ei elfen o weld y dryswch ar ei hwyneb.

"Well imi esbonio, felly. Rhoddaist hwn yn rhodd i Dagan er mwyn ei swyno i syrthio mewn cariad â thi, ac er mwyn ei ddenu i'r goedwig ac ymbleseru ym mhechodau'r cnawd."

"Wnes i ddim byd!" protestiodd Ebba, a'r dagrau erbyn hyn yn powlio.

"Wyt ti'n gwadu i ti gwrdd ag e yn y goedwig?" mynnodd Gwnwyn.

"Fuasai Ebba byth yn gwneud y fath beth!" dwedodd Caradog yn uchel, ei lais yn crynu roedd mor flin.

Sylwodd Ina fod Ebba bellach mor welw â chorff. Rhaid ei fod yn wir, felly.

"Sut fedri di fod mor siŵr? Doeddet ti ddim hyd yn oed yn gwbod fod Ina'n canlyn," dwedodd Gwnwyn yn sbeitlyd.

Ei thro hi oedd gwelwi nawr.

Edrychodd Caradog arni'n syn. Medrai Ina deimlo llygaid

Eleri'n rhythu arni. Syllodd Ina ar y llawr.

"Digon diniwed yw cariad llo bach Ina a Miro, mi ydw i'n ffyddiog o hynny. Yn wahanol i'r Saesnes," dwedodd Gwnwyn gan droi at Ebba unwaith yn rhagor. "Fedri di wadu cwrdd â Dagan yn y goedwig?"

Ysgydwodd Ebba ei phen.

"Ebba!" ebychodd Eleri, a chuddio'i hwyneb â'i dwylo.

Doedd Ina ddim yn medru dioddef hyn rhagor.

"Fi wnaeth," dwedodd yn wyllt.

Trodd pawb i edrych arni.

"Fi roddodd wallt Ebba i Dagan."

"Y Saesnes ofynnodd i ti wneud, mae'n siŵr," dwedodd Gwnwyn.

"Mae gan y Saesnes enw. A doedd gan Ebba ddim syniad. Fe dorrais i gudyn o'i gwallt tra 'i bod hi'n cysgu."

"Pam?"

"Am fod Dagan wedi gofyn i fi wneud. Fel ffafr. Mae e mewn cariad â hi – ac wedi bod ers y tro cynta iddo fe ei gweld hi. *Fe* sy 'di bod yn rhedeg ar ôl Ebba, dim Ebba sy 'di bod yn ei gwrso fe."

Y tro hwn, edrychai Gwnwyn fel pe bai'r gwynt wedi'i dynnu o'i hwyliau go iawn. Roedd Ina'n falch o hynny, ond yn teimlo'n ofnadwy am achosi'r fath drafferth i Ebba. Fyddai hi heb ei beio petai hi wedi camu ati a'i tharo ar draws ei hwyneb. Dim ond syllu arni'n syfrdan wnaeth Ebba, a'i llygaid clwyfus. Ac roedd hynny'n llawer gwaeth, rywsut.

XXVI

Roedd pen Ebba'n troi a'i meddwl ar chwâl yn llwyr. Felly, nid yn unig bod Ina wedi dwyn Miro oddi arni, ond roedd hefyd wedi cytuno i helpu Dagan i'w rhwydo.

A pham yn y byd fod Gwnwyn wedi sôn am Sadwrn?

Tra bod Ebba'n ceisio gwneud synnwyr o hyn i gyd, a cheisio dod at ei choed ar ôl y modd ffiaidd roedd Gwnwyn wedi'i thrin, torrodd llais hwnnw drwy ei meddyliau unwaith yn rhagor.

"Waeth beth yw'r gwir ynghylch Dagan, mae'n amlwg nad wyt ti'n medru cadw dy gartref mewn trefn, Caradog. Pa obaith sydd i'r gaer o dan dy arweiniad?"

Mwmialodd y gwyrda eraill eu hamheuon hefyd.

Ddwedodd Caradog ddim byd am eiliad neu ddwy, yna edrychodd yn syth i lygaid Gwnwyn a'r lleill.

"Allan. Bob un ohonoch chi."

Camodd Caradog tuag at Gwnwyn, a sgwariodd hwnnw ei ysgwyddau. Pwysodd Caradog ymlaen a sibrwd yn ei glust, yn ddigon uchel i bawb fedru clywed.

"Cyn imi orfod estyn am fy nghleddyf."

Gwelwodd Gwnwyn, cyn nodio ar y gwyrda eraill a mynd at y drws. O ddiogelwch y trothwy, trodd at Caradog.

"Nid dyma ddiwedd ar y mater."

Syllodd Ebba ar y llawr, yn disgwyl i'r geiriau hallt dywallt drosti. O gil ei llygad, gwelodd Caradog yn nesáu ati. Efallai na fyddai cerydd yn ddigon i wneud yn iawn am y gwarth roedd wedi dwyn ar y teulu. Efallai y byddai'n ei churo. Neidiodd yn ei chroen wrth deimlo'i fraich ar ei hysgwydd.

"Does dim rhaid i ti ofni. Wna i ddim caniatáu i ddim byd ddigwydd i ti."

Roedd geiriau caredig Caradog yn ormod i Ebba. Closiodd ato a thurio'i hwyneb yn ei frest, a dechrau crio eto.

"Ai dyna'r cyfan sydd gen ti i'w ddweud?" holodd Eleri'n anghrediniol. "Ar ôl yr holl ffwdan mae Ebba wedi'i achosi? Ac Ina hefyd, o ran hynny."

"Ein dyletswydd ni yw eu diogelu," atebodd Caradog yn gadarn. "Mae'n gwbl amlwg mai rhyw esgus tila yw hyn i gyd ar ran Gwnwyn i geisio cipio'r awenau o'm gafael i."

Y peth diwethaf oedd ar Ebba eisiau'r eiliad hon oedd i'r ddau ddechrau cweryla o'i herwydd. Sychodd ei dagrau.

"Mae Eleri'n iawn i fod yn flin. Dwi wedi'ch siomi chi."

"Dwi hefyd," dwedodd Ina, mewn llais anarferol o fach.

Daeth Macsen allan o'r stafell, a Sanan ar ei gwt.

"Ydyn nhw wedi mynd?" holodd y bachgen.

"Ydyn," atebodd Caradog. "Ddown nhw ddim yn ôl, paid poeni."

"Ydi Ebba'n mynd i gael chwip din?" holodd Sanan yn ofnus.

"Nag yw, wrth gwrs ddim. Does neb yn mynd i gyffwrdd â hi."

"Beth amdana i?" holodd eto, yn fwy ofnus byth.

"Nag wyt, siŵr."

"Achos wnes i ddim dwyn y grib, Tada. Addo."

Cliriodd Ebba ei gwddf. Doedd dim *rhaid* iddi gyfaddef. Ond roedd arni angen gwneud.

"Fi aeth â'r grib."

Edrychodd pawb arni'n syn.

"Dwedes i mai dim fi oedd e!" bloeddiodd Sanan.

"Mae'n ddrwg gen i, Sanan."

Aeth Ebba at Sanan i roi cwtsh iddi, ond cuddiodd honno y tu ôl i Macsen.

"Mae'n ddrwg calon gen i am y grib," dwedodd Ebba'n edifeiriol wrth Eleri. "Dwi'n gwbod yn iawn gymaint mae'n ei olygu i chi."

"Wyt ti wedi'i cholli?" holodd Eleri'n finiog. Roedd hi'n amlwg yn teimlo'n llai tosturiol na'i gŵr.

"Ddim yn union," atebodd Ebba'n llipa.

"Felly, rwyt ti'n gwbod ble mae hi?"

"Ydw."

"Hoffwn i ei chael yn ôl, felly."

Oedodd Ebba cyn dweud rhagor.

"Paid dweud dy fod wedi'i rhoi i rywun arall?"

"Mewn ffordd, do ..."

Aeth Ebba ati i esbonio pam ei bod wedi dwyn y grib, a gwneud offrwm ohoni, gan osgoi sôn iddi deithio i'r Byd Arall, fel roedd Gwnwyn wedi honni. Gwrandawodd pawb yn astud, yn enwedig Sanan: roedd ei llygaid mor fawr â thoes crwn y bara ceirch.

" ... ac wedyn mi wnes i gladdu'r grib o dan un o gerrig Carnedd Cabralos. "

Teimlai Ebba ryddhad o gael cyfaddef, ond feiddiai hi ddim edrych i gyfeiriad Eleri chwaith. Ddim eto.

"Felly, os ydw i wedi deall yn iawn, bydd llwch dy fam yn cael ei gladdu yn ystod cyfnod y lleuad lawn hon?" holodd Caradog.

"Bydd. Dyna beth o'n i'n feddwl pan ddwedes i wrth Ceinfron a'r lleill y byddai angladd."

"Mae'n rhaid bod y cyfnod dwetha 'ma wedi bod yn un anodd ofnadwy i ti. Pam na ddwedaist ti ddim byd?"

"Do'n i ddim eisiau brifo chi. Ry'ch chi wedi gwneud cymaint drosto fi ..."

"Ond Ebba fach, mae'n hollol naturiol i ti alaru am dy fam – yn dydy, Eleri?"

Trodd Ebba at Eleri, yn y gobaith y byddai bellach yn deall. Ond doedd hi ddim fel pe bai wedi clywed ei gŵr.

"Ble mae Sanan?" holodd, â golwg bryderus.

"'Nôl yn ei stafell?"

"Roedd hi yma'n gwrando'n astud eiliad yn ôl. Sanan?"

Rhuthrodd Eleri i edrych yn stafell y merched. Aeth Ina i stafell y rhieni.

"Dyw hi ddim yma," dwedodd Eleri, a golwg bell arni.

"Dyw hi ddim yn eich stafell chi chwaith," dwedodd Ina.

Sylwodd Ebba fod drws y tŷ bellach yn gilagored.

"Dwi'n meddwl ei bod hi wedi mynd allan."

Ochneidiodd Eleri mewn braw.

"Wedi mynd i chwarae mae hi, siŵr o fod. Does dim angen i ti boeni," dwedodd Caradog, gan geisio'i thawelu.

"Ond fydd neb yno. Mae pawb adre. Dydi hi ddim yn ddiogel i fod allan tan y wledd."

"Rwyt ti'n mynd o flaen gofid nawr."

"Na'dw! Mae ysbrydion ar led. A dim ond y wledd heno fydd yn eu digoni."

"Eleri, dwyt ti ddim wir —"

Torrodd hithau ar ei draws.

"Mae 'na bethau na fyddwch chi ddynion byth yn eu deall!"

Taflodd Eleri ei siôl am ei hysgwyddau a mynd at y drws. Penderfynodd Ebba fynd gyda hi, ond trodd Eleri arni.

"Aros di ble'r wyt ti. Rwyt ti wedi achosi digon o boendod fel mae hi."

Aeth Eleri allan gan gau'r drws yn glep. Doedd dim maddeuant i Ebba eto, yn amlwg.

* * *

Doedd dim posib cysgu, ac roedd Ina wedi rhoi'r gorau i geisio. Gorweddai ar ei hochr, yn syllu drwy'r tywyllwch ar y gwely yr ochr draw iddi – gwely Sanan – oedd yn wag. Clustfeiniai i glywed a oedd Ebba'n effro. Prin y medrai ei chlywed yn anadlu o gwbl. Os oedd hi ar-ddihun, doedd hi'n gwneud dim arwydd ei bod hi.

Roedd rhwyg rhwng y ddwy – rhwyg na fyddai'n rhwydd i'w thrwsio, ac yn sicr nid heno. Gwell cadw'n dawel tan fory, yn y gobaith y byddai rhywun yn dod o hyd i Sanan. Efallai wedyn y byddai modd i'r ddwy siarad yn gall. Er gwaetha ei hymdrechion i gadw'n hollol distaw, ochneidiodd Ina'n dawel: sut daeth hi i hyn?

Roedd Eleri wedi dychwelyd yn fuan wedi iddi ruthro allan ar ôl Sanan i ddweud nad oedd golwg ohoni yn unman. Aeth Caradog gyda hi wedyn i chwilio amdani – eto, heb lwc.

Yn y man, aeth Caradog at Elfryn, Ceidwad y Gaer, a chasglodd hwnnw griw o ddynion i fynd trwy'r gaer â chrib fân, ac i holi pawb. Yr un oedd y canlyniad.

Erbyn hyn, roedd yn dechrau hwyrhau, ac er na fyddai'n duo am oriau lawer penderfynodd Elfryn y byddai'n rhaid gohirio'r wledd er cof am Iacob, a chasglu mwy o griw at ei gilydd i fynd i chwilio am Sanan y tu hwnt i'r gaer. Aeth Caradog gyda nhw, ond llwyddodd i ddarbwyllo Eleri i fynd 'nôl i'r tŷ. Roedd Ebba wrthi'n crasu peth o'r bara ceirch ar gyfer Macsen pan gyrhaeddodd 'nôl.

Ar ôl dweud na fyddai gwledd o gwbl heno ac esbonio beth oedd wedi digwydd, aeth Eleri i'w stafell heb fwyta dim. Ond nid cyn honni ei bod yn difaru bellach croesawu Ebba ac Ina i fynwes ei theulu. Er bod Ina'n tybio nad oedd hi wir yn meddwl hyn, roedd yn brifo'r un fath, a medrai weld fod Ebba wedi'i hysgwyd i'r carn. Ddwedodd Macsen yr un gair wedyn, a fwytodd e fawr ddim o'r bara.

Fwytodd Ina ddim llawer chwaith, na Ebba. Yn lle hynny, bu'r ddwy'n cymoni'r lle yn ddi-ddweud, yn ofalus i beidio edrych ar ei gilydd. Wedi iddi nosi, mynnodd Ebba fod Macsen yn mynd i'w wely, ac aeth hithau i stafell y merched. Arhosodd Ina am sbel yn gwylio'r tân yn y gilfach, er mwyn rhoi cyfle i Ebba fynd i gysgu, neu o leiaf esgus gwneud.

A dyma hi bellach yn y gwely, ac wedi bod yma am oriau, yn ofni symud, yn ofni dychmygu beth allai fod wedi digwydd i Sanan. Clywodd Ina leisiau y tu allan i'r tŷ. Efallai eu bod wedi dod o hyd iddi! Ond ciliodd y lleisiau, daeth neb drwy'r drws, a syrthiodd distawrwydd trwm dros y tŷ unwaith yn rhagor.

XVII

Safai Miro wrth y drws, yn ceisio magu digon o blwc i'w guro. Oedd hyn yn syniad da, wedi'r cwbl? Doedd ond un ffordd o ddarganfod yr ateb. Ymwrolodd a chnocio.

Roedd dwy noson wedi mynd heibio bellach ers i Sanan ddiflannu. Erbyn hyn roedd pawb oedd yn medru gwneud wedi bod allan yn edrych amdani – neu'n dal wrthi – gan gynnwys Galaesiaid yr ardal. Yn ogystal, roedd canghennau'r Dderwen Fawr yn sigo dan bwysau'r holl offrymau gan y rheiny nad oedd yn Gristnogion, gan gynnwys ei rieni.

Daliodd Miro ei wynt wrth i'r drws agor. Ina oedd yno, yn welw a gofidus.

"Dwi angen siarad â ti. Ebba hefyd."

Oedodd Ina cyn ateb.

"Mae e ynglŷn â Sanan."

"Iawn, ond ddim yma. Oherwydd Eleri. Cer i'r stabl. Fyddwn ni ddim yn hir. Addo."

Trodd Ina ar ei sawdl a diflannu 'nôl i mewn i'r tŷ. Aeth Miro at y stabl. Cynhyrfodd Valens o'i weld a dechrau ffroeni.

"Ushd, dyna geffyl da."

Dechreuodd Valens daro'i garnau yn erbyn y llawr. Camodd Miro yn ôl er mwyn ceisio'i dawelu, heb lawer o lwyddiant. Roedd Miro ar fin mynd 'nôl allan ac aros am y merched yn y lôn pan agorodd y drws.

Daeth Ina i mewn ac Ebba'n ei dilyn. Ymdawelodd y ceffyl yn syth. Roedd Miro'n boenus o ymwybodol mai dyma'r tro cyntaf i'r tri ohonyn nhw fod yng nghwmni'i gilydd ers i Ebba ddarganfod y gwir. Sylwodd Miro ei bod mor welw ag Ina. Edrychai'r ddwy arno'n ddisgwylgar. Cliriodd Miro'i wddf.

"Mae gen i syniad sut i ddod o hyd i Sanan ..."

Aeth ati i esbonio'n frysiog fod ei rieni wedi sôn am ddynes â phwerau arbennig oedd yn byw mewn ogof nid nepell o Garnedd Cabralos. Bu Miro i'w gweld, a dwedodd wrtho y medrai lywio defod a fyddai'n galluogi i rywun groesi'r trothwy i fyd yr ysbrydion a chwilio am Sanan drwy leoli ei hanfod, neu ei henaid, o roi enw arall arno.

"Ro'n i'n barod i wneud ond dwedodd wrtha i y byddai mwy o siawns pe bai'r person oedd yn fodlon mentro yn perthyn i Sanan, neu'n byw o dan yr un to â hi."

Edrychai Ebba hyd yn oed yn fwy gwelw ar ôl i Miro orffen.

"Fedra i ddim ... Does fiw i fi ..." mwmialodd yn ofnus.

"Mi fydda i yno gyda ti. Ac mae'r ddynes hysbys yn brofiadol iawn."

"Dwi ddim fod i adael y tŷ," dwedodd Ebba'n dawel.

"Mae e'n werth trio, does bosib!" protestiodd Miro.

"Dwyt ti ddim yn deall," dwedodd Ina. "Dydi e ddim yn saff iddi wneud."

Gwrandawodd Miro mewn braw wrth i Ina sôn am y cyhuddiadau a'r drwgdeimlad oedd wedi cronni yn erbyn Ebba. Doedd Miro'n synnu dim mai Ceinfron a Dagan oedd wrth wraidd hyn.

"Falle bydd rhaid i fi roi tro arni, felly," dwedodd Miro, ar ôl i Ina orffen.

"Na. Mi wna i," mynnodd Ina'n bendant. "Paid edrych mor syn, Miro."

"O'n i ddim wedi meddwl fyddet ti'n fodlon gwneud, dyna i gyd. Achos dy grefydd."

"Wyt ti'n siŵr?" holodd Ebba'n bryderus. "A beth os bydd Eleri'n holi amdanat ti?"

"Dwed wrthi bo' fi wedi mynd i chwilio am Sanan. Does dim rhaid iddi wbod yn union sut, nag oes?"

Trodd Ina at Miro.

"Paid sefyll 'na fel delw."

Edrychodd Miro'n gyflym i gyfeiriad Ebba, oedd erbyn hyn yn mwytho gwddf y ceffyl a'i llygaid ynghau, cyn dilyn Ina allan o'r stabl.

* * *

Syllodd Ina ar y cymysgedd dyfrllyd yn y ddysgl yn nwylo'r ddynes ddoeth. Doedd y ddiod ddim yn edrych fel rhywbeth y dylai rhywun ei yfed. Doedd dim golwg gysurlon iawn ar y ddynes, chwaith: roedd wedi'i gorchuddio mewn crwyn anifeiliaid a swyndlysau o bob math – rhesi o gregyn, penglogau adar bychain, crafangau adar ysglyfaethus, a dannedd miniog gwahanol anifeiliaid rheibus.

Sbeciodd Ina i gyfeiriad Miro oedd yn sefyll wrth ei hochr. Ceisiodd hwnnw wenu arni'n galonogol.

Estynnodd y ddynes y ddiod at Ina. Cymerodd Ina'r ddysgl fechan yn betrusgar, a'i chodi at ei gwefusau; roedd ei gwynt yn ddigon i godi cyfog. Caeodd ei llygaid a llyncodd y cwbl. Roedd ar y ddiod flas mor chwerw protestiodd Ina'n uchel. Sychodd ei gwefusau â'i llaw. Ych a fi.

Gwenodd y ddynes yn fodlon. Plygodd a chodi drwm bychan wedi'i wneud o groen. Dechreuodd ei daro a llafarganu mewn iaith na chlywodd Ina erioed o'r blaen.

"Beth mae hi'n ddweud?" sibrydodd Ina wrth Miro.

"Dim syniad. Dyna iaith ein cyndeidiau."

"Nid Lladin ydych chi wedi siarad erioed, felly?" holodd Ina'n syn.

"Nage. Y Rhufeiniaid ddaeth â Lladin yma."

Rhythodd y ddynes arnyn nhw, yn eu rhybuddio i fod yn dawel. Brathodd Ina ei thafod.

Doedd iaith Prydain – iaith y Brython – heb ddiflannu ar ôl i'r Rhufeiniaid gyrraedd, ond tybed oedd pobl Prydain hefyd yn siarad iaith wahanol iddi hi rhywdro, iaith oedd bellach wedi'i hanghofio?

Aeth y drymio a'r canu undonog ymlaen am funudau lawer. I basio'r amser, gwrandawodd Ina ar y geiriau dieithr a cheisio eu dilyn. Credai iddi ddeall ambell air hwnt ac yma. Roedd rhywbeth am y geiriau oedd yn ei hatgoffa o iaith y Gwyddelod. Efallai fod pob iaith yn debyg unwaith. Roedd y Beibl yn dweud fod pawb yn deall ei gilydd wedi'r dilyw mawr a chyn codi Tŵr Babel. Wrth iddi feddwl am y dilyw, a Noah a'i arch, teimlodd y llawr yn symud oddi tani. Syllodd i lawr a gweld tonnau yn golchi dros ei thraed. Cydiodd yn llaw Miro mewn braw.

"Mae'n amser," dwedodd y ddynes yn Lladin.

Rhoddodd honno ei braich amdani'n dyner a'i thywys i gwt bach tebyg i babell ger yr ogof, wedi'i wneud o frigau. Edrychodd Ina i gyfeiriad Miro ond yn ei le roedd baedd gwyllt, yn tyrchu yn y ddaear â'i drwyn hir. Chwarddodd Ina'n uchel. Tynnodd y ddynes orchudd o un ochr y cwt ac annog Ina i fynd i mewn. Aeth Ina ar ei gliniau, ac yna ar ei phedwar. Roedd y ddaear yn feddal fel gwlân. Dechreuodd gropian tuag at geg y babell frigog, oedd yn llawn mwg.

Aeth i mewn i'r cwt. Caeodd y ddynes y gorchudd. Pesychodd. Roedd golau dydd yn treiddio drwy'r brigau, fel bysedd hir, disglair. Ceisiodd Ina afael ynddynt, ond doedd dim posib gwneud.

Clywodd sŵn y drwm yn ailgychwyn, a llais y ddynes yn llafarganu eto. Roedd ei llais fel sŵn y môr, yn ei suo i gysgu, fel y tro hwnnw ar y traeth ger y bae mawr crwn, y dydd cafodd ei chipio gan y môr-ladron, y dydd y bu Bleiddyn annwyl farw ...

Teimlodd Ina ei hun yn syrthio i bydew du, diwaelod – yn syrthio, syrthio, syrthio ...

Yn ddirybudd, glaniodd ar ei thraed – na, nid ar ei thraed – ar ei charnau. Syllodd yn syn ar ei chorff cadarn, lluniaidd. Ffroenodd ac ysgwyd ei phen, gan deimlo'r cyrn yn hisian drwy'r aer. Nid merch oedd hi bellach ond carw.

Rhuodd Ina'n hapus a charlamu drwy'r goedwig, rhwng y coed amryliw a thros y nentydd bychain lliw arian, yn rhyfeddu at y creaduriaid eraill arallfydol oedd yn gwmni iddi: ysgyfarnogod maint moch, llyffantod â hwynebau cathod yn canu grwndi, ac yn yr awyr, adar â blew ar eu hadenydd yn lle plu – blew llyfn trwchus, coch du a gwyn – a phigau mawr glas.

O bell clywai Ina sŵn llais. Carlamodd i'w gyfeiriad. Gwyddai Ina rywsut mai llais Sanan oedd hwn, a'i bod hi'n agos. Medrai deimlo ei hanfod, ei henaid, yn ymestyn tuag ati. Yna gwelodd olau yn pelydru i fyny drwy'r ddaear. Teimlodd

Ina bob dim yn dirgrynu o'i chwmpas: am hanner eiliad roedd yn ôl yn y byd go iawn, ac yn medru gweld yn glir yn union lle roedd Sanan, yn gorwedd mewn hollt rhyw graig, a'i bod yn sownd ac yn methu symud, rhywle yn agos i Garnedd Cabralos. Yna, cyn iddi sylweddoli'n iawn beth oedd yn digwydd, roedd yn ôl yn y goedwig.

Trodd Ina a rhedeg i'r cyfeiriad y daeth ohono. Doedd dim llawer o amser ganddi ar ôl: digon gwan oedd y golau a welodd – roedd hanfod y ferch yn dechrau diffodd. Ond y pellaf yr aeth, y mwyaf ansicr roedd hi o'r ffordd. Edrychai popeth mor debyg. Mor hudolus. Mor brydferth. Ac am ryw reswm, mor gyfarwydd.

Arhosodd Ina wrth un o'r nentydd ac yfed ohoni. Roedd y dŵr yn felys ac yn pefrio fel gwin ifanc. Gwibiodd pilipala llachar heibio: un syfrdanol o hardd, maint colomen. Yna daeth un arall. Ac un arall. Dawnsiodd y gloÿnnod byw o'i blaen, yn gweu a throelli ymysg ei gilydd, yn ei gwahodd i'w dilyn. Dilynodd y gloÿnnod byw, wedi'i chyfareddu i'r fath raddau fel nad oedd hi bellach yn hollol siŵr beth yn union roedd hi'n ei wneud yma yn y goedwig, ac yn rhy ddedwydd i boeni rhyw lawer chwaith.

Roedd yr holl garlamu o gwmpas yn waith blinedig, a phenderfynodd Ina gael hoe. Gorweddodd. Roedd llawr y goedwig, a'i nodwyddau pinwydd lliwgar, yn well nag unrhyw wely y cysgodd Ina ynddo erioed, gan gynnwys yn llys y brenin Cynddylan.

Caeodd ei llygaid. Doedd dim drwg mewn gorffwys am ychydig, doedd bosib? Wrth iddi syrthio i gysgu, tybiai iddi glywed sŵn blaidd yn ei galw o bell, ei lais yn llawn pryder.

Roedd Bleiddyn yma'n rhywle. Ac roedd yn poeni amdani. Am hyfryd.

* * *

Wrth i Ebba droi'r cawl yn y crochan, wedi i Miro ac Ina adael y stabl, tybiai iddi sylwi ar olau o ryw fath ar ei waelod, a gwelodd yn sydyn yn ei dychymyg graig â hollt ynddi, a charw yn sefyll wrth ei hymyl, cyn i'r ddelwedd ddiflannu eto'r un mor gyflym. Yr eiliad nesaf, clywodd ei dwbl – y blaidd – yn ei galw o grombil y crochan. Gwyddai ym mêr ei hesgyrn fod rhywbeth difrifol newydd ddigwydd, ond wyddai hi ddim beth.

Daeth Caradog i mewn, yn drwm ei draed. Am eiliad, ofnai Ebba'r gwaethaf. Ond doedd neb wedi dod o hyd i Sanan – yn fyw nac yn farw. Yn nwfn ei chalon, ofnai mai diflaniad Sanan oedd y pris roedd yn rhaid iddi dalu am achub Mo rhag ei hanobaith.

"Gwnes i ychydig o gawl," dwedodd Ebba, heb wybod beth arall i'w ddweud. "Gymerwch chi beth?"

"Wedyn, falle. Diolch i ti."

Aeth Caradog ar ei union i'w stafell, at Eleri. Doedd hi heb godi o'i gwely ers neithiwr. Clywodd lais Caradog yn sibrwd, a chlywodd Eleri'n wylo'n dawel, a'r anobaith yn treiddio drwy'r wal.

Taflodd Ebba'r llwy bren fawr o'r neilltu. Roedd rhaid iddi fynd i chwilio am Sanan – nawr – hyd yn oed os oedd hi'n peryglu ei hun drwy adael y tŷ.

Yn ofalus rhag gwneud gormod o sŵn, casglodd Ebba ychydig o bethau at ei gilydd – fflasg o ddŵr a darn o fara ceirch – a'u rhoi mewn cwdyn. Cydiodd yn ei sgidiau a chripian at y drws. Unwaith roedd y tu allan, gwisgodd ei sgidiau a cherdded yn gyflym tua'r porth, â'i phen i lawr.

Pan gyrhaeddodd y fynedfa, gwelodd fod criw o bobl wedi ymgynnull yno.

"Y'ch chi ar fin cychwyn i chwilio am Sanan?"

Atebodd neb, dim ond llygadrythu arni. Synhwyrodd yn syth nad oedd croeso iddi. Dechreuodd gerdded tua'r gatiau.

"Ie, wir. Cer adre!" gwaeddodd rhywun.

"Ie! Adre at y Saeson!" bloeddiodd rhywun arall.

Trodd i'w hwynebu.

"Am y tro dwetha, dim Saesnes ydw i! Un o'r Jiwtiaid!"

"Pa ots? Chi i gyd 'run fath!" gwaeddodd llais cyfarwydd.

Sylweddolodd Ebba gyda braw mai mam Adwen oedd hi. Dechreuodd Ebba gerdded at y porth yn gyflym.

Gwthiodd rhywun hi yn ei chefn, ond throdd hi ddim o gwmpas y tro hwn – roedd arni ofn gwneud pethau'n waeth, a hefyd ofn cael gormod o siom o weld pwy oedd gyfrifol.

Daeth Gallgo i'r adwy, gan godi ei waywffon.

"Rhowch rwydd hynt iddi," gorchmynnodd.

Theimlodd Ebba'r un hergwd yn ei chefn wedyn, dim ond y geiriau creulon hyrddiwyd ati, fel cerrig.

"Dylai Caradog ei thaflu allan i'r stryd!"

"Roedd Sadwrn yn iawn i'w thrin fel anifail!"

"Dylwn ni ei gwerthu fel caethferch cyn yr hydref!"

Cerddodd Ebba drwy'r gatiau, heibio criw o wragedd oedd yn gweddïo wrth droed y groes. Feiddiai Ebba ddim ymgroesi, rhag eu gwylltio.

Brysiodd i lawr y llwybr at y goedwig. Dyma rai o'r bobl

oedd wastad wedi bod mor serchus tuag ati – yn sicr ers iddi ddysgu siarad eu hiaith yn iawn – yn awr yn ei ffieiddio. Anodd credu pa mor gyflym roedden nhw wedi troi yn ei herbyn.

Wrth iddi gerdded drwy'r coed ar hyd y darn cyntaf troellog a thywyll, daeth yn ymwybodol pa mor ddiamddiffyn roedd hi pe digwyddai rywrai eraill o'r gaer ddod i'w chyfarfod, a phe bai rheiny'r un mor elyniaethus tuag ati â'r bobl wrth y porth. Roedd Ebba'n hanner disgwyl gweld ei dwbl – y blaidd – yn ei chysgodi, ond doedd dim arwydd ohono'n unman. Doedd dwbl yn fawr o werth os nad oedd yn ymddangos pan oedd rhywun wir ei angen.

Oedodd wrth y Gastanwydden Gnotiog. Dododd ei llaw ar y rhisgl garw, a chau ei llygaid. Teimlodd rym bywydol y goeden; yn codi o'i gwreiddiau, i fyny'r boncyff, ar hyd ei changhennau ac yn ymdreiddio drwy'i dail. Agorodd ei llygaid. Tynnodd ei llaw i ffwrdd, wedi cael nerth o'r newydd.

Gadawodd y prif lwybr a cherdded rhwng y coed, gan gymryd y ffordd fyrraf i Garnedd Cabralos. Bu criw yn chwilio ardal y garnedd eisoes ond roedd ar Ebba eisiau gweld drosti hi'i hun a oedd arwydd bod Sanan wedi bod yno, a thyrchu am y grib. Roedd Ebba hyd yn oed wedi cynnig wrth Caradog i fynd i nôl y grib y bore ar ôl i Sanan ddiflannu, gan feddwl y byddai hyn o leiaf yn cynnig cysur o fath i Eleri, ond rhybuddiodd Caradog hi i aros adref ac i beidio – ar unrhyw gyfrif – adael y tŷ. Roedd yn rhy hwyr iddi droi 'nôl nawr. Byddai'n rhaid iddi fyw gyda beth bynnag roedd y duwiau – neu'r Un Duw – wedi'i ragweld ar ei chyfer.

Pan ddaeth Ebba at y twmpath, gwelodd nad oedd neb wedi bod ar gyfyl y cerrig mawr oedd yn gylch o gwmpas y domen gladdu. Ochneidiodd mewn rhyddhad – doedd Sanan heb dyrchu amdani, felly. Daeth Ebba o hyd i'r union garreg lle claddodd y grib – fe'i hadnabyddodd, diolch i'r mwsogl trwchus oedd arni.

Penderfynodd Ebba wneud yn siŵr fod y grib wedi mynd, a chloddio. Doedd dim golwg ohoni. Aeth ias o lawenydd i lawr ei chefn: roedd y grib bellach gyda Mo, yn union fel roedd wedi gobeithio.

Cododd Ebba ac ymestyn ei choesau. O nunlle, ymddangosodd ei dwbl.

"Ble wyt ti wedi bod?" holodd Ebba'n gyhuddgar.

Trodd y blaidd yn ei unfan mewn cylch, cyn trotian i ffwrdd ac edrych dros ei ysgwydd, cystal â dweud wrth Ebba am ei ddilyn.

"Wyt ti'n gwbod ble mae Sanan?"

Dechreuodd y blaidd swnian a chrafu'r ddaear â'i bawennau, cyn mynd yn ei flaen yn ddi-oed. Rhedodd Ebba ar ei ôl, i gyfeiriad y rhan o'r goedwig roedd Miro a'i debyg yn galw 'Llannerch y Meirw'. Fu Ebba erioed yma o'r blaen, am nad oedd neb o'r Galaesiaid, os oeddent yn credu yn yr hen dduwiau neu beidio, yn tywyllu'r lle. Roedd y llannerch yn tabŵ – yn lle gwaharddedig.

Wrth i'r ddau fynd yn ddyfnach i'r rhan hon o'r goedwig, daeth llai a llai o olau dydd drwy'r dail, oedd yn drwch uwch eu pennau. Wrth i Ebba basio hollt yn y graig, teimlodd chwa o wynt oer yn erbyn ei boch, a dychrynodd.

Ond doedd hyn yn ddim byd o'i gymharu â'r braw a gafodd wrth droi'r gornel. Oherwydd pwy oedd yn sefyll yno, a rhyw declynnau mesur yn ei ddwylo, ond Sadwrn. Cafodd yntau fraw o'i gweld hi hefyd. Ond buan y trodd y dychryn ar ei wyneb yn wên faleisus.

"Beth yn y byd wyt ti'n ei wneud yma'n bell o bawb a phopeth ar dy ben dy hun?"

Sylweddolodd Ebba nad oedd Sadwrn yn medru gweld y blaidd wrth ei hochr. Ac wrth iddi feddwl hynny, hyrddiodd Sadwrn ei hun ati. Rhewodd Ebba yn ei hunfan, ond roedd y blaidd yn gynt na Sadwrn; taflodd ei hun o'i flaen a syrthiodd Sadwrn ar ei wyneb. Edrychodd y dyn o'i amgylch mewn penbleth, yn methu deall beth achosodd iddo faglu.

Yna clywodd Ebba leisiau.

"Help! Help!" galwodd nerth ei hysgyfaint.

"Helô? Henffych! Helô!" galwodd rhyw leisiau 'nôl.

Neidiodd Ebba dros Sadwrn, oedd yn methu codi am fod y blaidd bellach ar ei gefn, a rhedeg nerth ei thraed i gyfeiriad y lleisiau. Daeth i lecyn agored ymysg y coed. Yng nghanol y llecyn roedd craig arall. Ac yn union fel y llall, roedd hollt ynddi. Adnabyddodd Ebba'r graig yn syth – dyma'r un welodd yn ei dychymyg wrth droi'r cawl. Erbyn hyn roedd y blaidd yn ôl wrth ei hymyl ond doedd dim golwg o Sadwrn. Gwibiodd y blaidd at yr hollt a dechrau swnian.

Yno, yng ngheg yr hollt gorweddai Sanan. Ofnai Ebba ei bod yn rhy hwyr, ond o afael yn y ferch sylweddolodd ei bod yn anadlu. Ceisiodd Ebba ei llusgo o'r hollt, ond roedd ei throed yn sownd mewn gwreiddyn.

"Ydi hi yno?" bloeddiodd rhywun.

"Ydi hi'n iawn?" bloeddiodd rhywun arall.

Trodd Ebba a gweld y criw oedd ger y porth yn rhuthro ati.

"Ydi. Ond mae hi'n sownd," esboniodd Ebba'n frysiog cyn symud o'r neilltu.

Roedd y blaidd yn dal wrth ei hochr ond roedd yn amlwg nad oedd y bobl hyn chwaith yn medru ei weld. Roedd y rhyddhad o ddod o hyd i Sanan, a'i bod yn dal yn fyw, yn gwneud i Ebba deimlo'n benysgafn. Ond fedrai hi ddim llawenhau'n llwyr chwaith, am ei bod, am ryw reswm, wedi dechrau poeni ynghylch Ina. Yn gwbl ddisymwth, daeth y ddelwedd honno o'r carw ger y graig holltog i'w chof. Yn lle diflannu'n syth, ehangodd y ddelwedd i ddangos fod y carw yng nghanol y fforest hud a'i choed amryliw a'i chreaduriaid hynod.

Heb ddweud gair wrth neb, sleifiodd Ebba i ffwrdd. Doedd dim byd rhagor allai hi wneud beth bynnag, ac yn sicr fyddai'r criw chwilio ddim yn gweld ei heisiau. Brysiodd 'nôl i gyfeiriad Carnedd Cabralos, a'r blaidd yn dynn wrth ei sodlau. Doedd hi ddim yn poeni am Sadwrn. Synhwyrai ei fod wedi'i heglu hi am y tro.

Daeth Carnedd Cabralos i'r golwg. Yn y pellter, gwelodd ffigwr yn rhedeg tuag ati, yn chwifio'i ddwylo. Miro. Trodd Ebba at ei dwbl i ddweud wrtho am beidio ymosod arno, ond roedd y blaidd wedi diflannu. Cyn pen dim roedd Miro wedi'i chyrraedd, a'i wynt yn ei ddwrn.

"Mae rhywbeth wedi mynd o'i le ... Ina ... mae hi ar goll yn y Byd Arall, ac yn pallu deffro."

Oedd, roedd Ebba wedi tyngu llw. Ond pan glywodd eiriau Miro a chael cadarnhad fod Ina mewn perygl, doedd dim dewis ond ei ddiystyru.

"Af i i'w nôl hi. Mae gen i syniad go lew lle mae hi. Y cyfan sydd rhaid i ti wneud yw arwain fi at y ddynes hysbys."

XXVIII

Cododd Ebba drywydd y carw'n syth. Dilynodd y trywydd yn rhwydd, er gwaetha'r holl greaduriaid hynod, lliwgar oedd yn ceisio dwyn ei sylw wrth iddi redeg yn ysgafnbawen drwy'r coed.

Yna, gwelodd y carw yn y pellter, yn cysgu'n braf ar lawr y fforest. Edrychai mor llonydd. Mor dangnefeddus. Ac mor gwbl ddiamddiffyn.

Daeth cryndod drosti wrth i wynt yr anifail lenwi'i ffroenau. Gyda braw, sylweddolodd ei bod wedi dechrau glafoerio.

'Ina yw'r carw, Ina yw'r carw, Ina yw'r carw ...' dwedodd wrthi'i hun heb symud ei gweflau, tan ei bod wedi tawelu'r ysfa ddychrynllyd oedd wedi cydio ynddi.

Sleifiodd tua'r carw a sefyll dros yr anifail. Roedd yr awydd i'w ddarnio yn dechrau cynyddu eto.

Ina sydd yno, Ina sydd yno, Ina sydd yno ...

Gwnâi'r ysfa i Ebba deimlo'n sâl. Ofnai na fyddai'n medru ei gwrthsefyll. Roedd ar fin sleifio i ffwrdd er mwyn ceisio cael rheolaeth arni'i hun eto pan agorodd Ina ei llygaid.

"Bleiddyn!" dwedodd yn hapus, a gorffwys ei phen ar ysgwydd y blaidd.

Suddodd Ebba ar ei phawennau a dechrau swnian. Roedd hyn yn annioddefol. Dechreuodd grynu unwaith yn rhagor.

Sgyrnygodd ei dannedd, yn y gobaith y byddai Ina'n cael braw, codi a rhedeg ymaith ac achub ei hun rhagddi, a dychwelyd i'r byd meidrol.

Ond yn lle hynny, closiodd Ina ati.

Plis cer, Ina. Plis. Er lles dy hunan.

"Maddau i fi ..." sibrydodd Ina yn ei chlust.

Ac yna digwyddodd rhywbeth rhyfeddol. Ciliodd yr awch am waed yn syth, fel petai'r geiriau wedi'i ddiffodd. Gwyddai Ebba'n iawn fod Ina'n credu mai siarad â Bleiddyn, ei bleiddgi hoff, roedd hi. Ond roedd synhwyro ei hedifeirwch dwfn yn ddigon.

Neidiodd Ebba ar ei phawennau a gwthio Ina i'w charnau gyda'i thrwyn main, hir. Doedd dim amser i'w golli. Dechreuodd Ebba drotian i ffwrdd, gan edrych dros ei hysgwydd yn gwahodd Ina i'w dilyn. Chwarddodd Ina a charlamu ar ei hôl.

* * *

Roedd blas hyfryd dŵr y nant lliw arian ar wefusau Ina o hyd. Tybed ai dyma sut roedd neithdar yn blasu, meddyliodd – mor felys a phefriog – a'r rheswm pam fod gwenyn a chreaduriaid eraill yn methu'n lân â'i wrthsefyll. Dywedodd Uinseann wrthi rywdro mai neithdar oedd diod hen dduwiau Groeg. Meddyliodd Ina ar y pryd fod hyn yn beth rhyfedd – pam ddim gwin neu fedd? – ond doedd hyn ddim yn ei synnu rhagor.

Roedd y blas melys hwnnw ar ei gwefusau pan ddaeth rhywun i'w deffro wedi iddi syrthio i gysgu ar lawr y goedwig ger y nant. Pan agorodd ei llygaid, gwelodd mai Bleiddyn oedd yno, yn syllu arni â'i lygaid gwyrdd, llachar.

Y fath hapusrwydd! Roedd yno i'w hachub. Doedd e ddim yn flin wrthi wedi'r cwbl. Ond mynnodd ofyn iddo faddau iddi am fethu ei gadw'n ddiogel ac am ei adael yn gelain ar draeth pell, serch hynny. Roedd yn bwysig ei fod yn gwybod sut roedd hi'n teimlo.

Dilynodd Ina'r bleiddgi yn ôl drwy'r goedwig amryliw, yn methu cofio pam ei bod yma, ac yn sicr yn methu deall pam mai carw oedd hi. A beth ar y ddaear oedd yr adar arallfydol rheiny oedd yn hedfan yn yr awyr euraid?

Cofiai Ina'n iawn iddi holi'r cwestiwn hwn iddi'i hun wrth ddeffro o'i thrwmgwsg – deffro yn y byd hwn, hynny yw, a blas y mwg yn suro blas dŵr croyw'r nant yn ei cheg, a throi a gweld Ebba, o bawb, yn gorwedd yno wrth ei hochr yn y babell frigau.

Roedd hynny ychydig o oriau 'nôl bellach. Ar ôl iddi ddeffro'n iawn, esboniodd Miro fod Ebba wedi'i helpu i groesi 'nôl. Efallai mai hi alwodd ar Bleiddyn. Doedd Ebba ddim yn fodlon siarad am y peth ac roedd Ina'n rhy wan a dryslyd i holi.

Gwthiodd Ina'r croen anifeiliaid oedd yn ei gorchuddio o'r neilltu. Roedden nhw'n llawer yn rhy dwym ar noson glòs fel heno.

Edrychodd draw at wely Sanan, oedd yn wag: roedd hi'n cysgu yn stafell Eleri a Caradog heno. Ar ôl cael ei chludo adref, a chael rhywbeth i'w yfed a'i fwyta a digonedd o faldod, daeth Sanan ati hi'i hun, er nad oedd hi'n barod eto i ddweud rhyw lawer.

Clustfeiniodd Ina a chlywed sŵn anadlu distaw, rheolaidd o'r gwely nesaf ati.

"Ebba," sibrydodd. "Wyt ti ar ddihun?"

Ddaeth dim ateb.

Ar ôl munudau lawer, dechreuodd Ina suddo'n is ac yn is ar y matres o wair. Wrth iddi syrthio i gysgu, fe'i hatgoffwyd yn sydyn sut roedd llygaid Ebba hefyd yn wyrdd yng ngolau'r lloer. Ond cyn iddi gael cyfle i feddwl mwy am y peth, daeth prydferthwch y goedwig amryliw i'w chof eto a dechreuodd hiraethu am fod 'nôl o dan ei dail.

* * *

Arllwysodd Ebba fymryn mwy o ddŵr i'r toes, er mwyn ei wneud yn haws ei weithio. Aeth ati i'w bwnio a'i rolio.

Er bod y gwaith yn ei thawelu, doedd dim posib dianc yn llwyr rhag yr ofn: ofn yr hyn oedd o'i blaen. Nid mater hawdd fyddai wynebu holl drigolion y gaer yng ngwledd goffa Iacob heno – y wledd ohiriwyd oherwydd diflaniad Sanan – gan wybod fod cynifer yn ei drwgdybio.

Roedd Caradog wedi addo ei hamddiffyn, ond a fedrai pendefig, hyd yn oed, atal rhag iddi gael ei chosbi pe byddai'r mwyafrif yn mynnu hynny? Ac yn waeth na hyn, a fyddai cosb o ryw fath yn golygu y byddai'n methu ei chyfnod prawf ac na châi ei mabwysiadu ganddo o gwbl?

Efallai byddai'r ffaith mai hi ddaeth o hyd i Sanan yn ddigon i'w hachub. Er, wrth gwrs, doedd Ina na hithau wedi sôn gair am y ddynes hysbys. Roedd Eleri wedi maddau iddi, neu o leiaf yn llai blin â hi. Efallai byddai pawb arall hefyd.

Ond a fyddai Duw yn maddau iddi am dorri ei llw?

Roedd hefyd wedi dechrau amau ai Mo aeth â'r grib o gwbl. Efallai i Sanan ddod o hyd iddi wedi'r cwbl, ac mai dyna pam nad oedd y grib yno.

Doedd hel meddyliau fel hyn wir ddim yn helpu. Aeth Ebba ati i rannu'r toes yn glympiau unigol. Yna cydiodd yn un o'r darnau a'i weithio i siâp crwn. Wrth iddi wneud, sylwodd fod Sanan bellach yn sefyll wrth y gilfach, yn syllu arni.

"Wyt ti eisiau cael tro?"

Ysgydwodd Sanan ei phen.

"Ti'n siŵr?" holodd Ebba, gan grafangu'n chwareus am y ferch â'i dwylo toeslyd. Fel arfer, mi fyddai Sanan wedi gwichian a rhuo chwerthin a gwneud sioe mawr o redeg i ffwrdd, ond y cyfan a wnaeth oedd ysgwyd ei phen eto.

Roedd yn rhy gynnar iddi ddod o'i chragen, meddyliodd Ebba. Doedd wybod beth yn union oedd wedi digwydd iddi pan ddiflannodd, am nad oedd hi eto wedi sôn, ac roedd ei rhieni yn ddigon call i beidio â'i gorfodi i ddweud dim tan ei bod yn barod. Ond beth bynnag a ddaeth i'w rhan, roedd wedi gadael ei ôl arni. Bu'n rhaid i Ebba ac Ina wynebu pethau dychrynllyd yn y gorffennol hefyd, ac roedd Ebba'n medru dychmygu – yn rhy fyw o lawer – yr ofn a'r unigrwydd deimlodd Sanan yn ystod y cyfnod bu ar goll.

Roedd yr holl beth wedi gadael ei ôl ar Ina yn ogystal. Doedd hi ddim yr un fath ar ôl ymweld â byd y breuddwydion. Roedd fel pe bai rhan ohoni yn dal yno, rhywle. A ddylai Ebba ddweud y gwir wrthi – mai hi ac nid Bleiddyn a'i hachubodd? Wedi'r cwbl, roedd wedi llwyddo i goncro'r ysfa i'w lladd, diolch i eiriau cymodlon Ina ... Na, gwell peidio, am y tro o leiaf.

Pe na bai Ebba wedi mentro, yno fyddai Ina o hyd. Heb ei henaid, mi fyddai corff Ina wedi gwywo a marw. Daeth dagrau i lygaid Ebba wrth feddwl am y peth.

Sychodd ei llygaid yn frysiog, a chlywed sŵn piffian chwerthin.

"Mae toes ar gwyneb ti," dwedodd Sanan, gyda hanner gwên.

"Oes, hefyd," ategodd Ina, oedd newydd ddod allan o stafell y merched. Sylwodd Ebba ei bod hi wedi ceisio cael trefn ar ei gwallt, yn aflwyddiannus.

Daeth cnoc ar y drws i darfu ar y distawrwydd. Cnoc daer. Efallai mai Gwnwyn oedd yno, a'i fod wedi dychwelyd i lusgo Ebba o flaen ei gwell. Cofiodd Ebba gyda braw nad oedd Caradog yno, am ei fod yn un o'r rhai oedd yn paratoi'r neuadd gogyfer y wledd.

Daeth cnoc arall. Ac un arall eto.

Brysiodd Eleri allan o'i stafell. Rhedodd Sanan ati. Methodd Ebba â symud. Prin ei bod hi'n medru anadlu. Roedd hi wedi'i pharlysu.

Sibrydodd Eleri rywbeth yng nghlust Sanan a diflannodd honno 'nôl i'w stafell. Gan roi gwên fach galonogol i Ebba, aeth Eleri at y drws. Ond gwelodd Ebba yr un pryder yn ei llygaid hithau ag a deimlai yn ei chalon.

* * *

Cafodd Miro syndod o weld yr olwg ofnus ar Eleri. Roedd yn amlwg iddo ei bod hi hefyd wedi synnu mai e a'i dad oedd yno, oherwydd syllodd ar y ddau'n ddwl am eiliad neu ddwy, cyn camu o'r neilltu ac amneidio arnynt i ddod i mewn.

"Falle fod Eleri eisoes wedi clywed, a bod cywilydd arni," sibrydodd Felix wrtho.

Roedd yn amheus gan Miro a oedd y newyddion wedi lledu i'r gaer. Dim ond newydd ddod i wybod oedden nhw, a doedd dim llawer mwy nag awr ers i rywun o'r pentref ddarganfod y peth ar hap. Ond doedd ganddo ddim awydd dadlau â'i dad. Roedd Felix yn gandryll. Ac am unwaith, welai Miro ddim bai arno.

Er mor fwll oedd hi yn y tŷ ar ôl camu o olau'r prynhawn, gwelodd Miro'n syth nad oedd Caradog adref, neu o leiaf doedd e ddim yn y stafell fawr. Syllai Ina arno'n syn. Ebba hefyd, oedd wrthi'n gwneud bara yn y gilfach.

Dwedodd Eleri rywbeth wrtho. Deallodd Miro ddigon i wybod ei bod newydd gadarnhau nad oedd ei gŵr yno, a dwedodd hynny'n ei dro wrth Felix.

"Oes ganddi syniad pryd bydd Caradog yn ôl?" holodd Felix, ar brigau'r drain.

Bu'n rhaid i Miro ofyn i'r merched gyfieithu o'r Lladin ar ei ran. Daeth yn amlwg fod Eleri'n disgwyl Caradog unrhyw funud, felly penderfynodd Felix mai aros amdano fyddai orau. Amneidiodd Eleri ar y ddau i eistedd, ond ysgwyd ei ben wnaeth Felix, felly doedd gan Miro ddim dewis ond parhau i sefyll hefyd. Dywedodd Ebba rywbeth wrth Eleri yn iaith y gaer – deallodd Miro'r gair 'bara' – a dyma Ebba'n ailafael yn ei gwaith. Aeth Ina ati i'w helpu.

Roedd Miro wedi gobeithio y byddai profiadau'r tri gyda'r ddynes hysbys, a dod o hyd i Sanan fel canlyniad, wedi dod â nhw yn nes at ei gilydd eto. Ond ofnai Miro mai'r gwrthwyneb oedd yn wir. Ddwedodd neb yr un gair. Roedd Ebba, yn arbennig, yn gyndyn iawn i edrych arno – i edrych ar yr un ohonyn nhw.

Roedd si yn mynd ar led ymysg y Galaesiaid mai un o'r rhesymau dros warth tybiedig Ebba oedd iddi hudo mab arweinydd y mwynwyr i'r goedwig a charu ymysg y rhedyn. Gwrthodai Miro gredu hyn. Er, roedd y modd roedd Ebba'n ymddwyn yn dechrau hau amheuaeth yn ei feddwl.

Llusgai'r amser yn ofnadwy. Dyma'r tro cyntaf iddo fod yn y tŷ ers iddo orffen gydag Ina hefyd, a doedd e chwaith ddim yn siŵr faint roedd Eleri'n ei wybod. Roedd yr holl beth yn artaith. Trodd Miro at Felix.

"Gawn ni eistedd, o leia?" dwedodd yng nghlust ei dad.

Cyn i Felix gael cyfle i ateb, daeth Caradog i mewn a Macsen wrth ei gwt.

"Felix, gyfaill!" dwedodd Caradog yn wresog yn Lladin, ond helô digon swta gafodd yn ôl. Gwelodd Miro fod Caradog wedi sylwi'n syth nad oedd hwyliau da ar Felix.

"Fedra i fod o gymorth?"

"Dyna yw fy ngobaith. A thithau'n bendefig," atebodd Felix, yn ddifrifol.

"Beth yw dy gŵyn?"

Sylwodd Miro fod Ina ac Ebba wedi rhoi'r gorau i'w gwaith ac yn gwrando'n astud. Eleri a Macsen hefyd, er nad oedden nhw'n deall fawr ddim ar y sgwrs.

Cliriodd Felix ei wddf.

"Glywaist ti sôn am gynlluniau Sadwrn?"

"Sadwrn? Naddo. Pa gynlluniau?"

"Ynghylch y mwynglawdd. Doeddet ti'n gwbod dim?

Anodd gen i gredu."

Edrychodd Miro ar ei dad yn ymbilgar i geisio'i dawelu, ond roedd Felix wedi mynd i hwyl.

"Mae'r peth yn warth. Yn frad. Yn ymosodiad cwbl annerbyniol ar ein gwerthoedd."

"Felix annwyl, pwylla, da ti. Does gen i ddim syniad am beth rwyt ti'n sôn. Wir."

"Dydi Caradog ddim yn un i ddweud celwydd, 'nhad," dwedodd Miro'n frysiog, rhag i bethau mynd yn flêr heb angen.

"Mae Sadwrn yn bwriadu agor mwynglawdd. Yn Llannerch y Meirw. Tir sy'n gysegredig i ni."

"Does ganddo mo'r hawl."

"Mae e'n amlwg yn meddwl fod. Mae e wedi hurio rhyw bobol o ffwrdd i weithio yno. Galaesiaid sy'n hanu o'r ffin ag Astwrias, mae'n debyg."

"Roedd Sadwrn yno – yn Llannerch y Meirw – pan ddes i o hyd i Sanan, ydych chi'n cofio imi sôn?" dwedodd Ebba'n sydyn, o'r gilfach. "Mae'n siŵr mai dyma oedd Gwnwyn yn ei olygu pan soniodd amdano'n cael y gorau ohonon ni i gyd."

Ar y gair, cripiodd Sanan allan o'i stafell. Efallai am ei bod wedi clywed ei henw. Glynodd yn glòs wrth ei mam. Dychrynodd Miro o weld yr olwg welw oedd arni, a'r direidi oedd ynddi fel arfer wedi'i ddiffodd.

"Mi af at wraidd hyn i gyd, ar fy llw," dwedodd Caradog wrth Felix, a gafael yn dynn yn ei ysgwyddau.

"Diolch i ti, gyfaill."

"I ti a dy bobol mae'r diolch. Am ymuno â ni a chwilio mor ddyfal am Sanan."

Rhoddodd Felix yntau ei law ar ysgwydd Caradog.

"Ches i ddim cyfle i dy longyfarch yn iawn, chwaith, ar dy ethol yn bendefig y diwrnod hwnnw pan fendithiwyd y mwynglawdd."

"Paid poeni. Dwi wedi hen arfer â'r teitl bellach."

"Falle fyddai Maelog yn fodlon melltithio mwynglawdd Sadwrn – os bydd e'n ddigon ffôl i geisio tyllu," dwedodd Felix, gyda mymryn o wên.

"Fe wna i 'ngorau glas i wneud yn siŵr na ddaw i hynny. Beth am i ni yfed llwnc, i'r union berwyl hyn?"

"Yn llawen."

Gollyngodd Miro ocheniad o ryddhad. Roedd didwylledd Caradog yn amlwg wedi tawelu Felix. Ond beth pe na fyddai Caradog, am ba reswm bynnag, yn medru atal Sadwrn rhag agor y mwynglawdd arall? Sut fyddai pethau rhwng ei dad a Caradog wedyn? A sut, yn wir, fyddai pethau rhwng y Galaesiaid lleol a'r Brythoniaid?

XXIX

Torrodd Ebba ddarn o fara ceirch a'i roi yn ei cheg, gan wrando ar eiriau Caradog wrth i hwnnw annerch y galarwyr – neu ryw hanner gwrando, a bod yn fanwl gywir. Roedd Maelog wedi siarad eisoes, a chynnig gweddi er cof am yr ymadawedig. Doedd dim angen bwyd arni, ond roedd rhaid i Ebba wneud rhywbeth â'i dwylo. Roedd eistedd ar lwyfan yn y neuadd, o flaen pawb, yn deimlad annifyr iawn, yn enwedig o dan yr amgylchiadau. Roedd Dagan yno rhywle hefyd, ond roedd hi wedi osgoi edrych i'w gyfeiriad.

Doedd neb wedi dweud dim byd cas wrthi. Roedd rhai hyd yn oed wedi cynnig gwên. Ond doedd eraill ddim yn fodlon edrych arni o gwbl. Roedd y ffaith mai hi ddaeth o hyd i Sanan heb feddalu agwedd yr rhelyw tuag ati, yn amlwg.

Wrth i Ebba gnoi ar y bara sych, clywodd Caradog yn dweud ei henw.

" ... Ebba, a hoffwn ddiolch iddi o waelod calon. Hebddi hi, a gweddïau taer Ina, go brin y byddai Sanan yma'n eistedd wrth ochr ei mam. Er mor ofnadwy oedd diflaniad Sanan, mae'r modd y bu i bob un ohonoch gyfrannu, a'r modd y daeth holl gymunedau'r fro at ei gilydd, yn dangos unwaith yn rhagor bwysigrwydd cydweithio a chyd-fyw yn gymodlon."

Eisteddodd Caradog, gan nodio'n garedig ar Ebba. Teimlai mor ddiolchgar iddo. Mentrodd godi ei phen ac edrych dros y neuadd. Suddodd ei chalon wrth sylwi nad oedd geiriau Caradog wedi cael fawr o effaith. Gwelodd rywun yn codi ar ei draed. Gwnwyn.

"Mae'n dipyn o gyd-ddigwyddiad mai Ebba – o bawb – ddaeth o hyd i Sanan. Sut roedd hi'n gwybod mai yno roedd hi?"

Aeth murmur drwy'r gynulleidfa.

"Falle ei bod wedi gwneud defnydd o'i phwerau aflan. Falle mai hi'i hun a gaethiwodd Sanan yn y graig."

Cododd Caradog 'nôl ar ei draed.

"Roedd y criw chwilio yno hefyd. Wyt ti'n ensynio bod ganddyn nhw hefyd bwerau o'r fath?"

"Falle fod Ebba wedi'u swyno."

Aeth murmur arall drwy'r gynulleidfa.

"Gorchwyl trwm yw gorfod codi hyn, ond mi ydw ddim ond yn dweud ar goedd yr hyn mae nifer fawr yn y gaer yn ei feddwl. Does dim lle i'r Saesnes yn ein plith rhagor, a dylai dim croeso fod iddi yma, nac ym Mrythonia gyfan. Dylid ei rhoi ar long, a gadael iddi araf lithro i ddyfnderoedd Môr Gwasgwyn er mwyn i'r gwyntoedd gael ei chwythu ble bynnag y mynnant."

Er bod Ebba wedi disgwyl clywed rhywbeth o'i fath, roedd clywed y geiriau go iawn yn gwneud iddi deimlo'n chwil. Ofnai ei bod ar fin llewygu, fel y tro hwnnw yn y goedwig pan ddaeth o hyd i Ina a Miro.

"Nid ti bia'r hawl i benderfynu hynny," dwedodd Caradog, yn ceisio'i orau i gadw trefn ar ei dymer.

"Fel un o'r gwyrda, mae gen i hawl i annerch y gynulleidfa. Neu wyt ti am wadu'r hawl hwnnw imi?"

Yn anfoddog, ystumiodd Caradog ato i barhau ac aeth Gwnwyn yn ei flaen i restru'r holl gyhuddiadau ar goedd roedd eisoes wedi gwneud yn erbyn Ebba o flaen y teulu.

"Dyw hynna ddim yn wir!"

Syllodd Ebba'n syn ar Dagan, oedd newydd neidio ar ei draed. Edrychai pawb arall yn syn arno hefyd.

"Wnaeth Ebba ddim pechu. A wnaeth hi ddim yr holl bethau eraill chwaith. Fi ddechreuodd y suon achos ei bod hi wedi gwrthod fi."

"Mae dy deyrngarwch iddi'n gymeradwy. Ond waeth i ti beidio â cheisio'i hachub."

"Ond dwi'n dweud y gwir!"

"Hi sydd wedi dy swyno di i feddwl hynny."

Aeth murmur drwy'r dorf eto fyth. Roedd yn amlwg fod nifer o'r un farn, a'u bod yn aflonyddu. Teimlai Ebba ei bod ar ben arni, felly. Dyma ei chosb am dorri'i llw ac am siomi'r Un Duw. Mi fyddai'n amddifad ac yn ddiamddiffyn unwaith yn rhagor, a fedrai Caradog na neb arall ei hachub.

Cyn i Garadog gael cyfle i brotestio, cododd Maelog ar ei draed. Syrthiodd tawelwch yn syth. Eisteddodd Caradog eto. Doedd Maelog byth yn ymyrryd fel arfer, heblaw ynghylch materion oedd yn ymwneud yn uniongyrchol â'r eglwys.

"Pan aeth pennaeth cynta'r gaer hon a'i wyrda ati, dros ganrif yn ôl, i lunio'r deddfau sy'n sail i fywyd y gaer a'i phobl, a'n cymunedau eraill ym Mrythonia, buont yn ofalus i asio ein deddfau brodorol â'r gorau o syniadaeth Rhufain, a chreu cyfraith gytbwys. Credai ein sefydlwyr mai'r hyn sy'n nodweddu dyn yw rheswm, ac mae rheswm yw craidd cyfiawnder."

"Clywch, clywch!" bloeddiodd Elfryn Ceidwad y Gaer, cyn ymddiheuro wrth Faelog am dorri ar ei draws.

"Nid fy lle i yw dehongli'r deddfau yn eu tro, ond hoffwn

atgoffa pawb ein bod yn rhwym iddynt. Mae modd eu newid, wrth gwrs, ond nid trwy fympwy ac nid trwy ewyllys y dorf."

Trawodd Elfryn Ceidwad y Gaer y bwrdd â'i ddwrn yn frwd, a gwnaeth ambell un o'r gynulleidfa yr un fath.

"Ry'n ni hefyd yn rhwym i ddeddfau'r Goruchaf Un, a phob un ohonom, y mwyaf a'r lleiaf yn ein plith, yn ddibynnol yn ein tro ar ras Duw. Achubwyd Ebba – ac Ina – rhag caethiwed a rhag y ddrycin, a'u cludo'n ddiogel i'n glannau. Pwy ohonom fyddai'n ddigon haerllug i honni nad dyma ei ddymuniad Ef?"

Cymerodd Maelog saib byr. Roedd y tawelwch yn y neuadd yn llethol.

"Trwy ddirgel ffyrdd ein Harglwydd y daeth Ebba o hyd i'r darn o aur a esgorodd ar y fenter a fydd yn diogelu dyfodol ein cymuned. Duw a roddodd ei llais peraidd iddi – llais sydd yn ei glodfori. Dysgodd Ebba ein hiaith, ac iaith ein Beibl, a deallaf gan y brodyr Uinseann a Pasgen ei bod yn sychedu am air yr Arglwydd. Y mae Ebba'n em, yn rhodd, ac yn bennaf oll, yn un o blant Duw."

Trodd Maelog ati.

"Cod, fy ngeneth i."

Cododd Ebba'n sigledig, heb drafferthu i sychu'r dagrau oedd ar ei gruddiau. Gwnaeth Maelog arwydd y groes dros ei phen.

"Dominus tecum. Duw fo gyda ti."

Yna eisteddodd Maelog, ac eisteddodd Ebba hithau.

Roedd Gwnwyn yn dal i sefyll yn yr unfan. Cliriodd ei wddf yn ansicr.

"Mae gen i hawl i ofyn i'r gwyrda a ddylid cychwyn achos

yn erbyn Ebba, a does neb yn mynd i'm hamddifadu o'r hawl hwnnw."

Cododd Caradog 'nôl ar ei draed.

"Nid dyma'r amser na'r lle."

"Cynigiaf fod y gynulleidfa hefyd yn cael yr hawl i godi dwylo."

"Nid yna'r drefn."

"Oes arnat ofn barn y bobl?"

Heb ddisgwyl ateb, cododd Gwnwyn ei law yn uchel, a'r ddau ddyn ddaeth gydag e i dŷ Caradog hefyd. Mentrodd llond dwrn o'r gynulleidfa godi'u dwylo yn ogystal, gan gynnwys Tyfanwedd, ei wraig. Edrychodd Gwnwyn o'i gwmpas yn wyllt.

"Beth sy'n bod arnoch chi? Codwch eich dwylo!"

Ymdrechodd neb arall i godi llaw, er plethodd rhai eu breichiau, fel arwydd nad oedden nhw'n cytuno â Gwnwyn.

"Mae'n ymddangos imi mai dyna ddiwedd ar y mater," dwedodd Caradog yn fodlon.

Eisteddodd Gwnwyn yn swrth, ei grib wedi'i thorri. Sibrydodd Tyfanwedd rywbeth yn ei glust a dwedodd wrthi'n uchel am gau ei cheg. Chwarddodd un neu ddau, cyn cofio eu bod mewn gwledd goffa.

Edrychodd Ebba draw at Maelog er mwyn diolch iddo, a gwelodd fod mymryn o wên ar ei wefusau yntau hefyd.

* * *

Yn fuan wedyn, cerddai Ebba ochr yn ochr ag Uinseann o gwmpas cloddiau'r gaer. Uinseann oedd wedi cynnig mynd â hi am dro. Mae'n siŵr ei fod wedi sylwi bod angen ychydig o awyr iach arni. Daeth Dagan ar eu holau wrth iddyn nhw adael y neuadd, ond gwrthododd Ebba siarad ag e. Roedd rhan ohoni'n ddiolchgar iddo am geisio achub ei cham, ond methai'n lân ag anghofio'r olwg wyllt yn ei lygaid y diwrnod hwnnw yn y pant dwfn, na chwaith iddo ochri gyda Ceinfron a lledaenu'r suon amdani.

Anadlodd Ebba'n ddwfn. Bu'n bwrw glaw gyda'r prynhawn, ac roedd arogl y glaw i'w glywed ar y borfa o hyd. Roedd yr awyr yn drwch o gymylau eto, a'r rheiny'n las golau gydag ambell staen glas tywyll, a'r haul yn rhy flinedig i ymwthio trwyddynt, heblaw am stribyn neu ddau lliw melynwy wedi pylu.

Syllodd Ebba draw at gopaon niwlog llwydlas Arfynydd, a sylwodd fod Uinseann hefyd yn edrych tua'r gorwel.

"Levavi oculos meos in montes, unde veniet auxilium mihi ... Codaf fy llygaid i'r mynyddoedd, o ble y daw fy nghymorth," adroddodd y mynach yn dawel.

Edrychodd Ebba ar y copaon yn fwy manwl. Hawdd credu fod Duw y tu ôl iddynt.

"Mae honno'n dipyn o salm. Mi fydd rhaid imi ei dysgu i ti."

"Dwi ddim yn siŵr a ddylwn i barhau â'r gwersi. Dwi ddim yn siŵr a ydw i'n haeddu."

Syllodd Uinseann arni'n syn.

"Pam, yn enw Mair a'r holl angylion?"

"Dwi 'di siomi pobol. Caradog. Ina. Pawb. "

Dwedodd Ebba bopeth wrtho, gan gynnwys sut yn union bu iddi ddod o hyd i Sanan.

"Ti'n gweld? Dim grym gweddi achubodd Sanan."

"Fedri di ddim fod yn siŵr o hynny. Fel dwedodd Maelog, does dim posib deall yn llawn dirgel ffyrdd ein Harglwydd. Ond mae'n swnio imi fel dy fod wedi aberthu cryn dipyn."

"Does fawr o neb arall yn meddwl hynny."

"Mae Maelog."

"Dydi e ddim y gwbod y gwir i gyd."

"Nid pobol sy'n penderfynu pwy sy'n deilwng – nid hyd yn oed Maelog Ddoeth – ond Duw. Ac mae pawb sy'n ei geisio yn deilwng yn ei olwg e."

"Sut fedri di fod mor siŵr?"

"Ebba fach, roedd amser doeddwn i ddim yn fynach, cofia. Roedd yna amser doeddwn i ddim hyd yn oed yn Gristion."

Cerddodd y ddau yn eu blaenau. Doedd ar Ebba ddim awydd dweud mwy, ac aeth Uinseann ddim ati i'w holi na gwneud sylw pellach. Cylchodd y ddau'r gaer yn dawedog, nes cyrraedd y fynedfa gefn unwaith yn rhagor.

"Mi fydd Maelog eisiau cychwyn am y fynachlog cyn iddi nosi."

"Arhosa i yma am ychydig eto."

"Pan gei gyfle, tyrd i'r fynachlog. Hoffwn ddangos rhywbeth i ti."

"O'r gorau."

Aeth Uinseann drwy'r fynedfa. Eisteddodd Ebba wrth droed y clawdd. Roedd y borfa'n wlyb, ond prin y sylwodd. Syllai draw at y goedwig o'i blaen, y coed yn dawel ac yn ddu o dan y cymylau. Doedd dim posib gweld copaon Arfynydd o'r man hwn. Ond roedden nhw yno. Ac efallai, y tu ôl iddynt, roedd yr Un Duw.

* * *

Cyn hyn, ac ar ôl i bawb setlo ar ôl yr holl gynnwrf, sylwodd Ina ar Uinseann yn tywys Ebba at ddrws y neuadd. Cafodd Ina ei themtio i ofyn a châi ymuno â nhw, ond gwyddai rhaid bod rheswm da gan y Gwyddel pam ei fod yn hebrwng Ebba o'r neuadd, felly penderfynodd adael llonydd iddyn nhw.

Roedd y rhyddhad a deimlodd Ina pan ddaeth yn amlwg na fyddai unrhyw ganlyniadau i gyhuddiadau Gwnwyn wedi dechrau cilio. Roedd yr awyrgylch ffug-barchus yn y neuadd yn dechrau ei llethu a'i gwylltio. Er bod pawb yn ddigon parod eu gwên erbyn hyn, synhwyrai nad oedd neb eisiau siarad â hi mewn gwirionedd, a doedd hi ddim eisiau siarad â neb chwaith.

Daeth Dagan i mewn i'r neuadd. Doedd hi heb sylwi arno'n gadael. Cerddodd ati, a sefyll o'i blaen yn ansicr gan osgoi edrych i'w llygaid.

"Wnei di ymddiheuro wrth Ebba drosta i? Wnes i drio, ond doedd hi ddim yn fodlon siarad â fi."

"Dwi ddim yn synnu."

"Taswn i'n gwbod gymaint o drwbwl fydde fe'n achosi iddi, fyswn i byth wedi dweud dim byd wrth neb."

"Fe wnest ti, on'd o? Cadwa draw wrthi hi."

Medrai Ina weld ei fod yn difaru ac yn dioddef. Ond os nad oedd Ebba wedi maddau iddo, nid ei lle hi oedd gwneud. Cerddodd Dagan i ffwrdd yn benisel. Wrth iddi ei wylio'n gweu ei ffordd drwy'r galarwyr i gefn y neuadd at ei dad, sylwodd ar Ceinfron Plu Paun yn ei ddilyn â'i llygaid hefyd, â golwg boenus arni. Deallodd Ina mewn fflach fod Ceinfron yn ffansïo Dagan. Gwelodd Ceinfron hi'n edrych draw, a dechreuodd y merched sisial ymysg ei gilydd. Roedd Ina wedi addo i'w hun na fyddai'n dweud dim wrthyn nhw heno, nac yn creu trafferth, er parch i Caradog ac i gof Iacob, ond cyn iddi sylweddoli'n iawn beth roedd yn ei wneud, roedd yn brasgamu tuag atyn nhw, ei llygaid yn fflamio.

Ciliodd Ceinfron gam yn ôl wrth iddi agosáu. Rhoddodd Ina ei throed i lawr yn galed ar un o'i sgidiau drud, gan achosi i Ceinfron wingo. Pwysodd Ina yn ei blaen a sibrwd yn ei chlust, yn ddigon uchel i'r lleill glywed.

"Os wnei di fyth rhywbeth tebyg i Ebba eto, fe lusga i di gerfydd dy wallt a dy daflu i lawr y ffynnon."

Chwarddodd Ceinfron yn nerfus.

"Dwi ddim yn credu mai gwamalu mae hi," rhybuddiodd Denw.

Rhythodd Ina ar y lleill yn eu tro.

"I'r rheiny ohonoch chi drodd eich cefnau ar Ebba, gobeithio bod chi'n falch o'ch hunain."

Trodd Ina ar ei sawdl a cherdded yn ôl at y bwrdd mawr. Roedd Eleri wedi symud ychydig o'r neilltu, a Sanan ar ei glin. Eisteddodd ar y fainc hir, wrth ymyl cadair Caradog.

"Dwi'n meddwl, Ina, fod y rhod wedi troi. Chawn ni ddim rhagor o drafferth oddi wrth Gwnwyn a'i debyg am sbel. Nid dyma'r adeg na'r fan i ddathlu. Ond pan fyddwn adre, cawn swper teilwng, a chei di ac Ebba wydraid o win gorau Bwrdios."

"Mi fydd rhywbeth yn well na bara ceirch ar ei ben ei hun," dwedodd Ina'n ysgafn.

Chwarddodd Caradog, a chodi codi darn o'r bara i'w geg.

"Dwi'n meddwl fod y bara'n flasus tu hwnt fel y mae," dwedodd, cyn tynnu wyneb.

Chwarddodd Ina. A Sanan hefyd, oedd wedi sylwi ar ystumiau ei thad. Dyma'r tro cyntaf iddi chwerthin ers iddi ddiflannu.

Yna clywodd Ina ryw gynnwrf, a'i sŵn bygythiol yn ymledu drwy'r neuadd. Diflannodd gwên Sanan, a chladdodd ei hwyneb ym mrest ei mam. Roedd rhywun bellach yn sefyll yng nghanol y stafell, gyda chriw o ddynion arfog dieithr o'i gwmpas: Sadwrn.

Fedrai Ina ddim credu'r peth. Yn gyntaf, roedd gwisgo cleddyfau neu gario arfau o unrhyw fath yn y neuadd yn dabŵ, yn rhywbeth hollol waharddedig. Yn ail, edrychai Sadwrn fel rhywun swanc o'r ddinas yn hytrach na chyn-alltud tlawd. Ond roedd mor atgas ag erioed, yn ddigon i godi croen gŵydd arni. Dylai wedi'i daro'n ddulas â'r darn o bren hwnnw pan gafodd y cyfle.

Protestiai nifer o'r trigolion dan eu gwynt. Roedd Cyngar a'i ddynion yn uwch eu cloch, ac yn bloeddio ar Sadwrn a'r dynion i ddiarfogi. Yr unig un nad oedd i'w weld yn poeni rhyw lawer oedd Gwnwyn – efallai ei fod yn gwybod y byddai Sadwrn yn tarfu ar y wledd. Y cyfan wnaeth y dynion dieithr oedd cydio'n dynnach yng ngharnau eu cleddyfau, yn barod i'w tynnu. A'r cyfan wnaeth Sadwrn oedd cilwenu'n ddirmygus.

Neidiodd Caradog i'w draed.

"Beth yw ystyr hyn, Sadwrn? Pam dy fod yn llygru'r neuadd hon ag arfau?"

"Maddau imi fy haerllugrwydd, bendefig hael," dwedodd

Sadwrn, ei lais yn diferu o wawd, er gwaethaf ei eiriau cwrtais. "Doeddwn i ddim yn siŵr o'r croeso."

Trodd Sadwrn at y dynion a dweud wrthynt mewn Lladin rugl i beidio ar unrhyw gyfrif i dynnu eu cleddyfau, 'pe na fyddai rhaid'. Synnodd Ina o'i glywed yn siarad Lladin cystal. O'r hyn a gofiai, prin ei fod yn medru dodi brawddeg at ei gilydd. Ond dyna ni, cafodd Sadwrn ddwy flynedd o alltudiaeth i ddysgu'r iaith. Ac yn amlwg, i wneud cysylltiadau.

"Ai gwir dy fod yn dymuno cloddio ar dir cysegredig y Galaesiaid?" mynnodd Caradog.

"Mi wyt ti wedi clywed, felly," dwedodd Sadwrn, wedi'i daflu am eiliad. "Cysegredig? Dyna air rhyfedd i ddisgrifio mangre sy'n annwyl ond i'r pagan."

"Mae'r llecyn hwnnw'n annwyl i'r Galaesiaid oll, fel y gwyddost yn iawn. Rhoddon ni wyrda ein gair i'r Galaesiaid na fydden ni'n cloddio yn agos at eu mannau sanctaidd."

"Rhoddais i ddim addewid o'r fath."

"Rwyt ti'n rhwym o gadw'r addewid honno, fel ninnau."

"Pe byddet yn bennaeth arna i, byddwn. Ond Esgob Lucus yw fy ngheidwad a fy noddwr, bellach. A chyn i ti ofyn, oes, mae gen i drwydded sy'n caniatáu imi agor mwynglawdd, wedi'i harwyddo gan Adoric ei hun."

Tynnodd Sadwrn y ddogfen o'i glogyn, a'i chwifio i gyfeiriad Caradog. Gwelwodd hwnnw, a suddodd calon Ina.

"Heddwch i lwch Iacob. Coffa da amdano," dwedodd Sadwrn, cyn troi at Ina a chrechwenu. "Hyfryd dy weld eto Ina, fel arfer."

Yn ei dychymyg, neidiodd Ina o'r llwyfan a phlymio cyllell yn ei frest. Chwarddodd Sadwrn yn ddirmygus, fel pe bai'n deall beth oedd yn mynd trwy ei meddwl.

"Gyfeillion, wna i ddim tarfu arnoch rhagor."

Camodd trigolion y gaer o'r neilltu wrth i Sadwrn a'i ddynion arfog adael y neuadd. Cyn gynted ag oeddent drwy'r drws dechreuodd nifer o bobl, gan gynnwys Cyngar, erfyn ar Caradog i ganiatáu iddynt ddial arnynt.

Roedd Caradog yn dal i sefyll yno fel delw, ond daeth at ei goed yn o sydyn o glywed y fath siarad.

"Gadewch iddynt adael y gaer mewn heddwch," gorchmynnodd. "Peidied neb â chodi hyd yn oed dwrn yn eu herbyn."

Gwelodd Ina fod Sanan bellach yn syllu'n ofnus i gyfeiriad y drws.

"Ddown nhw ddim 'nôl, paid poeni," dwedodd Ina wrthi'n dawel.

Doedd Ina ddim yn siŵr a oedd wedi'i chlywed, oherwydd roedd y ferch yn dal i syllu i'r pellter. Chafodd Ina ddim siawns i ddweud rhagor wrthi, oherwydd trodd Caradog ati a sibrwd yn ei chlust.

"I'r stabl â thi ar dy union – ond mor ddiffwdan â phosib – a rho gyfryw ar Valens. Arhosa am ychydig funudau rhag i ti ddod ar draws Sadwrn a'i ddynion, yna ceisia ddal i fyny â Maelog mor gyflym ag y medri a dweud wrtho fod rhaid iddo ddychwelyd ar unwaith. Rhaid galw cynulliad brys. Yn y cyfamser, mi gasgla i'r gwyrda at ei gilydd."

Cododd Ina a cherdded at y drws, gan geisio peidio tynnu sylw ati hi'i hun, na chwaith edrych i gyfeiriad neb.

XXX

Troediai Ebba'n ofalus, gan fod y llwybr yn wlyb iawn mewn mannau. Bu'n bwrw'n drwm gyda'r nos ond roedd yn fore clir a ffres, a'r naws drymaidd wedi'i halltudio am y tro gan law yr oriau mân.

Ond digon trymaidd oedd hi ar yr aelwyd y bore 'ma. Roedd Caradog yn siomedig tu hwnt â chanlyniad y cyfarfod brys neithiwr. Er bod pawb yn gytûn fod Sadwrn wedi gwneud tro sâl â nhw a'r Galaesiaid lleol, a'u dodi mewn sefyllfa amhosib, roedd ganddo hawl cyfreithiol i agor y mwynglawdd. Ac er bod Maelog o'r farn mai hau hadau helynt yn fwriadol roedd Esgob Lucus – gan mai Adoric oedd wedi caniatáu'r drwydded doedd dim modd ei dirymu, na hyd yn oed deisebu Adoric i wneud, heb achosi cryn embaras iddo ac efallai suro'n ewyllys da oedd wedi datblygu rhyngddo a'r Brythoniad. Cytunwyd, fodd bynnag, y dylai Caradog, oedd yn gorfod teithio i Lucus beth bynnag drennydd i gludo gweddill yr haearn a werthwyd, ofyn i Laudatus wneud ymholiadau answyddogol ar eu rhan – ond doedd neb wir yn meddwl y byddai modd gwyrdroi'r penderfyniad.

Roedd yn gas gan Ebba feddwl bod Sadwrn wedi cael y gorau ar bawb. Doedd arni ddim ei ofn mwyach – nid ar ôl i'w dwbl ei rwystro rhag ymosod arni. Roedd yn gryfach nag e. Efallai ei fod e wedi synhwyro hynny hefyd.

Teimlai Ebba'n flin ofnadwy dros y Galaesiaid lleol. Doedd ond gobeithio na fyddai mwynglawdd Sadwrn yn llwyddiant, ac y byddai'r snichyn afiach yn gorfod hel ei bac unwaith yn rhagor.

Cyneuodd hyn i gyd dân yn ei bol, a chyrhaeddodd yr eglwys mewn da o bryd. Y person cyntaf iddi weld oedd y Brawd Iestyn yn arwain ychen i lafurio yn un o'r caeau. Pendiliai pen yr anifail o un ochr i'r llall yn bwyllog.

"Ble mae Valens gen ti heddiw?"

"Mae ar Caradog ei angen."

"Yma i weld Uinseann wyt ti? Dwedodd efallai y byddet yn galw. Dwi'n meddwl ei fod yn yr eglwys."

Diolchodd Ebba iddo, a dringo'r bryncyn at yr addoldy pren. Ond pan agorodd y drws, roedd y lle'n wag. Oedodd ac yna mentro i mewn. Dyma'r tro cyntaf iddi fod mewn eglwys erioed. Roedd rhyw dawelwch dwys yn perthyn i'r lle. Cafodd ei denu at y canhwyllau fel gwyfyn. Mewn alcof bychan wrth eu hochr roedd y llun gafodd Maelog yn anrheg gan Martin.

Roedd wedi ymgolli cymaint yn y darlun, sylwodd hi ddim ar y nofydd yn dod i mewn, tan iddo glirio'i wddf.

"Clywodd Uinseann dy fod wedi cyrraedd. Gofynnodd imi dy dywys iddo.

Gan gadw ei lygaid ar y llawr yr holl ffordd, arweiniodd y nofydd hi at y 'scriptorium' – yr ysgrifdy. Ond chafodd ddim gwahoddiad i fynd i mewn. Byddai Ebba wedi hoffi gweld Uinseann wrth ei waith. Ar ôl iddi sefyllian wrth y drws am funud neu ddwy yn ceisio pendroni beth yn union roedd Uinseann am ddangos iddi, daeth y mynach allan, yn cario llyfr o ryw fath yn ei law.

"Mae'n ddrwg gen i dy gadw. Roedd rhaid imi orffen y dudalen. Tyrd. Awn i'r ardd berlysiau. Cawn lonydd yno."

Cerddodd y ddau'n ddistaw i'r ardd. Yno, roedd y planhigion bellach yn eu hanterth, ac yn sgleinio'n lân ar ôl trochfa'r noson cynt. Ymestynnai'r llwyn llawryf yn foliog dros ochr y llwybr, ac aroglau'r rhosmari, y mintys, y saets a'r persli yn cystadlu am sylw.

Eisteddodd y ddau ar fainc.

"Mae'n siŵr dy fod wedi holi dy hun pam imi ofyn i ti ddod i'r fynachlog," dwedodd Uinseann, o'r diwedd.

Rhoddodd y llyfr oedd yn ei law i Ebba.

"Copi ydi hwn o ran o'r Beibl, yn iaith y Gothiaid, sydd newydd ein cyrraedd o'r Eidal."

Syllodd Ebba'n syn ar y llyfr.

"Ydi e'n hen?"

"Mae'n debyg bod y cyfieithiad gwreiddiol mor hen â'n fersiwn Lladin ni."

"Oes fersiynau eraill?" holodd Ebba'n syfrdan.

"Oes. Hebraeg, Groeg, Syrieg, Armeneg ac o leia ddwy o ieithoedd yr Aifft. Mae'n bosib bod eraill."

Ysgydwodd Ebba ei phen mewn penbleth. Roedd hi wedi cymryd yn ganiataol mai Lladin oedd unig iaith y Beibl. Agorodd y llyfr a syllu arno'n llawn rhyfeddod.

"Tro at Weddi'r Arglwydd. Dwi wedi dodi llinyn yn y lle priodol."

Daeth Ebba o hyd i'r ddalen gywir yn syth. Er bod gwyddor y Gothiaid yn un wahanol, roedd y llythrennau'n weddol hawdd i'w dehongli ar y cyfan. Ar ôl i Uinseann esbonio sain ambell lythyren ddieithr iddi, mentrodd Ebba ddarllen darn o'r weddi'n uchel.

"Atta wnsar thŵ in himinam ... swe in himina iâ ana erthê ... Ein Tad yn y nefoedd ... fel yn y nefoedd hefyd ar y ddaear ..."

Methodd Ebba â mynd yn ei blaen. Roedd ganddi lwmp mawr yn ei gwddf. Oedd, roedd yr iaith yn hen. Oedd, roedd yn swnio'n ddigon rhyfedd, hyd yn oed i'w chlustiau hi. Ond roedd digon o debygrwydd rhwng y geiriau Germaneg hyn a'i hiaith hi i yrru ias lawr ei chefn.

Gwenodd Uinseann yn fodlon.

"Dwi'n gweld dy fod yn ei werthfawrogi cymaint ag oeddwn i wedi gobeithio."

Os oedd y Gothiaid yn deilwng yn llygad Duw, efallai'n wir ei bod hi.

"Beth yn union o't ti'n feddwl ... pan ddwedaist ti fod amser nad o't ti hyd yn oed yn Gristion?"

Oedodd Uinseann cyn ateb.

"Efallai cei'r hanes gen i'n llawn rhyw ddydd. Ond mi ddweda i cymaint â hyn – ro'n i'n perthyn i'r rhai oedd yn medru darogan, trin geiriau, a deall eu nerth."

"Bardd o't ti, fel Arofan?"

"Rhywbeth tebyg."

Roedd Ebba ar fin gofyn iddo a oedd yn dal i ganu cerddi, pan seiniodd cloch y fynachlog yn galw'r mynachod at un o ddefodau niferus y dydd.

"Maddeuant, Ebba. Dyna'r allwedd. Maddau i eraill. A maddau i ti dy hun."

Daeth geiriau Ina yn y goedwig amryliw i gof, a'r ymdeimlad o heddwch pur ddaeth drosti bryd hynny.

Cododd Uinseann i'w draed. Cododd Ebba hithau, a rhoi'r llyfr 'nôl iddo.

"Diolch, Uinseann – am ddangos hwn i fi. Am bob dim."

Ar ôl ffarwelio â'r mynach hoffus, cerddodd Ebba o'r fynachlog i gyfeiriad Carnedd Cabralos, a'r darlun hwnnw o'r Forwyn Fair ddangosodd Maelog iddi'n llenwi llygad ei meddwl. Dechreuodd gnoi cil wedyn am Liduvina, a'r tebygrwydd rhyngddi a Mo. Pe bai ond modd iddi wybod i sicrwydd bod ei mam yn gorffwys mewn hedd, ac na fyddai'n digio wrthi am droi'i chefn ar y duwiau.

Wrth i'r llwybr wyro, y tu ôl iddi gwelodd gopaon Arfynydd, oedd ar eu gorau heddiw. Fe'i hatgoffwyd o'r salm, a dwedodd yn uchel:

"Levavi oculos meos ... Codaf fy llygaid i'r mynyddoedd, o ble y daw fy nghymorth ..."

Er mawr syndod iddi hi'i hun, llwyddodd i gofio pennill cynta'r salm air am air. Adroddodd y geiriau eto yn ei phen, i fod yn siŵr. Oedd wir. Roedd pob gair yn ei le.

Erbyn iddi gyrraedd Carnedd Cabralos roedd wedi'i adrodd drosodd a throsodd, fel swyn. Arhosodd wrth droed y garnedd, a chwilio am y fan ble claddodd y grib. Wrthi iddi wneud, sylweddolodd nad oedd wedi gweld ei dwbl ers y diwrnod daeth o hyd i Sanan. Tybed oedd ei waith wedi'i orffen?

Safodd yn stond. Yn yr union fan lle claddodd y grib, tyfai tri blodyn o'r un fath. Eisteddai pen y tri ar goesyn hir, y petalau'n ffurfio pluen eira fawr, ond bod honno'n las llachar a'i chanol yn las dwys, mor ddwys roedd bron yn borffor: gleision yr ŷd – hoff flodau ei mam.

* * *

Cychwyn ar y broses o wneud planciau ar gyfer cwch oedd tasg y dydd i fod, ond roedd Felix wedi gwylltio gymaint ar ôl i Caradog dorri'r newyddion drwg, cerddodd allan o'r gweithdy a dechrau torri gweddillion boncyff gyda'r fwyell fawr ar gyfer coed tân. Roedd yn chwys diferol yn barod a'i wyneb yn goch, ac roedd ar Miro ofn y byddai'n ei gor-wneud hi, neu'n anafu ei hun yn ei wylltineb.

"'Nhad, rhowch orau iddi, da chi, o leia tan eich bod chi wedi cael cyfle i ddod atoch chi'ch hun."

Cododd Felix y fwyell uwch ei ben.

"Roedd Caradog yn amlwg yn teimlo'n ofnadwy ynghylch y peth."

"Dydi ei gydymdeimlad yn werth dim imi."

Disgynnodd y fwyell ar y boncyff, a threiddio'n ddwfn i'r pren. Cafodd Felix drafferth i'w thynnu'n rhydd.

"Dwedodd Caradog y byddai'n annog pawb i beidio â gweithio yn y mwynglawdd newydd."

"Dwedodd e y byddai'n atal y mwynglawdd rhag agor o gwbl."

Disgynnodd y fwyell eto.

"A bod yn deg – dweud y byddai'n gwneud ei orau wnaeth e."

Rhoddodd Felix y fwyell o'r neilltu.

"Gwranda, Miro. Dydw i ddim yn naïf, er dy fod falle'n credu hynny. Dwi'n gwbod yn iawn fod Caradog yn anhapus ofnadwy ynglŷn â'r mwynglawdd. A dwi'n gwbod fod newid y penderfyniad y tu hwnt i'w allu. Mae grymoedd llawer mwy pwerus y tu ôl i hyn."

Sychodd Felix y chwys o'i wyneb, cyn mynd yn ei flaen.

"Mae eu Duw nhw'n gryfach na'n duwiau ni. Mae hynny'n anodd ei dderbyn, ond dyna'r gwir cas. Ac mae grym yr Eglwys yn drech na grym unrhyw un sy'n ceisio'i wrthwynebu. Ond daw dim da o hyn, waeth pa mor anorfod. Dim da o gwbl."

Ofnai Miro fod ei dad yn gywir. Doedd wybod beth fyddai holl oblygiadau niweidiol agor y mwynglawdd newydd. Ac yn fwy na dim, ofnai ei fod yn rhannol gyfrifol. Pe na bai wedi mynd i Lucus a helpu'r Brythoniaid i sicrhau'r drwydded, efallai na fyddai dim o hyn wedi digwydd. Sychodd Felix ei wyneb eto, a chraffu i gyfeiriad y tŷ.

"Mae rhywun yma i dy weld. Cymer dy amser. Mi fydd hi'n sbel tan i'r fwyell wneud ei gwaith."

Gafaelodd Felix yn y fwyell eto a throdd Miro i weld pwy oedd yno. Ebba. Yn chwifio arno. Ac yn gwenu.

Roedd angen ei holl hunanreolaeth arno i beidio dechrau rhedeg tuag ati, a bloeddio pa mor hapus roedd e i'w gweld. Yn lle hynny, cododd ei law a gwenu 'nôl arni. Gallai ond gobeithio nad oedd ei wên yn wirion o lydan.

"Do'n i ddim yn siŵr faint o groeso fyddai imi. Ond roedd rhaid imi alw," dwedodd Ebba.

Doedd Miro ddim yn siŵr at bwy roedd Ebba'n cyfeirio: fe neu Felix? Dewisodd chwarae'n saff.

"Paid poeni am 'nhad. Mae e'n meddwl y byd ohonot ti."

Fel fi, meddyliodd Miro. Mae'n rhaid i fi ddweud wrthi heddiw. Mae'n rhaid.

"Mae'n ddrwg iawn gen i am yr holl fusnes â Sadwrn. Gobeithio na wneith hyn i gyd suro pethau gormod rhwng Felix a Caradog."

"Mae e'n gwbod nad ar Caradog mae'r bai. Beth amdanat ti? Wyt ti'n iawn? Gei di lonydd bellach gan bobol y gaer?"

"Caf, gobeithio, diolch i Caradog. Ac i Maelog."

"Dwi'n falch."

"Awn ni am dro ar hyd y merllyn?" holodd Ebba, gan arwain y ffordd.

Fedrai Miro dal ddim credu ei bod hi yma, a'u bod yn cerdded ochr yn ochr. Ar ôl cyrraedd y dŵr, daeth Miro o hyd i'w dafod.

"Ro'n i'n ofni fyddet ti ddim eisiau 'ngweld i rhagor."

"Do'n i ddim. Ar y dechrau."

"Mae'n wir ddrwg gen i. Am bopeth."

"Dwi'n gwybod. A dwi'n maddau ti."

"Ydi Ina?"

"Rhaid i ti ofyn iddi hi."

Safodd Miro'n stond.

"Roedd yn gas gen i frifo Ina, ond doedd dim dewis gen i. Fyddai e wedi bod yn annheg arni i gario 'mlaen – unwaith i fi sylweddoli 'mod i … mewn cariad â rhywun arall."

Gorfododd Miro ei hun i edrych arni, ym myw ei llygaid. Gafaelodd yn ei llaw.

"Dwi am i ni fod yn ffrindiau eto, Miro," dwedodd Ebba. "Dyna pam ddes i. Ond fedrwn ni ddim bod yn fwy na hynny."

Gollyngodd Ebba ei law. Edrychodd Miro i ffwrdd.

Ffrindiau?

"Rwyt ti'n deall, on'd wyt?"

Ddwedodd Miro'r un gair. Roedd arno ofn pe wnâi y byddai ei lais yn ei fradychu. Teimlai ddagrau o siom yn dechrau cronni.

"Does neb yn golygu mwy imi na ti, heblaw Ina. Mae'n bwysig dy fod ti'n deall hynny."

Trodd Miro i edrych arni.

"Wnest ti gwrdd â Dagan yn y goedwig?"

Oedodd Ebba mymryn cyn ateb.

"Do."

Gwingodd Miro. Waeth fod Ebba wedi'i gicio yn ei fol ddim.

"Wnaethon ni gusanu, dim byd mwy – os mai dyna sy'n dy boeni."

"Dylwn i wedi'i adael e ar lawr y mwynglawdd," poerodd Miro, gan gynhyrfu gymaint rhoddodd fraw i'w hun.

"Dwyt ti ddim yn golygu hynny," dwedodd Ebba'n dawel.

Ydw, mi ydw i, meddyliodd Miro. Does gen ti ddim syniad gymaint dwi'n ei gasáu.

"Wela i di'n fuan, gobeithio," dwedodd Ebba'n sydyn, cyn troi a cherdded i ffwrdd, a'i adael yn ddisymwth wrth ochr y dŵr, fel roedd e unwaith wedi'i gadael hi. Er iddo drio peidio, fe'i gwyliodd yn mynd bob cam.

Fyddai e ddim yn tywyllu porth y gaer. Byth eto. Na chwaith fynd i chwilio amdani. Yn unman.

Ond roedd ganddi gymaint o afael drosto, gwyddai Miro'n iawn y byddai cyn bo hir yn crwydro llethrau Carnedd Cabralos neu lwybrau'r goedwig yn y gobaith o'i gweld, ac yn hwyr neu'n hwyrach, yn mynd i'r gaer ac yn cnocio ar ei drws.

Cododd Miro garreg o'r llawr a'i thaflu. Neidiodd y garreg ar draws wyneb y dŵr yn ysgafn, gan fownsio dro ar ôl tro ar ôl tro. Y tafliad perffaith. Cafodd gymaint o syndod anghofiodd gyfrif.

* * *

Doedd dim angen rhagor o ddŵr ar Eleri ond aeth Ina i'r ffynnon eto, beth bynnag. Cododd y piser llawn uwch ei phen a'i ostwng, dro ar ôl tro, tan fod ei breichiau'n llosgi. Yna, gan afael ynddo'n dynn, aeth i'w chwrcwd dro ar ôl tro tan fod ei choesau'n crynu. Roedd meddwl am Sadwrn a'i gynlluniau wedi'i gwylltio gymaint, dim ond y rhyddhad a ddeuai o weithio'i chyhyrau oedd yn ddigon i'w thawelu. Roedd hefyd rywbeth rhyfedd am y ffaith mai ar dir ei fwynglawdd y cafodd Sanan ei darganfod – medrai Ina ddim peidio ag amau fod Sadwrn, rywsut, ar fai.

Roedd Ina wedi cario'r piser y tu allan i'r gaer er mwyn ymarfer corff. Sylwodd ar rai pobl yn syllu arni'n od wrth iddyn nhw basio ond doedd dim ots ganddi. Arllwysodd beth o'r dŵr ar ei dwylo a golchi'i hwyneb, oedd yn chwys i gyd. Trodd i wynebu'r awel, gan gadw golwg ar y gorwel. Mi fyddai Ebba'n siŵr o ddod 'nôl cyn bo hir, a doedd hi ddim am ei cholli. Roedd ganddi newyddion mawr i'w rhannu â hi, ac roedd hi bron â thorri'i bol eisiau gwneud.

Roedd hi'n weddol sicr erbyn mai Ebba, ac nid Bleiddyn, oedd wedi'i hachub o'r goedwig amryliw. A'r un mor sicr mai Ebba geisiodd ei lladd yn yr hunllef gafodd yn gynt. Fedrai hi ddim gweld bai arni. Mae'n siŵr y byddai hi wedi gwneud yr un fath, pe bai Ebba wedi dwyn ei chariad hi. Miro oedd y baedd – roedd yn deall hynny nawr.

Erbyn hyn roedd hi hefyd yn medru meddwl am Miro heb golli ei thymer, a heb arteithio'i hun gyda chwestiynau di-ri ynghylch pam ei fod wedi gorffen â hi. Efallai byddai hi rhywdro hyd yn oed yn medru codi'r pibgorn i'w gwefusau unwaith eto, ond am y tro blas sur oedd i'r pren coeden afalau.

Clywodd Ina lais Ebba yn ei galw. 'Ho!' Trodd a'i gweld hi'n cerdded tuag ati'n ysgafndroed, o gyfeiriad y goedwig.

Ceisiodd Ina gael trefn ar yr holl bethau roedd arni eisiau dweud wrthi, a hynny cyn rhannu'r newyddion. Roedd hi'n benderfynol, y tro hwn, i glirio'r aer, i siarad yn gall am bob dim, i syrthio ar ei bai – pethau nad oedd yn dod yn hawdd iddi o hyd – i addo wrth Ebba na fyddai'n ei siomi, ac na fyddai byth eto'n gadael i fachgen dod rhyngddyn nhw.

Cyn i Ina gael siawns i ddweud dim, rhoddodd Ebba ei breichiau amdani a'i chofleidio. Digwyddodd hyn mor sydyn, ac mor annisgwyl, diflannodd y llith o eiriau yn ei phen, gan adael dim ond un gair ar ôl – un o'r ychydig yn unig a wyddai yn iaith Ebba.

"Sweostor," sibrydodd Ina, a chymryd ei llaw. Chwaer.

"Sweostor," sibrydodd Ebba 'nôl, gan wasgu ei llaw'n dynn.

Safai'r ddwy'n stond, yn edrych i lygaid ei gilydd heb ddweud dim am eiliad neu ddwy.

"Chwaer o ddewis, nid o waed. Dyna oedden ni'n arfer dweud, on'd e?" dwedodd Ebba.

"Ie," atebodd Ina, dan deimlad.

"Byswn i'n dal yn dewis dy gael fel chwaer, cofia, er dy fod di'n mynd ar fy nerfau'n ofnadwy weithiau," dwedodd Ebba'n ddireidus.

"Mae hynny'n beth da iawn – o dan yr amgylchiadau."

"Pa amgylchiadau?"

"Mi fyddwn ni'n chwiorydd – yn swyddogol."

Syllodd Ebba arni'n ddwl a chwarddodd Ina'n uchel.

"Dwyt ti ddim yn deall? Mae Caradog wedi cael yr hawl i dy fabwysiadu."

"Ond sut?"

"Y gwyrda benderfynodd. Daethon nhw draw ar ôl cinio, ar ôl cwrdd y bore 'ma tra aeth Caradog i weld Felix."

"Pawb? Hyd yn oed Gwnwyn?"

"Na. Wnaeth e ddim ffwdanu dod i'r cyfarfod. O'i achos e penderfynon nhw gyflymu'r broses, dwi'n meddwl – i wneud yn siŵr fydd e a'i debyg yn methu creu mwy o drafferth i ti."

"Go iawn?" holodd Ebba'n anghrediniol.

"Wrth gwrs, go iawn!"

Cydiodd Ina yn nwylo Ebba. Neidiodd y ddwy i fyny ac i lawr, yn gweiddi'n groch a chwerthin nes eu bod yn wan, cyn syrthio'n swp hapus a gorwedd ar eu cefnau.

Roedd y ddwy'n dal i bwffian chwerthin wrth iddyn geisio cael eu gwynt atynt.

"Fyswn i'n dy ddewis di fel chwaer hefyd, cofia. Er dy fod wedi trio fy lladd i," dwedodd Ina, gan gellwair.

"Do, ond mi wnes i dy achub di'r eildro – a cofia di hynny. Sweostor."

Trodd Ina i'w wynebu.

"Does dim syniad 'da ti pa mor hapus o'n i pan ddwedodd Caradog wrtha i. A phan gytunodd e i fi gael dweud wrthot ti."

Roedd y wên gafodd gan Ebba'n un nad anghofiai fyth.

Epilog

Plymiodd Ebba i'r pwll, ac wrth iddi daro'r dŵr teimlodd ei chroen yn gogleisio a'i chyhyrau'n crebachu. Gan fod yr haf wedi mynd heibio, medrai unwaith eto brofi'r wefr eithaf o oeri hyd at ei hesgyrn. Teimlai'n gwbl effro, ac yn gwbl fyw.

Heno, mi fyddai'n gwisgo ei dillad newydd, y dillad a gafodd yn arbennig ar gyfer achlysur go arbennig – Gwledd y Cynhaeaf, a'r noson y byddai Ebba'n cael ei chroesawu'n swyddogol yn ferch i Caradog yn ôl y gyfraith.

Doedd Ebba ddim yn siŵr a fyddai'i rhieni yn cytuno i'r wisg oedd ganddi mewn golwg, ond chwarae teg, ddaeth dim gwrthwynebiad, ac roedd Eleri wedi dilyn ei chyfarwyddiadau i'r llythyren: gwisg isaf llewys hir o'r gwlân gorau, gwisg o frethyn bras heb lewys dros honno, â'r ddwy wisg wedi'u dal yn sownd gan ddwy froetsh arian ar ei hysgwyddau, oedd hefyd yn dal y gadwyn ambr ar draws ei brest. Yn ei dillad newydd, edrychai Ebba'n union fel rhywun o'i hoed hi ar Ynys Wiht. Nid dynwared neb oedd hi bellach. Y hi oedd y hi: yn gymysgwch cymhleth o elfennau croes di-ri. Ac roedd hynny'n hollol iawn.

Cynhyrfodd Sanan yn lân o weld y wisg gyflawn, ac ymbiliodd am un debyg. Roedd Eleri'n bles iawn â'i gwaith. Fe'i cofleidiodd a sibrwd 'fy merch'. Cofleidiodd Caradog hi hefyd, a dweud yn ei chlust roedd yn siŵr y byddai Ealdwulf yr un mor falch ohoni ag oedd yntau.

Pan adawodd Ebba am yr afon, mynnodd Ina adael y tŷ gyda hi, a daeth Macsen ar eu holau. Ar y ffordd i'r porth, gwelodd Dagan o bell a chodi ei law arno.

Roedd Ina ar ei ffordd i'r goedwig hefyd, gyda Macsen. Penderfynodd os medrai Ebba wisgo'r hyn roedd hi'n ei ddymuno, y gallai hi ailafael mewn pastwn ymladd, a rhoi gwersi i Macsen. Roedd Ina hefyd o'r farn na fyddai'n ddrwg o beth i fod yn fwy abl i amddiffyn ei hun – ac eraill – gan ei fod yn edrych yn debyg y byddai Sadwrn yn y cyffiniau am sbel. Roedd Ebba wedi sôn wrthi erbyn hyn am y pant cudd, gan gellwair ei fod yn lle da i wneud pethau gwaharddedig.

Ffarweliodd Ebba â'r ddau wrth y Gastanwydden Gnotiog. Ar y ffordd i'r pwll, canodd Ebba'r gân honno am y fforestydd dudew, yr eira ac am adael cartref – morio canu hefyd, nid rhyw sisial ganu. Daeth yr hyn ddymunodd Adoric ar ei rhan yn wir. Dyma ei chartref bellach, yn ddi-os. Roedd ganddi hawl i fod yma. Roedd yn un o ddinasyddion y gaer, waeth beth ddwedai neb.

Nofiodd ar ei chefn, a chwerthin yn fodlon wrth feddwl am yr olwg syn a fyddai ar wynebau llawer heno wrth ei gweld yn y fath wisg, yn enwedig Ceinfron. Ers iddi ddod yn ferch i Caradog yn swyddogol, roedd Ceinfron, ar yr wyneb o leiaf, wedi bod yn fwy serchus tuag ati. Ond roedd Denw wedi dweud wrthi fod Ceinfron – ac Adwen hefyd – yn dal i ladd arni y tu ôl i'w chefn. Doedd hyn ddim yn ei synnu. Drueni am Adwen, ond roedd bai arni hi hefyd wrth gwrs.

Yn sydyn, cododd yr adar mewn ofn o'r coed gyferbyn.

Gwelodd Ebba siâp annelwig yn sleifio i gyfeiriad yr afon. Gwyddai beth oedd yno cyn ei weld yn iawn: ei dwbl, y blaidd. Daeth y creadur yn agosach at y dŵr heb wneud y smic lleiaf o sŵn, a syllu arni'n ddisymud. Nofiodd Ebba yn ei hunfan ac edrych i fyw ei lygaid gwyrdd. Doedd arni ddim ei ofn. Sut fedrai fod ei ofn arni, a'r blaidd yn rhan ohoni hi?

"Does arna i ddim dy angen rhagor," dwedodd wrtho yn ei hiaith ei hun. "Dos!"

Parhaodd y blaidd i syllu arni, yn hollol lonydd.

"Glywaist ti ddim o Maelog yn dweud 'mod i'n un o blant Duw? Dos! Mi fydda i'n iawn hebddot ti!"

Trodd Ebba ar ei hechel yn y dŵr a phlymio i waelod y pwll. Arhosodd yn ei chwrcwd ar wely'r afon tan fod ei hysgyfaint yn grwgnach. Nofiodd i'r wyneb. Tynnodd anadl drom cyn edrych i gyfeiriad y lan.

Doedd dim golwg o'r blaidd.

Ond yn nwfn ei chalon, gwyddai Ebba ei fod yno'n rhywle o hyd, yn llechu, yn syllu arni â'i lygaid llachar. Gwyddai hefyd y byddai'n gwylio drosti; heddiw, fory a drennydd, a thra byddai byw. Ac er gwaethaf yr hyn roedd newydd ei ddweud, bu'n rhaid iddi gyfaddef iddi hi'i hun fod y sicrwydd hwn yn ei chysuro.

Trodd ar ei chefn a gadael i'r llif ei thywys tuag at y cerrig mawr ar ochr isa'r pwll, cyn nofio yn erbyn y llif i'r union fan y cychwynnodd. Gwnaeth hyn dro ar ôl tro ar ôl tro, gan ymgolli'n llwyr yn rhythm undonog y mynd a'r dod.

Nodyn hanesyddol

Yn y nodyn ar hanes *Y Pibgorn Hud* soniais mai cychwyn cyntaf y syniad o lunio stori am Frythoniaid gogledd Sbaen oedd dod ar draws arwydd ar gaffi yn Santiago de Compostela – prifddinas Galisia – yn dwyn yr enw 'Mailoc', a meddwl ar y pryd fod hwnnw'n edrych yn rhyfedd o debyg i'r enw Cymraeg 'Maelog'. Holais mewn siop lyfrau gerllaw a chael ar ddeall bod y Mailoc/ Maelog hwn yn esgob ar gymuned o'r Hen Gymry oedd wedi ymfudo yno rhywdro ar ôl cwymp yr Ymerodraeth Rufeinig.

Ardal i'r gogledd o Lucus (Lugo heddiw) oedd Brythonia ac yn rhan o Galaesia – tarddiad yr enw Galisia – oedd yn ei dro yn rhan o Deyrnas y Swabiaid, a'r deyrnas honno wedi'i chyfyngu i ogledd-orllewin y penrhyn Iberaidd (sef Sbaen a Phortiwgal heddiw). Mae cyd-destun hanesyddol *Y Ferch o Aur* felly'n eithaf cymhleth. Er mwyn ei ddeall, mae'n rhaid yn gyntaf dyrchu i'r cyfnod cyn y nofel.

Roedd Gallaecia – wedi'i Gymreigio i Galaesia yn y nofel – yn un o lond llaw o ranbarthau a sefydlwyd gan y Rhufeiniaid yn Hispania, eu henw nhw ar y penrhyn Iberaidd. Adeiladwyd Galaesia'r Rhufeiniaid ar seiliau diwylliant a enwir yn Sbaeneg 'la cultura castrena' – diwylliant y 'castro' – sef diwylliant bryngaerau Oes yr Haearn, tebyg iawn i'r rheiny a gaed ym Mhrydain. Roedd yn ardal sylweddol ac yn fwy o faint na Galisia fodern. Un o'i nodweddion amlycaf oedd bod pobl yn byw mewn cymunedau wedi'u gwreiddio yn y caerau hyn yn hytrach na threflannau wedi'u seilio ar deulu neu dylwyth. Nid un grŵp homogenaidd (o'r un fath) oedd y trigolion, ond yn hytrach nifer o bobloedd gwahanol. Un o'r rhain oedd y 'Gallaeci', sef llwyth Celtaidd. Diolch i'r Rhufeiniaid, daeth enw'r llwyth i olygu holl bobl diwylliant y castro. Ystyr Galaesia yn syml yw 'gwlad y Gallaeci'.

Yn debyg i'r hyn ddigwyddodd ym Mhrydain, ni ddisodlwyd yr hen drefn yn llwyr gan y sustem Rufeinig. Roedd y cymunedau brodorol yn dal i reoli sawl agwedd o'u bywyd, tra bod rhai materion cyhoeddus neilltuol yn cael eu gweinyddu gan swyddogion yr ymerodraeth. Fodd bynnag, yn wahanol i Brydain, disodlwyd yr ieithoedd brodorol yn llwyr gan yr iaith Ladin – er nad oes modd profi'n union pa bryd – fel y digwyddodd ledled Hispania, heblaw yn achos y Fasgeg. Credir bod o leiaf tair iaith yn perthyn i ardal diwylliant y castro cyn dyfodiad Lladin, gan gynnwys iaith Geltaidd – yn debyg i'r Frythoneg, mam y Gymraeg, er efallai'n debycach o ran seineg i'r Wyddeleg.

Tua'r un adeg ag y ffarweliodd Prydain â'r Ymerodraeth Rufeinig, oedd yn prysur ddadfeilio, ac y cychwynnodd pobloedd Almaenig gyrraedd ei glannau (y Sacsoniaid, yr Eingl, y Jiwitiad, y Frisiaid, ac ati) ymfudodd tri llwyth Almaenig i Hispania: yr Alaniaid, y Fandaliaid a'r Swabiaid. Dyma rai o'r pobloedd Ellmynig hynny oedd ar grwydr, yn llythrennol, yn ystod blynyddoedd olaf yr ymerodraeth ac yn chwilio am gartref parhaol. Setlodd y Swabiaid – rhyw 25,000-30,000 o ran nifer – yn Galaesia, fel *foederati* (cynghreiriaid) i Rufain. O fewn dim roeddent wedi dyrchafu un o'u harweinwyr yn frenin. Y Swabiaid oedd y bobl Ellmynig gyntaf oll i ffurfio brenhiniaeth, a hynny tua 410.

Bu gwrthdaro cyson rhwng y Swabiaid a brodorion Galaesia

tan i'r ddwy ochr ddod i gytundeb, er i'r Swabiaid barhau i ysbeilio a chreu anhrefn yn achlysurol wedi hynny. Yn wahanol i'r Rhufeiniaid yn y canrifoedd blaenorol, doedd gan y Swabiaid ddim bwriad gorfodi sustem weinyddol a chyfreithiau newydd ar y wlad, am mai pobl grwydrol oeddent cyn hyn. Yn raddol, dros gyfnod o ganrif a mwy, esblygodd y frenhiniaeth yn un mwy soffistigedig. Bracara (Braga, gogledd Portiwgal heddiw) oedd eu prifddinas.

Y Swabiaid oedd y genedl fwyaf pwerus yn Hispania tan oruchafiaeth cenedl Ellmynig arall, y Gothiaid, yng nghanol y bumed ganrif. Ar ôl colli grym yn ne Gâl, dechreuodd y Gothiaid – neu'r Fisigothiaid fel y'i gelwir erbyn heddiw – ganolbwyntio'n llwyr ar Hispania, gan wthio'r Swabiaid, oedd erbyn hyn wedi ymestyn eu tiriogaeth, yn ôl i Galaesia a'r cyffiniau. Bu'r Swabiaid yn byw dan gysgod y Fisigothiaid yn barhaus wedi hynny.

Paganiaid oedd y Swabiaid i gychwyn. Trodd eu harweinwyr at y ffydd Gristnogol, er nid at Gatholigiaeth (cred y Galaesiaid) ond at Ariaeth, cred gyffredin iawn ymysg y cenhedloedd Almaenig, gan gynnwys y Gothiaid. Roedd rôl yr eglwys Gatholig – yr esgobion yn arbennig – yn ganolog yn Galaesia. Daeth yr esgobion yn arweinwyr ar y boblogaeth frodorol ac yn eiriolwyr rhwng y Galaesiaid a'r frenhiniaeth Swabaidd. Ffrwyth y berthynas gynyddol agos hon oedd i fonedd y Swabiaid droi at y ffydd Gatholig yn y 550au. Dyma gyfnod 'yr ail deyrnas', pryd ffurfiwyd gwladwriaeth Gatholig, a buddiannau elît y Swabiaid a'r eglwys bellach yn un, a chychwyn ar oes aur. A dyma ni wedi cyrraedd cyfnod y nofel.

Cyfnod hynod gyffrous oedd hwn; cyfnod esgorodd ar newidiadau pellgyrhaeddol ym myd yr eglwys, masnach a diwydiant, a hyd yn oed yn y modd roedd pobl yn cyd-fyw: dyma gyfnod cychwyn y pentrefi agored a chefnu'n raddol ar yr hen drefn o fyw yn y 'castros'.

Wrth i'r gymdeithas newid, a hynny'n gyflym, mae'n rhaid bod y Brythoniaid yn eu tro hefyd wedi gorfod ymateb i heriau a chyfleon yr oes. Does wybod faint yn union o Frythoniaid oedd yn byw yno, na chwaith i sicrwydd ai tiriogaeth ar wahân oedd Brythonia, neu gasgliad o dreflannau ac eglwysi'r Brythoniaid oedd wedi'u gwasgaru dros yr ardal. Beth sy'n sicr, fodd bynnag, yw bod yr Hen Gymry wedi ymsefydlu yno i'r fath raddau erbyn y cyfnod hwn nes eu bod yn cael eu cydnabod fel pobl ar wahân ac y byddent, yn y degawd ar ôl cyfnod y nofel, yn haeddu eu hesgob eu hunain, Maelog. Aeth Maelog ymlaen i gynrychioli'r Brythoniaid mewn cynadleddau eglwysig pwysig. Mae'r ffaith i esgob gael ei benodi o gwbl – yn y degawd wedi'r nofel – a hynny ar eglwys oedd o leiaf yn lled-annibynnol, yn awgrymu'n gryf eu bod wedi llwyddo rhywsut i naddu lle i'w hunain yn 'yr ail deyrnas'.

Yn anffodus, does dim lle yma i fanylu ar yr holl agweddau hanesyddol perthnasol, ond dyma gipolwg ar rai o'r themâu pwysicaf a geir yn y nofel.

Byd Masnach a Diwydiant

Tybir bellach bod ffyniant yr ail deyrnas yn cyd-fynd â chysylltiadau cynyddol agos â Bysantiwm, yn sgil mabwysiadu'r ffydd Gatholig gan y Swabiaid. Enw ar Ymerodraeth Rufeinig y Dwyrain yw Bysantiwm – ei phrifddinas oedd Caer Gystennin, Constantinople yn Saesneg, sef Istanbul yn Nhwrci heddiw – a ymestynnai dros y rhan fwyaf o ardal Môr y Canoldir. Iwstinian oedd yr ymerawdwr; dyn tu hwnt o uchelgeisiol a dylanwadol iawn.

Yn ystod yr adeg hon, rhoddodd Bysantiwm y gorau i fasnachu'n uniongyrchol â Phrydain (h.y. Brythoniaid gorllewin Prydain. Doedd y Saeson ddim yn masnachu'n uniongyrchol â'r ymerodraeth yn y cyfnod hwn). Dyma glec anferthol i'r Brythoniaid, yn fasnachol ac yn wleidyddol. Yr allforyn pwysicaf un o Brydain oedd tun (alcam). Yn gyfnewid, byddai'r Brythoniaid yn derbyn gwinoedd, olew, crochenwaith, sidan, ac ati.

Mae'r union resymau dros newid polisi Bysantiwm yn aneglur ond y canlyniad oedd i Galaesia gymryd lle Prydain fel allforiwr mwynau, a gwelwyd cynnydd anferthol mewn mwyngloddio yno, yn bennaf aur ac alcam. Dyma ysbrydolodd stori agor y mwynglawdd yn y nofel; mwyngloddio, wedi'r cwbl, oedd arbenigedd Brythoniaid de-orllewin Prydain; Cernyw yn bennaf. Doedd dim llawer o aur nac alcam ym Mrythonia, ond mi roedd haearn, oedd hefyd yn werthfawr – nid yn gymaint fel nwydd i'w allforio, ond i'w gyfnewid yn lleol gan mai dyma'r metel y gwnaed y mwyaf o ddefnydd ohono bob dydd.

Yr Hinsawdd

Rhywdro ar droad y flwyddyn 536 bu ffrwydrad llosgfynydd enfawr rhywle yn y byd. Fel canlyniad i'r 'llen lwch' a ddaeth yn ei sgil – sylffadau yn yr awyr oedd yn rhwystro'r haul a throi'r awyr yn glytwaith o goch, oren a melyn – gostyngodd y tymheredd hyd at 2.5 gradd dros y rhan fwyaf o Ewrop gan achosi newyn mawr a diboblogi mewn mannau wrth i gnydau fethu (dyma sydd tu ôl y syniad yn y nofel bod mam Ebba'n ymfudo o Jutland, rhan o Ddenmarc heddiw, i Ynys Wyth). Mae tystiolaeth ysgrifenedig yn sôn am hyn o Bysantiwm yn y dwyrain i Iwerddon yn y gorllewin. Yn 540 (blwyddyn geni Ina, Ebba a Miro) bu ffrwydrad arall, ac o bosib un arall eto yn 547, gan achosi'r tymheredd i ostwng unwaith yn rhagor. Roedd ôl-effeithiau'r ffrwydradau ar eu gwaethaf tan tua 550, ond i'w teimlo am ganrif arall. Mae'r esgob a'r hanesydd Gregori o Tours yn Ffrainc (538–594) yn sôn am dywydd oer, anwadal a hafau gwlyb yn ystod ei oes.

Crefydd

Mae'n bosib mai'r rheswm cafodd y Brythoniaid benrhyddid i ymsefydlu i'r gogledd o Lucus oedd natur yr ardal: roedd yn dlotach, heb ei Rhufeineiddio i'r un graddau, ac yn cynnwys nifer sylweddol o bobl frodorol nad oedd eto'n Gristnogion. Felly, mae'n bosib mai cenhadu oedd un o brif swyddogaethau Maelog a'i debyg. Bid hynny fel y bo, mae tystiolaeth bod gwaddol hen gredoau yn gryf iawn ledled Galaesia a bod sawl ffrwd baganaidd yn bodoli o hyd: credoau Groegaidd-Rufeinig, credoau Ellmynig a chredoau brodorol, gan gynnwys rhai Celtaidd.

Mae'n debyg nad oedd bod yn Gristion neu beidio yn bwysig iawn i'r rhelyw o'r boblogaeth, ac y byddai pobl yn cyd-fyw heb feddwl rhyw lawer am y peth, heblaw am 'wir gredinwyr'. O fewn y gymuned Gristnogol roedd ystod eang o wahanol raddau o ffydd, h.y. credai rhai yn arwynebol a chredai eraill yn ddidwyll, yn debyg iawn i heddiw.

O ran eglwys Maelog, mae'n debygol mai'r Brythoniaid oedd yn gweinyddu y rhan fwyaf, os nad holl, eglwysi'r ardal. Ond mae awgrym yn y nofel fod newidiadau mawr ar droed ym myd yr eglwys. O'r cyfnod hwn ymlaen aeth Martin (y cwrddodd Maelog ag e yn Lucus yn y nofel) ati i drawsnewid ac i uno'r eglwys yn Galaesia.

Gair i gloi
Yn sgil y gyfundrefn newydd Gatholig hon, cyflymodd y cymhathu rhwng y Swabiaid a'r brodorion. Mae'n debygol mai hyn roddodd y farwol i iaith y Swabiaid, er nad oes modd gwybod i sicrwydd. Mae'n bosibl mai bratiaith oedd hi erbyn hyn beth bynnag, er efallai eu bod yn dal i arfer ambell draddodiad, neu'n gwybod rhai o'r 'hen ganeuon' o hyd – yn union fel yn achos y Fisigothiaid, pan edwinodd eu hiaith nhw yn ystod y ganrif ganlynol. Dydi'r Swabiaid ddim yn eithriad yn hyn o beth. Dyma hefyd dranc iaith Almaenig y Ffranciaid yn Ffrainc; yn wahanol, wrth gwrs, i hanes y Saesneg ym Mhrydain.

Er mor gymharol lewyrchus fu'r ail deyrnas, yn 585 fe'i traflyncwyd gan y Fisigothiaid a'i diraddio yn rhanbarth o fewn eu teyrnas nhw. Nid dyma ddiwedd ar gynnydd Galaesia fodd bynnag: mae olion archeolegol a daearyddol yn awgrymu fod masnach ryngwladol a'r economi leol yn dal i ffynnu, a hynny am o leiaf ganrif a hanner. Buasai'n braf meddwl fod Brythoniaid Galaesia hefyd wedi chwarae eu rhan.

Diolch

Mae dywediad Saesneg yn awgrymu bod angen pentref i fagu plentyn. Yn achos y llyfr hwn, roedd angen bryngaer gyfan, a hynny dros Zoom. Rhoddodd nifer fawr o bobl yn hael iawn o'u hamser dros gyfnod ymchwilio a sgrifennu'r nofel. Nid gormodedd yw dweud na fyswn wedi llwyddo hebddynt.

Gracias i'r Athro Purificación Ubric Rabaneda, Prifysgol Granada, arbenigwraig ar Gristnogaeth gynnar, am fy ngoleuo ynghylch y cyd-destun crefyddol.

Grazas i dri o Galisia. Pablo Carpintero, hanesydd cerdd, gwneuthurwr pibgodau o bob math, a cherddor; yr ieithydd Xosé Antonio López; a'r amryddawn Manuel Gago.

Takk i'r Athro Kristin Bech, Prifysgol Oslo, am rannu ei harbenigedd ynglŷn â'r ieithoedd Almaenig cynnar.

Thank you i'r Athro Mina Fazel, sy'n arbenigo ar seicoleg llencyndod, gan gynnwys ffoaduriaid ifanc. Hefyd i'r Athro Harriet Soper, Prifysgol Rhydychen, arbenigwraig ar lên Hen Saesneg, ac sydd wedi sgrifennu am fyd y plentyn yn y cyfnod.

Diolch o'r galon i Ioan Lord, sy'n gwybod mwy am fwyngloddio yng Nghymru namyn neb, ac awdur *O'r Ddaear Fyddar Faith: Mwyn o Ganolbarth Cymru*, nid yn unig am ei gymorth a'i awgrymiadau ond hefyd am ddarllen y rhannau perthnasol yn y nofel. Hefyd i Philip Morris, cyn-Archddiacon Margam ac awdur *Llanilltud: The Story of a Celtic Christian Community*. Edrychaf ymlaen at gerdded llwybrau Illtud yn ei gwmni rhywdro'n fuan.

Dau arall a fu gyda mi ers cychwyn y daith i Frythonia, yw David Callander, Prifysgol Caerdydd, sy'n arbenigo ar lenyddiaeth yr Oesoedd Canol, a Marged Haycock, gynt o Brifysgol Aberystwyth, un o ddadansoddwyr amlycaf ein barddoniaeth gynnar ac awdur sawl llyfr nodedig. Roedd eu storfa o wybodaeth, gan gynnwys awgrymiadau darllen, yn amhrisiadwy.

O ran hanes Galaesia'r cyfnod a Theyrnas y Swabiaid, mae fy niolch pennaf i José Carlos Sánchez-Pardo, Prifysgol Santiago de Compostela, arbenigwr ar hanes ac archeoleg yr Oesodd Canol, a'r Athro Pablo de la Cruz Díaz Martínez, Prifysgol Salamanca, sy'n arbenigo ar yr henfyd, ac awdur y llyfr safonol am Deyrnas y Swabiaid, *El Reino Suevo*. Heblaw am y trafod difyr dros sawl sesiwn Zoom, bu'r ddau'n ddigon caredig i dyrchu am erthyglau a deunyddiau dirifedi na fyswn i erioed wedi dod o hyd iddynt fel arall. Afraid dweud mai arna i a neb arall mae'r bai am unrhyw wall yn y nofel.

Diolch o'r galon hefyd i Anne am wneud y clawr, fel y troeon o'r blaen, i Greg am y mapiau newydd, i Eleri am y dylunio, i Anwen am ei gwaith gofalus a thrylwyr unwaith yn rhagor, i Myrddin am ei holl gefnogaeth, ac i Llio Elenid am yr holl drafod hwyliog a'r cydweithio hwylus.

Am yr Awdur

Daw Gareth Evans o Benparcau, Aberystwyth, ond mae wedi ymsefydlu yng Nghaerdydd ers blynyddoedd lawer bellach, wedi degawd dramor yn Sbaen a'r Almaen. Cychwynnodd ei yrfa gyda Radio Cymru, cyn troi at sgrifennu ar gyfer y teledu, yn bennaf ar gyfer Pobol y Cwm. *Y Ferch o Aur* yw ei drydedd nofel. Cyrhaeddodd ei nofel gyntaf, *Gethin Nyth Brân*, restr fer Gwobr Tir na n-Og 2018.

Nofelau Hanes Cymru – y rhestr gyflawn

Straeon cyffrous a theimladwy wedi'u seilio ar ddigwyddiadau allweddol

---

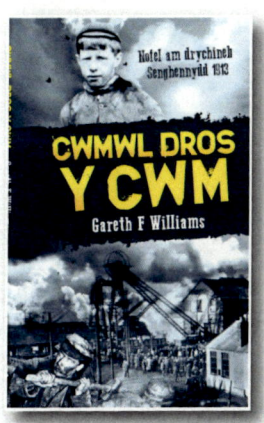

CWMWL DROS Y CWM
Gareth F. Williams

Nofel am drychineb Senghennydd 1913.

£5.99

Enillydd Gwobr Tir na-nOg 2014

Y GÊM
Gareth F. Williams

Dydd Nadolig 1914, yn ystod y Rhyfel Mawr.

£5.99

Enillydd Gwobr Tir na-nOg 2015

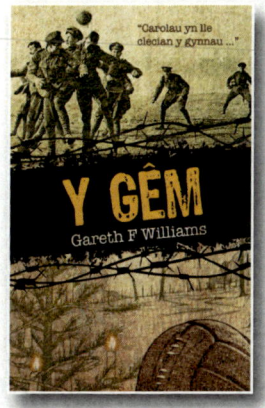

DARN BACH O BAPUR
Angharad Tomos

Nofel am frwydr teulu'r Beasleys dros y Gymraeg, 1952-1960.

£5.99

Rhestr fer Gwobr Tir na-nOg 2015

PAENT!
Angharad Tomos

Cymru 1969 – Stori bachgen ifanc sydd yng nghanol y frwydr dros gael arwyddion Cymraeg, a'r arwisgo yng Nghaernarfon.

£5.99

Rhestr fer Gwobr Tir na-nOg 2016

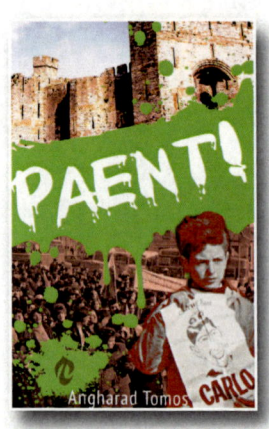

HENRIÉT Y SYFFRAJÉT
Angharad Tomos

"Dydw i ddim eisiau dweud y stori ..." Dyna eiriau annisgwyl Henriét, prif gymeriad y nofel hon am yr ymgyrch i ennill pleidlais i ferched ychydig dros gan mlynedd yn ôl.

£6.99

Y CASTELL SIWGR
Angharad Tomos

Dwy ferch ar ddau gyfandir. Un lord ag awch am elw.

Stori ddirdynnol am gaethferch, am forwyn, am long a chastell ac am ddioddefaint tu hwnt i ddychymyg.

Rhestr fer Gwobr Tir na-nOg 2021

£7.50

YR ARGAE HAEARN
Myrddin ap Dafydd

Dewrder teulu yng Nghwm Gwendraeth Fach wrth frwydro i achub y cwm rhag cael ei foddi.

£5.99

Rhestr fer Gwobr Tir na-nOg 2017

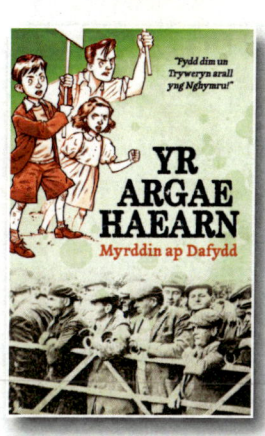

MAE'R LLEUAD YN GOCH
Myrddin ap Dafydd

Tân yn yr Ysgol Fomio yn Llŷn a bomiau'n disgyn ar ddinas Gernika yng Ngwlad y Basg – mae un teulu yng nghanol y cyfan.

£5.99

Enillydd Gwobr Tir na-nOg 2018

PREN A CHANSEN
Myrddin ap Dafydd

"y gansen gei di am ddweud gair yn Gymraeg ..."

Mae Bob yn dechrau yn Ysgol y Llan, ond tydi oes y Welsh Not ddim ar ben yn yr ysgol honno.

£6.99

Y GORON YN Y CHWAREL
Myrddin ap Dafydd

Diamwnt mwya'r byd mewn chwarel ym Mlaenau Ffestiniog

Nofel am ifaciwîs a symud trysorau o Lundain i ddiogelwch y chwareli adeg yr Ail Ryfel Byd.

£6.99

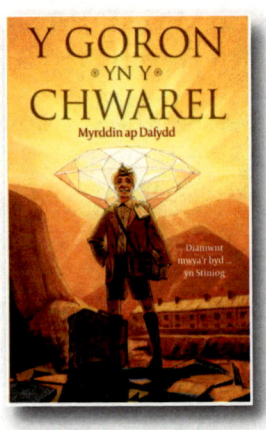

DRWS DU YN NHONYPANDY
Myrddin ap Dafydd

Nofel am deuluoedd y glo, Cwm Rhondda, yn ystod cyfnod cythryblus 1910.

£7.99

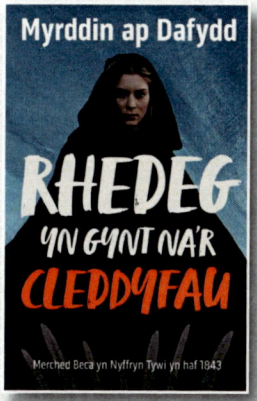

RHEDEG YN GYNT NA'R CLEDDYFAU
Myrddin ap Dafydd

Mae'n haf 1843 – cyfnod terfysgoedd Beca – ac mae'n ferw gwyllt yn Nyffryn Tywi.

£8

FFOI RHAG Y FFASGWYR
Myrddin ap Dafydd

Hanes teulu yn dianc o'r Almaen i Aberystwyth yng nghyfnod yr Ail Ryfel Byd a chyfeillgarwch yn cael ei sefydlu yng Ngwersyll yr Urdd Llangrannog.

£8

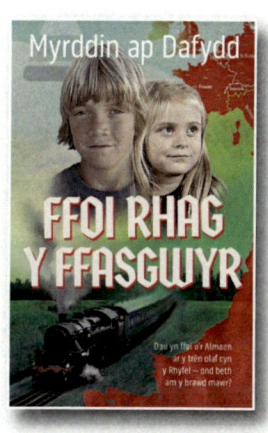

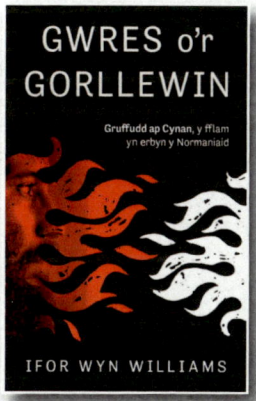

GWRES O'R GORLLEWIN
Ifor Wyn Williams

Nofel yn dilyn hanes Gruffudd ap Cynan wrth iddo ddioddef i'r eithaf i geisio adennill ei deyrnas yng Ngwynedd.

£7.95

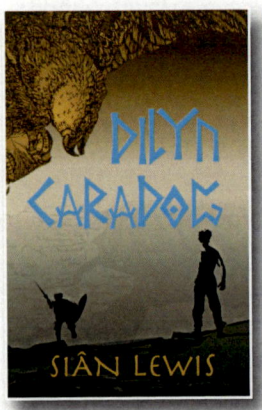

DILYN CARADOG
Siân Lewis

Hanes un llanc yn dilyn ei arwr Caradog o frwydr i frwydr nes cyrraedd Rhufain ei hun.

£5.99

TWM BACH AR Y MIMOSA
Siân Lewis

Nofel am antur y Cymry ar eu taith i Batagonia yn 1865.

£5.99

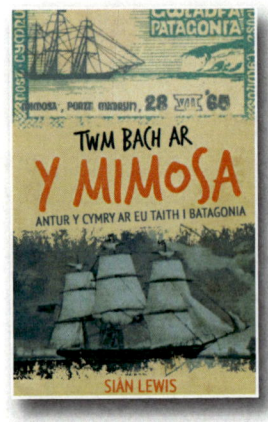

Y CI A'R BRENIN HYWEL
Siân Lewis

Teithiwch yn ôl i oes Hywel Dda, sy'n cyhoeddi ei gyfreithiau ar gyfer Cymru. Mae Griff y ci mewn helynt. A fydd yn dianc heb gosb o lys y brenin?

£5.95

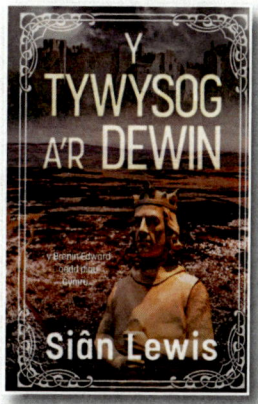

Y TYWYSOG A'R DEWIN
Siân Lewis

"y brenin Edward oedd piau Cymru..."

Mae Ifor ab Einion yn ddewin – mae e wedi meistroli un tric. A fydd hynny'n ddigon iddo fedru achub Tywysog Cymru o Gastell Bryste?

£7.25

GETHIN NYTH BRÂN
Gareth Evans

Yn dilyn parti Calan Gaeaf, mae bywyd Gethin (13 oed) yn troi ben i waered. Mae'n deffro mewn byd arall. A'r dyddiad: 1713.

£5.99

Rhestr fer Gwobr Tir na-nOg 2018

Y PIBGORN HUD
Gareth Evans

Mae Ina yn ferch anghyffredin iawn. Mae hi wedi goroesi'r pla, mae hi'n gallu trin cleddyf a siarad Lladin, ac mae ganddi'r gallu rhyfeddol i ganu'r pibgorn! Ond beth fydd ei hanes hi, a Bleiddyn y ci, wedi i Frythoniaid o'r gogledd a Saeson o'r gorllewin fygwth ei ffordd o fyw?

£8.50

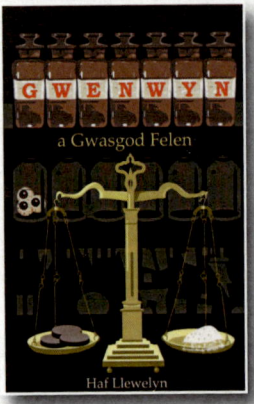

GWENWYN A GWASGOD FELEN
Haf Llewelyn

Mae'n edrych yn dywyll ar yr efeilliaid Daniel a Dorothy a'r ddau wedi'u gadael yn amddifad. Ai'r Wyrcws yn y Bala fydd hi? Ond caiff Daniel waith yn siop yr Apothecari ...

Rhestr fer Gwobr Tir na-nOg 2019

£6.99

GA' I FYW ADRA
Haf Llewelyn

Mae'r nofel wedi'i gosod yn ystod gaeaf garw 1981, cyfnod pan oedd prisiau tai yn codi a phobl ifanc ardaloedd gwledig Cymru yn methu prynu tai yn eu bröydd. Nofel sy'n parhau'n berthnasol i broblemau Cymru heddiw.

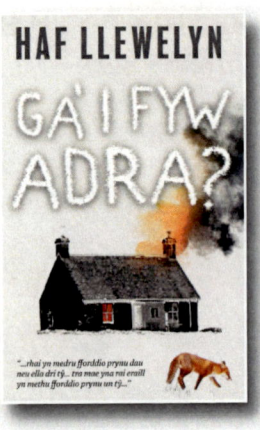

£7.95

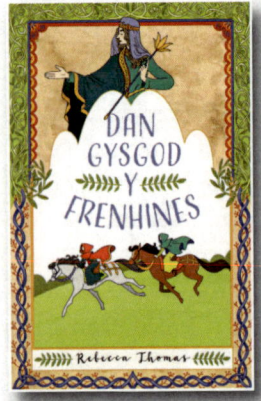

DAN GYSGOD Y FRENHINES
Rebecca Thomas

"All brenhines ddim dangos gwendid."

Byd dynion yw byd Angharad ferch Hywel Dda, ond caiff ei bywyd ei newid yn llwyr pan gaiff ei hanfon i fyw yn llys Æthelflaed, brenhines Mersia.

£8.50